MOT GRAVENS MÖRKER

DÖDENS SKVADRON
MORGAN HÖGBERG

DEL 4
MOT GRAVENS MÖRKER

Förlag: BoD – Book on Demand, Stockholm, Sverige
Tryck: BoD – Book on Demand, Norderstedt, Tyskland
Omslag: Caroline Johansson
ISBN:978-91-7851-955-2

Prolog

Josha grävde fram den stora stenen som hade stoppat plogen. Oxen stod tålmodigt och svängde lojt på svansen. Josha fick upp stenen och rullade den mödosamt bort från åkern. Sedan torkade han svetten ur pannan och gick tillbaka till plogen.

Han tog tyglarna och manade på oxen. Oxen ruskade på sig och började gå igen. Solen stod högt och trots att det fortfarande var tidig sommar var det varmt. Det såg ut att bli en varm sommar, till och med i Magrash som låg så långt norrut.

Två timmar senare stannade Josha plogen igen och sträckte på sig. Han såg ut över den plöjda åkern. Det fick räcka för tillfället. Han behövde vila lite, det behövde även oxen. Mor hade kanske gjort något gott.

Han gick fram till oxen och lossade den. Den såg helt kort på honom innan den lät honom leda den till hagen. Den verkade helt nöjd med att gå tillbaka och beta på det gröna gräset. Josha kliade den bakom örat innan han stängde grinden och vände mot huset.

Halvvägs tillbaka stannade han till och vände blicken mot öster. Var det något som kom mot dem? Han lutade på huvudet och försökte lyssna. Hörde han trummor? Säckpipa?

Josha såg oroligt mot huset. Trummor och säckpipa. Det betydde soldater. Alla i Magrash, män så väl som kvinnor, tränades till krigare. Magrash folk var stolta över det. Mira Jasar hade varit en av rikets största krigare innan hon dog för fyra år sedan, i det som kallades 'blodssnön'. Endast en enda krigare av över sjuttio överlevde, drakriddaren Drashin. Sjuttio krigare som hade dödats av demoner.

Plötsligt hörde Josha ljudet av en säckpipa från gården. Förbluffat skyndade han sig tillbaka. När han kom in på gårdsplanen hade trummorna och piporna kommit mycket närmare. Mitt på gården stod hans morfar, Arden, och spelade på sin gamla säckpipa. Bistert såg den gamle gubben mot öster och de annalkande trummorna och piporna.

Vid dörren till huset stod Joshas mor, Harina, och far, Karlin. Båda hade bistra miner och hans far höll i ett stort svärd. När Josha stannade framför honom räckte han över svärdet till honom.

"Det kom bud för en timma sedan, min son", sa Karlin. "Magrash går söderut i krig."

"Söderut, far?" sa Josha och tog tvekande emot svärdet.

"Soma har blivit invaderat", sa hans far och lade en hand på hans axel. "Demoner härjar fritt i ökenriket och drakriddarna har sänt ner krigare."

"Soma!" flämtade Josha. "Men det tar ju månader att marschera ner dit!"

"Det spelar ingen roll just nu, pojk. Demoner strider ovanjord. Soma är bara början. Resten av världen kommer att drabbas snart om ingen gör något. Din morfar är för gammal och jag kan inte gå med mitt dåliga ben. Din mor måste stanna kvar för att hjälpa oss två här hemma. Du måste gå i vårt ställe, Josha."

Josha blinkade förvirrat och stirrade på honom. Demoner ovanjord? Det var demoner som var orsaken till blodssnön. Det var för det som Magrash söner och döttrar tränades till krigare. Att hämnas blodsnön.

"Men jag är bara sexton, far", sa Josha och tvekade. "Jag borde inte vara i främsta leden."

"Var du kommer att kriga bestämmer ditt befäl", sa hans far bistert. "Du är för gammal för att slå på trummorna. Och du har inte övat på pipan."

Trummorna. Det var småbarn som slog på krigstrummorna. Josha kunde slå vad om att de som följde med söderut inte var mer än kanske tio eller tolv år gamla. Men oavsett om de bara var tio eller sextio. Alla krigare skulle med beslutsamma steg tåga söderut. Säckpiporna brukade spelas av ungdomar i Joshas ålder. Men han kunde inte spela, hur mycket han än övade klarade han inte av piporna.

Han nickade beslutsamt och skyndade sig in i huset för att byta kläder. Han kunde ju inte resa ner till ett krig klädd som en bonde. När han kom tillbaka lade hans mor en stor björnfäll över hans axlar. Det var egentligen för varmt att bära den, men det var en del av krigarnas klädsel. På andra sidan den stora ladan såg han leden av krigare som passerade. Tusentals av män och kvinnor som gick på vägen mot kriget i söder. Trummorna och säckpiporna ekade genom leden.

Josha kysste sin mor på kinden och grep sin far om armen. Han fick ett spjut och skyndade sedan bort mot krigarna som passerade. På gårdsplanen hade morfar börjat stampa i takt med krigarna och blåste ännu hårdare i säckpipan. Josha klappade den gamle mannen på skuldran och slöt upp i leden. Han hamnade jämte en liten pojke, som slog på sin trumma, och en flicka i hans egen ålder. Hon höll stadigt i en lans. Josha föll snabbt in i marschen.

"För blodsnön!" vrålade morfar Arden bakom honom.

"Blodsnön!" vrålade leden av krigare och höjde sina lansar.

I takt med trummorna, som dånade i Joshas öron, slog man sina spjut och lansar i marken där dem gick.

Josha undrade hur många krigare som vandrade söderut. För varje gård dem passerade blev de någon eller några fler. I varje by anslöt sig hundratals och när man passerade en stad stod tusentals utanför murarna och väntade på dem. I den takten som deras led fylldes på skulle snart hela Magrash befolkning vandra söderut. Allt för att få hämnas blodssnön. Att få slut på en fyra år lång landssorg.

Hasram nöp sig trött över näsryggen. Huvudet dunkade som om *både* Krashak och Garak slog på det. Det hade blivit lite väl mycket att dricka kvällen innan. Det var sällsynt att alla klanhövdingarna träffade på det här viset. Särskilt när det inte var något klankrig. Någon, han mindes inte vem, hade föreslagit en liten fest till ära för detta möte. Festen hade väl gått lite överstyr. Hasram var glad att Irya, hans hustru, inte var här.

Hasram såg upp när Grash satte sig tungt bredvid honom. Klanhövdingen för Ramen såg ännu värre ut än Hasram kände sig.

"Måste vara dåligt öl vi drack i gårkväll, Hasram", muttrade han och sneglade bort mot Arach som kom krypandes in i det stora tältet. "Jag har aldrig varit med om att Vagras klanhövding sett så ynklig ut."

"Arach är fortfarande ung, Grash" skrockade Hasram och tog sig för huvudet. "Han blev klanhövding så sent som för tre år sedan, kommer du ihåg."

"Nittiotvå år", sa Erakan och satte sig på Hasrams andra sida. "När vi var i den åldern var vi fortfarande vanliga krigare."

"Krigare?" sa Grash och såg på den äldre klanhövdingen. "Jag vill minnas att du var byggmästare."

"Små saker", sa Erakan och viftade frånvarande med handen.

"Det är ovanligt att en byggmästare blir klanhövding", sa Hasram och tog tag i bägaren framför sig.

"Det var egentligen min bror som skulle blivit klanhövding, men när han dog i sjuksäng fick jag hans plats och vi fick välja en ny byggmästare."

”Din bror var en bra karl”, sa Grash. ”Han hade blivit en bra klanhövding.”

Hasram nickade och hällde i sig vattnet från bägaren. När han ställde ner den på bordet igen kom genast en pojke och fyllde på den igen. Han hörde ett muttrande bakom sig när Harinak kom in i tältet och ställde sig på sin plats bakom honom. Hasram såg hur den ena klanhövdingen och byggmästaren efter den andre kom in i tältet.

”Har vi hört något från våra krigare i Soma?” sa Erakan och stoppade ett finger i örat.

”Har ni skickat krigare till öknen, hövding Erakan?”

Hasram vred på huvudet. Gamle Hanrak, hövding för Korat och den äldste bland klanhövdingarna nästan etthundrasextio år gammal, satte sig ner jämte Goshs hövding. Bakom sig stod hans lojale byggmästare, Gerak, och såg bistert ut över klanhövdingarna. Hanrak hade talat tillräckligt högt för att alla i tältet skulle höra och resten av klanhövdingarnas prat tystnade och alla stirrade förbluffat mot Erakan.

”Det har vi gjort, hövding Hanrak”, svarade Erakan lugnt. ”Gosh skickade etthundra krigare för att strida i Soma.”

”Ramen har etthundrafemtio krigare i krig redan”, sa Grash och såg nöjt ut över de andra klanhövdingarna. ”Min egen son, Dram, leder dem till strid.”

Hasram satt tyst och log mot klanhövdingarnas förbluffade miner. Hanrak nickade bara lugnt och sneglade med glittrande ögon mot Hasram. De andra hövdingarna började prata upprört i mun på varandra.

”Har ni skickat ut krigare till strid redan innan detta rådsmöte?” utbrast Katshak, hövding för Jaran. ”Vi skulle ha detta möte för att besluta om vi skulle gå till krig!”

”Vi skulle ha detta rådsmöte för att besluta vem som skall bli krigshövding, hövding Katshak”, sa Hanrak lugnt. ”Vi *är* redan i krig.”

Klanhövdingarna tystnade sammanbitna och stirrade surt mot Erakan och Grash. Dem båda lät sig inte bekommas utan drack lugnt av sitt vatten. Hasram log bara lugnt och väntade på vad Hanrak tänkte göra.

”Ramen har skickat hundrafemtio krigare”, sa den gamle hövdingen lugnt, ”Gosh har skickat hundra krigare. Gosh och Ramen har alltid stått Taur nära. Säg mig, hövding Hasram, hur många krigare har du skickat till Soma?”

Ett sus gick genom tältet när de sexton andra klanhövdingarna och de sexton byggmästarna drog efter andan. Taur var ökända som starka krigare. Trots att man inte deltog i det senaste klankriget, var det alltid med respekt som de kiltklädda krigarna blev bemötta. Att Krashak, Hasrams egen son, var en drakriddare var bevis nog att de var starka.

"Skall jag räkna med min egen son, hövding Hanrak?" frågade Hasram lugnt utan att se på den äldre hövdingen.

"Med din son har Taur varit i krig i över femtio år", muttrade Arach surt. Fler muttrade liknade, men tystnade när Hanrak höjde sin hand. Den gamle log mot Hasram.

"Krashak är en drakriddare", sa han, "så jag föreslår att vi inte räknar in honom. Hur många har du skickat?"

Hasram förde samman fingertopparna och förde händerna mot munnen. Han såg på klanhövdingarna framför sig och flinade stort.

"Taurklanen har skickat trehundra krigare", sa han och de andra flämtade högt.

"Trehundra!" utbrast Katshak. "Har du skickat trehundra krigare för att strida i Soma?"

"Ni tre har skickat över femhundra krigare till öknen för att dö!" skrek Arach och reste sig.

"Vi ska alla dö en dag", sa Harnak lugnt och höjde sina händer för att få de andra att lugna sig. "Men jag delar deras oro. Ni tre har skickat krigare till öknen för att slåss mot demoner."

"De vet vad dem gav sig ner till", sa Erakan lojt och lutade sig tillbaka i sin stol.

"Alla som gav sig av var frivilliga att vara de första att slåss i kriget mot Asharak", fyllde Grash i. "Vi förväntar oss inte att alla ska återvända."

"Faktum är", sa Hasram och sträckte på sig. "Att vi tre förväntar oss inte att någon av dem kommer att komma tillbaka till oss innan kriget är slut."

"Vad menar du?" frågade Arach misstänksamt och satte sig ner igen.

"Vi tre fick bud i morse", sa Hasram och nickade mot Harinak som genast vände mot tältöppningen. "Det var en ganska ovanlig budbärare, och en stor ära att få ett besök av honom."

Harinak kom tillbaka in tillsammans med Garak och en man helt insvept i svart. Flämtningarna i tältet var bevis att alla visste vem främlingen var. Samtliga i tältet ställde sig upp, hövdingarna bugade med korsade armar och byggmästarna sjönk ner på knä med sin knutna näve över bröstet. Som den äldste av klanhövdingarna var det Harnak som skulle föra deras talan.

"Högt ärade och vördande Ma'sharos'tian", sa han. "Det är en ära att ni besöker detta rådsmöte."

"*Hövding Harnak Kor'sham*", sa mannen och böjde på huvudet och korsade sina armar. "*Ni skänker mig större heder än jag förtjänar, hövdingar och byggmästare av Kisnatch Lach. Var vänliga räta på er.*"

Hasram rätade på sig och såg ut över tältet. De flesta klanhövdingarna satte sig ner igen, medan några av dem yngre, som hövding Arach och några av byggmästarna, stirrade på Ma'sharos'tian med stora ögon. Taurs hövding flinade mot dem. Det var mycket väl första gången som någon av dem träffade den vördande. Själv hade han ofta träffat den vita tigern.

Hasram hade blivit mycket förvånad över att se Ma'sharos'tian komma till rådsmötet. Ännu mer över det meddelande som han hade haft med sig.

"Om jag får fråga, ärade Ma'sharos'tian", sa Harnak försiktigt. "Varför har ni besökt oss denna dag?"

"*Skall ni inte välja krigshövding idag, hövding Harnak Kor'sham?*" svarade Ma'sharos'tian roat. "*Jag finner detta val mycket intressant och önskar närvara. Dessutom hade jag ett bud med mig till hövdingarna för Taur, Ramen och Gosh.*"

"Vad kan det varit för ett bud?" undrade Harnak med ett litet leende.

"*Det kom från självaste general Drashin av drakriddarna.*"

Mumlandes såg hövdingarna på varandra. Endast Erakan, Grash Hasram och, förvånande, Harnak var oberörda över Ma'sharos'tians ord.

"Från Drashin, säger ni", mumlade Harnak. "Önskar ni dela det med oss, hövding Hasram?"

Hasram reste sig och såg stadigt mot klanhövdingarna runt bordet.

"Ni säger att vi skickade våra krigare för att dö i Somas öken", sa han med hög röst och satte knogarna i bordet. "Ma'sharos'tian meddelade oss att samtliga av våra krigare har kommit tillbaka vid liv. Samtliga femhundrafemtio krigarna vandrade levande ut ur öknen och är nu tillbaka i Terabelle."

"Men vet att vi inte enbart skickade ner dessa krigare för att slåss mot demonerna i öknen", sa Grash och reste sig han med. "De äldste shamanerna i våra klaner hade en syn för ett år sedan. Dem rådslog med varandra och sökte upp Ma'sharos'tian för att kunna tyda synerna."

”Våra krigare skulle ner till Soma”, sa Erakan och reste sig. ”Endast våra krigare och inte från andra klaner. Om inte krigarna gick ner skulle Soma gå under helt och inga överlevande skulle komma ut ur öknen. Vi sa att de som gav sig ner var alla frivilliga, det stämmer. Men det var ännu fler som ville gå ner, men synerna hade varit tydliga med vilka som skulle gå ner. Enbart hundra från Vargens klan, enbart hundrafemtio från Örnens klan och enbart trehundra från Tjurens klan.”

Hasram sneglade mot Ma'sharos'tian som nickade sakta. Hanrak trummade fundersamt på bordet.

”Hos Taur var hela klanen redo att vandra söderut”, sa Hasram. Det var inget skryt, alla visste hur nära han stod drakriddarna och i synnerhet general Drashin. ”Lika så hos både Gosh och Ramen, men shamanerna var eniga. Endast dessa femhundrafemtio skulle vandra. De skulle dessutom inte vara en del av klanerna efter detta.”

Flera av hövdingarna blinkade till och såg frågande på varandra. Byggmästarna gjorde sitt bästa att inte röra en min, men flera rynkade förbryllat pannan. Dem förstod inte.

”De skulle inte vara en del av klanerna?” sa Hanrak sakta. ”Vad menar ni? Ärade, vad talar dem om?”

”*Från det att krigarna från de tre klanerna passerade genom Hamapasset*”, sa den vita tigern och satte sig på en stol som burits fram till honom. ”*Så blev de en del av skvadronen.*”

”Skvadronen?” frågade Arach förbryllat och satte sig tungt. ”Vilken skvadron? Vi har inga skvadronen bland klanerna.”

”*Skvadronen, unge hövding Arach Do'alkra*”, sa Ma'sharos'tian med ett kort skratt, ”*är ingen annan än Dödens skvadron. Taur, Ramen och Gosh skickade inte sina krigare för att slåss i Soma. Det var inte vad synerna visade. Inte riktigt. Dem blev skickade för att bli en del av Drashins krigare.*”

Ett sus av flämtningar gick genom tältet. Hasram såg på Harnak i ögonvrån när han och de två andra satte sig ner igen. Den gamle hövdingen skrockade för sig själv och skakade på huvudet. Hasram undrade hur mycket den gamle kände till. Den äldste hövdingen höjde handen för att få tyst på alla.

”Så de är inte längre krigare för sina klaner”, sa han med ett skratt.

”*Dem är krigare för alla folkslagen, hövding Hanrak Kor'shar*”, svarade Ma'sharos'tian lugnt.

Harnak skrattade igen och reste sig upp. "Då, bröder", sa han och flinade. "Låt oss göra som våra bröder i Dödens skvadron och sluta upp i det här kriget mot den fallne ängeln Asharak. Vi ska rösta om en krigshövding! Den första på trehundra år!" Han satte sig ner igen. Han skulle inte rösta först.

Grash reste sig genast. "Jag, Grash Oh'sika, hövding av Ramen, och Ramens byggmästare, Oran Ha'riske, lägger våra röster på Hasram Do'shank av Taurklanen!"

"Jag, Erakan As'mel, hövding av Gosh, och Goshs byggmästare Garok Jar'sol, lägger våra röster på Hasram Do'shank av Taurklanen", sa Erakan och reste sig.

Det var alldeles tyst i tältet. Samtliga hövdingar stirrade på de två som stod upp. Hasram hörde hur Ma'sharos'tian skrockade för sig själv. Ingen av de andra klanerna stod så nära varandra som Taur, Gosh och Ramen. Så ingen av dem andra skulle kunna få ihop mer än kanske tre klaners röster. Men ibland kunde byggmästarna rösta annorlunda än sina hövdingar.

Byggmästare Gerak lutade sig fram mot Harnak och lyssnade uppmärksamt på vad den gamle sa. Sedan rätade han på sig och såg bistert ut över klanhövdingarna och deras byggmästare.

"Harnak Kor'sham, Korats klanhövding, och Gerak Nor'sak, Korats byggmästare", sa han med hög röst, "lägger sina röster på Hasram Do'shank av Taurklanen!"

Hasram dolde ett leende med bägaren. De andra klanhövdingarna och byggmästarna stirrade gapande på Hanrak. Han var själv lite överraskad. Han hade trott att Harnak skulle rösta på sig själv, som var vanligast vid sådana här tillfällen. Sakta reste de sig, en efter en, och lade sina röster. Hasram blinkade till vid varje röst. Alla röstade på honom.

"Nå, krigshövding", sa Hanrak och lutade sig mot honom med ett flin. "Vad är dina första order?"

Hasram reste sig upp, såg på var och en av hövdingarna framför sig. Sedan korsade han sina armar över bröstet och bugade mot dem.

"Jag tackar er för att ni valt mig", sa han med stadig röst. "Som krigshövding över Kisnatch Lach avsäger jag mig rollen som klanhövding över Taur. I mitt ställe kommer Garak Do'shank att leda Taur."

Hasram lämnade sin stol och Garak satte sig på den i stället. Hanrak reste sig och höjde sin bägare.

"Garak Do'shank", sa han med hög röst. "Jag välkomnar dig till hövdingarnas boning. Hell Taur!"

De andra hövdingarna gjorde samma sak och välkomnade Garak, som nu var den yngste klanhövdingen någonsin. Sedan vände Harnak mot Hasram igen.

"Krigshövding av Kisnatch Lach", sa han med högtidlig röst. "Vad är era första order?"

Hasram tog emot sin stora hammare som Harinak räckte honom. Han höjde den över huvudet.

"Kisnatch Lach!" vrålade han. "Samla era krigare! Vi går i krig mot Asharak, den fallne ängeln! Blod för blod!"

Med höga vrål höjde hövdingarna och byggmästarna sina knutna nävar i luften. Hasram höll sin hammare i luften och såg mot dem. Det var fem år sedan han gick i krig senast. Då var han klanhövding för Taur. Nu var han krigshövding för Kisnatch Lach. Så nära en kung som klipptrollen någonsin kom.

"Blod för blod!" vrålade han tillsammans med de övriga. "Blod för blod! Blod, ära och heder!"

Dinai muttrade irriterat när hon skyndade genom palatsets korridorer. Hon var för gammal för att kunna stå upp mot sonen längre. Hon måste rädda det som hon kunde rädda av Narkia. Gram hade blivit galen. Det borde hon insett redan för två år sedan då han plötsligt beordrat armén att vandra norrut mot Amdoria.

Den där Asharak hade gjort något med honom. På något sätt hade den mystiske mannen lyckats förgifta sinnet hos Narkias kung. Varför hade hon inte försökt gå emot Garm tidigare? Kanske hade hon kunnat slita bort det grepp som Asharak hade om honom.

Hon stannade helt kort och såg sig omkring, sedan smet hon in genom dörren till sondotterns rum. Hinai satt lydigt kvar i fåtöljen som Dinai sagt åt henne. Detta var Narkias framtid, hon måste skydda barnbarnet till varje pris.

"Farmor", sa Hinai och reste sig sakta. "Hur är det med far?"

"Din far är bortom all räddning, mitt barn", svarade Dinai. "Asharaks klor sitter för djupt för att dem ska kunna dras bort."

Flickan förde händerna till munnen och flämtade. Hon älskade sin far och att höra att han inte kunde räddas kom som en chock. Dinai gick fram till henne och höll om henne.

"Nu måste vi få dig ut ur Draimer och Narkia", viskade hon till flickan. "Det finns fortfarande trogna vakter som kan hjälpa oss."

Flickan nickade och skyndade mot den stora soffan. Där låg två svarta mantlar med stora huvor. Hinai räckte över den ena till den gamla kvinnan. Det var sent på natten så det skulle inte vara många vakna i palatset. Gardeslöjtnant Meman, en av få befäl som var Dinai trogen, hade sett till att endast vakter trogna henne skull stå vakt efter midnatt.

De satte sig ner i soffan för att vänta. En timma gick och det hördes en försiktig knackning på dörren. Nästan genast öppnades den och Meman slank in. Han bugade mot dem.

"Ers höghet", sa han med sin mörka röst. "Vi måste se till att undvika den västra delen av palatset. Mina vakter där har blivit utbytta i all hast."

Dinai grymtade irriterat. Den västra var den snabbaste vägen ut ur palatset från den här salongen. Kunde Garm listat ut vad hon hade för planer?

"Hur ser det ut i resten av palatset?" frågade hon sammanbitet.

"Om vi kan ta oss till huvudporten går allt bra", sa Meman och strök med handen över svärdshjaltet. "Tyvärr är vakterna utspridda och kan inte komma att hjälpa oss om något händer. Jag har Reman och Haran utanför. De kommer att resa med er."

"Farmor", sa Hinai och drog henne i armen. "Vart skall vi ta vägen?"

Dinai rynkade pannan. Hon hade inte tänkt så långt. Efter det som hände för två år sedan var det inte många länder som var vänligt sinnade mot Narkia. Hon hade bara tänkt att få ut Hinai ur landet och bort från Garm.

"Haran säger att han har släktingar i Mosker, ers höghet", sa Meman. "Ni kan säkerligen gömma er där."

"Mosker", sa Dinai långsamt och nickade. "Det kan gå. Det är långt borta, han borde inte hitta oss där. Visa vägen ut här ifrån, Meman."

Gardeslöjtnanten bugade kort och vände mot dörren. Han öppnade den försiktigt och såg ut. Sedan tecknade han åt de andra att skynda efter honom.

När Dinai kom ut såg hon två unga män, de kunde inte vara mycket mer än tjugo. De hade liknande svarta mantlar som hon själv och Hinai. Dinai höll flickan nära sig och kände hur hon darrade av rädsla. Att palatset inte längre var säkert för den kungliga prinsessan stack som dolkar i Dinais bröst.

Vid varje krök stannade Meman dem och han kikade försiktigt runt det innan han lät dem fortsätta. När de nästan var vid huvudporten sjönk han ner på knä och såg sig om över axeln.

"På andra sidan av torget står en bonde med en vagn", sa han. "Han kommer att ta er ut ur staden och till Narkias norra gräns. Därefter måste ni klara er själva. Reman, Haran, jag lämnar konungamoderns och prinsessans liv i era händer."

"Gardeslöjtnant", sa de båda soldaterna med låga röster.

"Det finns vakter vid porten som inte tillhör mina", sa Meman och grep sitt svärd. "Men vi kommer att ordna en väg ut för er, ers höghet. Vänta på min signal."

Han reste sig upp och försvann mot porten. Fler soldater slöt upp vid hans sida och dem gick lugnt fram mot vakterna vi porten. Reman slank förbi Dinai och tog gardeslöjtnantens plats. Den unge mannen stirrade mot de sju soldaterna framför sig.

Plötsligt hördes ett rop och allt hände på en gång. Soldaterna vid porten drog sina svärd och började strida sinsemellan. Reman reste sig snabbt och tecknade åt dem att skynda sig.

Kvickt tog dem sig förbi tumultet vid porten. Tre män låg redan döda på golvet och ytterligare en föll när Meman drev sitt svärd i bröstet på honom. När dem fyra passerat porten hörde Dinai hur fler soldater kom rusandes mot porten.

"Skynda", sa Haran bakom dem. "Än har de inte upptäckt att vi tog oss ut. Men det är bara en tidsfråga."

"Där är vagnen", sa Reman och pekade.

Dinai kunde svagt urskilja en vagn på andra sidan det lilla torget. En man satt ihopsjunken på den. Först trodde hon att han var död och hon kände paniken växa. Men så rörde han på sig och vred på huvudet. Dinai kände att det var något underligt med mannen.

Han verkade vara mycket större än en normal människa och den stora tjocka mössan, för tjock för att ha på sig under sommaren här nere i södern, buktade på ett underligt vis. När hon kom närmare såg hon att han hade en sjal virad om ansiktet och nerstoppad innanför kragen på skjortan. För ögonen hade han en underlig anordning som dolde hans ögon. Den stora rocken stramade över hans bröst, medan hans byxor såg ut att vara säckiga och bekväma. Dinai hade aldrig förr sett en sådan man tidigare, och detta skulle vara en bonde?

”Så detta är människorna som vill följa med norrut?” sa han med raspig röst. Han lät butter.

”Det stämmer”, sa Reman och hoppade upp i vagnen. ”Två män och två kvinnor, så som det var sagt.”

Han vände sig om och hjälpte först upp Hinai. Dinai grymtade ansträngt till när hon kämpade sig upp i vagnen. Haran såg sig hastigt om mot palatset igen innan han hoppade upp. Dinai såg också bort mot det, men ännu hade inga vakter kommit ut ur det.

”Rör på hästarna, bonde”, sa Haran hetsigt. ”Vi måste lämna Draimer innan det blivit ljust.”

”Bonde”, muttrade mannen buttert och manade på hästarna. ”Välj dina ord med omsorg, människa.”

Dinai undrade om de andra hade hört honom muttra. Hon undrade vem denna bonde var. Men nu var inte tid att fundera över det. Hon drog Hinai till sig och höll om flickan medan de sakta rörde sig mot den norra porten. Än var de inte i säkerhet. Kanske skulle de inte ens vara det när de lämnat Narkia bakom sig.

Vid porten blev dem stoppade och Dinai trodde att hennes gamla hjärta skulle hoppa ur bröstet på henne. En av vakterna kom fram till vagnen och såg på dem. Dinai såg hur bonden gjorde en lätt gest med handen och vakten blinkade förvirrat till.

”Vart är du på väg så här sent på natten, bonde?” frågade han rappt och vände blicken mot den store mannen.

”Hem”, svarade bonden med sin buttra röst. ”Handlaren som jag skulle sälja mina rovor till höll mig kvar halva natten innan han slutligen sa att han inte ville köpa något. Som du ser får jag ta med mig alla säckarna hem igen.”

Han visade med tummen bak i vagnen. Dinai höll andan och satte en hand över Hinais mun. Hon såg i ögonvrån hur både Haran och Reman grep om sina svärd. Vaktens blick gled över vagnen igen.

”Är du inte rädd för rövare”, sa vakten och tecknade till en av sina kamrater vid porten. ”Det ryktas finnas gott om dem ute i skogen.”

”Rövare har inget att hämta från mig”, sa mannen surt och såg på porten som sakta öppnades. ”Vad skulle en rövare vilja ha från en gammal bonde som bara kör på en massa rovor?”

Vakten fnös och vinkade åt honom att köra vidare. Dinai kunde knappt tro att de kunde lämna staden så här enkelt. Vakten hade tittat rakt på henne, men inte sett henne? Vagnen rullade i maklig takt ut genom porten som nästan genast slog igen bakom dem. Dinai såg försiktigt bak mot muren. Hon hörde hur bonden framför henne muttrade om korkade och svaga människor.

"Hur kunde dem inte se oss?" viskade Hinai. "Jag kunde känna hans blick på mig."

"Ett enkelt trick", sa den buttre mannen på kuskbocken. "Människor är lätta att lura. Det är svårare med djur, de är inte lika dumma."

Vagnen gungade till när ena hjulet hittade ett hål. Mannen sjönk ihop en aning med axlarna och muttrade för sig själv.

"Tror du att dina släktingar kommer att ta emot oss, Haran?" undrade Dinai försiktigt och sneglade mot mannen. "Tänk om de har samma tankar om oss narkier som övriga världen."

"Dem stödjer inte kungen som han är nu", sa Haran kort. "Men jag förstår vad ni menar."

"Om de lyckas ta gardeslöjtnanten levande kanske de torterar honom för att få reda på vart ni tagit vägen", sa Reman oroligt. "Då skulle kungen mycket väl skicka soldater efter oss. Vi skulle kanske bege oss söderut istället."

"Söderut är inte en bra idé", sa mannen på kuskbocken plötsligt.

Dinai såg försiktigt på honom. "Vad menar du?" frågade hon.

"Soma har förintats", sa mannen och grymtade surt. "Trots att general Drashin och hans Dödens skvadron marscherade ner lyckades de inte rädda riket."

"Drashin?" sa Hinai frågande.

"Flicka", sa mannen med ett kort skratt, "hur gammal är du om du inte hört talas om Drashin?"

"Hon är tio", sa Dinai och drog flickan till sig. "Garm har sett till att alla historier om Drashin och drakriddare bannlysts i Narkia."

Mannen fnös. "Då har ni säkerligen inte hört de senaste nyheterna. Det var demoner som invaderade Soma. Drashin reste ner tillsammans med sina drakriddare, soldater från Amdoria och Mosker samt krigare från tre av klipptrollens klaner och drakryttare.

Men trots detta lyckades man inte besegra demonerna. Man tvingades retirera och fly. Tillsammans med kungafamiljen och resten av befolkningen som kunde räddas. De borde kommit tillbaka till Terabelle nu för att planera nästa steg i kriget."

"Krig", mumlade Haran. "Så söderut är uteslutet. Men vad kunde släppa lös demoner i ett rike som Soma?"

Dinai trodde att hon hade svaret på den frågan. Men hon kunde inte säga det högt. Mannen på kuskbocken skrockade.

"Jag tror nog att ni vet", sa han. "Ni är väldigt välbekanta med den mannen."

"Mannen?" sa Reman förvirrat. "Vad…?"

"Asharak", sa bonden. "Ni har ju själva blivit lurade av honom. Det var den fallne ängeln Asharak som släppte lös demonerna i Soma."

De två soldaterna flämtade till och Hinai gnydde skrämt. Dinai drog flickan närmare. Var Asharak en fallen ängel?

"Drakriddarna håller redan på att förbereda motangrepp mot Asharak", fortsatte mannen framför dem. "Drashin och Asama kommer stå enade mot honom som de alltid gjort. Det finns inget som kan få de båda att fly. Inte när något hotar alla världarna."

"Du talar som om du känner dem", sa Haran långsamt.

"Drakriddare", andades Hinai. "Har du träffat dem?"

"För många år sedan stred jag tillsammans med dem", sa mannen dystert. "Jag var naiv nog att tro att jag kunde sona för något jag gjorde för länge sedan."

Dinai satte handen mot vagnens trägolv och hennes fingrar rörde något. Hon lyfte upp det och spärrade upp ögonen. I hennes händer låg ett brutet svärd med ett långt vitt hjalt. Det verkade gammalt, men inte en rostfläck fanns på det.

"Ett brutet svärd", sa Reman och stirrade på Dinais händer. "Var…?"

Mannen vred lätt på sig och sträckte sig efter svärdet. Han grep om hjaltet med en väldig näve. Han lyfte det framför ansiktet. Dinai kunde inte se på grund av sjalen, men hon kunde nästan svära på att han gjorde en sorgsen min.

"Detta är mitt andra brott", sa han. "Jag kunde inte rädda hans liv. Trots att han egentligen såg mig som sin ärkefiende räddade han mitt liv. Detta bär jag med mig för att aldrig glömma."

Han stoppade svärdet innanför det grova bältet och grep tömmarna med båda händerna igen. De fyra passagerarna i flaket såg tysta på varandra i mörkret. I en timma åkte dem i tysthet. Hinai dåsade till i Dinais famn, men vaknade med ett ryck när bonden stannade kärran.

"Det finns lite mat i den lilla säcken", sa han utan att se sig om. "Ta för er av den."

Haran tvekade en aning innan han sträckte sig efter säcken. Han delade snabbt ut bröd och ost till de andra. Han räckte över lite till bonden som bara skakade på huvudet.

Dinai tog en tugga av brödet och spärrade upp ögonen när bonden reste sig upp vid kuskbocken. Han var enorm, minst huvud och axlar längre än någon annan man hon någonsin mött. Han verkade vädra i luften.

"Hur länge tänker du stå där i mörkret?" sa han plötsligt och satte höger handen i sidan. "Jag har känt din närvaro i en halvtimma."

En gestalt i svart mantel steg fram i det svaga ljuset från månen. Dinai kunde inte se honom ordentligt, men han verkade inte hotfull på något vis. Han stannade på behörigt avstånd från vagnen. Huvans öppning vreds mot henne och hon flämtade till när hon såg två röda sken innanför mörkret.

"En mycket underlig plats att finna er på", sa främlingen. *"Och med ett sådant underligt sällskap."*

"Vad jag gör är min ensak", muttrade bonden och satte sig igen. "Vad gör du här? Borde inte du hålla dig till drakriddarna?"

"Jag sökte efter er. Jag kunde inte känna er närvaro på er vanliga plats fick jag utvidga mitt sökande. Att ni skulle befinna er så långt söderut överraskade mig."

"Jag kände ett behov av att bege mig hit", sa bonden och gjorde en gest mot personerna i vagnen. "Men varför söker du efter mig?"

"Ett barn av Isashai har dykt upp."

"Jag är inte intresserad av de där tre. De är irriterande. Jag kan inte förstå varför du envisas med att ha de tre idioterna runt dig, broder Sharos"

"Det är inte någon av dem tre. Det är en hona. Det tog lång tid innan hon slutade gömma sig och när hon väl rev sina murar… Det finns så mycket av syster Isashai hos henne."

Bonden rätade på sig. Dinai undrade vad dem talade om. Isashai? Sharos? Det var namn som hon aldrig hört talas om innan.

"En som gömt sig?" sa bonden förbluffat. "Hur är det möjligt? De tre är ju de enda överlevande!"

"Vi hade fel", sa Sharos och började vända sig om. *"Hon är mycket vacker. Hon är hos general Drashin, som en del av hans skvadron. Jag hoppas snart få se er igen, broder Soras."*

Mannen försvann in i den mörka skogen igen. Bonden satt och stirrade efter honom. Dinai sträckte sig försiktigt och lade en hand på hans axel. Han ryckte till och vred på huvudet mot henne.

"Vi måste fortsätta, mäster", sa hon försiktigt. "Vi är inte i säkerhet från staden ännu."

Han grymtade till och manade på hästarna igen. Dinai sjönk lättad ner igen när vagnen började röra på sig.

"Ett barn av Isashai", mumlade bonden och skrattade till. "Var har du gömt dig i alla dessa år? Kan det vara...?"

Dinai såg mot bondens rygg. Axlarna skakade av muntert skratt. Han verkade inte lika butter längre.

"Mäster...", började Hinai försiktigt, men tystnade när han vände sig om.

"Ni kan kalla mig Soras", sa han och drog ner anordningen från ögonen. Dinai flämtade till när hon såg ögonen. Hela ögongloberna var gröna, ingen ögonvita syntes och ingen pupill. Vad än mannen som satt på kuskbocken var, så var han inte en människa. "En del kallar mig Lasoras."

Dinai drog Hinai närmare sig och hasade bort från honom. Haran och Reman hasade också bort från honom, grep hårt om sina svärd och stirrade förskräckt på honom. Han tryckte upp anordningen igen och vände sig om med en fnysning. Lasoras! Dem fick skjuts av en djävul. Lasoras, den galne, ledde deras flykt ut ur Narkia!

Oberörd över deras förskräckta miner gungade Lasoras med i vagnens rörelser, medan hästarna drog den i maklig takt norrut. Ibland skrockade han till och mumlade för sig själv.

1

Liana kröp försiktigt fram genom buskaget. Ranin och Meeko kröp fram på varsin sida om henne. De tre var på ett spaningsuppdrag inte långt från ruinstaden Harash. Det fanns flera små grupper utspridda runt staden på spaning efter att misstankar om att Asharak skulle befinna sig bland ruinerna.

Det var fyra månader sedan dem kommit tillbaka till Terabelle från deras uppdrag i Soma. Misslyckandet i Soma, som Drashin kallade det. Förutom små strider runt om i Amdoria, Mosker och kejsardömet Amarji, så hade Asharaks demoner och Marishs armé hållit sig undan så mycket som möjligt.

Marish och hans soldater hade förbryllat alla. Så länge dem inte blev hårt ansatta brukade de dra sig undan så fort dem kunde för att sedan smita iväg. Drashin hade ofta muttrande undrat vad han höll på med.

Liana ruskade snabbt på sig för att samla sina tankar på det hon höll på med. Somiska soldater var tillsammans med Dödens skvadron runt ruinerna vid träsket. Även Asama och hans drakens skvadron fanns där. Nästan åttahundra drakriddare var på plats.

Det var bara drakriddare som spanade på staden. I grupper om tre tog de sig fram mot staden. Strax till höger om sig skymtade Liana Tirasine, Sareas och Alram. Alram Manros var den ende av de högre befälen som var med bland spanarna.

Ranin lyfte handen och de andra två stannade. Han såg sig helt kort över axeln innan han lade sig på mage och ålade fram till kanten av buskarna. Liana väntade spänt på hans signal. Hon undrade hur det såg ut runt staden.

En låg vissling hördes framför henne och hon började röra sig framåt. Strax var hon framme vid Ranin som satt på huk alldeles vid kanten av buskaget. Han spanade sammanbitet mot staden framför dem.

Liana blinkade till vid åsynen av den väldiga ruinstaden. Den hade en gång varit större än Terabelle var nu. Bakom den förfallna muren skymtade tre höga torn som ännu var intakta. Ytterligare två torn som över delen hade rasat på stack upp över muren. Själva muren hade stora hål i sig där den hade rasat in. Av den väldiga porten fanns endast de stora gångjärnen kvar.

Det var alldeles tomt utanför muren såg Liana, men det kunde mycket väl finnas fiender innan för. Hon vred försiktigt på huvudet och såg mot Tirasines grupp. Alram verkade tala lågmält med den kvinnliga drakriddaren och alven. Sedan reste de två sig upp och skyndade fram mot staden. Översten gjorde ett tecken åt en grupp till höger om sig och de tre spanarna där skyndade efter alven och kvinnan. Sedan tecknade han åt Liana och hennes två kamrater att skynda efter.

Dem sprang snabbt fram till den stora öppningen där porten en gång funnits. Tirasine och Sareas stod på knä och alven kikade försiktigt runt hörnet.

"Vi ska bara gå snabbt in för att se vad som finns där inne", viskade Tirasine när de var samlade allihop. "Vi ska inte gå in i strid eller avslöja vår närvaro. Strid sker endast i nödfall. Snabbt in, snabbt ut."

Liana och de andra nickade. Sareas tecknade åt dem att följa med och slank sedan tyst in genom öppningen. Liana skyndade efter honom. De åtta krigarna spred ut sig på varsin sida av den breda gatan och gick tätt intill husväggarna.

Liana spanade vaksamt fram och tillbaka och in i de trånga gränderna som hon passerade. Tyst arbetade hon sig in bland ruinerna. Ibland stannade dem till när någon råkade sparka på en sten. Då lyssnade man intensivt efter andra ljud, men det förblev tyst. Liana började känna sig nervös över tystnaden i staden. Den kändes nästan onormal.

Snart öppnade sig gatan upp till ett stort torg och alla stannade i kanten och spanade ut över det öde torget. Liana såg undrande på några av högarna som låg utspridda över torget innan hon insåg vad det var för något. Det var rester från lägereldar och demonernas middagar. Hon svalde hårt för att inte kräkas. Det var rester av människor.

Sareas höjde sitt spjut i luften och slöt ögonen. Liana hörde bara hur han mumlade fram orden och såg en liten grön låga som omgärdade spjutets klinga. Han slutade mumla tvärt och öppnade ögonen. Han hade en förbryllad rynka i pannan.

"Det luktar värre än träsket", muttrade Ranin och reste sig försiktigt. "Finns det några demoner i närheten, Sareas?"

"Inga i staden", sa alven frånvarande och stirrade på likhögen. "Men något annat... Vi måste ut ur staden."

Liana såg frågande på honom. Hans ögon speglade av vanmakt och misstro. Hon tyckte att hon såg skräck också. Meeko reste sig och tog några steg in på torget framför dem.

"Om det inte finns några demoner så är det väl ingen fara att se sig om", sa han med ett kort skratt.

"Meeko!" skrek Sareas och sträckte ut handen efter honom. "Tillbaka! Vi måste fly!"

Innan någon hann reagera började den stora högen mitt på torget att röra på sig. Liana stirrade med gapande mun på monstret som reste sig upp bland liken.

Den var säkerligen huvudet högre än överste Krashak Do'shank med grå-brunt skinn, fyra ben och två armar. Själva kroppen var stor och muskulös, men huvudet var litet. Istället för näsa hade den ett tryne och munnen var bred med många vassa tänder. Ögonen var små och den verkade kisa mot drakriddarna som stod vid torgets öppning. Nästan som om den såg dåligt. Den sniffade i luften efter dem.

"Vad i hela helvetet är det där?" viskade Ranin och rätade på sig.

"Något som inte borde existera i den här världen", svarade Sareas lika lågt. Han hade riktat spjutet mot högen med lik så snart den börjat röra på sig. Den gröna lågan växte starkare. "Jag träffade på en när jag var i världen Touros för flera år sedan. Jag trodde aldrig att jag skulle få se en Gorash här."

"En Gorash?" sa Tirasine och drog sig långsamt bakåt tillsammans med Liana. "Touros? Vad pratar du om Sareas?"

"Jag kan berätta senare", sa alven utan att släppa blicken på monstret framför dem. "Nu måste vi här ifrån. Vi kan inte döda den här varelsen."

Drakriddarna drog sig försiktigt tillbaka bort från torget. Plötsligt snubblade Farim, en kaptenslöjtnant, till och föll. Det skramlade när han tappade sitt ena svärd och allihop stannade till. Som en vände alla blicken till monstret, Gorashen. Med ett blodtörstigt vrål kom den rusandes mot dem.

"Spring för era liv!" vrålade Sareas och vände sig om.

Tirasine och Ranin grep tag i varsin arm på Farim och drog honom med sig innan han stapplandes lyckades få balansen och kunde springa själv. Liana kom i kapp Sareas.

"Hur dödar vi den?" skrek hon.

"Vi var nästan fyrtio krigare som stred mot den i Touros", ropade han tillbaka. "Femton var magiker och vi fick kasta nästan allt vi hade mot den. Likväl dog mer än hälften av oss innan vi lyckades besegra den."

Liana såg sig om över axeln. Gorashen snubblade till i sin iver att komma åt dem och for in i ett hus. Men den var strax ute på gatan igen och jagade dem. Det hade krävts fyrtio krigare att besegra ett sånt monster. Dem var bara åtta.

"Porten", ropade Ranin och pekade. "Bara en liten bit till träsket. Kanske vi kan lura ut den i det."

"Träsket stoppar inte det här monstret", morrade Sareas. "Vi får hoppas att Hiram fortfarande sitter i träden och spanar mot staden. Hon kanske är tillräckligt stark för att kunna döda den. Kanske."

De rusade porten och fortsatte mot träden som var början av träsket som omgärdade ruinerna. Träsket gick i en vid båge runt staden och vid vissa platser nådde det till och med murarna. Sareas kasade ett eldklot bakom sig som träffade i portens ena kant. Precis som gorashen kom genom porten rasade hela den ostadiga konstruktionen ner över den.

"Stanna inte", ropade Sareas. "Spring in bland träden. Hiram!"

Träden var fortfarande en bit bort. Liana såg hur överste Manros reste sig upp från sitt gömställe och stirrade gapande mot dem. På något bakom dem. Gorashen vrålade igen när den kastade av sig stenen som ramlat ner på den. Sedan rusade den efter dem igen.

"Hiram!" vrålade Sareas mot träden. "Var är du? Vi behöver din hjälp!"

En blå blixt slog ner bakom dem och Liana såg sig om över axeln. Gorashen stannade förbluffat till och stirrade på platsen som blixten slagit ner på. Ännu en blå blixt slog ner på andra sidan av monstret som hoppade till och stirrade efter den nya blixten.

"En högst osmaklig sak", hördes Hirams röst från träden.

Sedan omgärdades monstret av blå blixtrar och den vrålade av smärta. Jord kastades upp där den föll och vred sig i smärtor. Ännu fler blixtrar blandat med eldklot och eldpelare slog ner vid monstret. Slutligen landade ett enormt klot av eld på marken och omgärdade monstret. Dånet från eldklotet dämpade monstrets vrål. Damm och rök dolde det helt.

Liana stirrade flämtande på platsen som monstret funnits på. Det måste vara dött nu. Inget kunde överleva något sådant.

"Vid alla gudar", sa Alram när han kom fram till dem. "Vad var det där?"

"Den kallas gorash", sa Sareas. "Jag träffade på en sådan i världen Touros. Inte ens dem vet var den kommer ifrån."

Med ett kort skratt landade Hiram mjukt på marken framför drakriddarna. Hon höll stadigt i sitt långa spjut, som var prytt med en svärdsklinga. Hon bar som vanligt de blå säckiga byxorna och den röda tunikan. Båda var fulla av gula rankor och blad. Det långa bruna håret var flätat och hängde ner över ryggen. Vid hennes vänstra sida hängde ett svärd med vitt hjalt oh vit skida. Byxorna hölls uppe av ett gult bälte, som var knutet på höger sida och de långa ändarna hängde ner för hennes ben som en svag kopia av drakriddarnas kishara.

Hon tog några steg mot röken, men avfärdade det sedan med en fnysning. Hon vände sig om och såg på dem med sina stora bruna ögon. Hiram var mycket vacker, Liana misstänkte att det var för att hon var en ängel. Hon var lika lång som Diriska var i sin mänskliga skepnad. Men hon var vårdslös och nästan lika dålig på att följa order som general Drashin var.

Hiram lyssnade nästan inte på någon annan är Diriska och Drashin. Ibland kunde hon diskutera saker med Krashak på klipptrollens språk, oftast med ett krus öl i handen.

"Kan någon av er tala om för mig vad det där var för något?" sa hon lugnt och lade huvudet på sned.

"Det var..." började Sareas.

"Hiram, se upp!" ropade Liana och pekade bakom ängeln.

Röken virvlade och en muskulös arm svingade ut ur den. Liana hann bara se Hirams förvånade min när armen träffade ängeln i sidan och slungade iväg henne ut i träsket. Drakriddarna stirrade först efter ängeln och sedan på röken som började lägga sig.

Gorashen stapplade ur den och gned sig över det stora trynet. Blod rann över dess bröst och det ena ögat var borta. Den saknade två tänder och ett av benen var avslitet. Men inget verkade bekymra monstret som blinkande såg efter ängeln.

Det prasslade till bland löven bakom dem, men Liana vågade inte släppa monstret med blicken. Hon ryckte till när en lätt hand lades på hennes axeln. Diriska dök upp jämte henne och såg misstänksamt mot monstret. Hon var minst lika vacker som Hiram. Hennes blåa hår hängande fritt ner till skuldrorna. Hennes klarblå ögon lämnade aldrig besten framför dem. Hon bar i dag en klänning med röd topp och blå kjol, tillsammans med ett gult bälte med långa ändar som hängde ner för hennes högra sida. Över hennes högra bröst fanns hornen och stenen i gult som visade att hon var en del av Dödens skvadronen. Samma märke fanns i blått på bältets ändar.

Drashin ställde sig bredvid Sareas med korsade armar och såg bistert mot gorashen. Han var bara aningen längre än alven och hade kort ljusbrunt hår och gröna ögon. Han hade en fundersam min när han betraktade monstret.

"En gorash", sa han lugnt. Liana blinkade till. Hur kunde han känna till ett sådant monster. "Om din beskrivning av det stämmer, Sareas. Trodde aldrig att jag skulle få se en."

"Den överlevde till och med ett angrepp från Hiram", sa Sareas och hans grepp om hans spjut hårdnade. "Den slungade ut henne i träsket."

"Skall jag ta hand om den?" fråga Diriska helt lugnt.

"Ut i träsket säger du", muttrade Drashin och viftade avfärdande mot Diriska. "Nej, det kommer att gå bra. Hon är arg nu".

Liana undrade vad han menade med arg. Hiram hade flugit långt ut i träsket. Även om hon var en ängel kunde hon inte klara sig utan svåra skador efter det slaget.

Med ett dån exploderade marken framför gorashen och den tog förbluffat ett steg bakåt. Diriska lyfte handen och stenarna som flög mot deras håll föll genast ner på marken igen. Ett eldklot stort som en häst flög över träsket och träffade marken precis där gorashen stått. Det fick ännu mer sten och jord att flyga upp i luften.

"Hon verkar vara mer än arg" ropade Alram över oväsendet och duckade för en sten som aldrig nådde dem.

Liana kunde inte annat än att hålla med. Hon stirrade ut i träsket efter ängeln. Så dök något upp ur vattnet och flög högt upp i luften. Liana hörde hur Diriska flämtade förvånat. Själv stirrade hon med gapande mun.

"Så det är så den ser ut", mumlade Drashin. "Intressant."

Liana kunde knappt tro sina ögon. Hiram svävade högt ovanför dem, med blicken vänd mot gorashen. Men istället för att vara klädd i sina vanliga kläder, bar hon en skinande rustning som delvis täcktes av vitt tyg. Det vita tyget hängde över hennes axlar och ner nästan till hennes knän. På bröstet var samma kranium i gult och vingar, en blå och en röd, som brukade finnas på hennes tunika. Vid midjan hölls det ihop av ett skärp av flätat silver. Hjälmen var öppen för ansiktet och prydd med långa vingar i silver och en lång kam av vita plymer. I höger handen höll hon sitt svärd. Men det var vad som fanns på hennes rygg som fick Liana att spärra upp ögonen ännu mer.

"Vingar", viskade Diriska förbluffat. "Hon har vingar."

Två stora gyllene vingar rörde sig långsamt och höll Hiram kvar i luften. Liana kunde nästan utskilja varje fjäder som utgjorde dem. Så stora var dem.

Gorashen vrålade mot ängeln i skyn och började klumpigt röra sig mot henne. Hiram höjde bara sin fria hand mot besten. Den vrålade av smärta när svarta lågor slog ut ur dess sår i bröstet, men den stannade inte. Hiram knöt och vred kvickt på handen. Gorashen snubblade till när ett av benen bröts, men den tog sig upp igen och försökte vacklande ta sig fram till sin plågoande. Hiram gjorde några snabba gester med handen och blixtrar slog ner i monstret samtidigt som marken exploderade och mer eld slog ut i dess sår.

Med ett plågat tjut föll gorashen till marken och sparkade upp jord och sten i luften. Hiram grep svärdshjaltet med båda händerna och störtade ner mot det plågade odjuret. Innan hon nådde fram till det exploderade marken igen.

Liana lyfte armen för att skydda sig mot sten och grus som for över henne. Diriska höjde lätt handen och allt stoppades och föll till marken bara några steg från dem.

Liana sänkte armen och stirrade var besten och ängeln hade drabbat samman. Hiram stod och såg ner på den döda besten. Blod droppade från svärdsklingan och i den andra handen höll hon gorashens huvud i ena örat.

Drashin gick fram till ängel och lade en hand på hennes axel. Hon ryckte till och vände sina bruna ögon mot honom.

"Det var… intressant", sa Drashin fundersamt. "Jag har alltid undrat hur rustningen såg ut." Han rörde lätt vid hennes vingar. "Så änglars vingar blir synliga endast när ni bär er rustning."

Hiram såg sig över axeln och fnös. "De är mest i vägen när det kommer till strider", sa hon kort. "Gaidal är den ende som brukar stoltsera med sina vingar. Vi andra brydde oss sällan om att visa dem för dödliga."

Drashin nickade sakta och vände sig om igen. Han såg helt kort på besten som låg på marken innan han började gå tillbaka mot skogen. Alram gick nyfiket fram till monstret och studerade det. Han mumlade för sig själv, vad han än sade fick det Hiram att skratta kort.

Liana skulle just vända sig för att gå med Drashin och Diriska tillbaka mot lägret när himlen plötsligt sken upp. Alla vände sig mot ljuset och Liana fick skydda ögonen mot det starka skenet.

"Så dem kom ändå", muttrade Hiram irriterat. "Jag trodde inte att de skulle märka något."

Liana undrade vad hon menade när fyra gestalter mjukt landade på marken framför dem. Skenet mattades av och Liana spärrade upp ögonen när hon fick se vad som landat framför henne.

2

Fyra personer i liknande rustning som Hiram, alla med likadana vingar som henne, stod framför dem. Liana visste inte vem av dem hon skulle fästa blicken på. Alla fyra bar på svärd med vita skidor och långa vita hjalt. Tre av dem bar liknande hjälm som Hiram, medan den fjärde hade gyllene plymer istället för vita.

"Gaidal", sa Hiram kort. Hon höll fortfarande huvudet och svärdet i sina händer. Hennes grepp om svärdshjaltet hårdnade när hon såg de fyra änglarna.

"Hiram", svarade mannen som bar hjälmen med de gyllene plymerna. Hans röst var mörk och befallande.

"Vad för Himmelrikets främste hit till de dödligas rike?" frågade Hiram avmätt.

"Vi kom för att vi kände att din rustning frammanades, Hiram", sa Gaidal. "En rustning som du inte borde ha i din ägo."

"Ingen har någonsin krävt tillbaka den. Harmsna verkar inte bry sig om att jag har den."

Liana såg hur Gaidals min hårdnade. Han och Hiram verkade inte tycka om varandra. Hon kände åter hur Diriska lade sin hand på hennes axel och drog henne försiktigt bakom henne. Rörelsen fick två av änglarna att vända sina blickar mot dem. Diriskas grepp hårdnade en aning, men hon anlade en nonchalant min. Liana undrade vad som skulle kunna hända om änglarna beslöt sig för att dem var fiender. De två änglarna rynkade förbryllat på pannan och lade sina händer på svärdshjalten.

"Jag för Harmsnas ord till dig, Hiram", sa Gaidal barskt. "Du skall genast lämna ifrån dig din rustning. Det är hans order!"

"Är det verkligen sant, Gaidal?" frågade Hiram lugnt och vände sig mot honom. Hon lät huvudet falla till marken. "Dofara, talar Gaidal sanning? Är detta verkligen Harmsnas, Himmelrikets härskares, order?"

Liana såg hur ängeln till vänster om Gaidal ryckte till. Nu såg hon att det var en kvinna, precis som Hiram. Ängeln såg helt kort mot Gaidal innan hon tog ett steg fram mot Hiram.

"Jag hörde det inte personligen, Hiram", sa hon med klar röst. "Men Gaidal säger att det är Harmsnas order. Varför skall jag tvivla på hans ord?"

Gaidal såg triumferande på Hiram. Hiram tvekade och vände blicken helt kort mot Diriska. Liana såg hur draken nickade kort och slöt ögonen. Liana hörde hur draken mumlade på sitt uråldriga språk innan hon slutligen öppnade ögonen igen.

Hon klappade Liana lätt på axeln innan hon steg fram och ställde sig vid Hirams sida. De fyra änglarna blinkade till och såg förbluffat på henne. Gaidals vredgade min kom tillbaka.

"Dödliga har inget med det här att göra", fräste han argt. "Gå tillbaka dit du hör hemma, människa."

"Oh", sa Drashin roat och ställde sig bredvid Liana. "Det hela blev precis mycket intressantare."

Liana stirrade på honom och han flinade stort. Ljudet av tunga fötter hördes komma närmare och överste Krashak Do'shank ställde sig på hennes andra sida. Han korsade sina väldiga armar över bröstet och såg på änglarna med bister min. Liana hörde muntra röster bakom henne från fler klipptroll som hade anslutit sig till dem.

"Dödlig?" sa Diriska med ett skevt leende och Hiram skrattade till. "Människa? Det var länge sedan någon kallade mig människa senast. Undra när det var." Hon knackade fundersamt med fingret mot läpparna. "Kanske var det trehundra år sedan."

Änglarna ryckte till vid hennes ord. Liana kunde höra hur en av dem upprepade vad draken sagt. Gaidal grep hårt om hjaltet till hans svärd och stirrade mot de två kvinnorna framför honom. Bakom sig hörde Liana flera av klipptrollen skratta högt.

"Om det blir slagsmål", ropade Rasham med hög röst, "så spara lite åt oss, ängel Hiram, drake Diriska!"

"Drake!" utbrast Dofara och tog ett steg tillbaka. "Omöjligt! Det ska bara finnas tre kvar som kan formskifta."

"Det är sant, min vän", sa Hiram, till Lianas förvåning lät hon vänlig. "Diriska är en drake som hållit sig dold för världen. För bara några månader sedan steg hon ut ur skuggorna. Diriska är den mäktigaste av drakarna, kanske till och med mäktigare än båda Shayola och Harmsna. Det är vad Ma'sharos'tian säger."

Gaidal och det två manliga änglarna tog motvilligt några steg tillbaka. Sedan åter hämtade sig den förste och tog ett steg framåt igen.

"Det är inget som betyder något här och nu", morrade han. "Harmsna har krävt att du lämnar tillbaka rustningen som du bär. Du har ingen rätt att bära den längre. Du är inte en av ärkeänglarna längre, Hiram."

De två manliga nickade, om än osäkert, vid hans ord. Dofara såg tvekande först mot Gaidal och sedan mot Hiram.

"Harmsna har inte gett några sådana order", sa Diriska lugnt. "Jag skulle nog säga att du samlade ihop de andra här så snart du kände att Hiram framkallade rustningen, utan att samråda med Harmsna först. Du sökte aldrig upp honom innan."

Gaidal ryggade undan för hennes ord. De två manliga änglarna såg tvivlande ut och Dofara for med blicken mellan Diriska och Gaidal. Draken log bara.

"Jag undersökte alla era sinnen innan jag slöt upp med Hiram för att se om ni talade sanning, mäster Gaidal", fortsatte Diriska. "Även Hirams. Ni har alltid velat komma närmare tronen och makten runt den. Att få tillbaka Hirams rustning borde vara en värdig trofé att ge till din herre. Men för att få med dig de andra var du tvungen att säga att det var på hans order. Själv tror jag att han inte bryr sig om var rustningen befinner sig, så länge Hiram inte går upp mot honom."

Hiram nickade lugnt. Dofara och de två andra änglarna nickade sakta och gav Diriska en värderande blick. De verkade undra vad mer hon kunde göra. Gaidals käkar rörde sig när han försökte finna svar på hennes påstående. Sedan vände han tvärt, tog några steg och lyfte sedan från marken. De två manliga tvekade kort innan de hastigt följde efter honom. Dofara såg efter dem tre innan hon åter såg mot Hiram.

Hiram mumlade något som fick Diriska att skratta till. Ängeln satte tillbaka sitt svärd i skidan igen och borstade frånvarande av sin blodiga hand mot det vita tyget. Diriska såg äcklad på blodfläckarna.

"Jag tänker inte rengöra den för dig", fnös draken.

Hiram skrattade till och knäppte med fingrarna. Genast försvann rustningen och hon stod åter i sina blåa byxor och röda tunika. Hon såg sig hastigt omkring och knäppte sedan ännu en gång med fingrarna. Henne spjut kom flygande ur träsket och landade i hennes hand.

Dofara dolde ett leende med handen och knäppte själv med sina fingrar. Hennes rustning försvann och hon var nu klädd i en ljusröd klänning med silverstjärnor över bröstet och kjolen. Hennes blonda hår var lockigt och föll fritt ner för hennes rygg. Hennes blå ögon gled över den samlade skvadronen som stod i en vid båge runt dem.

"Du har alltid haft en förmåga att skaffa dig underliga vänner, Hiram", sa hon och log varmt mot den andra ängeln.

"Nå", sa Hiram allvarligt och lutade sig mot sitt spjut. "Dessa är i alla fall bättre än Asharak." Hon gjorde en sur grimas. Liana mindes att det var Hiram som hade förvisat Asharak från Himmelriket för länge sedan. "De här försöker inte störta några troner, de beskyddar."

"Asharak är en skam för Himmelriket", sa Dofara sakta och skakade sorgset på huvudet.

Hiram grymtade surt och såg bort mot staden. Liana såg hur Drashin och Krashak gick fram till den huvudlösa kroppen och undersökte den. Diriska såg kort mot änglarna innan hon gjorde de båda drakriddarna sällskap. Dofara såg undrande efter henne.

"Är hon verkligen en drake?" frågade Dofara försiktigt. "Jag har hört att det enbart ska finns tre kvar, och att alla tre är hanar."

"Nog är hon en drake alltid", sa Hiram och sparkade på huvudet som låg vid hennes fötter. "Jag har själv sett hennes riktiga skepnad."

Dödens skvadron började vända tillbaka mot lägret nu när det inte verkade bli någon strid, eller underhållning som en del av klipptrollen sa. Liana kunde höra några skratta och diskutera om vilka som skulle vinna, fyra änglar eller Diriska. De flesta verkade vilja satsa på Diriska.

Liana slöt upp jämte Tirasine och såg sig om över axeln. De två änglarna talade fortfarande med varandra. Hiram gjorde en gest med handen mot deras läger och Dofara följde tvekande med henne.

Dvärgdrakarna Narika och Lanar lyfte på sina stora huvuden när de närmade sig. Drakarna stod alltid på vakt så snart de slagit läger, men det var sällsynt att de var på marken. Oftast klättrade de upp i något träd eller flög tyst runt lägret.

"Draak nari", sa Narika lågt när hon fick se Liana. Hon undrade vad det betydde. Det var flera av drakarna som kallade Liana för det. Hon bestämde sig för att fråga Diriska när hon fick chansen.

Liana såg sig om, men hon kunde inte se Samare eller Mira någonstans. Hon skyndade sig mot mitten av lägret när hennes tält, som hon delade med Aylia och Jali, låg. Hon fann de båda sittandes vid tältet och värmde sig vid en liten eld. En liten tekanna hände över elden och det doftade ljuvligt från teet. Med en suck satte hon sig ner på marken och sträckte fram händerna mot elden.

Aylia As'Laynai var två år yngre än Liana och mycket vacker. Hennes långa svarta hår hängde fritt ner för ryggen på hennes mörkgrå klänning.

Över hennes högra bröst fanns samma märke som fanns på Drashins kishara, En sten mellan två horn i gult. Runt hennes midja var ett liknande bälte som både Diriska och Hiram bar. På ändarna av bältet fanns samma märke men i blått.

Jali Olinark var ett år äldre än Liana. Hon var kortare än de båda andra och med den stora näsan hon hade kunde hon på sin höjd kallas för söt. Hennes svarta hår var axellångt och hölls ihop i nacken av ett rött band. Hon bar en mörkröd klänning och gult bälte. Även hon hade hornen och stenen i gult över bröstet och i blått på bältets ändar.

"Vad hände där borta?" undrade Aylia medan Jali hällde upp te åt Liana. "Vi kunde höra en massa oväsen, men Drashin beordrade oss att stanna kvar i lägret."

"Vi blev jagade av något som Sareas kallade för gorash", sa Liana och tog emot muggen. "Han sa att den inte skulle existera i vår värld utan att den kom från en värld han kallade för Touros."

"Touros?" sa Jali förvirrat. "Gorash?"

"Jag har aldrig hört talas om något av dem", sa Aylia och rynkade förbryllat pannan. "Jag tror inte att någon i Spökriket har hört talas om världen Touros innan."

Kalar Dobai, Sareas bror, skulle just passera dem, men när han hörde dem prata stannade han till.

"Touros?" sa han lugnt och log ner på de tre unga kvinnorna. "Har Sareas berättat sagor igen?"

När Liana berättade vad som hänt vid ruinstaden blev han genast allvarlig. Han såg som hastigast på byltet i sina händer innan han satte sig på huk framför dem.

"Det är väldigt få som känner till det här", sa alven lågt. "Endast Jag själv, general Drashin, överste Do'shank och Ma'sharos'tian känner till det här. Det var för kanske tio år sedan, så försvann Sareas. Officiellt hade han dött under ett uppdrag, men Ma'sharos'tian hade valt ut honom för ett special uppdrag.

Han lämnade vår värld och for iväg till en annan. Vi visste inte namnet på den och Ma'sharos'tian var själv osäker. I flera år var han borta. När Nariff bröt sig ur sitt fängelse för åtta år sedan trodde jag att han skulle komma tillbaka, men inget hände. Jag började tro att han verkligen hade dött.

Men så under första kriget mot Marish för sju år sedan dök han plötsligt upp mitt i en strid. Han var så förvirrad att han inte visste vilka han skulle strida mot. Hans kläder var slitna som om han redan varit med om en strid och genast kastats in i en ny. Hade det inte varit för Krashak hade han mycket väl kunnat döda några av oss, eller blivit dödad själv." Han avböjde en mugg från Jali med ett kort leende. "Kort efter kriget avlade han sin rapport till Ma'sharos'tian. Jag, Drashin och Krashak var med honom. Jag hade svårt att tro något av det han berättade, och Ma'sharos'tian bara lyssnade tyst. Om ni vill veta mer får ni fråga Sareas själv. Kanske berättar han för er."

Alven reste sig upp och nickade kort mot dem, sedan vandrade han vidare in i lägret och försvann. Liana såg länge efter honom.

"Det förklarar varför Sareas namn aldrig fanns med i böckerna från kriget mot Nariff", sa Aylia fundersamt och Jali nickade medan hon satte sig.

"Vad menar du?" frågade Liana och såg mot sin vän.

"De övriga sju som ur den ursprungliga skvadronen nämns under olika sekvenser från kriget", berättade Aylia. "Kalar Dobai, då kapten, var den ende av dem som reste tillsammans med Marish och de andra." Hon grinade illa när hon nämnde det namnet. "Norek Jarale, kapten då också, och Krashak Do'shank befann sig vid överstens hem och stred tillsammans med Taurklanen. Tirasine Nariba, även hon kapten, Meeko Prash och Ranin Orakt, båda löjtnanter, stred med den svarta legionen. Skvadronen var splittrad, men lyckades ändå gjuta stora segrar var de än stred."

"Det var först vid första kriget mot Marish som Dödens skvadron åter igen stred som en enda grupp", fyllde Jali i. "För första gången på närmare tre år var alla åtta drakriddarna tillsammans igen."

Liana fick syn på Hiram och Dofara som gick genom lägret en bit bort. Dofaras blick gled över krigarna som var samlade, men hon verkade inte vara besvärad över att se så många krigare. Några drakriddare med svart, gul och vit kisharas passerade änglarna. De bugade lätt mot änglarna, men ägnade sedan ingen mer uppmärksamhet mot de två. Dofara följde dem med blicken och verkade säga något till Hiram. Ängeln viftade bara lätt med handen.

"Vem var det?" undrade Jali nyfiket och såg efter änglarna när de försvann bland tälten. "En bekant till ängel Hiram?"

Aylia och Jali var alltid artiga och nämnde alltid Hiram som 'ängel Hiram'. Diriska hade fått tjata länge på de två innan de hade slutat kalla henne för 'drake Diriska'. Hiram verkade dock inte bry sig om vad de kallade henne. Hon lade inte speciellt mycket uppmärksamhet på andra drakriddare eller krigare i skvadronen än Drashin, Diriska, Mira, Samare och de två överstarna. Diriska däremot försökte lära sig alla namnen och talade med alla som ville prata med henne. Alltid med ett vänligt leende.

"Hon heter Dofara", sa Liana och drack av teet. "Hiram kallade henne för en av himmelrikets främste."

Aylia rättade på ryggen och stirrade på henne med stora ögon. "Är hon en ärkeängel?" viskade hon. "Vad gör en ärkeängel här?"

"Det kom fyra vid ruinerna", förklarade Liana och berättade snabbt vad som hade hänt. Hennes två vänner lyssnade uppmärksamt på henne.

"Gaidal", sa Jali låg när Liana till slut tystnade. "Han ska vara den av ärkeänglarna som står närmast tronen. Den starkaste av dem. Ängel Hiram stod upp mot honom som en jämlike?" Hon skakade långsamt på huvudet.

Liana nickade tyst och drack det sista av teet. I ögonvrån såg hon furst Najdjin och några somiska soldater gå genom lägret mot Drashins och Asamas tält. Den mörkhyade mannen gick ledigt med ena handen mot svärdshjaltet och blicken rakt fram. Han hade klippt håret sedan slaget om Soma, nu var det kort och det grå syntes mindre. Däremot syntes det desto tydligare i det korta skägget han bar. Salaam Najdjin var Somas främste general och endast efter kung Lamas i befälsordningen.

En skugga gled över dem och de tre unga kvinnorna lyfte blicken. Liana såg buken på en dvärgdraken som tyst gled över lägret. Det verkade som om den var på väg att landa. Klingan från ett av drakryttarnas spjut syntes när det pekade mot någon plats inom lägret. Draken nös högt innan den svängde svagt i riktning som spjutet pekade. När den lutade kunde Liana se ryttaren som satt på dess rygg. Mira och Samare hade kommit tillbaka.

"Undra om det ska hållas någon form av krigsråd", sa Aylia lågt och följde Samare med blicken.

"Säkerligen", sa Ranin och alla tre hoppade till. Han flinade stort mot dem när de vände sig om. "Nu ska det beslutas om vart vi ska gå nu. Norr eller söder."

Liana såg hur Meeko smög upp bakom Jali med något i händerna. Hon vred på huvudet och flämtade till. Dvärgen höll huvudet från gorashen i händerna och lyfte det försiktigt så att Jali skulle se rakt in i de döda ögonen när hon vände sig om.

"Ah…" sa Liana. "Jali…"

Hennes vän vände sig om och kastade sig bakåt med ett tjut när hon fick se monstret. Skrattandes sprang de båda upptågsmakarna iväg med huvudet. Aylia hämtade sig snabbare än Jali och kastade tekitteln efter de två männen.

"De där två", morrade Aylia. "Varför skall de alltid hålla på och skrämma upp oss på det viset?"

Liana suckade och hjälpte Jali upp på fötter igen. Den unga häxan stirrade bittert efter de två drakriddarna som försvann mellan tälten. Rop och svordomar följde i deras spår.

"Det är inget att göra åt", sa Liana trött och satte sig ner igen. "Enligt Tirasine kommer de två aldrig att växa upp."

Muttrande satte sig Jali ner igen, medan Aylia hämtade kitteln. Irriterat lade hon undan den och satte sig med armarna i kors och stirrade surt in i elden framför dem. Liana gav sin två vänner en snabb blick innan hon sträckte ut händerna mot elden. Det kunde fortfarande vara varmt på dagarna, så här tidigt på hösten, men sådana här grå dagar och kvällar var det ändå ganska kyligt. Hon lyfte blicken och såg bort mot det stora tältet som reste sig över de andra. Där skulle krigsrådet hållas och det skulle beslutas om vart dem skulle bege sig nu.

3

Diriska ställde sig som vanligt på Drashin högra sida vid det stora bordet. Hon tittade ner på den stora kartan som låg på det. Flera olikfärgade stenar låg utspridda på kartan. De flesta fanns i sydöstra Amdoria, nordöstra Mosker och sydvästra Amarji. Stenarna representerade olika strider som pågick runt om i världen.

Västra delen var relativt skonad från striderna, endast tre stenar var placerade där. Norr hade ett tiotal, det gick rykten om att en väldig armé från Magrash var på väg söderut. Klipptrollen hade av någon anledning samlats inom Amarjis gräns och stred tillsammans med den kejserliga armén. Somas armé var delad i två, en stred tillsammans med amdorianerna och en med moskierna. De två stora länderna höll sig för det mesta inom sina egna gränser.

Asama räckte över en bägare till henne. Hon tog emot den med ett vänligt leende. Den blonde drakriddaren nickade bara kort innan han hällde upp ännu en och gav den till Drashin. Diriska smuttade på vattnet och sneglade på den bistre generalen jämte henne. Hans ögon svepte över kartan där han räknade striderna. En hög med fler stenar låg intill honom, redo att läggas ut.

Tältfliken öppnades och överstarna Do'shank och Manros steg in tätt följda av överstarna Ejar, Nago och Lombras från Drakens skvadron, den som Asama var ledare för. Diriska undrade förstrött om översten Garo Lombras var en ättling till Mantera Lombras som en gång var Ca'Draak, drakriddarnas ledare. Krashak och Alram nickade mot Diriska och hon besvarade deras hälsning på samma vis.

Strax steg även Salaam Najdjin in i tältet följd av två somiska befäl. Diriska visste inte vilken rang de båda hade då alla somier bar liknande kläder och rustningar. Men de borde vara ganska höga befäl. Alla tre hade grått i håret och i de kortklippta skäggen. Vid deras höften hängde det traditionella krökta svärd som alla somiska soldater bar.

"Vi hörde rykten om att änglar dök upp vid Harash", sa Salaam när han ställde sig vid bordet.

"De reagerade på Hirams rustning", sa Drashin frånvarande utan se upp från kartan. "Tydligen kan de känna när hon frammanar den."

"Är det något som kan skapa problem i framtiden för oss?" undrade Asama och nöp sig över näsryggen.

"Det blir inga problem", sa Hiram och steg in i tältet. Diriskas ögon smalnade en aning när hon såg vem som följde med henne in.

Den blonda ängeln, Dofara, bugade lätt mot de samlade befälen med ena handen mot bröstet. Männen såg förvånat upp och stirrade på ängeln. Endast Drashin verkade oberörd, även om Diriska såg att han rynkade en aning på pannan.

"Ni får ursäkta att jag tränger mig på", sa Dofara med ett litet leende. Hon var vacker, det fick Diriska medge. "Men vad som händer här hos er dödliga kan mycket väl sprida sig till Himmelriket."

"Du vill få information", sa Drashin utan att röra en min. "Du vill veta om vi vinner eller förlorar."

Dofara bara log mot honom. Hiram himlade med ögonen och lade en hand på sin väns axel. Dofara lutade sig mot den andra ängeln och lyssnade på vad hon viskade till henne. Hennes leende bleknade och hennes ögon såg oroligt mot Drashin och Asama.

De två männen såg uttryckslöst på henne. Diriska kunde förstå varför ängeln kände sig orolig i deras sällskap. Detta var de två mäktigaste krigarna som de dödliga hade. Mäktiga nog att kunna döda en ängel.

Tältfliken drogs undan igen och Mira klev muttrandes in i tältet. Hon bar drakryttarnas traditionella kläder vid krigstider, säckiga svarta byxor och en löst sittande skjorta i mörkt grönt. Över hennes högra bröst fanns hornen och stenen i gult. Hennes skärp var gult precis som Diriskas och Hirams, men det saknade de långa banden som ängeln och draken hade. Däremot fanns samma drake och blixt på det som Asama hade på sin kishara på det.

Hennes långa bruna hår var flätat och hängde över hennes vänstra axel. De bruna ögonen såg bara som hastigast mot Dofara innan hon steg fram till bordet. I famnen bar hon en liten hög med papper. Hon började prata med hon delade ut dem bland de samlade.

"Hasram Do'shank leder klipptrollen mot sydvästra Amarji", sa hon med stadig röst. Hon tvekade bara kort innan hon räckte över ett papper till Dofara också. "Han har med sig någonstans mellan tjugofemtusen och trettiotusen krigare från klanerna. Han verkar bara lämnat en handfull krigare kvar vid varje klans hem som beskydd. Enligt rapporterna från kejsarinnans hov går han först in i varje strid."

"Först in i varje strid", muttrade Salaam. "Borde han inte leda sina trupper som vi andra gör?"

"Kisnact Lach har aldrig använt sig av generaler så som ni människor gör", sa Krashak. "Det är tradition att den som leder krigarna går i främsta ledet."

"Men han börjar väl ändå bli gammal nu", envisades Salaam.

"Far fyllde etthundrafyrtiosex år för en månad sedan", sa Krashak och flinade. "Inte skulle han låta åldern bli ett hinder att få delta i ett krig. Min morfar var närmar hundrasextio när han deltog i sitt sista krig."

"Hundrasextio?" Salaam stirrade på honom. "Hur...?"

"Han dog", sa Krashak med en axelryckning. "Men han tog sextio fiender med sig in i döden."

"Vidare", sa Mira och gav de båda männen en bister blick. "Amarji skördar segrar längs med hela sin västra gräns." Hon sträckte sig över bordet och tog bort fyra stenar. Sedan lade hon dit två nya längre söderut. "Däremot verkar de hamnat i ett dödläge strax norr om gränser till Mosker. I tre veckor har striderna böljat fram och tillbaka. Dock verkar demonerna inte bli fler i området, så om inget dramatiskt händer borde dem kunna hålla stånd tills förstärkningar kommer."

Männen runt bordet grimaserade vid hennes ord, men sade inget. Diriska visste vad dem alla tänkte. Det fanns inga förstärkningar att skicka någonstans. Rikena söder om Mosker var betydligt mindre än Amdoria, Mosker, Amarji och Tranmere och de flesta var oroliga över Narkia, som var det största innan man nådde Dromadaöknen. Dessutom höll sig Spökriket utanför striderna av någon anledning. Så länge inte deras gränser korsades höll häxorna tillbaka sina soldater.

"Soldater från Daranda har marscherat in i Mosker och strider tillsammans med den moskiska armén", fortsatte Mira och såg ner på sitt papper. Drashin grymtade till, men såg bara ner på kartan. "Man har lyckats pressa ner Asharaks demoner söderut och bort från den amdorianska gränsen." Hon flyttade några av dem gröna stenarna på bordet. "Det är inga stora segrar, som för Amarji, men demonerna kommer inte framåt. Marishs armé har skymtats i Mosker, men som vanligt drar han sig undan så vida han inte blir trängd."

"Hur den mannen tänker förblir ett mysterium", muttrade Asama. "Hur går det för Hamares och Örnens skvadron?"

"General Loras skördar segrar i alla slagen", rapporterade Mira lugnt. "Han har inga större förluster. Det är mycket tack vare honom som drottning Famala klarar sig så bra."

"Hamares är en taktiker, Asama", sa Drashin kort. "Kanske till och med den bäste vi har bland drakriddarna. Niashal är kanske den ende som skulle kunna mäta sig med honom på ett slagfält."

Asama nickade kort och pekade mot stenarna som låg på den amdorianska delen av kartan. Det var långt fler stenar där än någon annanstans.

"Vad händer i Amdoria?" frågade han sammanbitet.

Mira tittade fundersamt ner på sitt papper. Diriska tyckte att hon nästan såg besvärad ut.

"Det är mycket blandade resultat i Amdoria", sa helerskan till slut. "Asharak har på något sätt lyckats få ännu fler demoner till Amdoria. Kung Makar har pressats tillbaka på flera fronter. Generalerna Olasan och Gosha däremot lyckas bättre. De håller stånd med sina skvadroner. Tigerns och Vargens skvadroner skulle med all säkerhet lyckas ännu bättre om de kunde få kontakt med varandra igen. Men endast när de försöker närma sig varandra blir de tillbaka pressade. Dock inga stora förluster, och de har ganska bra understöd av amdorianska och somiska trupper."

Diriska såg på kartan. Mira placerade ut flera röda stenar på den. Nästan hela sydöstra Amdoria var täckt med stenar. Hon flyttade även över några gröna stenar in på amdorianskt territorium.

"Drottning Famala har skickat in nästan fyrtiotusen soldater in i Amdoria som understöd", sa Mira och skakade långsamt på huvudet. "Men utan förstärkningarna kommer hon tvingas dra tillbaka dem igen."

"Förstärkningar", mumlade Drashin. "Varifrån kan vi få förstärkningar? Alla våra trupper är utspridda och upptagna i strider."

Mira tog upp en blå sten från bordet och lade ut den på den kartan, långt norrut. Diriska rynkade på pannan. Det var så långt norrut som striderna någonsin lyckades komma. Sedan dess hade man lyckats pressa Asharak och hans demoner söderut. Hon undrade varför helerskan hade valt att lägga ut en ny färg på kartan.

"De är på väg söderut", sa Mira och såg upp på Drashin. "De tågar söderut genom kejsardömet."

"De…" Drashin rynkade på pannan och stirrade på den blå stenen.

"Säckpiporna och trummorna ekar över skogar och fält i Amarji", sa Mira utan att släppa Drashin med blicken. "Tre gånger har dem varit inblandade i strider. Alla vittnesmål har varit berätta samma sak. Piporna och trummor har hörts på långt håll, så blir det tyst som på natten. Sedan kommer dem, som en flodvåg över kullarna, alltid lika tysta. När striden är över ses de skadade över och sedan fortsätter dem söderut. I takt till säckpiporna och trummorna marscherar dem. Hela tiden söderut."

Diriska såg skeptiskt på Mira som bara såg mot Drashin. Draken bytte en fundersam blick med Hiram som lätt skakade på huvudet. Hon förstod inte heller vad Mira talade om. Dofara stod bara tyst och läste pappret som hon höll i. Drashin släppte inte den blå stenen med blick. Med en darrande hand rörde han den lätt.

"Blodssnön", sa han lågt. "Ända sedan blodssnön har dem stridit på det viset."

"Blodssnön?" sa Salaam undrande. "Vad menar…?" Han tystades av Miras lyfta hand.

"Vålnaderna", sa Asama sammanbitet. "Sedan blodssnön…" Han tvekade och sneglade på Drashin. "Sedan blodssnön, då sjuttio av deras elitsoldater dödades av demoner för fyra år sedan, har Magrash soldater stridit på detta sätt. De marscherar till ljudet av säckpipor och trummor, som aldrig tystnar förrän de slår läger. Alldeles innan de går till anfall tystnar det och de väller fram i tystnad mot sina fiender. Där av har de fått namnet Magrashs vålnader."

"Hur många är dem?" undrade Diriska.

"Det enda rapporterna säger är att de är många", sa Mira och såg ner på sitt papper. "Det finns inga siffror, men det sägs att det också har barn med sig."

Diriska spärrade förskräckt upp ögonen. Barn! Tog magrasherna med sig barn ut i krig.

"Alla", sa Drashin innan hon hann öppna munnen. Han såg upp och skrattade kort. "Magrash har tagit med sig varje man och kvinna i stridbar ålder till det här kriget. Varje barn över tolv år går med i leden. De minsta slår på trummor och blåser i piporna. I Magrash tränar alla, pojkar och flickor, till att bli krigare."

Diriska såg på honom med stora ögon. Även Hiram, som vanligtvis godtog det mesta, såg bestört ut. Dofara lyfte en hand till sina läppar och stirrade med stora ögon på honom. Mira rörde inte en min utan bara såg på honom. Asama, Krashak och Alram nickade långsamt, medan de övriga männen såg frågande på varandra.

"Vad menar du med alla?" sa Salaam till slut.

"Magrash kommer inte med en armé", sa Asama lugnt. Han tog upp två blå stenar till och lade dem vid Miras första.

Drashin tog ytterligare två och lade ner dem vid de första. "Magrash kommer med ett helt folk. Nästan fem hundratusen krigare, män, kvinnor och barn, tågar söderut för att ansluta sig i kriget mot Asharak."

"Vår förstärkning har kommit", sa Mira och lade dit ytterligare två stenar.

"Varför kommer de med så många?" viskade Salaam. "Om de hade kommit till Somas hjälp…"

"Magrash hade aldrig hunnit ner till Soma", sa Drashin. "Så snart vi visste vad som hände i Soma, såg Ma'sharos'tian till att budbärare red till alla bundsförvanter som drakriddarna har. Med tanke på att vi nu, fyra månader efter Somas fall, för första gången hör talas om Magrashs armé."

"Betyder att de fick reda på invasionen av Soma troligen för tre månader sedan", sa Asama. "En månad efter Somas fall. Drashin hann ner i sista stund för att rädda så många ni gjorde. En budbärare hade inte ens hunnit fram innan ni alla var döda och nästa land blivit invaderat."

Salaams axlar sjönk ihop och han stirrade tomt på kartan. Mira klappade honom lätt på axeln.

"Magrash gör nu vad de inte kunde göra innan", sa hon vänligt. "Om detta hade varit ett vanligt krig hade man kanske skickat upp till femtiotusen soldater. Men nu skickar man allt man har. Amdoria har kanske två miljoner soldater, nästan enbart män, Mosker och Amarji likaså. Alla utspridda och slåss på olika platser. Endast klipptrollen går samlade, men det är så de alltid gör.

Magrash kommer inte dela upp sina trupper, inte i det här kriget. De kommer med minst femmiljoner krigare, som är tränade sedan fem, sex års ålder. Varje krigare har en enda tanke när de marscherar söderut för att möta Asharaks demoner."

Diriska lyssnade uppmärksamt på Mira. En så stor och vältränad här skulle vilket riket som helst ha problem med. Och den marscherade enbart för en enda sak. Hon öppnade munnen.

"Varför?" frågade Hiram innan Diriska hann säga något. "Varför kommer Magrash med så många? Och med barn?"

Diriska såg kort mot henne innan hon vände blicken mot Drashin och Asama igen. Alla hade uppmärksamheten mot de båda generalerna. Asama sneglade mot Drashin och stirrade på de blå stenarna.

"De kommer på grund av blodssnön", sa Drashin sakta och höjde blicken. "De söker hämnd på demonerna som dödade sjuttio personer. I fyra år har de väntat. Att få tvätta bort blodet från snön. Dem var inte ens fullt utrustade, det var bara ett rutinuppdrag. Slå tillbaka trollen som gjorde räder mot några pälsjägare."

"Hur kan ni veta så mycket om denna blodssnö?" frågade Dofara försiktigt.

"Jag är den ende som överlevde blodssnön", sa Drashin och såg ängeln rakt i ögonen.

Dofara svalde och drog sig undan från hans hårda blick. Asama, Mira och Krashak var de enda i tältet som inte rörde en min. De andra såg förbluffade på varandra. Diriska stirrade på Drashin. Han rörde inte en min, men det fanns en sorgsen glimt i de gröna ögonen. Han var den ende som överlevde blodssnön?

"Vidare", sa Mira innan någon hann säga något mer. "Det verkar vara Angar Jasar som leder magrasherna, och inte kung Hegur eller prins Gothar. Troligen för att Hegur är för gammal och man vill inte riskera tronföljden genom att skicka Gothar."

"Angar är en bra karl", sa Krashak och nickade. "Han är deras främste krigare."

Mira lade ner sitt papper på bordet framför henne. "Det var allt som var att rapportera just nu", sa hon allvarligt och såg på de samlade. "Det som ska beslutas nu är vart vi ska bege oss."

Asama vände sig mot Drashin. "Skall du eller jag möta Angar?"

"Jag hade gärna gått honom till mötes", sa Drashin. "Men jag tar Dödens skvadron och vandrar söderut." Han tog upp en svart sten och lade den nära några gröna. "Jag tänker slå mig samman med Famala för en kort tid. Kanske fortsätta söderut därifrån sedan."

"Då tar jag Drakens skvadron och går mot nordost", sa Asama och flyttade en gul sten närmare samlingen med blåa. "Någon måste möta upp med Angar för att förklara hur läget är. Kanske kan jag få honom att dela upp sina styrkor en aning." Han lät inte speciellt hoppfull. "Om jag träffar på Hasram, ska jag meddela honom något?"

"Be honom gå in i Amdoria", sa Drashin. "Dem är hårdast ansatta just nu, med flera strider runt om i landet. Salaam, vad önskar du göra?"

Den äldre mörkhyade mannen drog trött handen över det gråsprängda skägget och såg ner på kartan. Han tog upp en sten med röd färg. Han tvekade kort innan han med en suck lade ner den bland fler röda inom Amdorias gränser.

"Jag för mina tiotusen tillbaka mot striderna i Amdoria", sa han. "Kung Lamas har den största delen av återstoden av vår armé, så jag slår mig samman med honom."

Drashin och Asama nickade bara tysta. De somiska männen bugade kort och lämnade strax tältet. Salaam sa att han ville börja marschera så snart som möjligt. Drashin gav Krashak och Alram order om att förbereda för avfärd och Asama likaså till sina tre överstar. De fem drakriddarna slog högernävarna mot bröstet och skyndade sedan ut. Sedan vände sig Drashin mot Dofara. Diriska undrade vad han tänkte göra med ängeln. Hiram stod helt lugnt bredvid sin vän från Himmelriket och studerade kartan på bordet.

"Har du tillräckligt med information att ta med till Harmsna?" frågade Drashin kort. "Eller tänker du spionera på oss ännu mer?"

Dofara blinkade till och stirrade på honom. Hon såg ner på pappret som hon höll i.

"Jag tror att detta är mer än tillräckligt", sa ängeln tvekande. "Dock tror jag inte att detta är tillräckligt för att få honom att vilja skicka ner änglar för att strida tillsammans med er."

"Jag har aldrig räknat med hans hjälp", sa Drashin med en fnysning. "Damora var den enda som deltog i kampen mot Nariff, och han gjorde det enbart för att han var frivillig, inte för att Harmsna skickade honom."

"När Helvetet skickade någon kunde vi bara inte titta på", sa Dofara sammanbitet. "När djävulen Lasoras slöt upp var vi tvungna att skicka någon."

"Lasoras bestämde själv att följa med oss", sa Drashin med en axelryckning. "Dessutom verkade han mer intresserad av att få tag på Baserak än Nariff."

Diriska hade aldrig hört talas om Damora eller Baserak innan. Men Nariff hade hon hört lite om. Men Lasoras hade hon hört desto mer om. Det var något med hans namn som kittlade i hennes minne, men hon kunde inte komma på varför.

"Nå", sa Dofara och vände bort blicken från Drashin. "Jag ska framföra vad som har rapporterats här till Harmsna. Jag ska till och med se till att göra det i enrum med honom, om ni så önskar."

Både Asama och Drashin nickade kort. Som om det var tecknet visade Hiram ängeln ut ur tältet. Diriska hörde hur den forna ärkeängeln erbjöd sin kamrat te innan dennes avfärd. Diriska kunde inte låta bli att undra om det var vist att låta Himmelriket känna till hur deras strider gick och hur många soldater man hade.

"Jag har redan sagt till Samare att förbereda drakarna avfärd", sa Mira när det bara var de fyra kvar i tältet. Hon plockade fram ett andra pappersark.

"Det sparar tid", sa Drashin och vände sig mot Asama. "Asama, när du träffar Angar, hälsa att jag snart kommer att söka upp honom. Det är något han behöver veta. Han har alltid hållit sig borta när jag rest till Magrash. Men han måste få veta."

"Jag kan berätta det för honom", erbjöd Asama.

"Jag måste få säga det direkt till honom", sa Drashin och skakade på huvudet.

"Som du vill", sa Ca'Draak bara och satte händerna bakom ryggen.

Mira såg uppmärksamt på de båda männen, sedan ner på pappret i hennes händer. Diriska undrade vad det kunde vara, när henne händer knöts hårt om pappret.

"Det ryktas", sa helerskan och såg upp på de båda männen, "att Faras Timan har anslutit sig till Marishs armé."

De två drakriddarna stelnade ofrivilligt till. Diriska klandrade dem inte. Det hade gått två månader sedan Mira kommit med en förfrågan till dem. Att finna hennes far, Faras Timan. Den man som var ansvarig för hennes mors död och som lämnat henne i skogen nedanför berget Draktand för att dö med modern. Hade inte Samare dykt upp vid just det tillfället hade Mira dött där i skogen.

De två generalerna hade tvekat länge, men hade sedan erkänt att dem letat efter Faras i nästan sju år. De hade gjort det i hemlighet för att de tre drakarna från Draktand hade förbjudit dem från att söka upp mannen och att ens nämna honom i Miras närhet. De hade sett till att både Diriska och Ma'sharos'tian var närvarande när de berättade för Mira. Den vita tigern hade sedan haft ett långt samtal med de tre bröderna.

"Jag misstänkte att han skulle göra det till slut", sa Drashin och lutade sig mot bordet. "Han stred på Marishs sida vid båda krigen, så det var sannolikt att han skulle sluta upp med honom så snart det spreds sig att han levde igen."

"Så vad ska vi göra?" sa Asama. "Var sågs Marish senast?"

"Kanske två dagsritter in i Mosker", sa Mira och pekade på kartan. "Han håller sina trupper borta från striderna om han kan. Kanske har han inte tillräckligt många som följer honom. Men hans uppförande förbryllar, han gjorde aldrig på det viset i något av krigen innan. Inte ens innan han byggt upp sina arméer."

"Han kanske försöker locka till sig Drashin", sa Diriska försiktigt.

"Han har skyndat bort från oss också", sa Drashin frånvarande. "Det kanske är som du sa tidigare Diriska. Han vill inte slåss mot oss. Men varför har han slagit följe med Asharak i så fall?"

"Han verkar planera något", sa Asama och rätade på sig. "Han verkar inte vilja kriga mot oss. Dessutom de gånger som han visat sig med demoner i närheten brukar han bara låta sina soldater titta på medan demonerna dödas, sedan försvinner han."

Mira såg på de två männen och Diriska. "Marish sågs i Mosker senast", sa hon. "Asama, du sa att du beger dig norrut för att möta upp Magrashs armé. Drashin, du har redan bestämt dig för att bege dig till Mosker och sluta upp med Famala."

"Dödens skvadron tar uppgiften att försöka få tag på Faras", sa Drashin. "I alla fall för tillfället. Om Marish flyttar sin armé innan vi fått tag på dem skickar vi meddelande till de som är närmast. Faras Timan är vårt mål i Marishs armé." Han såg på Mira som nickade kort. "Om möjligt ska han fångas levande."

De diskuterade en stund till hur deras situation såg ut. Och hur deras trupper var fördelade. Salaam dök upp som hastigast för att ta farväl och sedan marscherade de somiska soldaterna ut ur lägret. Överste Garo Lombras kom senare in och meddelade att Drakens skvadron var redo för avfärd.

Diriska, de två generalerna och Mira lämnade det stora tältet. Det sista av lägret höll på att packas ihop. En grupp tog genast och började plocka ner det stora tältet så snart det var tomt. Asama gav Mira en snabb kyss innan han lämnade dem för att fara norrut. Tillsammans gick de tre kvarvarande bort mot den plats där deras tält tidigare stått. De fann Hiram sittandes på en stock och åt hungrigt.

4

Diriska och de två andra blev genast serverade en grönsaksstuvning och vatten innan elden släcktes. Hiram såg bara snabbt upp innan hon vände uppmärksamheten mot sin mat igen. Drashin satte sig bredvid ängeln och började röra runt i sin skål.

"Vad fick du ur henne?" frågade han till slut.

"Dofara kommer att avlägga en rapport till Harmsna i enrum", sa Hiram och knackade lätt med skeden mot sin skål. "Hon sa att han troligen inte kommer att göra något så länge Himmelriket inte är hotat. Det tror inte jag heller. Harmsna har aldrig visat något större intresse för vad ni dödliga har för er."

"Är Harmsna verkligen så mäktig att han tror att han har en chans om vi förlorar?" sa Diriska tvivlande. "Är han verkligen uråldrig som du säger?"

Hiram torkade sig över munnen med baksidan av handen. Diriska rynkade på pannan mot henne. Ängeln brydde sig inte om hennes blick utan torkade helt obekymrat handen mot byxbenet.

"Han är äldre än mig", sa Hiram med ett kort skratt. "Jag är ungefär tolvtusen trehundra år. Jag vet inte exakt hur gammal Harmsna är, men det ryktas om kanske femton eller sextontusen. Han är den äldste av änglarna."

Diriska fnös. Han var bara femtontusen år, kanske sextontusen. Diriska var över trehundratusen år. Diriska kände bara till Ma'sharos'tian och de tre drakbröderna från Draktand som var äldre än henne själv.

"Men det är sant som du säger", sa Hiram bekymrat. "Harmsna tror lite för mycket på sina och Himmelrikets krafter."

"Vi kan inte räkna med Shayola heller", sa Drashin. "Vi vet inte var han står i det här kriget. Om det är han som förser Asharak med demoner, så kommer den fallne ängeln att ha oändligt med trupper till sitt förfogande."

"Men varför återupplivade han då Marish?" sa Mira fundersamt mellan tuggorna. "Det om något borde få Shayola att dra sig undan. Han skulle aldrig lita på Marish, han skulle mer tro att Asharak ska försöka anfalla Helvetet snart."

"Harmsna är också orolig över att Marish är tillbaka", sa Hiram och skrapade upp det sista av sin stuvning. "Det kan vara en anledning att han inte vill sända ner trupper till oss."

"Marish", grymtade Drashin och bet hårt i skeden. "Alla är oroliga vad han ska göra, men han gör inget. Hela tiden drar han sig undan. Ännu snabbare om det är vi som kommer."

"Skulle det finnas änglar som kan sluta upp på Asharaks sida, Hiram?" frågade Diriska försiktigt.

"Alla som stred på Asharaks sida i det stora himlakriget är alla döda", sa Hiram och räckte sin tomma skål till en drakriddare som passerade dem. "Den enda som är fortfarande vid liv... är jag."

Diriska spärrade upp ögonen och stirrade förbluffat på ängeln. Drashin blinkade till och vred på huvudet. Mira tappade nästan sin skål och stirrade med stora ögon på Hiram. Ängeln grimaserade olyckligt och tog sig för pannan.

"Jag och Asharak var älskare, om ni kommer ihåg", sa hon utan att möta deras blickar. "Jag delade hans syn på Harmsnas styre i början av kriget. Men ju längre kriget pågick och jag såg all den grymhet som Asharak visade våra fångar och de som valt att stå utanför striderna, började jag tänka efter. En dag fick jag nog. Jag fick med mig kanske hundra fångar och tillsammans flydde vi till Harmsna.

Hade det inte varit för fångarna hade jag troligen blivit avrättad. Men istället lät Harmsna mig gå med i hans armé. Jag blev vändpunkten på kriget och blev snart befordrad, ändå upp till ärkeängel."

Hon tystnade och sneglade på de andra tre. Drashin hade sakta börjat äta ju mer hon berättade. Mira släppte henne aldrig med blicken. Diriska visste inte själv vad hon skulle tro.

"Så det är därför Gaidal inte tycker om dig", sa Drashin när han stoppade det sista av stuvningen i munnen. "Han ser dig som en förrädare." Hiram nickade tyst. "Räddad av fångarna som du förde ut."

"Inte av fångarna", sa en mansröst bakom dem.

Diriska ryckte till och for upp från stocken. De andra var lika snabbt på fötter och stirrade på nykomlingen. Mannen log vänligt mot dem, med händerna bakom ryggen. Ögonen var klarblå, och det blonda håret hängde ner till öronen. Det hölls undan från ansiktet av ett tunt flätat silverband. Han var helt klädd i vitt.

"Harmsna", sa Hiram förvånat. "Vad gör *du* här? Dofara är på väg för att träffa dig."

Mannen skrockade och vinkade lätt med handen mot en stor sten. Sakta gled den över till honom och han satte sig ner. Trotts att det bara var en sten tyckte Diriska att hans satt på den som om det vore en tron.

"Jag blev nyfiken när jag kände att du frammanade din rustning, Hiram", sa Harmsna och visade att de kunde sätta sig ner. "Tydligen kom de andra hit före mig, så jag valde att hålla mig undan tills de återvände. Det var första gången på nästan tretusen år som du tog på dig rustningen, Hiram."

"Jag har inte behövt den tidigare", muttrade ängeln till svar och korsade armarna över bröstet.

"Du sa att det inte var fångarna som räddade Hirams liv", sa Diriska försiktigt och rättade till sin klänning.

"Det är sant", sa mannen framför henne. "Faktum är att fångarna nästan krävde att Hiram skulle dödas. Jag var på väg att avrätta henne själv när någon stoppade mig." Han log hemlighetsfullt mot dem.

"Hans hand når ganska långt, må jag säga", sa Drashin och flinade när han såg Harmsnas häpna min. "Jag hade aldrig trott att Ma'sharos'tian skulle lägga sig i änglarnas krig."

"Hur...?" började Harmsna men avbröt sig med en suck. "Jag borde förstå att du är kvick tänkt, general Drashin. Vet du vad Ma'sharos'tian kallar oss änglar? Barn!"

Harmsna skrattade till. Det drog i Diriskas mungipor när hon hörde hans skratt. Det var nästan som om hans munterhet smittade av sig på henne.

"Han är trotts allt en av de äldsta varelserna som finns", sa Drashin allvarligt och ställde undan sin skål. "Så Ma'sharos'tian räddade Hiram."

"Han sa att hennes tid för försoning skulle komma", förklarade Harmsna. "När jag frågade när denna tid skulle komma, kunde han inte svara på det. Dock muttrade han något om en broder Soras, som jag inte förstod något om. Och om någon som han kallade Isashai."

Diriska rätade på sig. Ma'sharos'tian hade pratat om dem inne i hennes rum i riddarhuset den dagen Mira svor sig till skvadronen. Namnen verkade så bekanta. Harmsna såg hennes reaktion och vände sig mot henne.

"Känner ni till de namnen?" frågade han. "Fru..."

"Diriska", sa hon kort. "Drake Diriska, inte fru."

Hon log åt hans förbluffade min, men försjönk snart i sina tankar igen. Isashai och Soras, det borde vara ett tredje namn. Var hade hon hört dem tidigare? Det måste varit för så länge sedan. *Mäster Soras!* Hon spärrade upp ögonen vid minnet.

"Mäster Soras", viskade hon. "Mäster Sharos." Hon kände hur tårar bildades i ögonvrån. "Moder Isashai."

"Diriska?"

Hon ryckte till vid ljudet av Drashins röst. Han hade lagt en hand på hennes axel och såg undrande på henne. Både Mira och Hiram såg oroade på henne. Harmsna hade hämtat sig från sin förvåning och såg förväntansfullt på henne. Hon log lugnande mot Drashin och de två kvinnorna.

"Det är ingen fara", sa hon vänligt. "Jag kom ihåg var jag har hört de två namnen tidigare bara. Både Isashai och Soras var namn jag hörde talas om när jag var ung, innan tiden för den stora katastrofen som dödade alla drakar." Hon samlade sig och såg allvarligt mot Harmsna. "Soras och Isashai är mycket troligen döda sedan flera hundratusen år tillbaka. Jag tror enbart att de finns i Ma'sharos'tians minnen."

Harmsna såg tvekande ut, men nickade sakta. Om Diriska sa det så måste det vara sant. När Krashak kom gåendes mot dem log ängeln ursäktande mot dem och reste sig upp.

"Jag ursäktar mitt störande mitt under era förberedelser", sa han med en lätt bugning. "Jag ska återvända till mitt, innan Gaidal upptäcker att jag är borta."

"Vad tänker du göra, Harmsna?" frågade Drashin och reste sig. "Tänker du hjälpa oss med Asharak?"

"Jag tänker inte göra något", sa Harmsna lugnt. "Mina domäner är inte hotade så jag finner ingen anledning till att göra något. Jag kommer enbart göra mina arméer redo. Om Asharak segrar och bestämmer sig för att anfalla mig kommer jag att slå tillbaka."

En oval skiva av ljus skapades intill ängeln och utan att vänta på svar steg han in genom den. Så snart han gått igenom försvann porten. Krashak såg kort mot den plats som porten funnits på. Hans båda stora yxor satt i sina spännen på hans rygg. Han var klädd som vanligt i sin svarta kilt som slutade strax nedanför hans knän. Den mörkt röda skjortan var spänd över hans breda bröst och kraftiga armar. Diriska var förvånad att den inte sprack i sömmarna.

"Harmsna?" frågade han kort och grymtade när Drashin och Hiram nickade. "Kommer han att göra något?"

När Drashin skakade på huvudet nickade klipptrollet bara. Diriska undrade vad som kunde få den väldige översten att bli förvånad. Han hade alltid samma lugn och verkade godta det mesta som hände runt omkring honom. Liana hade berättat att han knappt blivit förvånad när Diriska, Drashin och Mira försvann till generalens värld efter flykten från Somas huvudstad. Den mannen var lugnet personifierad.

"Nå ja", suckade klipptrollet och drog handen över den svarta hårkammen på hans huvud. "Vi är klara för avfärd. Asama står vid den norra delen redo att ge sig av också."

"Då går vi bort till honom", sa Drashin och började gå. "Vi ger oss av så snart jag kommer tillbaka. Få in alla i leden, Krashak."

Krashak slog sin knutna näve mot bröstet och vände sig om. Diriska såg kort efter honom innan hon vände mot Drashin. Hiram slöt upp bredvid klipptrollet och samtalade lågt med honom.

"Jag följer med översten", sa hon. "Jag ser om drakarna behöver mer tid att samlas."

Drashin nickade bara och gick iväg tillsammans med Mira. Diriska såg efter dem när hon skyndade ikapp klipptrollet och ängeln.

"Så om nu Hasram är krigshövding över alla klanerna", sa Hiram när Diriska hann i knapp dem två. "Vem leder nu Taurklanen?"

"Min bror, Garak, har tagit över som klanhövding", sa Krashak och plockade fram sin pipa. "Jag är egentligen äldre och skulle bli klanhövding, men jag avsade mig rätten och Garak blev arvinge. Jag kommer alltid att stå vid min broders sida när jag väljer att lämna drakriddarna. Som en general i Taurklanen, skulle man kunna kalla det."

"Men om vi vinner", sa Hiram fundersamt, "och både Hasram och Garak överlever, vem blir klanhövding?"

"Garak kommer även efter kriget att förbli klanhövding", förklarade Krashak och blåste ut rök runt skaftet på pipan. "Min far kommer att sätta sig i äldsterådet och fungera som en rådgivare åt klanhövdingen, precis som de övriga äldste. Skulle däremot Garak dö under kriget och far överleva, kommer far att axla rollen som klanhövding igen."

"Vad skulle hända om båda dör?" frågade Diriska försiktigt.

"Det skulle kunna bli knepigt. Först skulle jag, om jag överlever, få en förfrågan om att bli klanhövding. Trots att jag en gång avsade mig rätten, är jag fortfarande son till en klanhövding. Skulle jag säga nej, eller dö, så styr äldste rådet klanen en kort tid tills en ny klanhövding har valts. Först går man igenom alla blodsband till den gamle. Skulle Garak ha en son blir denne arvinge. Beroende på hur gammal han är kommer äldsterådet att leda klanen. När pojken fyller femtio kan han ta över rollen helt som klanhövding. Fram till dess är han den främste bland krigarna, han leder klanen i krig om det krävs."

Diriska lyssnade uppmärksamt på honom. Hiram trummade fundersamt på sin kind. Sitt spjut använde hon som en vandringsstav. Diriska fick syn på Ranin och Meeko som kom springandes genom ledet. Båda skrattade högt och svordomar följde de två upptågsmakarna. Meeko höll det groteska huvudet från gorashen ovanför huvudet. Hon hörde hur Hiram grymtade irriterat när ängeln fick syn på dem.

Utan att sakta in stegen, eller titta, sträckte Krashak ut sin väldiga hand. Just som människan och dvärgen passerade dem, grep jätten tag i ena örat på gorashens huvud. Med lätthet ryckte han det ur händerna på dvärgen och slungade huvudet högt upp i luften och bakom dem. Hiram reagerade blixtsnabbt och slungade iväg ett eldklot som brände huvudet till aska.

De två männen stannade upp och såg besvikna efter huvudet. Skratt hördes från leden och någon ropade något som fick skratten att öka i styrka. Krashak slog ihop sina händer med en smäll och det tystnade genast. Meeko och Ranin såg på honom.

"Jag sa åt er att göra iordning för avfärd, major Prash, major Orakt", sa klipptrollet lugnt.

Hiram stod lutad mot sitt spjut och såg bistert på de två. Diriska log försiktigt och fortsatte vidare bort mot den plats som drakarna befann sig på. På vägen fick hon se Liana, Aylia och Jali som stod tillsammans och pratade. De tre flickorna hade snabbt funnit varandra efter de två häxorna svurit sig till skvadronen. Forna häxor, då de var bannlysta från Spökriket av Aylias egna mor.

Det var en stor skvadron, en lite armé skulle man kunna säga. Det fanns trehundrasextiosex drakriddare, trehundratolv dvärgdrakar, femhundrafemtio klipptroll, Krashak inte inräknad då han var en drakriddare, Mira, Hiram, de två forna häxorna och henne själv. Totalt var de lite mer än tolvhundra krigare i skvadronen.

Några klipptroll hälsade glatt till henne när hon passerade och hon böjde på nacken mot dem. Ingen i skvadronen kallade henne för 'drake' eller 'hennes nåd' som en del gjorde i Terabelle. Här var hon endast Diriska. De få gånger det faktisk hände, var just vid sådan tillfällen som när änglarna dykt upp framför ruinerna av Harash.

När hon passerade det sista ledet av krigare fann hon de hon sökt efter. Drakarna låg utspridda över ett litet fält. En del verkade brottas på lek med varandra, medan de flesta bara låg och väntade på att ge sig av. Alla drakarna var ungefär jämnstora. Hanarna bara markant större än honorna, även om en del honor var större än en del hanar.

Två av drakarna lyfte genast på huvudet när de hörde hennes steg. Narika och hennes hane Lanar brukade alltid ligga närmast huvudlägret, medan de andra drakarna var mer tvekande. Men alla accepterade alla medlemmarna i skvadronen. Alla var bröder och systrar som stred tillsammans.

"Drakmoder", hälsade Narika och reste sig upp. "Krashak av klippornas folk kom tidigare och sa att vi skulle ge oss av. Stämmer detta?"

Det var vad drakarna kallade henne. 'Drakmoder', en av de stora drakarna. Diriska stötte lätt sin panna mot den lilla honans samtidigt som hon klappade Lanar på hans kind.

"Det stämmer", sa hon på drakarnas språk. "Vi skall söderut. In i Mosker."

"Människornas namn på landet är förvirrande", muttrade Lanar innan han höjde huvudet och gjorde ett strupljud som ekade över fältet.

Alla drakarna lyfte på sina huvuden och stannade upp i sin lek. Diriska såg hur något rörde sig mitt bland dem. Den drake som reste sig upp var större än någon av de andra. Den ruskade på sig och löv, kvistar och jord som de andras lek hade kastat upp på den ramlade ner. Det var den enda draken som bar på en stor sadel.

Den vände sig om och såg bort mot Diriska, Narika och Lanar. Sedan började han gå mot dem. Drakarna följde honom vaksamt med blicken. Längs högra kinden, från mungipan upp till ögat, gick ett långt ärr och fick det att set ut som om han log ondskefullt mot allt. När han kom fram stötte han pannan mot Narika först och Lanar sedan.

"Vart skall vi?" frågade Samare med en grymtning.

"Söderut", sa Diriska och stötte sin panna mot hans. "Drashin och Mira skall enbart se Asama börja vandra norrut innan vi ger oss av."

"De svarta människorna?"

Det var vad drakarna kallade de somiska soldaterna. Innan Soma hade de flesta aldrig sett mörkhyade människor. Samare var kanske den ende som mött somiska män tidigare, men han använde samma ord som de andra drakarna.

"Somas soldater går västerut för att sluta upp med sin kung och amdorianerna", sa Diriska lugnt.

Samare nickade och gjorde ett brummande läte. Han såg hela tiden lika bister ut. Han såg mot Narika och gjorde en snabb rörelse med huvudet. Hon nickade genast och skyndade tillbaka. Sedan gjorde han samma rörelse mot Lanar som försvann lika snabbt han. Inga ord behövdes sägas. Alla drakarna visste vad som skulle göras. Narika skulle se till att alla var redo för avfärd och Lanar skulle välja ut de drakar som skulle bära spanarna.

"Hur långt bort var ni?" frågade Diriska lågt. "Ni var borta i tre dagar."

"Vi såg människorna från de snörika områdena vandra söderut", sa Samare och kliade sig bakom ena örat. "Det är mycket människor som kommer söderut. Sedan såg vi hur klippornas folk avslutade en strid." Han fick en gillande ton i rösten. "Hasram av Taur kan verkligen strida. Precis som alltid marscherade de vidare mot nästa slag. Man stannade bara tillräckligt länge för att begrava sina döda och ta hand om sårade. Utan klippornas folk skulle folket i öst varit döda allihop."

Han såg fundersam ut när han pratade. Han visste inte vad alla länderna hette och vanligtvis skulle han inte bry sig om det.

"Amarji", sa Diriska hjälpsamt. "Landet heter Amarji."

Samare nickade med en grymtning. "Sedan flög vi kort in i Amdoria igen." Här tvekade han aldrig på namnet. "Innan vi flög tillbaka reste vi söderut. Vi fann flera små strider med demoner, men de flesta var på väg att avslutas. Dessutom fann vi ett läger med det svarta tyget."

Det svarta tyget. Diriska misstänkte att han menade baner. Svart baner kunde enbart betyda Marish.

"Var lägret stort?" frågade Diriska. "Såg dem er?"

"Kanske tiotusen människor", sa Samare bistert. "Inga vakter, vilket är underligt under krig." Diriska slappnade av, men stelnade till igen när Samare fortsatte. "Marish såg oss. Han klättrade upp på en stor sten när han fick se oss. Sedan stod han bara där och tittade tyst efter oss. Innan vi vände norrut igen vinkade han efter oss. Han leker med oss."

Diriska lade armarna om sig för att inte rysa. Marish var en skrämmande person. Den enda som kunde få den orubblige Drashin att visa någon rädsla. Men det var något med hur han hade bemött dem i Soma. *Jag är så trött.* Det var vad han hade sagt. Han ville att Drashin skulle hitta honom och göra slut på hans lidande. Men ändå höll han sig borta. Vad hade han för planer?

Samare grymtade och nickade mot något bakom henne. Hon såg sig om över axeln och såg Mira komma gåendes genom leden. Drashin stod en bit bort och talade med Alram och Krashak.

Mira nickade kort mot Diriska innan hon stötte pannan mot Samare. Han brummade från djupt nere i halsen och hans ansiktsuttryck mildrades en aning. Mira skrockade och klappade honom lätt på kinden.

"Är allt som det ska här?" frågade hon och såg på Diriska.

"Dem borde vara klara för avfärd när som helst", sa Diriska och nickade. "Här kommer Lanar med spanarna."

Tjugo drakar kom lufsandes bakom Lanar mot dem. När Diriska såg sig över axeln såg hon hur tjugo drakriddare kom gåendes. Liana var bland dem och Diriska kunde inte låta bli att känna sig en aning orolig. Hokka, en av honorna, skyndade genast fram till Liana.

"Drakflickan rider med mig", sa hon bestämt åt alla andra som kom nära.

De andra drakarna grumsade en aning. De tyckte att Hokka var orättvis som alltid såg till att få Liana som ryttare när de var på spaning. Men Lanar stoppade snabbt allt som kunde leda till gräl och snart satt en drakriddare på varje drake. Liana kom upp på Hokkas rygg och på en given signal från Lanar lyfte de från marken. De cirkulerade på låg höjd över krigarna.

"Vi vandrar", sa Drashin. "Överste Do'shank, om jag får be."

"Framåt marsch, era slappfotade yngel till krigare!" röt klipptrollet så Diriska hoppade till. "Mot gravens mörker och gryningens ljus, framåt marsch Dödens skvadron!"

"Hoja!" vrålade alla till svar och började marschera söderut.

Samare reste sig på bakben och gjorde en svepande rörelse med ena armen.

"Spanare söderut!" röt han. "Drakar in i leden!"

Tysta försvann drakarna med sina ryttare söderut för att spana efter fiender. De övriga föll in i leden, antingen på marken eller i luften. De som flög cirkulerade hela tiden i vida bågar över skvadronen som vandrade söderut.

När spanarna försvann sjönk Samare ner på alla fyra igen och slöt upp jämte Mira. Helerskan lade frånvarande en hand på hans sida. Drashin kom strax ikapp dem tre och gick på Diriskas andra sida. Krashak, Hiram och Alram gick några steg bakom dem och samtalade lågt med varandra. Ibland hörde Diriska hur någon av dem skrattade. Drashin och Mira samtalade lågt med varandra, ibland svarade Diriska på något, men den största uppmärksamheten hade draken mot himlen där Liana hade försvunnit. Hon önskade att flickan inte skulle råka illa ut under sitt spaningsuppdrag.

5

Liana såg ner på marken som forsade fram under henne. En liten bäck som markerade gränsen mellan Mosker och Amdoria for förbi. Än hade hon inte sett några trupper, varken allierade eller fiender, som marscherade fram.

Hon vände blicken åt väster och såg flera tjocka rökpelare som steg mot himlen. Byar eller städer som brann, kanske var det strider som pågick. Det var så långt borta att Liana inte kunde vara säker på vad det var. På tre platser steg stora eldklot till himlen. Det var utan tvekan strider. Hon vred på huvudet och såg åt öster. Där var inte lika många rökpelare, men desto fler eldklot och blixtrar.

Bönder och folk från mindre byar flydde in till städerna för att komma bakom murarna. Men inte ens städerna kunde vara säkra. Liana hade själv sett mindre städer som demonerna hade intagit. Döda människor hade legat över allt och flera hus hade brunnit ner. En stad hade varit tillräckligt stor att det hade haft ett mindre slott som någon furste bott i. Av slottet hade bara ett av tornen stått kvar, själva huset hade rasat samman.

Hokka krängde till och ändrade riktning. Liana vände uppmärksamheten åt det håll de flög. Ytterligare tre drakar och drakriddare slöt upp med dem Liana hörde hur Hokka sade något åt de andra drakarna.

"Har du sett något, Hokka?" frågade Liana och lutade sig framåt.

"Draak nari", sa draken och pekade. "Osha ni ram karmp."

Liana såg vart draken pekade. En liten styrka på kanske tvåtusen soldater stred mot drygt femhundra demoner. Soldaterna bar Moskers gröna rockar och baneret med silverliljan vajade mitt bland dem. Även om soldaterna var fler så visste Liana att de aldrig skulle klara av demonerna. Stora hål skapades i moskiernas led som demonerna kastade sig in i.

"Skvadronen hinner aldrig fram", ropade Sareas från ryggen på Lanar. "Vi måste göra något eller så dör soldaterna. Lanar, kalla hit drakarna. Ershan, du flyger tillbaka till skvadronen och talar om vad som händer här."

Löjtnant Ershan Dragan slog handen mot bröstet och klappade sin drake på sidan. Draken gjorde en snabb vändning och for tillbaka i hög fart. Lanar höjde på huvudet och gjorde ett långt utdraget strupljud.

Det tog bara någon minut för alla nitton drakarna att vara samlade igen. Sareas såg sig omkring och greppade hårdare om sitt spjut. Liana drog sitt ena svärd från ryggen och såg ner mot striden nedanför dem.

"Sar Ma'sharos'tian ki niorta!" skrek Sareas och drev på Lanar.

"Ki niorta!" svarade de andra drakriddarna.

Drakarna röt och började spruta sin eld. De bakre leden av demoner stannade till och vände sig förvånat om, bara för att slukas av den heta elden. Sareas och de sex andra magikerna som var med skickade ner egna eldklot och blixtrar mitt bland fienden.

Hokka landade på en demon med tjurhuvud och stora horn och krossade den med sin vikt. Hon svängde den stora tunga svansen och slog genast bort ytterligare fyra demoner. Liana hoppade smidigt ner från drakens rygg och frammanade sin rustning. Hon hade inte ens landat på marken innan hon var tvungen att driva sitt svärd in i bröstet på en demon med tre ögon. Demonen tog ett steg tillbaka, så svärdet gled ur såret, innan den föll framåt med en duns.

Liana drog sitt andra svärd och kämpade som hon var lärd. Parera med det ena svärdet och hugg med det andra. Hon lyckades med möda hålla två demoner borta från sig och Hokka. Draken röt ilsket och slog med sina stora klor efter dem.

Liana drev sitt ena svärd in i halsen på den ena demonen. Hon ropade till när svärdet fastnade och demonen drog med henne till marken när den föll. Hon svingade desperat sitt andra svärd och lyckades slå undan den andre demonens stora yxa. Just som den motade ännu ett hugg mot henne, dundrade en soldat i Moskers gröna uniform in i den med svärdet först.

"Driv dem tillbaka!" röt han och hjälpte Liana upp. "Förstärkningar är på väg!" Han vände sig mot henne, genom den smala springan i hjälmen såg Liana hans bruna ögon. "Hur långt borta är general Drashin?"

"Högst en halvtimma", flämtade Liana och drog av sig sin hjälm. "Kanske mindre."

Soldaten nickade kort. "Soldater från Daranda kommer mot oss från öster", sa han sammanbitet. "De borde vara här när som helst."

Nästan som att svara honom ljöd ett horn från öster. Liana riktade blicken diåt och såg hur soldater till häst kom emot dem.

"Dra er tillbaka!" beordrade Sareas. "Magiker täck reträtt!"

Liana slog undan ett svärd som var riktat mot den moskiske soldatens rygg. Innan hon hann driva det andra svärdet i demonens bröst träffades det av ett eldklot och slungades iväg. Liana lyfte armen till ansiktet vid den plötsliga hettan. Soldaten bara grymtade och grep tag i hennes arm igen och drog henne med sig bort från demonerna. Hon ryckte armen ur hans grepp, men skyndade efter honom.

Sareas och drakriddarnas magiker lät marken explodera framför demonernas fötter och hindrade dem från att förfölja dem. Liana såg sig över axeln och uppskattade att kanske trehundra demoner fortfarande levde. De lyfte sina vapen och vrålade blodtörstigt efter dem.

Sedan dundrade de beridna soldaterna in i demonerna och spetsade dem på lansar eller sköt ner dem med pilbågar. Det tog bara några minuter sedan var alla demonerna döda.

Liana manade bort sin rustning och torkade bort blodet från sina svärd innan hon satt tillbaka dem bakom ryggen. Hokka kom lunkandes mot henne och gav den moskiske soldaten en misstänksam blick. Han grymtade bara och satte tillbaka sitt svärd i skidan som hängde vid hans sida. Han tog av sig sin hjälm och såg kort på Liana innan han åter vände blicken mot darandierna som kom ridandes mot dem.

Liana studerade honom i ögonvrån. Han var lite mer än huvudet längre än henne. Han var kanske fyra eller fem år äldre. Hans hår var kort och mörkbrunt. Han hade renrakade kinder, men ett kort, välansat skägg. Hon tyckte att han såg ganska bra ut. Han andades tungt efter striden, men bruna ögonen såg stadigt mot darandierna.

Liana riktade uppmärksamheten mot soldaterna som kom mot dem på hästarna. Deras rustningar var klädda i rött och gult och på deras bröst fanns någon underlig varelse med lejonkropp, örnhuvud och vingar. Hon undrade var för djur det kunde vara. Deras hjälmar var putsade så dem glänste, till och med i det svaga solljuset som ännu fanns. Ett gallervisir dolde deras ansikten.

Hästarna stannade några steg från drakriddarna, drakarna och de moskiska soldaterna. En ensam ryttare manade på sin häst några steg till. Hans huvud rörde sig sakta när han såg på de samlade krigarna framför sig. Drakriddarna stod raka i ryggen och mötte lugnt hans blick. Liana såg att flera av moskierna hängde trötta på sina spjut eller hjälpte sina kamrater att stå upp. Endast soldaten som stod bredvid Liana och Hokka stod rakryggad.

"Jag är major Narim Farsen från Daranda", sa mannen framför dem. "Vem för befälet här?"

Soldaten bredvid Liana tog ett steg fram. "Jag är Karan Sotras", sa han och stoppade hjälmen under armen. "Kapten i hennes majestät, drottningen av Moskers armé. Jag tackar er för att ni kom till vår undsättning."

"Jag är majorkapten Sareas Dobai av drakriddarna", sa Sareas och steg fram. "Jag och drakriddarna här samt drakarna hör till Dödens skvadron och lyder general Drashin."

Liana såg hur flera av darandierna rätade på sig och såg på varandra. Mannen framför dem nickade bara sakta och förde händerna till hjälmen och lyfte den av huvudet. Han lade den sedan över sadelknappen och vilade händerna på den. Hans hår var gråsprängt, men det syntes fortfarande mer svart än grått. Ögonen var mörkbruna.

"General Drashin", sa han sakta. "Då misstänker jag att han inte är långt borta."

"Han är troligen här inom en halvtimma", sa Sareas lugnt. Ljudet från Krashaks horn hördes ekandes bakom dem. "Kanske tidigare än så", tillade Sareas med ett litet leende.

Narim nickade kort. "Vi har ett läger ungefär en mil österut härifrån", sa han. "Ni kanske skulle vilja slå följe med oss. Våra spanare säger att det inte finns fler demoner i vår direkta närhet."

Sareas tvekade en aning med nickade sedan. "Solen går ner snart så vi måste ändå slå läger snart. Vi har alla en större chans att överleva ett nattligt anfall om vi har ett gemensamt läger."

"Givetvis är ni och era mannar också välkomna, kapten Sotras", sa Narim och vände sig mot moskiern. "Ni led svåra förluster i striden nyss. Låt våra helare se efter era skador."

Karan bugade kort mot honom och vände sig sedan mot sina soldater. Liana lade handen mot Hokka och de två följde efter honom en bit innan de stannade hos de andra drakriddarna och drakarna. Liana såg på de moskiska soldaterna. Hon uppskattade att kanske femtonhundra soldater överlevt striden, de flesta skadade.

"Hur klarade vi oss?" frågade Haran Korat med han fick ena armen omplåstrad av Faran Loras.

"Jag såg Kalar Seran få ett spjut i ryggen innan dem högg huvudet av honom", sa Faran kort. "Malan Estran fick en pil i bröstet, men tog med sig kanske ett tjugotal demoner i den explosion som han skapade. Det finns inget kvar av vare sig honom eller demonerna som var runt honom."

Haran grymtade och grimaserade när den andra knöt bandaget.

"Vi förlorade en drake också", sa Jasar Derai och granskade några pilar. "Eika, tror jag."

Lanar knorrade från djupt ner i strupen och nickade bistert. Liana såg hur de andra drakarna respektfullt sänkte sina huvuden för att hedra sin döda frände. Det var första gången som någon från Dödens skvadron hade dött i strid.

Sareas kom tillbaka till dem. Faran rapporterade deras förluster till honom och han nickade bistert.

"Jag såg Malans explosion själv", sa alven. "Både han och Kalar var bra karlar. Att vi klarat oss så länge utan några förluster kan vi bara tacka Mira och Diriska för. Men någon gång skall den förste falla."

De andra nickade tysta. Liana visste inte vad hon skulle tycka om hans ord. Sareas var en härdad krigare, som sett många dö och dödat många själv. Han gav henne bara en snabb blick innan han såg på de samlade krigarna.

"Lanar", sa han och draken vände blicken mot honom. "Flyg tillbaka till skvadronen och meddela att vi slår följe med darandierna till deras läger. Ta med dig resten av drakarna."

Lanar verkade fundera på vad han sa, men sedan nickade han. Draken talade på sitt uråldriga språk och strax lämnade drakarna dem. Hokka var tvekande först, men efter en skarp tillsägelse från Lanar tog hon till luften. Liana följde drakarna med blicken när de vände norrut mot resten av skvadronen.

"Då vandrar vi", sa Sareas och gick iväg mot den darandiske majoren.

Haran synade bandaget han hade om högerarmen när han smidigt kom upp på fötter igen. Han muttrade något ohörbart och började sedan följa efter Sareas tillsammans med Faran. Jasar suckade och klappade Liana på axeln och de började gå österut.

De hade inte gått särskilt långt innan Karan, den moskiske kaptenen, dök upp vid Lianas högra sida. Jasar såg bara kort mot soldaten innan alven med lätt uttråkad min vände blicken åt det håll de var på väg. Liana försökte se lika uttråkad ut som alven.

"Jag har bara hört rykten om att det fanns fler kvinnor än Tirasine Nariba bland drakriddarna", sa Karan utan att se på henne.

"Det var Drashin själv som tog henne som lärling", sa Jasar och tittade upp på de mörka molnen. "Hon blev en drakriddare på resan ner mot Soma, hörde jag."

Liana gav alven en irriterad blick. Han flinade bara helt kort.

"Du visste att vi tillhörde Dödens skvadron", sa Liana och sneglade på den moskiske kaptenen.

"Enligt dem som var i Soma och stred var det drakar med i hans trupper", sa Karan utan att röra en min. "Jag trodde det bara var tomt prat först, men ju längre striderna mot demonerna varat och fler rykten om Dödens skvadron spridits, så det måste vara någon sanning i det. När jag såg drakarna landa mitt bland demonerna innan förstod jag att det endast kunde vara från honom. Jag trodde bara inte att ni skulle vara så få."

"Vi är bara en spaningsgrupp", sa Jasar och gned sig om nacken. "Hade det inte sett ut som om ni var på väg att förlora striden skulle vi aldrig gått till anfall."

Karan grymtade och sneglade på alven på Lianas andra sida. "Om inte darandierna kommit skulle ni också dött."

"Kanske det", sa alven lugnt och sneglade mot Liana. "Men jag undrar vem som driver på skvadronen just nu. Drashin, eller Diriska?"

"Diriska?" undrade Karan förvirrat.

Liana mötte alvens blick och nickade sakta. Även om Drashin drev på skvadronen hårt inför en strid, men om Liana skulle vara i fara så skulle Diriska driva på den ännu hårdare. Det var hon säker på.

"Drake!"

Liana vred på huvudet vid ljudet av Farans röst. Strax bakom dem kom en ensam drake sakta mot dem. Sareas kom klampandes genom leden och stannade till framför Liana. Han satte händerna i sidan och såg bistert upp mot draken.

"Jag sa åt dem att fara tillbaka", morrade han irriterat.

Liana såg inte på honom utan hade blicken fäst på draken som kom emot dem. "Den större än de andra", sa hon. "Om du lyckas ge *honom* order, skall jag ge dig tusen guldkronor."

Sareas blinkade till och såg ner på henne. Hon log mot honom och pekade mot draken. Han rynkade pannan och vände blicken mot himlen igen. Draken gjorde en svag gir och en ryttare på dess rygg blev synlig.

"Samare och Mira", muttrade alven och vände om igen. "Vi fortsätter gå."

Mira styrde Samare närmare de marscherande soldaterna och drakriddarna. Darandierna fick lite svårigheter med hästarna som dansade oroligt när den stora dvärgdraken kom närmare. Mira höjde sitt spjut över huvudet.

"Hisa! Hisa!" ropade hon till dem.

"Hoja! Hoja!" svarade drakriddarna och höjde en knuten näve i luften.

Samare röt innan han steg och vände norrut igen. Liana såg efter dem där de försvann. Mira hade troligen flugit iväg med Samare för att se vart spaningsgruppen tog vägen. Sedan skulle Drashin och resten av skvadronen följa efter.

"Det där var en drakryttare", mumlade Karan.

Liana vände blicken mot honom och såg hur han såg efter Mira och Samare med stora ögon. Dvärgdrakarna som deltagit i striden mot demonerna hade inte gjort honom särskilt förvånad, men att se någon som ledigt red på ryggen av en var något annat.

"Mira har ridit på Samare i flera år", förklarade Liana. "Jag tror att hon faktiskt har vuxit upp med honom."

"Samare?" sa Karan och mötte hennes blick. "Den vilde?"

Liana nickade bara och väne blicken framåt igen. "Det är Samare som leder drakarna i Dödens skvadron", sa hon. "Det är hans familj."

"Familj?" Karan lät förvirrad.

"Det är flera familjer, Liana", sa Jasar och stoppade ett finger i örat. "Jag har hört att en familj dvärgdrakar brukar bestå av mellan hundra och hundrafemtio individer. Vi har över trehundra vuxna drakar med oss."

"Trehundra!" utbrast Karan och åt det håll som Samare försvunnit.

"Oroa dig inte", skrockade alven och såg på kaptenen. "Du kommer troligen bara träffa på Samare i lägret. De andra kommer att agera vakter."

"Samare kan vara illa nog ibland", muttrade Liana. Jasar skrattade till och den moskiske kaptenen stirrade på henne. Hon försökte verka oberörd, men det hettade till i hennes kinder när han såg på henne.

Det tog dem kanske en och en halv timma innan de nådde darandiernas läger. Det var mycket stort och sträckte sig så långt som Liana kunde se. Jasar visslade till när han såg det och Karan muttrade över mängden soldater som fanns där.

"Måste vara större delen av deras armé här", mumlade Jasar.

"Det är kanske trettiotusen lansar i lägret", sa Karan lågt. "Ungefär lika många fotsoldater. Det sägs att det är den darandiska prinsessan som leder den här gruppen personligen."

Liana såg som hastigast på honom innan hon studerade lägret igen. Jasar på hennes andra sida grymtade till.

"Drashin kommer inte att tycka om det", muttrade han. Han såg Lianas frågande blick. "Det darandiska hovet har förklarat att Drashin är prinsessans blivande make. Drashin har hållit sig så långt borta från Daranda och deras hov som han bara kunnat i flera år."

Liana kom ihåg något som Drashin sagt under deras resa från Fakari till Amdoria två år tidigare.

"Så det är bröllopet mellan honom och den här prinsessan som han flyr från", sa hon sakta. "Det är hon som efterlyser honom?"

Karan grymtade till och Jasar flinade stort. "Inte hon", sa han. "Hennes far. Nog för att hon gör allt för att försöka få tag i honom och dra honom till bröllop."

"Darandierna är underliga", muttrade Karan när dem kom innanför vaktposterna. "Se upp med vad ni säger bland dem. Ibland tolkar dem allt bokstavligen."

Innan Liana hann säga något böjde moskiern lätt på nacken och skyndade iväg till sina landsmän. Liana såg efter honom med rynkad panna. Vad menade han med det? En harkling från Jasar fick henne att vrida på huvudet och se frågande på alven. Han flinade menande mot henne.

"Stirra lite till och jag börjar tro att du är förälskad", sa han skämtsamt.

Liana slog honom på armen och han gned om den med ett skratt. Flera mörka skuggor for över lägret och det fick henne att lyfta blicken. I den mörknande himlen passerade dvärgdrakarna lågt över dem för att sedan göra sin vanliga ring runt lägret innan de försvann för blotta ögat. Liana visste att de landat runt lägret och nu låg på vakt. Osynliga för mänskliga ögon höll på koll på vad som hände utanför lägret likaväl som innanför. Inget skulle undkomma deras vakande blickar.

"Resten av skvadronen borde vara här inom en timma", sa Sareas när han sällade sig till Liana och Jasar. Han vinkade snabbt till sig resten av drakriddarna. "Vi håller oss till den här delen av lägret. Jag vill inte att vi beblandar oss för mycket med darandierna än vi måste."

"Moskierna då?" undrade Faran. "Jag kände igen några som var med i Soma och stred."

Sareas tvekade en aning. "Moskierna går bra", sa han sakta. "Men gör inte för mycket väsen om vad som hände i Soma. Gör det klart för moskierna också. Vad som hände i Soma stannar mellan oss och dem. Såvida Drashin inte säger något annat."

Drakriddarna nickade kort och började dela upp sig i små grupper. Jasar skrockade och klappade Liana på axeln. Hon såg frågande på honom.

"Nu kan du ju få titta lite mer på den käre kaptenen", sa han med ett flin och hoppade undan när hon måttade ett slag efter honom.

Liana vände honom ryggen och stegade irriterat därifrån. Hans skratt följde henne när hon gick bort mot de moskiska soldaterna. Hon hade *inte* stirrade på den moskiske kaptenen. Hon fann en lägereld där en ensam soldat satt. Han nickade vänligt mot henne när hon slog sig ner på andra sidan om elden. Hon betraktade honom en stund medan han lugnt petade i elden med en pinne. Det var något bekant hos honom.

"Soma?" frågade hon kort och han nickade. "Du vet vem jag är?" Ännu en nick och ett litet leende.

Liana såg tyst in i eldens lågor och funderade. Soldaten framför henne måste ha förlorat goda vänner nere i den somiska öknen. Kanske var det smärtsamt för honom att tala om det.

"Det är sånt som händer i krig", sa soldaten och Liana såg upp. Han log vänligt mot henne. "Man blir nära vänner med alla som man marscherar med och man vet att varje dag kan vara den sista man spenderar ihop. Det enda man kan hoppas på är att det går fort och man slipper lida när det blir sin tur."

Liana visste inte vad hon skulle svara på det. Hon såg sig om och såg tre drakriddare som skrattade ihop med några moskiska soldater. Männen dunkade varandra i ryggen och höll om varandras axlar. De hade en gemensam fiende och det gjorde dem till kamrater. Liana kunde inte låta bli att tänka att några av dem inte skulle finnas kvar när kriget var över, kanske ingen av dem.

Sareas kom fram till elden och satte sig ner bredvid henne. Alven nickade artigt mot soldaten som nickade tillbaka och fortsatte att röra i elden. Han lutade sitt långa spjut mot stocken.

"Alla ska vi dö en dag", sa alven lågt och såg dystert in i elden. "Ingen vet när, inte ens gudarna."

Liana blinkade till och stirrade på honom. Han såg inte på henne utan lyfte bara ena handen och såg fundersamt på den.

"Vad…?" började Liana men han avbröt henne.

"En vän i Touros sa så till mig en dag", sa Sareas och sänkte handen. "Hon var en äventyrare, mycket duktig magiker."

"Är hon död?" frågade Liana försiktigt.

"Vet inte", svarade alven och skakade långsamt på huvudet. "Hon levde när jag tvingades tillbaka till vår värld. Vi var mitt i en strid när jag plötsligt slets ur den och stod på ett helt nytt slagfält mitt under pågående strider mellan Drashin och Marish för sju år sedan. Hon var en god vän."

Liana tyckte att han lade stor tyngd på ordet vän, nästan som om han menade något annat. Hon sneglade mot soldaten på andra sidan elden. Han hade ett sorgset leende på läpparna och nickade sakta. Han verkade förstå vad alven menade. En vän som var mer än en vän.

Ljudet av röster fick henne att sluta fundera på vad Sareas menade och hon vred på huvudet. Bakom henne kom Karan, den moskiske kaptenen, gåendes tillsammans med några som hon inte kände igen. En av dem var en ung kvinna.

6

iana studerade kvinnan ingående. Hon var vacker, med långt ljust hår som hängde fritt ner för hennes axlar och blå ögon. Hon var klädd i en ljust blå löst sittande skjorta som var prydligt instoppad i ett par svarta byxor med silversömmar. På fötterna hade hon ett par svarta kängor, inte lika kraftiga som Liana och drakriddarna bar. Liana behövde inte fråga för att förstå att detta var den darandiska prinsessan som kom emot henne. Bara något steg bakom henne kom fyra storvuxna män som alla såg sig vaksamt omkring och fingrade på sina vapen. Liana hörde hur Sareas fnös när han såg dem.

Mellan prinsessan och Karan gick en äldre man med rak rygg. Liana misstänkte att han var ett högt befäl inom den darandiska armén, med tanke på att han gick bredvid prinsessan.

"Ni måste förstå, unge kapten Sotras", sa den äldre mannen tålmodigt. "Bara för att ni för befäl över en pluton, betyder inte det att ni kan tala till hennes höghet hur som helst."

"Men överstemajor Ingram", protesterade Karan men tystades av den äldre mannens höjda hand.

Sareas reste sig från sin plats och tog tag i sitt spjut som han lutade mot axeln. Liana skyndade sig att stå upp hon också. När hon såg sig över axeln såg hon att den moskiske soldaten lämnat elden. Han måste lämnat den så snart han fick syn på nykomlingarna. Liana grinade illa och vred på huvudet igen. Hon önskade att hon också kunde försvinna ljud- löst.

"Majorkapten Sareas Dobai, förmodar jag", sa den äldre mannen och såg på Sareas.

"Det är jag", svarade Sareas och böjde lätt på nacken. "Överstemajor Ostran Ingram, om jag inte har fel."

Överstemajoren skrockade bara och såg hastigt på Liana, men avfär- dade sedan henne. Männen bakom prinsessan stelnade till vid Sareas något avmätta röst och deras grepp och svärden hårdnade. Den daran- diska prinsessan granskade Liana snabbt innan hon såg stadigt på alven.

"Är inte general Drashin närvarande", sa Ostran och såg sig om.

"Han borde komma till lägret närsomhelst", sa Sareas lugnt och visade mot elden. "Vi kan väl slå oss ner och invänta honom."

Liana bugade kort mot sällskapet och började dra sig undan elden.

"Du stannar, löjtnant", sa Sareas och lade en hand på hennes axel. "Jag vill inte behöva leta efter dig när de andra kommer."

Liana grimaserade och grymtade. Lydigt satte hon sig ner igen. Karan satte sig på hennes vänstra sida och Sareas på hennes högra. Hon sneglade på den moskiske kaptenen. Han stirrade surt in i elden. Sareas rörde inte en min utan såg helt lugnt på den äldre mannen, Ostran, som satte sig mittemot honom. Den unga kvinnan satte sig avmätt jämte honom och hennes livvakt ställde sig strax bakom, fortfarande med händerna på svärdshjalten.

Sareas såg bara hastigt upp mot de fyra soldaterna och lutade sedan spjutet mot axeln istället för att lägga undan det. Liana undrade om han misstänkte att någon av dem skulle dra stål mot honom.

Ostran såg snabbt mot Liana innan han åter vände blicken mot Sareas. Kvinnan såg knappt på Liana och Karan utan lät hela tiden sin blick vila på alven.

"Ni kommer norrifrån, eller hur?" Det var ingen fråga.

"Vi kommer närmast från Harash", sa Sareas med en nickning. "Vi hade fått rapporter om att Asharak befann sig i ruinstaden."

"Hittade ni något?"

"Staden var öde, så när som ett monster av något slag. Inget allvarligt."

Liana sneglade på Sareas. Inget allvarligt? Det hade krävt att Hiram använt en oerhörd kraft för att kunna döda gorashen. Och Sareas påstod att det inte var något allvarligt. Liana såg på Ostran som smålog mot majorkaptenen. Karan rynkade pannan och såg på alven.

"Berättar du sagor nu igen, broder", sa Kalar och lade armen om sin bror. "Spara dem till barn som vill höra dem."

Liana blinkade till när den andra alven dök upp och satte sig bredvid sin bror. Hon såg hur Meeko och Ranin passerade en bit bort och med ett skratt dunkade en moskisk soldat i ryggen. Lite längre bort såg hon Tirasine sparka Jasar i baken och hytta med knuten hand mot alven.

Fler och fler av krigarna från skvadronen dök upp runt dem och blandade sig med den moskiska soldaterna. Rashams bullriga skratt ekade över lägret.

Liana hoppade till när Krashak och Frash lade ner en ny stock med en duns bredvid elden. Dram och Maersk lade ner ytterligare en. Krashak satte sig ner medan de andra tre gick iväg muntert pratandes på sitt språk.

"Liana!"

Liana vände på huvudet och såg Aylia och Jali komma skyndandes mot deras lägereld. Diriska gick strax bakom de två unga kvinnorna och log vänligt mot Liana när hon fick se henne.

"Det är skönt att se att du mår bra, Liana", sa Diriska när hon satte sig på stocken mittemot Krashak.

Alram skrattade till när han satte sig bredvid klipptrollet. "Drashin fick säga till Diriska på skarpen att stanna i leden när Ershan kom tillbaka och rapporterade att ni gått in i strid, flicka."

Han skrattade högre vid den förmanande blicken som Diriska gav honom. Aylia och Jali knuffade undan Karan och Sareas för att kunna sätta sig på varsin sida om Liana. Aylia gav den moskiske kaptenen och snabb blick innan hon såg på personerna på andra sidan elden.

Ostran lyfte bara ena ögonbrynet när nykomlingarna dök upp. Den unga prinsessan, rynkade på pannan och höjde hakan en aning. De fyra vakterna såg nervöst på krigarna som dök upp runt omkring dem.

"Överste Krashak Do'shank", sa Ostran och böjde lätt på nacken mot klipptrollet.

"Överstemajor Ingram", sa Krashak och började stoppa sin pipa. Han log stort mot Diriska som gav pipan en ogillande blick. "Bästa *fru* Diriska, jag har..."

"Jag vet, *unge* Krashak", sa Diriska vänligt viftade med handen. "Du har rökt din pipa i sextio år. Jag har inte sagt något."

"Din blick säger allt", sa klipptrollet vänligt och tände pipan.

Ostrans leende stelnade till en aning när Diriska kallade Krashak ung och han såg osäkert på henne. Prinsessan stirrade öppet på henne. Krashak skrockade åt deras blickar.

"Ni får ursäkta oss, överstemajor", sa han och viftade med pipans skaft. "Vi är inte så formella av oss i skvadronen. Ni förstår säkert."

"Givetvis", sa Ostran osäkert och vände sig mot Krashak igen. Liana såg hur hans blick gled mot Diriska, men for genast tillbaka mot Krashak. "Er känner jag väl till, överste Do'shank, även majorkaptenerna Dobai. Men de andra är nya ansikten för mig."

"Var är general Drashin?" sa plötsligt kvinnan jämte Ostran med av-mätt röst. "Varför har han inte kommit ännu?"

"Ers höghet", sa Ostran och lyfte sina händer. "Var tålmodig, genera-len kommer säkerligen hit inom kort."

"Drashin är tillsammans med Mira och ser vad drakarna har för sig", sa Diriska lugnt och betraktade lugnt prinsessan. "Han borde vara här när som helst."

"Där hör ni, ers höghet", sa Ostran och log mot prinsessan. "Han är snart här."

Kvinnan såg misstänksamt mot Diriska samtidigt som hon formade Mi-ras namn med läpparna. Liana såg hur det blixtrade till i hennes ögon. Di-riska log bara lugnt mot henne.

"Ni behöver inte oroa er, prinsessan Egwina", sa Krashak och puffade på sin pipa. "Drashin dyker alltid upp förr eller senare." Han visade med handen mot Liana och hennes två vänner. "Detta är löjtnant Liana Darik den senaste drakriddaren i Dödens skvadron. Aylia As'Laynai sitter på hennes vänstra sida och Jali Olinark på hennes högra. Båda är häxor från Spökriket."

"Före detta häxor från Spökriket, Krashak", sa Diriska tålmodigt och de två kvinnorna nickade hetsigt.

"Förlåt mig, före detta häxor." Han tog pipan ur munnen och pekade med den mot Diriska med ett leende. "Detta är Diriska. Dödens skva-drons alldeles egna drake."

Egwina gapade och stirrade förbluffat på Diriska. Liana hörde hur Ka-ran frustade till på andra sidan av Aylia. Ostran vände sina stora ögon mot Diriska och stirrade på henne. Draken bara log mot dem och nickade lugnt.

"Det ska bara finnas tre", sa Ostran lågt. "Jag har träffat dem. Endast tre skall finnas kvar."

"Jag har hållit mig dold för världen", sa Diriska vänligt. "Det rätta till-fället att visa sig för världen fanns aldrig."

Liana hörde höga röster som var på väg mot dem och vred på huvu-det. Drashin och Mira kom gåendes mot dem. Mira verkade vara upprörd över något och skällde på honom. Drashin försökte avvärja hennes irritat-ion på bästa sätt.

"Du borde förstå att du inte kan säga så till honom", sa Mira argt. "Han blir sårad."

"Sårad?" utbrast Drashin. "Vad skulle någonsin kunna såra den där besten?"

"Jag kanske skulle se till att Narika talar allvar med dig angående Samare", morrade helerskan.

"Jag är säker på att hon tycker som jag", sa Drashin med ett kort skratt.

Mira fnös och satte sig ner på stocken bredvid Diriska med armarna korsade över bröstet. Drashin rev sig i nacken, såg vaksamt på henne innan han satte mellan henne och Diriska på stocken. Han såg bara som hastigast mot darandierna innan han vände sig mot Sareas.

"Något att rapportera från striden?" frågade han.

"Kalar Seran, Malan Estran och draken Eika är döda", sa Sareas lugnt och lade ett vedträ i elden. "Förutom det gick allt bra."

Liana hörde hur Karan grymtade till. När hon vred på huvudet stirrade han emellertid bara bistert in i elden. Drashin satt tyst och såg på Sareas. Det verkade som om han väntade att alven skulle säga något mer, men han förblev tyst.

"Det är alltid lika fascinerade att få ta del av dina rapporter, majorkapten", sa Drashin allvarligt. "De är *så* detaljerade."

Liana såg hur Mira dolde ett leende med handen. Krashak skrockade och plockade fram en bok ur sin packning. Sareas böjde bara lätt på nacken och såg lugnt in i eldens sken. Den darandiske överstemajoren och prinsessan såg undrande på drakriddarna.

"Han gör ingen stor sak av det hela", sa Mira. "Han delar bara med sig av det viktiga." Hon gav Drashin en menande blick. "Inte som andra som kan få för sig att beskriva i detalj."

"Det kan vara viktigt det också ibland", sa Drashin oskyldigt och Krashak nickade instämmande.

Mira gav klipptrollet en vass blick. Alram som satt bredvid honom hade mycket svårt att hålla minen. Liana suckade. Det var alltid så här när de slog läger. Drashin och Mira smågrälade ofta om något oviktigt.

"Hur som helst", sa Drashin och kastade in ännu ett vedträ till i elden. "Det är tråkigt att vi förlorade goda män i striden."

"Eika var en hona", sa Diriska lugnt.

Drashin funderade kort. "Men förr eller senare skulle vi börja förlora krigare", sa han utan att röra en min. "Vi kan inte alltid lita på att du krossar nästan allt motstånd innan vi går in i striderna, Diriska. Eller att du skulle kunna hinna hela alla, Mira."

Det två kvinnorna nickade bistert vid hans ord. Liana tyckte att hans ord var väldigt lika de som Sareas använt när han fått reda på resultatet från striden. Hon grimaserade. Hon tyckte inte om att höra det, att det var sant gjorde det inte mindre smärtsamt att förlora kamrater i strider.

"Hur många förlorade ni, kapten?" frågade Drashin och såg mot Karan.

"Tusen soldater", sa Karan kort. "Hade inte er spaningsgrupp kommit hade vi nog ännu fler stupat innan Darandas kavalleri kom till undsättning."

Drashin nickade bara med en grymtning. Sedan sneglade han mot överstemajoren och prinsessan. Med en suck vända han sig mot dem.

"Hur många förlorade Daranda i den här drabbningen, Ostran?"

"Sex man och fyra hästar stupade, general", sa den äldre mannen. "Men vi har fortfarande trettiotusen lansar och femtontusen fotsoldater kvar i det här lägret. Han majestät, leder resterande armén på hundratusen lansar och åttiotusen fotsoldater."

Han lät stolt över att kunna räkna upp små förluster och sin stora armé. Liana undrade hur han skulle känna sig om han fick veta att hela den amdorianska armén och hela den moskiska armén deltog i striderna. Båda arméerna hade närmare två miljoner soldater vardera.

"Ungefär tvåhundratusen soldater", sa Drashin fundersamt. "Amarji har närmare en miljon soldater i strid, Amdoria har två miljoner, likaså Mosker."

"Soma har knappt femtiotusen", sa Mira sakta. "Dock lyckas fler somiska soldater ta sig norrut och sluter sig till kung Lamas armé. Men jag tror inte att det finns mer än kanske hundratusen soldater till kvar i livet."

"Hasram har med sig kanske trettiotusen krigare från klanerna", sa Drashin.

"Som mest skulle jag tro", höll Krashak med om.

"Vi får inte glömma Magrash", sa Diriska ogillande. Liana undrade varför.

"Marscherar Magrash?" flämtade Ostran och stirrade med stora ögon på Drashin.

"Magrash marscherar", sa Drashin. "Kanske en halv miljon tågar just nu ner genom Amarji. Till ljudet av säckpipor och trummor tågar Magrash folk till krig."

Darandierna såg oroligt på varandra. Liana undrade varför. Aylia lutade sig närmare henne.

"Magrash och Dararanda är gamla fiender", viskade hennes yngre vän. "Att höra att en så stor här av fiendesoldater är på väg gör dem nervösa."

Liana nickade sakta och betraktade de nervösa männen som stod bakom prinsessan. Drashin sträckte på sig och gned sig om nacken. Han såg mot överstemajoren och log snett.

"Du behöver inte oroa dig", sa han. Liana visste inte om han talade till den äldre mannen eller den förskräckta prinsessan. "Angar tänker inte föra krig mot er den här gången. Han tågar mot Asharak och hans demoner, inte mot Daranda."

"Kan ni försäkra oss om det?" frågade Egwina hetsigt innan Ostran hann säga något.

"Jag ska personligen se till att när kriget är slut att Magrash tågar norrrut igen", sa Drashin lugnt. "Om vi har vunnit och fortfarande lever."

Hiram dök upp bakom Drashin och slog armarna om honom. "Nu ska vi inte vara så dystra, min käre general", sa hon muntert. "Slaget är aldrig förlorat så länge man är vid liv. Någon gång kommer Asharak att få slut på demoner."

Liana såg hur Diriska gav ängeln en ogillande blick. Den darandiska prinsessans ögon lågade av återhållsam vrede över att se den kvinnliga ängeln krama om Drashin. Generalen muttrade något och drog i hennes armar.

"Jag undrar", sa Alram och rev sig i det korta skägget. "Var får Asharak alla sina demoner ifrån?"

Det blev tyst runt lägerelden och alla såg in i eldens sken. Förutom Krashak som lugnt bläddrade i sin bok. Runt om dem hördes spridda skratt och röster från drakriddare och moskiska soldater. Liana tog Aylias och Jalis händer i sina och kramade dem varsamt. De kramade tillbaka, för att ge stöd åt varandra. Liana lyfte blicken och såg mot Drashin. Han såg in i elden och lågorna speglade sig i hans ögon.

Liana spände käkarna. De skulle besegra Asharak. Han skulle få betala för vad han gjort mot världen och dess folk. Endast ljudet från när Krashak vände blad i sin bok hördes vid deras eld.

Marish styrde hästen med knäna och spanade mellan träden. Sextio av hans soldater hade mist livet innan de lyckats fly undan de moskiska soldaterna. Inte för att han brydde sig något om dessa dårar som valt att följa honom. De kunde gott dö för sin dårskap. Däremot måste han överleva länge nog för att kunna leda Drashin till Asharak.

Han morrade irriterat. Han hade lyckats sprida ryktet om att Asharak gömde sig i Harash. Men när Drashin bara var två dagar från ruinstaden hade Asharak plötsligt bestämt sig för att lämna staden. Han hade tagit med sig alla demonerna och försvunnit. Marish var inte säker på vart, det enda han visste var att det var söderut. De få gånger han träffat den fallne ängeln efter det hade han alltid blivit hämtad och förd genom en port. Det enda han visste var att det var ännu en stad någonstans.

Han styrde hästen längre in i skogen mot sitt läger. Det måste gå att få reda på var Asharak gömde sig. Det måste vara ännu en ruinstad. Hur många ruinstäder fanns det egentligen i den här världen? När han tänkte efter så fanns det troligen flera stycken. Harash i östra Amdoria var bara den mest kända av dem.

En soldat mötte upp honom när han red in i lägret. Marish gled ur sadeln och räckte över tyglarna till honom.

"Något att rapportera?" frågade Marish barskt.

"Det har kommit ett sändebud, herre", sa soldaten nervöst. "Från Asharak. Överste Timan är med honom just nu."

Med en irriterad morrning stegade Marish mot sitt tält. Faras Timan. Mannen som var far till Mira Mashok, kanske en av världens mäktigaste kvinnor. Själv visste han det inte, eller brydde sig inte. Enligt honom dog både modern och barnet i skogen vid Draktands fot för många år sedan. Han hade inte visat någon ånger över att han dödat dem. Allt han ville ha var makt, och kvinnan och barnet var i hans väg.

Det högg till i sidan och i vänster handen på honom. Ofrivilligt kröp han ihop av smärtan. Det hade börjat för bara någon vecka sedan. Marish lyfte upp vänster handen. Tre fingrar var ljusare än de andra, det var det enda som fanns kvar av hans riktiga kropp. Resten var bränd i Dödens dal och askan utspridd i dalen. Den kropp som han nu hade var skapad av Asharak. Det verkade som om den inte var kompatibel med fingrarna eller hans sinne. Försökte den stöta bort honom?

Han klev in i sitt tält och rätade på sig. Faras väntade på honom där inne. Mannens gråa hår var kortklippt. Han var renrakat och prydligt klädd, tillskillnad från många av soldaterna som fanns i lägret. Ett långt ärr löpte över ena ögat, som han hade förlorat i ett slag för länge sedan.

Marishs blick gled till den mannen som satt på knä framför Faras. Han var klädd i trasor och det långa svarta håret var tovigt av smuts och svett. De mörka ögonen flackade skräckslaget fram och tillbaka. Marish tyckte sig känna igen mannen.

"Ah", sa han när minnet dök upp. "Gora. Aram Trashers lilla knähund."

Gora spratt till och stirrade på honom med stora ögon.

"Vad gör du här?" frågade Marish och satte sig på den trebenta pallen.

"Herre Asharak önskar din närvaro", sa Garo och försökte fokusera blicken på honom.

"Så det gör han. Om han bara så vänligen kunde tala om var han var någonstans så jag kan komma till honom."

"En vägledare är på väg", sa mannen framför honom.

Marish lutade sig framåt och studerade Gora. Blicken flackade vildare än någonsin och svett hade börjat bryta ut i det smutsiga ansiktet. Vad hade hänt honom? Vad kunde ha brutit ner en sådan brutal buse som Gora?

Marish öppnade munnen, men innan han hann säga något skapades en port bara ett steg från den skräckslagna mannen. Gora reste sig med mekaniska rörelser och tog ett steg mot porten. Han vände sig om mot Marish och tecknade åt honom att följa med.

"Faras", sa Marish med en morrning och reste sig. "Gör iordning för avfärd. Det finns för mycket soldater här omkring."

"Genast, general", sa Faras och bugade.

Irritationen över att inte få reda på var Asharak gömde sig bubblade inom honom när Marish klev genom porten efter den nedbrutne Gora. Han blinkade bort ljusfläckarna som dansade i hans synfält och kisade i dunklet. Det här var inte samma plats som han varit på senast. Vad var detta för plats?

"Marish."

Ljudet av den honungslena rösten fick nästan blodet att frysa inom honom. Att en sådan röst kunde höra till en person som önskade förslava en hel värld. Marish tog några steg fram.

"Som ni befallde", sa Marish och lade handen mot bröstet. "Så har jag kommit."

Han avskydde verkligen att göra så här. Men för att Asharak inte skulle misstänka honom för mer än han redan gjorde var det bäst att verka vara ett lydigt lamm.

Marish såg mot mannen som satt på en stor tron framför honom. Han hade axellångt blont hår och klarblå ögon. Ansiktet var mycket vackert, nästan som en kvinnas. Idag var han klädd i en röd dräkt och en mörkgrön mantel hängde över hans axlar. Han vilade hakan i en ringprydd hand och betraktade Marish med kalla ögon.

"Vet du varför jag kallade hit dig, Marish?" frågade Asharak med sin lena röst.

"Tyvärr inte", sa Marish sanningsenligt. "Vi är fullt upptagna med att strida så jag kan inte förstå vad som tvingar mig tillbaka till din sida."

"Strida? Din armé vänder fienden ryggen och tar sig bort från slagfältet så snabbt de kan. Så länge dem inte kan tränga in dig i ett hörn väljer du att fly. Och du kallar det att strida?"

Marish grinade illa. Så klart att Asharak hade sina spioner bland hans soldater. Han tänkte febrilt för att finna ett svar.

"Mitt uppdrag är att dra till mig Drashin uppmärksamhet", sa han försiktigt. "Om jag skulle dras in i betydelselösa strider och dö, skulle ditt enda vapen mot honom att gå miste."

"Mitt enda vapen?" Asharak kastade bak huvudet och skrattade. "Tror du att du är mitt enda vapen mot Drashin och drakriddarna? Aram Trasher leder mina härar inom Amdorias gränser. Visserligen med blandade resultat, men han driver på våra demoner där. Vi tappar mark i Amarji, endast för att jag inte har en stark ledare där. Men de strider! De går in i varje strid! Medan du! Du, drar dig undan! Och du har fräckheten att kalla dig ett vapen!"

Marish backade ofrivilligt undan. Han var inte tillräckligt stark för att kunna utgöra ett hot mot Asharak. Det var smärtsamt att veta det, men den fallne ängeln hade medvetet sett till att Marish inte var lika stark som han varit när han senast var i livet.

"Med all respekt", sa Marish och lyfte båda händerna. "Trasher anför demoner och det är demoner som slåss i Amarji. Jag anför enbart mänskliga soldater. Du kommer att behöva oss. Demonerna kommer snart att ta slut för dig och då måste du ha dina mänskliga soldater."

"Så det tror du", sa Asharak och log.

Ljudet av tunga fotsteg fick Marish att vrida på huvudet. En väldig varelse steg fram ur mörkret och ett par skinande gula ögon vände sig mot honom. Marish spärrade upp ögonen när han höjde blicken. Två stora horn reste sig från varelsens huvud, fyra huggtänder stack fram under överläppen och tre från underläppen. Den var klädd i mörka skinnkläder, men huden i ansiktet och händerna var röda. I dess ena hand bar den en väldig yxa med en taggig egg.

"Baserak", viskade Marish. "Men hur? Du dödades i kriget mot Nariff."

"Åh, är det vad du har hört, pojk", skrockade djävulen med mörk röst. "Lasoras lyckades aldrig ta mitt huvud, pojk."

"Baserak är den som ser till att demonerna aldrig sinar, Marish", hånlog Asharak. "Vi har ett långt samarbete, jag och han."

"Så länge du står vid ditt ord, Asharak", sa Baserak, stötte ner yxans huvud i golvet och lade båda händerna att vila på skaftet.

"Helvetet skall bli ditt", sa ängeln och nickade. "Jag kommer att stå vid mitt ord."

Marish försökte tänka. Han hade länge försökt komma på var alla demoner kom från. Men att en djävul skulle vara den som försåg Asharak med trupper var mycket oroande. Enligt ryktena kunde Baserak skapa egna demoner, något som enbart några få djävular kunde. Detta måste komma till Drashins kännedom på något sätt. Han måste få veta!

"Jag kommer att skicka med några demoner med dig tillbaka, Marish", sa Asharak och Marish stelnade till. "De kommer att rapportera direkt till Baserak om dina rörelser på slagfältet. Din lilla katt och råtta lek med våra fiender är över. Det är dags för dig att börja strida."

Marish stirrade bistert på Asharak medan han försökte komma på vad han skulle göra. Men det fanns ingen utväg ur det här. Han kunde inte komma undan striderna längre. Baserak skrockade över hans förskräckta min. Det fanns ingen utväg för honom längre.

Asharak såg hur Marish försvann genom porten med sin lilla eskort av demoner. Nu skulle kanske den mannen göra som han blev tillsagd att göra. Det knarrade från hans skinnklädsel när Baserak korsade sina väldiga armar. Ängeln vände blicken mot sin förbundsförvant. Djävulen såg med nöjd min hur porten försvann bakom Marishs rygg.

"Du är nöjd med den här uppgörelsen, Baserak?" frågade Asharak.

"Absolut", svarade djävulen. "Det är intressant att se att en sådan man som han står på vår sida. Om Nariff kommit på den idén hade han kanske besegrat Lindramas."

"Nariff var en dåre", fnös Asharak. "Det vet både du och jag. Han trodde på allt som vi sade till honom. Vi manipulerade honom."

Djävulen lyfte skrockande upp sin stora yxa och lade den över axeln. "Ah, vilken dåre. Hade han lyckats ta över tronen i Helvetet från Shayola hade det varit så mycket enklare för oss. Nariff var svag, för att vara en djävul. Ha! Till och med vissa demonfurstar var starkare än han."

Baserak skrattade muntert och satte sig på den andra stolen som fanns i rummet. Den knakade över hans vikt, men gav inte vika. Två marulaker, stora hundliknande demoner, med glänsande röda ögon kom fram till honom. Han lade en hand på varderas huvud. De vände sina blickar mot Asharak. Det var svårt att veta om en marulak förberedde sig för anfall eller inte, eftersom den alltid visade sina tänder. En tredje marulak kom smygandes genom skuggorna och satte sig bredvid Asharak.

"Jag undrar", sa ängeln frånvarande medan han kliade besten bakom dess öron. Ett metalliskt morrande kom från den och rykande saliv droppade från dess käft. Asharak visste inte om den var glad eller arg.

"Vad är det?" frågade Baserak och klappade med händerna.

Det tog en kort stund, men så kom ett tjugotal små skariter skyndades genom salen. De bar på stora brickor fulla med rått kött, kannor och bägare. De ställde ner allt framför djävulen och skyndade där ifrån. En var inte snabb nog för Baserak fick tag i den. Den gjorde ett förskräckt tjut som tystades omedelbart när djävulen slet huvudet av den. Sedan satte han tänderna i den döda demonen och började äta av den.

"Du måste ha hört ryktena precis som jag", sa Asharak och såg äcklat på honom. "Om marulaken."

"Den stora?" sa Baserak mellan tuggorna och torkade bort blod som rann ner för hans haka. "Jag har hört dem. Jag har själv sökt efter den, men aldrig funnit några spår. Vad är det med den?"

"Jag har hört att den synts till nere i Labyrinten", sa Asharak med ett litet leende.

Baserak hejdade sig och lyfte blicken från sin måltid. "När?"

"Bara någon dag sedan. Tänk om vi kunde fånga den." Asharak lutade sig framåt i sin stol. "Den kallas ju marulakernas drottning. Tänk dig att vi har den i våra händer. Vi skulle kunna kontrollera alla marulaker i hela Helvetet."

Baserak såg på honom. Den halvätna skariten var som bortglömd i hans händer. En fundersam glimt fanns i de gula ögonen.

"Vi skulle kunna få Shayolas egna personliga marulaker att anfall honom", sa djävulen långsamt och började flina. "Han har fyra av dem vet du."

"Vi måste bara lista ut var i Labyrinten den håller till", sa Asharak. "Senast sågs den vandra i områdena som en gång tillhörde Ka'shar."

Baserak grinade illa och tog en ny tugga av skariten. "Det kan bli problematiskt i så fall", sa han mellan tuggorna. "Jag har hört att Lasoras tillbringar mycket tid i det området. Jag skulle inte vilja stöta på honom där nere. Han är för stark. Till och med Shayola är rädd för honom."

"Jag har aldrig mött denne Lasoras", sa Asharak avmätt. "Är han verkligen så stark som man påstår?"

"Det var han som slog ut en av mina tänder." Baserak drog ner läppen för att visa det hål som fanns mellan tänderna. "Han borstade av sig alla magiska formler som jag och mina demoner kastade mot honom som ingenting. Sedan fick jag se hur han, utan ansträngning, förgjorde tjugo starka demonfurstar som jag hade med mig. Han knäppte i stort sett bara med fingrarna och de slukades av svart eld."

Asharak lutade sig tillbaka i stolen. Denne Lasoras kunde verkligen bli ett problem. Att få honom på sin sida… Inget skulle kunna stoppa honom från att ta över världen och ta sin hämnd på Harmsna och Himmelriket. Baserak verkade förstå vad han tänkte.

"Glöm det där", sa han och kastade bort skariten. "Lasoras är en en-
störing. Vissa påstår att han är den sanne härskaren över Helvetet. Att
han bara lämnade tronen utan strid när Shayola gjorde uppror. Han är
galen, till och med för att vara en djävul. Han dödar hellre demoner och
djävular än människor, alver och dvärgar. Det bästa vore att hålla sig
borta från honom."

Asharak grymtade ogillande. Att ha och göra med en galen djävul
skulle bara försvåra hans planer. Det kanske var bättre att hålla sig borta
från Lasoras. Nå, så länge Baserak försedde honom med nya demoner
hela tiden så skulle de klara sig.

"Om vi bortser från Lasoras", sa Asharak. "Tror du att vi kan få tag i
den stora marulaken?"

"Jag kan skicka ner demoner för att leta efter den", sa Baserak funder-
samt. "Om den bara rör sig i Ka'shars gamla områden borde dem hitta
den ganska snart."

Asharak lutade sig tillbaka och log. "Då så, låt oss hitta denna
marulak. Denna drottning av demonvargar."

Dinai vaknade av att vagnen stannade. Hon såg sig sömnigt omkring.
De hade lämnat skogen och befann sig nu på en stor slätt. Långt borta
kunde hon skymta en liten by. Hon undrade var dem var någonstans.

Hon vände blicken mot kuskbocken och flämtade förskräckt till. Hinai
satt och sov lutandes mot den väldige kusken. Kusken verkade inte bry
sig om flickan som sov bredvid honom utan lät blicken glida över slätten
framför dem. Dinai sträckte försiktigt fram händerna för att ta flickan bort
från deras ledsagare. Hon borde inte sitta så nära honom. Inte nära en
varelse av hans sort.

Hinai stönade till och satte sig ordentligt. Dinai stelnade till och såg
vaksamt mot kusken. Han vred på sitt stora huvud och såg ner mot bar-
net bredvid honom. Dinai kunde inte se om han såg på flickan eller om
han såg bakåt. Den där anordningen med de mörka glasen dolde hans
ögon mycket effektivt.

Mössan som han bar på huvudet buktade på ett underligt vis. Nu när
hon visste vem han var förstod hon att det var hans horn som den dolde.
Sjalen dolde resten av hans ansikte, Dinai visste inte hur han såg ut och
inte ville hon veta det heller. Den stora tunga rocken räckte honom till
knäna när han ställde sig upp. Allt var en fasad för att dölja vem och vad
han var. Djävulen Lasoras, den galne.

Men han hade inte verkat vidare galen under deras resa. Han hade varit fåordig och hållit sig så långt från de andra som han kunde i vagnen. Han hade knappt ätit något under de tre veckor som de färdats tillsammans. De få gånger han gjort det hade han suttit med ryggen mot dem. Vägrat låta dem se hur hans ansikte såg ut. Inte för att någon av dem hade vågat komma nära honom.

Hinai hade vågat närma sig honom den sista veckan och han hade faktiskt öppnat upp lite för flickan. Han hade berättat historier för henne från länge sedan. Men Dinai hade alltid sett till att flickan sov nära henne. Att vakna upp och se flickan sitta så nära honom skrämde henne något så fruktansvärt.

Haran och Reman såg vakande på honom hela tiden och fingrade på sina svärd. De vågade inte gå för nära Lasoras, Dinai klandrade dem inte. Men om han skulle visa någon fientlighet mot Hinai skulle de två soldaterna genast gå till anfall. Hinai var trots allt prinsessa av Narkia.

”Är du vaken nu, barn?” frågade Lasoras med sin mörka raspiga röst. Han lät butter när han pratade.

”Ja, mäster Lasoras”, sa flickan och såg upp i hans ansikte.

Han grymtade bara och vred sig om för att se på sina andra passagerare. Dinai kunde känna hans blick när den gled över henne. Det fanns inget hat i den, som hon hade trott från en djävul. Bara… nyfikenhet, han verkade nyfiken på vilka de verkligen var och varför han hade hjälpt dem. De två soldaterna stelnade till när han rörde sig.

”Ni är alla vakna”, sa Lasoras. ”Bra.”

Han reste sig upp och klättrade ner från vagnen. Han gick fram till hästarna som såg ut som ponnyer vid hans sida. Han lade en hand på deras huvuden, lutade sig fram mot dem och viskade något till dem.

”Vad gör ni?” frågade Hinai.

”Jag tackar dem för denna resa”, sa den väldige varelsen och kom tillbaka till vagnen. ”Det borde ni också göra. Våra vägar skiljs här. Dags att stiga ur.”

Reman och Haran hoppade tvekande ur vagnen. Sedan hjälpte dem ner Dinai och Hinai. Innan Dinai fick tag i sitt barnbarn skyndade sig flickan fram till Lasoras.

”Varför skall ni inte resa vidare med oss?” frågade hon.

”Hinai!” väste Dinai, men flickan ignorerade henne.

”Därför att ni skall åt ett håll och jag åt ett annat”, svarade Lasoras och sträckte sig över kanten till kärran.

Hans rock öppnade sig en aning och visade den svarta skjortan som var spänd över hans väldig överkropp. Hon fick se det brutna svärdet som var instoppat vid hans bälte. När han drog tillbaka armarna igen höll han en gigantisk yxa i den ena handen och en minst lika stor hammare i den andra. Det var den största yxa och den största hammare som Dinai någonsin sett tidigare.

Lasoras lyfte hammaren och synade dess väldiga huvud. "Jag kanske skulle gett honom den när vi talades vid senast", muttrade han och lade den sedan över axeln.

Han vände sig om, tecknade åt Hinai att ansluta sig till Dinai och de två soldaterna. När Dinai la beskyddande sina händer på flickans axlar nickade han bara och tog ett par steg bort från vagnen.

"Dragash", sa han och hästarna började att gå.

"Tänker ni bara..." började Reman men tystnade när hästarna och vagnen försvann i tomma luften.

"Hur?" viskade Hinai andlöst.

"Jag kallar på dem när jag behöver resa", sa Lasoras med en axelryckning och pekade mot byn med den stora yxan. "Där kan ni ta er vidare på er resa. Lyd mitt råd och bege er inte söderut. Ingen vet vad som händer där nere efter Somas fall. Norrut kan vara svårt också, men kanske det bästa alternativet för er."

"Hur ska vi kunna ta oss vidare?" sa Dinai. "Vi har inga pengar. Du skickade precis iväg vårt färdmedel."

Han ställde ner yxan och lutade den mot benet. Sedan plockade han fram en stor skramlande börs ur rockfickan. Han räckte den mot dem och Haran tog tvekande emot den.

"Det borde räcka ett tag för er", sa Lasoras och drog handen över sjalen. "Om ni lever snålt och inte slösar. Ni är i Fakari nu, så jag råder er att inte tala om att ni är från Narkia. Så länge de inte vet var ni kommer ifrån kommer de att behandla er väl."

Han lyfte upp yxan, vände dem ryggen och började gå bort från dem. Bort från byn. Hinai lyfte ena handen och vinkade efter honom.

"Tack för att ni räddade oss", ropade flickan. "Kommer vi att få se er igen?"

"Om ni håller er vid liv finns det en möjlighet", svarade han, en strimma av skarpt ljus skapades framför honom och han började gå in i det. "Kanske."

Dinai såg hur ljuset slukade honom och sedan försvann även det. På ett sätt kändes det skönt att han försvunnit, men nu när han var borta kände hon sig mer sårbar än när han var med dem. Hon visste inte hur han burit sig åt för att föra dem ut ur Narkia.

Dem hade mött narkiska soldater vid flera tillfällen innan de kommit över gränsen till Gesha. Varje gång lät han vagnen rulla rakt mot soldaterna och passerat alldeles intill dem. Befälen hade tittat irriterat på honom, men ingen hade stoppat honom.

"Guld", sa Haran med en grymtning och plockade ut några mynt ur börsen. "Det är flera hundra guldkronor här."

"Leva snålt sa han", sa Reman och ställde bredvid honom. "Det är tillräckligt för att vi ska leva gott i ett års tid. Även om det är krig."

Dinai släppte Hinais axlar och stegade fram till de två unga männen. Hon tog börsen ifrån Haran och såg strängt på de två.

"Vi slösar inte med pengarna", sa hon allvarligt. "Vem vet vad en djävul som han kommer att kräva tillbaka. Vi använder så lite som möjligt."

"Som ni vill, ers höghet", sa de två kör. De lät en aning buttra över hennes stränga ton, men det spelade ingen roll.

Hon fnös åt dem och vinkade till sig Hinai som lydigt skyndade till henne. Dinai vägde börsen i handen, den var mycket tung. Hur mycket hade Lasoras givit dem egentligen. Hon såg mot byn.

"Lika bra att börja gå", muttrade hon och tog flickans hand. "Det kommer vara middagstid innan vi hinner fram till byn. Vi kan lika gärna spendera natten där innan vi tar oss vidare."

Haran och Reman såg som hastigast på varandra innan de skyndade efter Dinai och Hinai. Haran skyndade förbi så han gick först, medan Reman gick två steg bakom. Båda hade händerna på svärdshjalten, som om de väntade sig ett bakhåll när som helst.

Solen hade verkligen börjat sjunka när de till slut nådde byn. Det var fortfarande några människor som gick på gatan, men de flesta verkade vara på väg hemåt. De fyra resenärerna vandrade tysta och vaksamma in i byn. Dinai frågade lite försiktigt en kvinna som bar en stor korg med rovor var det fanns ett värdshus.

Värdshuset var litet, bara tre våningar högt. Men så var det ju inte en stor by heller. Det satt folk vid hälften av borden, mesta dels folk från trakten, men vid tre av borden satt köpmän från andra riken. Dinai hörde lite av pratet som gick mellan borden och de flesta talade om striderna i norr och Somas öde.

Värdshusvärden, en rund man som presenterade sig som Haran Merak, visade dem till ett bord och skickade iväg en tjänsteflicka att genast ordna med två rum. Det tog inte lång tid innan deras mat stod på bordet. Rykande varm fårstek och färska rovor. Det första riktiga varma mål mat de fått på tre veckor.

Dinai såg på de andra tre. Haran och Reman åt med god aptit. Hinai såg missnöjt på maten innan hon började äta. Dinai suckade. Hon var för gammal för att ge sig ut på långa resor. Att vara på flykt.

"Må vi finna en plats som har fred", mumlade hon innan hon började äta.

Lasoras ställde ner Sharos hammare och sin yxa med skaften upp alldeles innanför öppningen av den stora hallen. Han var inte orolig över att någon skulle ta dem. Det fanns inte många som kunde lyfta de tunga vapnen.

Han gick muttrandes fram till det stora bord som stod mitt i rummet. Där slängde han den stora rocken som han alltid bar ovanjord. Mössan och sjalen gjorde den sällskap. Han tog av sig solglasögonen från Therhan och lade dem på kläderna.

Han styrde stegen mot den stora, gamla tronen som stod vid bordet och passerade en stor sprucken spegel. Han vred på huvudet och såg på sin spegelbild.

De stora gröna ögonen sken i mörkret när de såg tillbaka mot honom. Han lyfte handen och rörde lätt vid sitt tryne. En gång hade det varit en ståtlig mule, precis som de stora tjurarnas. Men när galenskapen drabbade världen, hade Isashai krossat den och tryckt in den i hans ansikte. Tänderna som hade varit släta och vackert vita blev sneda, vassa och fått en mer gulaktig färg än innan. Kanske för att han inte längre kunde dra ner överläppen över dem.

Han förde händerna till hornens fästen. Han mindes smärtan när Isashai hade vridit dem till sitt nuvarande läge. De gulaktiga hornen ramade in det fula, svarta ansikte som nu var hans. Istället för att vara riktade upp mot himlen som det var meningen att de skulle. Med fingertopparna följde han vridningen alldeles vid hornens fästen. Om inte Sharos hade kommit när han gjorde skulle Isashai slitit av hornen från Lasoras huvud.

"Det hade kanske varit ett passande straff", muttrade han och vände ryggen mot spegeln. "Du skulle låtit henne döda mig, broder Sharos. Kanske dig också. Men då hade väl världen gått under."

Grymtandes satte han sig ner på tronen. Han rättade till det brutna svärdet som hängde vid hans sida. Isashais svärd. Hur ängeln Damora hade fått tag på det visste han inte. Sharos hade varit lika förvånad när Lasoras frågat honom. Båda hade trott att det gått förlorat under Isashais strid mot dem.

Ett skrik hördes utanför rummet, men tystnades omedelbart. Ännu ett skrik hördes. Denna gång tystnade det inte direkt, utan det smärtsamma tjutet kom istället närmare. Strax kom en varelse in traskandes på alla fyra.

Lasoras rynkade fundersamt på pannan när den stora marulaken kom mot honom. Med sig släpade den en taur, en demon med tjurhuvud, en muskulös människas överkropp och en tjurs bakben, med ett ordentligt tag med käkarna i ena benet. Det var inte många demoner som vågade ge sig på en taur på det där viset. Marulaken drog med sig sitt byte mot Lasoras och på tecken från honom släppte hon demonen framför hans fötter.

"Varför är du här, taur?" frågade Lasoras bittert.

Tauren stirrade skräckslaget först på honom och sedan på marulaken som hungrigt tittade på den med sina gröna ögon. Lasoras morrade och satte ner ena foten på taurens skadade ben. Den tjöt av smärta och för- sökte klösa genom hans grova stövel. Han sparkade till den i huvudet och den kröp ihop till en boll.

"Svara mig!" röt Lasoras. "Vad gör du här?"

Han ignorerade stönandet som kom bakom tronen. Vad som fanns där intresserade honom inte nu. Tauren tog darrande sina armar bort från huvudet och såg upp mot honom. Mörkt blod rann ur dess näsa. Den rykte till när Lasoras lyfte foten igen.

"Tou jaga stor marulak", tjöt tauren. "Ge order fånga marulak. Ge den till Asharak."

"Vilken stor marulak?" frågade Lasoras.

Tauren pekade med ett darrande finger mot marulaken som betrak- tade den. "Stora marulak. Fånga. Alla andra marulaker lyda den. Den drottning herre säga."

"Braeska? Drottning?" Lasoras skrattade rått. "Hon är ingen drottning, dåre. Hon är bara större än de andra. Starkare, intelligentare. Hon har ett rent sinne, inte ett svart."

Braeska, marulaken, lyfte blicken mot honom med sänkte den igen mot tauren. Hon morrade hotfullt mot den. Det stora, vassa, vita tänderna glimmade i det svaga ljuset som fanns i salen. Precis som alla andra marulaker hade hon inga läppar så hennes tänder var alltid synliga. Men till skillnad dräglade hon inte denna rykande saliv som de andra gjorde. De gröna ögonen sken hungrigt när den stirrade på sitt byte.

"Du skulle ge henne till Asharak, sa du", sa Lasoras och lutade sig fram. "Är han din herre?"

Tauren skakade hetsigt på huvudet. "Min herre och Asharak arbeta ihop", sa den. "Krossa människa. Hatade människa."

"Vem är din herre? Vem förser en fallen ängel med demoner?"

"Tou inte säga. Tou dö om säga."

"Din herre kommer inte att döda dig, Tou", sa Lasoras. "Jag kan lova dig det. Jag kommer inte att döda dig."

Braeska lyfte hastigt på huvudet och såg på honom. Tauren lyfte hoppfullt på sitt sargade huvud.

"Herre Lasoras lova?"

Lasoras nickade bara och lutade sig ännu närmare. "Vem är din herre?"

"Baserak", viskade Tou. "Baserak, Tous herre."

"Oh hoho", flinade Lasoras och lutade sig tillbaka på tronen. "Baserak, säger du. Nu *det* låter väldigt intressant."

"Herre Baserak ge demon till Asharak."

"Så Baserak ger demoner till den fallne ängeln. Det förklara varför så många finns där uppe. Baserak skapar nya åt honom."

Lasoras sneglade mot Braeska. Den stora marulaken såg tålmodigt på honom. Väntade på hans befallning.

"Herre Lasoras lova inte döda Tou", gnydde tauren. "Inte låta Baserak döda Tou."

Lasoras flinade mot demonen som låg framför honom när han reste sig upp. "Givetvis kommer varken jag eller Baserak att skada dig något mer", sa han och tauren sken upp. Lasoras vände honom ryggen och gick fram till bordet. "Braeska, middagen är serverad."

Han hörde hur marulaken morrade och tauren skrek förtvivlat när hon gick till anfall. Skriket över gick till ett gurglande som tystnade när

Braeska krossade halsen på demonen. Lasoras sträckte lojt på sig. Han hade lovat att varken han eller Baserak skulle döda tauren. Han hade inte lovat något om Braeska.

Han svepte med handen över bordet och en jättelik karta dök upp på den. Han gjorde några rörelser med höger handen och små figurer dök upp utspridda över det som var Amdoria, Amarji, Mosker och, några få, Tranmere. Han rynkade fundersamt på pannan när några få figurer dök upp i norra Loma. Om striderna var koncentrerade i området kring de fyra största rikena i världen. Varför fanns det demoner i Loma?

Lasoras lade handen på en av figurerna i Loma. Det var en ganska stor gruppering. Vad gjorde dem där? Han försökte få reda på vem eller vad som förde befälet över dem, men allt var en enda röra. Vart var dem på väg?

Han grymtade och ignorerade demonerna i Loma. Han muttrade några ord, men inget hände. Han rynkade fundersamt på pannan. Varför hade det inte fungerat? Han upprepade orden igen. Inget. Varför kunde han inte finna Baserak? En djävul som var ovanjord borde inte vara så svår att finna.

"Sor kal Ma'sharos'tian", muttrade han. Genast dök en vit figur upp på kartan. Lasoras grymtade fundersamt. Vad gjorde han inne i Amarji? Det var inte hans vanliga boplats. Plötsligt flyttades figuren och landade vid staden Terabelle. Sedan hoppade den till en plats där flera drakriddare befann sig. Så försvann den till en ny plats.

"Varför far du omkring så?" muttrade Lasoras. "Känner du att du inte kan stanna kvar i skuggorna längre? Hotas världen så? Känner du dig hotad, Ma'sharos'tian?"

"Ma'sharos'tian?" viskade en röst från tronen.

Lasoras vred på huvudet och såg på mannen som hängde på väggen. Det var en alv. En före detta drakriddare, eller var han fortfarande en drakriddare? Lasoras visste inte hur han skulle se på alven, inte brydde han sig heller. I nästan tretusen år hade alven hängt ovanför tronen, naken som en trofé efter Ka'shars seger över drakriddarna. Lasoras kände inte igen magin som höll uppe alven eller som gjorde att han såg ut exakt som han gjorde den dagen som han blev fången. Hur han fortfarande kunde vara vid liv var också en fråga som Lasoras försökte lista ut svaret på.

"Du sa Ma'sharos'tian", mumlade mannen. "Tänker du anfalla Ma'sharos'tian?"

"Anfalla?" sa Lasoras och vände sig om. "Varför skulle jag vilja anfalla honom. Det enda jag tänker göra är att ge honom hammaren som han lämnade efter sig. Om han bestämmer sig för att lämna skuggorna, så behöver han sin hammare."

"Hammare?" alven lät förvirrad.

"Ma'sharos'tians hammare", sa Lasoras och pekade mot vapnen som stod intill ingången. "La'soras'tians yxa." Han klappade varsamt mot det brutna svärdet som hängde vid hans sida och han fick en sorgsen ton i rösten. "Na'isashai'tians svärd. Det är över trehundra tusen år sedan dem var samlade senast. Men endast en av dem finns kvar som är värdig att få kallas tian."

Lasoras förde handen mot sitt sargade ansikte. Han kunde nästan känna smärtan från Isashai slag och eld som om hon fortfarande var över honom i sitt vansinne.

"La'soras'tian", viskade alven slött från väggen. "La'soras..."

Med fnysning vände han alven ryggen. "La'soras'tian finns inte mer. Inte heller Na'isashai'tian vandrar i världen längre."

Lasoras vände uppmärksamheten mot kartan igen. Han följde hoppen som Ma'sharos'tian gjorde över kartan.

"Vad håller du på med, broder Sharos?" mumlade han. "Varför kämpar du ensam? Be mig, broder Sharos. Be mig, och jag skall vara din yxa i mörkret. Så som du en gång var min hammare i ljuset."

Han gick tillbaka till tronen och satte sig tungt på den. Tyst såg han mot bordet där kartan långsamt började försvinna. Kanske borde han gå ner till Helvetet och se vad Shayola visste. Endast ljudet från Braeska som krossade taurens ben hördes i rummet.

Shayola trummade irriterat mot tronens ena armstöd. Den andra handen vilade mot hakan. Ännu en rapport om försvunna demoner och små-djävlar hade anlänt tidigare under dagen. Vart tog de vägen? Vem förde bort dem?

Vad som var än värre var att de alla en gång hade varit lojala Baserak. En av få djävular som var stark nog för att kunna utmana Shayola om tronen.

Han reste sig upp. De fyra marulakerna som satt runt tronen såg hastigt upp. Två par röda och två par gula ögon studerade honom. Rykande saliv droppade från deras käftar. Det var ovanligt att så många marulaker kunde vara i samma rum på en gång utan att anfalla varandra. Men dessa fyra var lojala honom och lydde hans varje ord. Ingen annan kunde befalla dem.

Han grinade illa. Nå det fanns en som kunde det. Lasoras. Ingen marulak gick emot honom. De kröp alla ihop av rädsla när han kom nära. Men han hade inte varit nere i Helvetet på över fyra hundra år. Faktum var att Shayola inte hade hört något från honom sedan Nariff startade krig ovanjord. Det var förmodligen för mycket att hoppas på att han var död.

Han gick fram till en stor spegel som stod vid ena väggen. Hans spegelbild såg tillbaka på honom. De gröna ögonen var stora och ur den breda munnen stack två långa huggtänder fram. Näsan var bred och platt. I hans panna stack två stora horn fram. Den stora röda rocken slutade vid hans knän. Den svarta skjortan var slarvigt instoppad innan för de svarta byxorna. Ena foten bar en kraftig stövel medan den andra var formad som en getklöv.

Shayola ryckte i rocken. Han undrade varför han hade tagit på sig den. Men fnös sedan. Vad brydde han sig om kläder. Han måste ta reda på varför så många demoner försvann. Han skulle just vända sig om när en stark närvaro fick honom att stelna till.

"Shayola", väste en mörk raspig röst.

Shayola snodde runt och stirrade skrämt på varelsen som stod framför honom.

"Lasoras", viskade han nervöst.

Nykomlingen höll ett stadigt grepp om sin yxa i den ena handen. I den andra höll han Gos´nak, den djävul som tjänade närmast Shayola, om halsen. Djävulen slog kraftlöst mot Lasoras vrist. Bredvid honom satt en väldig marulak, Shayola hade aldrig förr sett en så stor demonvarg, men det kunde inte vara någon annan än den som det viskades om i Labyrinten och Helvetet.

"Var har du Baserak, Shayola?" morrade Lasoras och kastade undan Gos´nak. "Eller har du tappat bort honom som du brukar?"

Shayola rätade irriterat på sig. Han var härskaren över Helvetet. Ingen tilltalade honom på det här viset.

"Baserak har inte varit i Helvetet på flera år", sa han avmätt. "Inte sedan Nariff härjade fritt. Det borde du veta."

Lasoras fnös och satte ner det väldiga yxhuvudet i golvet med en duns. Sprickor bildades i golvet av kraften. Shayola svalde. Hur kunde Lasoras lyfta den stora yxan? Och med *en* hand? Marulaken lyfte blicken mot Lasoras innan den såg forskande mot Shayola. De gröna ögonen verkade nästan glittra. Shayola blinkade till. Den dräglade inte!

Gos´nak hostade när han kämpade sig upp på ostadiga fötter. Lasoras ägnade honom inte en blick utan såg bara på Shayola. Gos´nak visste hemligheten om Lasoras, men det var inte många andra som gjorde det.

"Vad vill du Baserak?" frågade Shayola tvekande. "Jag har hört att senast du såg honom försökte du döda honom."

"Han förser den fallne ängeln Asharak med demoner."

Shayola spärrade upp ögonen. Baserak försåg Asharak med demoner? Han såg till att en av Helvetets fiender hade demoner!

"Hur...?"

"Antagligen har han tagit några från Helvetet", sa Lasoras kort. "Men mest troligt är att han skapar nya."

Baserak skapade nya demoner. Shayola nickade sakta. Det förklarade varför enbart demoner och smådjävlar som var lojala Baserak hade försvunnit. Det fanns fortfarande några kvar i Helvetet.

"Gos´nak", sa han. "Se till att samla ihop alla lojala till Baserak och håll dem fängslade. Inga fler demoner skall få lämna Helvetet."

Gos´nak höll sig om halsen medan han bugade. Han såg hastigt mot Lasoras innan han skyndade sig ut ur salen. Den andre vred lätt på huvudet innan han lyfte sin yxa och lade den över axeln. Sedan vände han ryggen mot Shayola.

"Braeska", sa han kort och marulaken reste sig för att följa med honom.

"Vad tänker du göra nu, Lasoras?" frågade Shayola oroligt.

"Jag ska fundera", svarade han kort. "Fundera ut vad som måste göras härnäst."

"Tänker du förgöra Baseraks demoner?"

"Förgöra? Hm.... Jag skapade er för så länge sedan. I förhoppning att ni skulle kunna ta över efter drakarna. Kanske var det ett misstag."

Shayola kände hur svetten började rinna ner för hans kinder. Lasoras hade skapat honom och djävularna. Sedan hade han skapat demonerna. Det var allmänt känt att Lasoras dödade demoner och djävlar som lyckades ta sig ovanjord, om inte människorna lyckades först. Men tydligen hade han inte gjort något ännu under det krig som härjade just nu.

"Undrar vad Sharos skulle säga om det", muttrade Lasoras när han lämnade salen med den stora marulaken traskandes jämte honom.

Sharos... Shayola undrade vem det kunde vara. Det var inte första gången han hörde Lasoras nämna det namnet, men han hade aldrig någonsin lyckats få reda på vem det var.

Han drog efter andan och sneglade mot spegeln igen. Han gjorde sitt bästa för att få bort sin oroliga uppsyn. Till slut såg hans spegelbild tillbaka på honom med en bister min. Det fick duga.

Med bestämda steg gick han ut ur salen. Baseraks lakejer måste elimineras. Kanske skulle han ta och avrätta dem allihop. När han kom fram till trappan som ledde ner till entrén log han bistert. Han skulle personligen vilja hålla i den yxa som separerade Baseraks huvud från hans axlar. Ett tjugotal demoner stod samlade och väntade på honom när han lämnade palatset. Genast började han ge befallningar och budbärare skyndade iväg till andra djävlar.

Om Baserak var ovanjord och arbetade tillsammans med Asharak. Då behövde Shayola förbereda sig för en invasion om de mänskliga varelserna förlorade kriget.

<u>8</u>

Diriska såg mot de mörka molnen som sakta rörde sig över dem. Än hade inget regn fallit, men molnen var hotfullt mörka. Det luktade en aning av blött gräs och blöta löv. De skulle säkerligen tvingas slå upp tält när de slog läger till kvällen.

Hon vandrade som vanligt längst fram i ledet tillsammans med Drashin, Krashak och Alram. Hiram var iväg på spaning framför dem och Mira flög runt leden med krigare på Samare.

Dödens skvadron höll sig lite vid sidan av den stora darandiska armén som färdades jämsides dem. Moskierna hade självmant sökt sig till den mindre gruppen. Troligen tyckte dem att strida tillsammans med drakriddare, klipptroll och drakar ökade deras chanser att överleva, istället för nästan femtiotusen darandiska lansiärer och fotsoldater.

Diriska såg sig om över axeln. Den moskiske kaptenen, Karan Sotras, gick tillsammans med Liana, Aylia och Jali. Han pratade artigt med dem tre unga kvinnorna, men han hade hela tiden ett bistert uttryck i ansiktet. Diriska undrade om han kunde bli ett problem senare.

"Oroa dig inte över kapten Sotras", sa Drashin lugnt. "Han är ung, men man kan lita på honom."

"Det är en bra pojk", sa Alram och klappade Diriska på axeln. "Han har bara fått se lite för mycket i det här kriget."

"Känner ni honom sedan tidigare?" undrade Diriska och såg på dem.

"Jag och Krashak har aldrig träffat honom personligen tidigare", sa Drashin och sträckte på sig. Krashak nickade. "Men en major i Garatur talade alltid väl om en "lovande ung pojk vid namn Karan Sotras". Tror det var dem orden han använde."

"Jag kände hans far väl", sa Alram. "Jag träffade pojken flera gånger under mina första år som drakriddare. Då var han alltid glad. Men efter hans fars död var det som om han glömde hur man log."

"Hur dog hans far?" undrade Diriska.

"Demoner hade lyckats finna en väg upp ovanjord i Mosker", sa Alram och suckade. "Byn som Karan bodde i blev näst intill utplånad innan vi lyckades komma dit. Efter att vi besegrat demonerna fann jag honom och några få andra ungdomar som gömde sig i en källare. Sedan dess sägs det att han aldrig lett efter den dagen."

Diriska såg över axeln mot den unge mannen. Han hade förlorat sin familj på nästan samma sätt som Liana hade förlorat sin. Men till skillnad från Liana hade han slutat le.

Innan hon hann fundera mer på det ropade Alram till jämte henne. Hon vände blicken framåt igen och såg tre stora moln av eld stiga till himlen. Det kunde bara vara Hiram som skapade dem. Strax kom de tjugo drakarna som varit på spaning inom synhåll.

Sareas hoppade av Lanars rygg innan draken hade landat och skyndade fram till Drashin. Han slog sin knutna hand mot bröstet och såg bistert mot generalen.

"Kanske trettiotusen demoner rör sig mot oss på andra sidan dungen", rapporterade alven. "Hiram har redan anfallit dem för att hindra deras framfart en aning."

Samare landade med en duns framför dem och sjönk ner på mage så Mira kunde komma ner lättare. Helerskan klappade vänligt den stora dvärgdraken på benet innan hon skyndade fram till Drashin.

Drashin vände blicken mot Diriska. "Vandrar du med oss?" frågade han bara.

"Hiram klarar sig", svarade Diriska och spanade mot nästa moln av eld som steg mot himlen.

Drashin nickade kort och sneglade bort mot darandierna. Två hästar var på väg mot dem. Troligen prinsessan Egwina och överstemajor Ingram som ville veta vad spanarna sett.

"Kapten Sotras", ropade Drashin över axeln och den unge moskiern skyndade fram till honom. "För dina soldater några steg bakom oss. Dödens skvadron går först in i striden."

Kaptenen bara nickade bistert och skyndade sig sedan bakåt i leden. Han ropade genast ut order om att soldaterna skulle samlas hos honom. Drashin vände sig sedan mot prinsessan och Ostran som slöt upp vid deras sida.

"Vi har trettiotusen demoner framför oss", sa Drashin kort. "Jag vill att ni gör en båge för att kunna anfalla dem i flanken om det ska behövas. Dödens skvadron kommer att gå rakt in i fiendens led. Moskierna följer strax efter oss."

"Endast trettiotusen", fnös Ostran. "Med våra lansar kan vi omintetgöra en så liten grupp."

"Med onödigt stora förluster", sa Hiram och landade på marken framför dem. Hon andades tungt och lutade sig på sitt långa spjut.

"Vad fick du reda på?" frågade Drashin.

"Trettiotusen är en underdrift", sa ängeln. "Jag skulle tro att det är närmare femtiotusen. Kanske tillsammans med fem eller sexhundra demonfurstar och smådjävlar. Jag fick problem att hålla undan deras magiska anfall så jag fick vända tillbaka."

Ostran öppnade munnen, men Drashin hann före honom.

"Ni gör som ni blir tillsagd, överstemajor", sa han barsk. "Om ni har tur kanske vi låter er vara med och strida lite."

En ilsken glöd tändes i den äldre mannens ögon och prinsessan höjde förnärmat näsan i vädret. Diriska dolde ett leende med handen. Drashin hade en stor förkärlek att reta upp mäktiga personer. Drashin såg på de två darandierna och flinade.

"Ni ska få se vad för krafter jag släppte lös när vi stred i Soma", sa han lugnt och höjde sedan sin knutna hand i luften. "Dödens skvadron! Stridsformation!"

"Hoja!"

Diriska röt högt mot himlen. Alla drakarna, och Mira till hennes förvåning, röt med henne. Prinsessan och överstemajoren stirrade på henne med stora ögon samtidigt som de försökte lugna ner sina förskräckta hästar.

"Upp i skyn!" röt Diriska på drakarnas språk. Genast lyfte drakarna och började sväva ovanför huvudena på krigarna. Samare väntade bara länge nog så att Mira hann hoppa upp på hans rygg igen innan han lyfte.

Krashak brölade ut order på klipptrollens språk och bakom dem hördes Rashams, Frashs och Drams röster när de förde vidare dem. Stål mot stål hördes när några slog ihop sina vapen.

"Bågskyttar i främre leden!" röt Alram. "Magiker i tredje och fjärde!"

Utan att sakta in stegen ställde man upp sig och marscherade vidare. Diriska såg i ögonvrån hur den darandiska prinsessan och hennes befälhavare återvände till sina led. Sedan vek de av för att runda dungen som skvadronen marscherad mot.

"Hur långt från dungen var dem, Hiram?" frågade Drashin.

"En halv mil", svarade ängeln där hon marscherade på hans andra sida. "Vi borde hinna ut ur dungen innan dem kommer fram."

Drashin nickade och höjde handen igen. "Dödens skvadron!" vrålade han. "Öka farten!"

Man började genast marschera snabbare. Man sprang inte utan marscherade med raska steg. Diriska såg sig om över axeln och såg hur avståndet mellan skvadronen och moskierna ökade. Hon såg hur en soldat höjde sin arm och soldaterna bakom dem ökade takten. Det kunde inte vara mer än kanske tjugo steg mellan skvadronen och moskierna. Den unge kaptenen tänkte högst troligt gå till strid i hälarna på Drashin.

Skogsdungen var verkligen inte stor och de var snart igenom dem. Diriska spanade ner över fältet som sträckte ut sig framför dem. En myllrande hord av demoner började rusa mot dem så snart de första krigarna steg ut mellan träden. Eldklot och vad som såg ut som stora klot av is kom flygandes mot dem.

Innan Diriska hann lyfta handen hade Mira redan börjat skjuta ner is kloten med sina eldklot. Hiram svepte med handen och alla klot som var på väg mot dem försvann.

"Hiram! Diriska!" sa Drashin. "Nu!"

Diriska lyfte båda sina händer mot himlen samtidigt som Hiram. Närmare sexhundra gyllene ringar för nomra spjut fyllde himlen framför dem. Diriska skickade iväg sina med en lätt vickning med pek och långfingret. Hiram sände iväg hennes bara sekunden efter. De sänkte händerna och såg på när ringarna for över himlen mot sitt mål.

Diriska blinkade förvånat till och Hiram grymtade av missberäkning. Trettio spjut försvann utan att nå sitt mål. Fler spjut började försvinna, men det gick för långsamt. Fyrahundra spjut nådde sina mål och marken exploderade där de slog ner. Kroppar kastades åt alla håll.

"Jag visste inte att det gick att göra så", sa Diriska. "Jag trodde inte att man kunde stoppa nomra spjut i luften."

"De har någon eller några starka med sig", sa Hiram och grep hårt i sitt spjut. "Vi måste få tag i dem snabbt. Annars kommer vi att lida stora förluster."

"Du och Diriska får leta reda på dem", sa Drashin och marscherade vidare. Ett ljus sken omgärdade honom och när det försvann bar han sin silverrustning med hjälmen formade som ett människokranium. "Fortsätt skicka nomra spjut mot dem tills vi kommit fram. Har vi tur kanske vi dödar några av dem innan vi går in i striden."

Diriska nickade bistert och skapade nya ringar. Den här gången skickade hon iväg sexhundra spjut helt själv. Hon såg uppmärksamt mot horden av demoner framför dem för att se om hon kunde urskilja vem som försökte stoppa spjuten. Hiram skickade iväg ytterligare trehundra och spanade hon också.

Diriska fick se hur hundra av hennes spjut försvann. Hon skickade iväg ytterligare tvåhundra. Det glimmade till på fyra platser mitt i horden och hon log. Hon hade hittat dem. Genast kallade hon fram femhundra spjut och skickade dem mot en av platserna. För att störa de andra tre skickade hon eldklot, stora som hästar, och lät blå, röda och gula blixtrar regna över dem.

Hiram verkade också upptäckt något för hon koncentrerade också sina spjut på en punkt i horden.

"Magiker anfall!" röt Alram vid hennes högra sida.

Genast föll mer eldklot och blixtrar ner över demonerna. Fler, mindre än de som Diriska och Hiram skapade, nomra spjut for över himlen och skapade stora hål i demonernas led.

"Armborstskyttar!" ropade Krashak samtidigt som han sprang fram några steg med sitt stora armborst.

Sjuttio klipptroll sprang förbi Diriska och slöt upp vid överstens sida. Alla bar dem lika stora armborst som honom. De stannade upp, siktade och sköt iväg de kraftiga pilarna. Sedan sprang de tillbaka i leden igen, medan de hängde armborsten över ryggen. De sköt aldrig mer än en pil.

Diriska följde banan på en av pilarna. När den nådde sitt mål for den med lätthet rakt igenom de första tre demonerna innan den slutligen borrades fast i bröstet på en demon med tjurhuvud. Hon kunde inte låta bli att beundra den kraft som de armborsten skickade iväg sina pilar.

"Bågskyttar eld!" vrålade Drashin.

Utan att stanna upp skickades det första pilregnet iväg över himlen. Innan den första svärmen var mitt i sin bana skickades nästa iväg. Hundratals demoner föll till marken.

"Dödens skvadron!" ropade Drashin. Diriska morrade från långt ner i strupen och hennes naglar blev till långa vassa klor. "Utplåna!"

"Sar Ma'sharos'tian ki niorta!" vrålade drakriddarna och rusade framåt.

"Drakar döda!" skrek Diriska på drakarnas språk och de röt till svar.

Hon var vagt medveten om att Hiram tog till luften, det mesta av henne uppmärksamhet var riktad mot demonerna som hon rusade mot. En pelare av eld for fram ovanför deras huvuden och utplånade tusentals av deras fiender. Diriska höjde handen framför sig och en ensam nomra ring skapades framför hennes hand. En efter en skickade hon i väg små spjut av ljus från ringen. Hundratals, om inte tusentals, av kroppar slungades åt alla håll.

Drashin skar ett djupt sår i halsen på en demon som sträckte sina klor efter Diriska. Sedan drev han sitt andra svärd in i buken på en andra och skar upp ett stort hål i magen på den. Krashak krossade dess skalle med flatsidan av sin ena yxa. Med den andra yxan separerade han huvudet av ännu en demon med tjurhuvud.

Diriska duckade för ett taggigt svärd, samtidigt som hon slet av benet på sin angripare. När den föll till marken med ett tjut av smärta sprängde hon dess huvud med ett eldklot och rusade vidare in bland horden av demoner.

En väldig pelare av eld for genom demonernas led. Diriska såg upp och såg hur Hiram styrde pelaren med båda händerna bort från krigarna i skvadronen. Under höga tjut brändes hundratals demoner till döds. Ängeln lät pelaren försvinna, flyttade händerna en aning och skapade en ny som for fram med ett dån.

Diriska tvingades hoppa undan från en yxa, som skulle huggit huvudet av henne. Demon förlorade balansen en aning av kraften yxans sving och vacklade till. Diriska tog chansen och grep tag i dess arm, drog den förvånade demonen till sig och krossade dess huvud med ett kraftigt slag.

Hon förde samman sina händer och blå, röda och gula blixtrar lämnade hennes fingertoppar. Blixtarna omgärdade demonerna närmast henne. De stannade upp i sina rörelser, drabbades av kraftiga kramper och föll döda ner när blixtarna for vidare.

Hon fick plötsligt se hur Drashin sträckte sig efter några av hennes blixtrar. Panikslaget försökte hon få den att försvinna, men hans hand slöt sig om dem och blixtarna for över hans arm. Strax var hela han omgärdad av blixtrar.

"Allihop var redo!" röt Tirasine och dök upp bredvid Diriska i sin ljusblå rustning och hökformade hjälm. "Han har blixtrar!"

Diriska förstod inte vad den kvinnliga drakriddaren menade, men alla krigare började genast dra sig undan. Magikerna hjältes åt att skapa en mur av eld och pressade tillbaka demonerna en bit med den. Hiram landade på marken igen, riktade ena handen mot Drashin och skickade fler blixtrar mot honom.

Han bara riktade handen bakåt och ängelns blixtrar träffade hans öppna hand. Diriska förstod inte vad som hände. Aylia och Jali stirrade på honom med stora ögon och höll krampaktigt i sina spjut. Diriska skyndade fram till dem båda.

"Jag har bara hört rykten om det", sa Aylia med förundrad röst. "jag trodde aldrig att det var sant."

"Vad pratar du om, flicka?" sa Diriska.

"Det är allmänt känt att Drashin inte kan magi", förklarade Jali utan att ta blicken från generalen. "Men enligt rykten, så kan han kontrollera blixtrar och till och med förstärka dem."

Diriska stirrade först på de båda unga kvinnorna och sedan på Drashin. Kontrollera blixtrar? Det hade han aldrig talat om för henne. Hiram hade slutat förse honom med blixtrar och rusade nu tillbaka mot Diriska.

"Kalla ner drakarna, Diriska!" vrålade hon. "Himlen kommer inte att vara säker inom kort!"

Förvirrat kallade Diriska ner drakarna till marken. Muren av eld började sakta att förlora sin styrka framför den nu ensamme generalen. Samare landade intill henne och Mira hoppade ur sadeln. Helerskan skickade några eldklot i vid båge över muren innan hon såg mot Drashin.

Blixtarna dolde nästan hans silvriga rustning helt och virvlade allt fortare runt honom. Diriska hörde hur Sareas ropade åt magikerna att låta eldmuren dö och skapa skyddande barriärer runt sig själva. Diriska såg bara på mannen framför henne.

Drashin lyfte sin knutna hand i luften. När muren försvann började demonerna genast att välla fram mot honom. Med ett vrål slog han näven i marken. Demonerna stannade upp och stirrade på honom. Allt blev tyst omkring dem. Diriska undrade vad som skulle hända när Hiram plötsligt tog tag i henne och drog ner henne till marken.

Med ett dån exploderade marken mitt bland demonerna. Tusentals kroppar kastades upp i luften omgärdade av blixtrar i alla färger. Demonerna närmast generalen rykte krampaktigt till när de omslöts av blixtrar och deras kroppar brändes. Rykandes föll demoner döda till marken framför Drashin.

Diriska stirrade på förödelsen framför sig. Ett stort hål fanns mitt bland demonerna. Det fanns fortfarande många kvar, men deras antal hade minskats drastiskt. Nu fanns kanske bara fyra eller femtusen demoner kvar. Flera tog sig ostadigt upp på fötter igen bara för att skjutas ner av pilar från drakriddarna och klipptrollen.

Ett horn ljöd från söder och sedan stormade tusentals beridna soldater in i den förvirrade horden av demoner. Moskers gröna baner med silverliljan böljade i deras framfart. Skvadronen rusade genast fram igen för att ansluta sig till striden. Drakarna stred nu på marken istället för att angripa demonerna från luften.

Hiram reste sig upp från Diriska och skyndade bort till Drashin tillsammans med Mira. Helerskan och ängeln hjälpte den utmattade generalen upp på fötter. De två hjälpte honom tillbaka, bort från striderna. Diriska borstade bort smutsen från sin klänning när hon reste sig upp och gav Drashin en orolig blick.

Hans rustning skimrade till och försvann. Svetten rann nerför hans kinder och han andades tungt. Han log matt mot Diriska när ängeln och helerskan hjälpte honom att sitta på marken.

"Hur...?" sa Diriska förbluffat.

"Jag har alltid kunnat styra blixtarna som magikerna skapar", flämtade Drashin och torkade svetten från pannan. "Hur jag kan det vet jag inte. Jag kan ingen magi, men av någon anledning kan jag gripa tag i era blixtar och förstärka dem." Han såg sig om över axeln mot striden. "Krashak! Kalla in darandierna!"

Den väldige drakriddaren i sin svarta rustning drog sig ur striden. Hans hjälm skimrade till och försvann när han lyfte sitt stora horn till läpparna. En lång utdragen ton hördes och strax dundrade darandiska soldater in i demonhorden med sänkta lansar.

"Dödens skvadron dra er tillbaka!" ropade Drashin och ordern spreds snabbt bland skvadronen.

Sakta drog sig skvadronens krigare bort från demonerna. Magikerna slungade eldklot för att underlätta tillbakadragandet och bågskyttarna skickade iväg några sista pilar. Diriska såg på förödelsen framför dem.

Marken var täckt av döda demoner och stora svarta hål syntes här och där. Bland de döda demonerna såg hon även tre drakar som låg orörliga. Dram släpade med sig ett klipptroll som hade en pil i bröstet.

Efter att moskierna och darandierna anslutit till striden var snart alla demonerna döda och stridslarmet tystnade runt dem. Alram och Krashak började genast ta reda på hur stora deras förluster var. Drashin hade lagt sig ner på rygg och lagt ena armen över ögonen. Han andades fortfarande tungt.

Diriska och Mira gick runt bland krigarna för att se vilka som kunde helas. Haran, klipptrollet som Dram släpat med sig, vad död redan när Diriska kom fram till honom. Dram hade dragit ut pilen och var i färd att korsa hans armar över bröstet. Hela tiden mumlade han på sitt språk. När han var klar lade han två fingrar mot den dödes panna och sedan mot sin egen.

"Må du färdas till förfäderna i frid", sa Dram högtidligt. "Låt oss låna din styrka i strid."

Sedan reste han sig upp och gick iväg till nästa döde som låg en bit bort. Diriska såg hur flera klipptroll gick ner på knä runt de som låg döda på marken, fyra döda klipptroll totalt. Alla gjorde som Dram gjort. Två fingrar mot den dödes panna och sedan mot sin egen.

Liana slöt upp vid hennes sida tillsammans med Aylia och Jali. De tre var nästan alltid tillsammans. Diriska helade deras skador, Liana hade ett skärsår på högerarmen och rivmärken över halsen, Aylias vänster arm var bränd och Jalis högra ögonbryn var sprucket efter en sten. Diriska var lättad över att de tre bara fått lindrigare skador.

Det fanns däremot de som hade värre skador. Tirasine, som låg på rygg, fick sitt vänstra ben undersökt av Mira. Både Meeko och Ranin hade svårt att fokusera sina blickar, samt båda hade varsin bruten arm. Kalar var nära att mista livet, men Diriska hann stoppa och hela den kraftiga blödningen i halsen på honom.

"Bara någon millimeter till så skulle jag aldrig hunnit fram till dig, Kalar", sa hon. "Eller om jag varit en minut senare."

Alven nickade bara allvarligt innan han skyndade iväg för att hjälpa till med att få fram skadade och döda. Diriska suckade. Drakriddarna var så vana att se sina kamrater dö, eller att det kanske var deras tur nästa gång, att de knappt ägnade det någon tanke.

Hon fick se Alram som satt med korsade ben bredvid Mantera Krams kropp. Ett stort sår syntes genom den trasiga skjortan. Diriska behövde inte gå närmare för att förstå att Mantera var död. Stora tårar föll från överstens kinder där han satt och sörjde sin vän. Det kändes overkligt att se den alltid leende oh glade överste Alram Manros gråta.

Diriska fortsatte att leta reda efter sårade soldater och drakar som hon kunde hela. Hon såg hur flera drakriddare som passerade Alram la en varsam hand på överstens axel innan de tysta gick vidare. Krashak gick fram till Mantera, sjönk ner på knä och gjorde sedan samma rit som hon set Dram göra. Två fingrar, som såg otroligt stora ut, mot den dödes panna och sedan mot sin egen. Innan han reste sig upp lade han en väldig hand på Alrams huvud och sade något. Diriska visste inte vad hon skulle göra.

Mira bugade med korsade armar mot den döde Mantera när hon passerade honom tillsammans med Samare. Dvärgdraken luktade försiktigt mot kroppen innan han lufsade vidare med helerskan. Diriska såg hur hon gjorde samma gest hos alla som hon fann döda.

Med en suck helade Diriska Farans hand, som antagligen skulle förlorat tre fingrar om hon inte varit där. Sedan gick hon vidare för att hela de hon kunde. När det inte fanns fler bland skvadronen gick hon vidare bort till moskierna tillsammans med Liana, Aylia och Jali. Mira försvann bort mot darandierna.

9

När Diriska kom tillbaka till general Drashin satt han på en sten med en mugg te i handen. Mitt emot honom på en stor stock som lagts fram satt Famala, drottning av Mosker. Prinsessan Egwina, satt på en annan stock mellan dem. Prinsessan höll sina händer knutna och hennes blick var riktad mot marken, men då och då sneglade hon mot den äldre kvinnan som lugnt drack sitt te.

Krashak och Frash kom bärandes på ännu en stock och lade ner den försiktigt på marken så Diriska kunde sätta sig på den. Hon gav de två stora männen ett tacksamt leende, satte sig ner och rättade till den röda kjolen. Famala lyfte blicken från sitt te och såg på henne med sina stora blå ögon.

"Ers majestät", sa Diriska och böjde lätt på nacken.

"Dra..." Famala tvekade en aning. "Ers nåd. Jag ser att ni fortfarande reser med Dödens skvadron." Hennes ögon gled över Diriskas klänning innan hon åter mötte drakens ögon.

"Jag är en del av skvadronen", sa Diriska och tog emot en mugg av Ranin. "Var skulle jag annars vara om inte med den."

"Vad som är mer förvånande, Famala", sa Drashin som i vanlig ordning struntade i titlar, "är att se dig personligen rida till strid mot demoner."

Prinsessan Egwina ryste vid hans ord. Diriska var säker på att hon hade befunnit sig på säkert avstånd från fienden tillsammans med en stor livvakt. Famala däremot var klädd i liknande kläder som de moskiska soldaterna. Ett harnesk, som var repigt och färgat av blod, täckte hennes överkropp och på benen hade hon stålskenor som även täckte överdelen av foten på de kraftiga stövlarna hon bar. Vid hennes sida hängde ett svärd, bara aningen längre än de som drakriddarna bar.

Hennes röda hår hölls tillbaka från ansiktet av ett osmyckat silverdiadem och föll sedan fritt ner över axlarna. Hon var en vacker ung kvinna, bara ett år yngre än Drashin. Att höra att hon också deltog i striderna förvånade Diriska. Men drottningen bara log mot honom.

"Du borde veta vid det här laget att Moskers drottningar alltid deltar i strider, Drashin", sa hon lugnt. "Du minns väl att jag förde mina soldater till stora segrar i det senaste kriget mot Marish."

"Då stred vi mot människor", sa Drashin och viftade avmätt med handen. "Du deltog inte i kriget mot Nariff."

Famala grymtade till och grimaserade. "Jag hade ännu inte hunnit fylla tjugo vid det kriget, så jag hade inte rätten att anföra soldater. Mor var mycket strikt på traditionerna."

Hon gav honom en vass blick. Han besvarade blicken med ett flin och drack upp det sista av sitt te. Diriska smuttade på sitt.

"Hur ser det ut för era trupper, ers majestät?" undrade hon.

"Det böljar fram och tillbaka", sa Famala och ställde ner sin mugg på stocken. Genast kom en tjänare och tog den. "Men det verkar som demonerna av någon anledning rör sig söder ut."

"Söderut?" sa Drashin och blinkade.

"Ja", Famala nickade och plockade fram några papper ur en ficka. "För ungefär två dagar sedan korsades gränsen till Bura. Jag skickade tiotusen soldater till kung Hiros som förstärkningar. Men av någon anledning är det mycket få strider där nere. Man får känslan av att striderna där nere bara startar av tillfälligheter. Demonerna råkar gå på soldattrupperna och går till anfall, eller i vissa fall går runt."

Diriska rynkade på pannan och såg mot Drashin. Han såg lika oförstående ut som hon kände sig. Varför begav sig demonerna söderut? När alla strider hittills, i stort sett, varit samlade i Mosker, Amdoria och Amarji.

"Det är förbryllande", höll Drashin med.

"Det ryktas om att det finns en djävul bland demonerna som rör sig söderut."

Drashin spärrade upp ögonen och stirrade på Famala. Egwina flämtade förde bestört händerna till munnen. Diriska kände sig ännu mer förvirrad.

"Djävul?" sa hon försiktigt.

"Det skulle vara mycket oroande", sa Mira och ställde sig bredvid Drashin. "Men det skulle också kunna förklara hur Asharak hela tiden får till sig nya demoner."

"Men vilken djävul skulle alliera sig med en ängel", sa Drashin. "Även om det är en fallen ängel som Asharak."

Diriska såg på Famala och Drashin. Båda såg sammanbitet mot varandra. En djävul verkade vara stora bekymmer. Egwina såg oroligt på drottningen och generalen. Flickan grep hårt i tygen till sin mörkgröna klänning.

"General! Någon är här för att träffa dig!"

Diriska vred på huvudet och såg mot Hiram som kom gåendes mot dem. Med sig hade hon en gestalt klädd i en svart mantel med huvan uppfälld. Hans ansikte gick inte att se och han gick något framåt lutad, nästan som om han villa dölja sin riktiga längd. Hon spärrade upp ögonen när hon kände igen honom.

"Ma'sharos'tian", sa Drashin, reste sig upp och bugade med handen mot bröstet. "Er närvaro hedrar oss."

Diriska reste sig och neg djupt mot den nyanlände. Egwina reste sig med stora ögon och neg klumpigt mot honom. Famala var lika förvånad hon, men hämtade sig snabbt och bugade djupt med händerna mot knäna.

"Vördade Ma'sharos'tian", sa hon högtidligt. "Det är en ära att få träffa er."

"Äran och glädjen är min, kära barn", sa Ma'sharos'tian. *"Jag kommer enbart för att se hur det går för er och om att få höra nyheter."*

"Dödens skvadron förlorade tre drakar, fyra klipptroll och sexton drakriddare i senaste striden, vördade", sa Drashin. "Vi håller på att begrava de döda i detta nu och skall snart fortsätta söderut."

"Söderut?"

"Demoner har vandrat in i Bura. Drottning Famala säger att det ryktas om att det finns en djävul bland dem."

Famala nickade allvarligt när huvans mörka öppning vändes mot henne. Sakta nickade Ma'sharos'tian.

"Drakriddare är mest lämpade för strider mot en djävul", sa han. *"Men räcker det med enbart Dödens skvadron?"*

"Med mig och Diriska skall nog djävulen snart bli besegrad", sa Hiram självsäkert och lade en hand på Diriskas axel.

"Men om det är en djävul som har förmågan att skapa nya demoner", sa Ma'sharos'tian.

Hiram rykte till och grimaserade.

"Vi behöver fler erfarna krigare", sa Drashin. "Famala, kan jag be om budbärare som reser norrut."

"Varför norrut?" frågade drottningen.

"Jag vill ha tag på Asama och Hasram", sa Drashin allvarligt och såg stadigt in i hennes blå ögon. "Med Asamas drakens skvadron får vi ytterligare nästan fyra hundra drakriddare som är erfarna i strider mot demoner. Med Hasram får vi kanske trettiotusen klipptroll som har minst tjugo års erfarenhet av strid."

"*Jag skall fara med ert meddelande, general Drashin draakir*", sa Ma'sharos'tian.

Drashin såg förvånat på honom. "Jag kan inte be er om något sådant, vördade", sa han. "Dessutom, Hasram och Asama är på två olika platser."

Ma'sharos'tian skrockade. "*Ni underskattar mig, min käre general*", sa han. "*Jag skall nog kunna föra både erat meddelande och era förstärkningar till er. Jag vet alltid var mina drakriddare befinner sig. Jag har även ett öga på den gode hövding Hasram Do'shank.*"

Diriska såg förundrat på honom. Hur mäktig var egentligen Ma'sharos'tian? Hon var nyfiken om han verkligen var samma varelse som hon hört talas om från tiden före den stora katastrofen, men hon vågade inte fråga honom. Men den varelse som bar namnet Ma'sharos'tian i hennes minnen såg inte ut som den man framför henne. Inte heller hade han sett ut som den jättelika vita tiger som hon mött den dagen Liana blev en drakriddare. Sedan var det namnet...

"Sharos..." mumlade hon.

Ma'sharos'tian stelnade till som om han hört henne och huvans öppning vände sig mot henne. De röda ögonen som syntes var stora och stirrade förbluffat på henne. Inte kunde det vara...

"Vad minns du, barn?"

Rösten fick samtliga att rycka till och stirra med gapande munnar på Ma'sharos'tian. Istället för att vara en mild röst som verkade dyka upp i deras huvuden, var det en djup, mörk röst som talade normalt. Diriska kunde minnas att hon hört den rösten en gång för länge sedan. Strax innan katastrofen var ett faktum.

"Det är bara fragment", sa Diriska osäkert. "Inte mycket alls. Något som dyker upp ibland."

Ma'sharos'tian lade huvudet på sned som om han funderade på något. Han vände människorna ryggen, så bara Diriska kunde se honom. Han lyfte ena handen, naglarna var långa och svarta och det stack ut långa vita och svarta hårstrån från kappans ärm, och förde den mot huvans öppning. Diriska spärrade upp ögonen när han vinklade den en aning och hon fick se en liten del av hans ansikte.

Ansiktet bar vit päls med enstaka svarta ränder, nosen var svart med långa vita morrhår som stack ut från den. Det var en tigers ansikte, med en liten skillnad. Ma'sharos'tians alltför mänskliga hand grep tag i en lång tand som stack ut ur mungipan och som räckte nästan ända ner till hakan. De röda ögonen såg stadigt på henne.

"Träffade du någonsin mig?" Den mildare rösten var tillbaka igen. Diriska sneglade mot människorna och misstänkte att det endast var hon som hörde honom.

"Jag minns inte", viskade hon. "Kanske en eller två gånger."

Ma'sharos'tian nickade kort och tog bort handen. *"Jag beblandade mig inte så mycket med er drakar."* Han vände sig om mot Drashin igen. *"Inte som de andra."*

"Andra?"

Han ignorerade hennes fråga. *"Jag skall hålla kontakt med er, general Drashin Draakir"*, sa han.

Drashin blinkade till. "Hur?"

"Jag har ett särskilt band till ängel Hiram. Hon kan tala om för mig var ni befinner er. Jag skall ha era förstärkningar hos er inom några dagar."

En ljusskiva skapades bredvid honom och han steg in i den. Diriska sträckte ut handen för att stoppa honom, men skivan försvann och han var borta. Hon ville veta vad han menade med "de andra".

"Hur kan jag ha ett särskilt band med honom", muttrade Hiram och sparkade på en sten.

Krashak kom gåendes mot dem. Han granskade eggen på sin en yxa, sedan satte han den bakom ryggen intill den andra. Diriska kunde inte förstå hur han kunde röra sig så obehindrat med de två tunga vapnen på ryggen.

"Vi har begravt alla döda, general", sa han och slog sin knutna hand mot bröstet. "Vi är redo för att börja marschera."

Drashin nickade kort. "Hiram förbered en öppning till Bura", sa han. "Vi måste röra oss snabbt söderut för att komma ikapp djävulen."

"Vi följer med er", sa Egwina.

"Om du väntar någon dag så kan jag skicka med dig tjugotusen av mina soldater", sa Famala.

"Du stannar här", sa Drashin barsk till prinsessan. "Jag har inte tid att vara barnvakt åt en prinsessa." Han såg strängt på henne tills hon sakta nickade och satte sig på stocken igen. Då vände han sig mot Famala. "Jag tackar för erbjudandet, Famala. Men vi måste röra oss snabbt. Om jag stöter på dem, så slår jag mig samman med de soldater du redan har där nere. Om vi väntar för länge så kommer kanske hela Bura och Loma vara förintade när vi väl kommer dit. Vem vet vart de är på väg?"

"Narkia?" föreslog Hiram. "Asharak använde ju dem i början. Kanske skickade han ner sina demoner dit. Han kanske vill använda dem igen, fast med en djävul som leder dem."

"Det skulle vara problematiskt", sa Drashin och sneglade mot Diriska.

När Hiram nämnde Narkia, bet Diriska ilsket ihop käkarna. Det var dem som hade mördat hennes familj och skövlat genom alla länder fram tills de amdorianska och moskiska arméerna stoppat dem. Även om hon visste att de var under Asharaks styre så hade hon svårt att förlåta dem.

"Narkia kan få ihop en ganska stor armé, även om vi lyckades slå ner dem förra gången", sa Famala. "Det skulle bli besvärligt om de kan få kung Gram att gå i krig än en gång. Nå, jag gör som du säger, Drashin. Vi förser Asamas och Hasrams trupper med förnödenheter när dem passerar Mosker. Vi ska se till att hålla demonernas horder borta från dem så de inte behöver gå in i strider innan de kan slå sig ihop med dig."

"Jag tror att Ma'sharos'tian kommer att lösa det åt oss", sa Drashin med ett kort skratt och grep drottningens underarm. "Jag tackar för hjälpen här. Utan er hade vi haft problem." Han såg mot prinsessan som såg ner mot sina fötter. "Du också, Egwina. Om vi inte hade haft dina lansiärer hade vi inte överlevt här idag."

Flickan sken upp över hans beröm. Han nickade kort mot henne och vände sig om. Han började ropa ut order om avmarsch. Hiram gick jämte honom med sitt långa spjut över axeln. Diriska såg hur Famala såg efter honom med fundersam min.

"Undrar om vi någonsin hade stridit tillsammans mot demoner om det inte varit för honom", sa Moskers drottning. "Hade verkligen länderna enats, eller hade vi krigat mot varandra också."

"Vem vet", sa Diriska vänligt. "Jag vet att jag aldrig hade varit en del av den här armén om det inte varit för honom."

Famala nickade lugnt och kastade en blick mot den darandiska prinsessan. Egwina slog genast blygt ner blicken mot sina fötter igen. Famala var trotts allt en av de mäktigaste personerna i världen och de var just nu inom hennes gränser.

”Din far har beordrat att du ska ta dina lansiärer och sammansluta dig till honom”, sa Famala och fnös. ”Jag kan inte förstå varför han envisas med att ha alla sina trupper samlade på en och samma plats. Jag kan inte få honom att dela upp dem. Vi måste sprida ut oss för att möta demonerna.”

”Magrash marscherar”, sa flickan med låg röst. ”Vi kan inte lita på dem där barbarerna.”

”Magrash?” sa Famala och såg mot Diriska som nickade. ”Så ryktena är sanna. Det kan bli svårt att få dem att dela upp sig också, men tillskillnad från Eram, som mest sitter på sin tjocka bak, så marscherar Magrash till de hetare striderna.”

Egwina lyfte argt på hakan, men Famala bara vifta avvärjande mot henne. Istället vände sig drottningen mot Diriska och bugade kort mot draken.

”Jag önskar er lycka i striderna som kommer framöver, drake Diriska”, sa hon. ”Jag hoppas att vi får se solen stiga mot skyn ännu en gång.”

Sedan vände hon om och började gå mot sina soldater. Diriska såg efter henne där hon försvann. Hon såg i ögonvrån hur den darandiska prinsessan grep hårt i klänningens tyg och såg oroligt på henne. När Diriska tänkte efter var det första gången som hon var ensam med prinsessan. Diriska vände henne ryggen och började gå bort mot skvadronen som ställde upp sig för att marschera.

”Jag tror att du skall sluta att jaga efter Drashin, flicka”, sa hon över axeln. ”Hans öde är inte sammanflätat med ditt.”

Diriska lämnade den förbluffade flickan ensam vid stocken och anslöt sig med skvadronens krigare. Hiram stod två steg framför alla andra. När Drashin nickade höjde hon vänstra handen och en stor ljusskiva skapades. Ängeln gjorden den bredare, så tjugo man kunde gå igenom den samtidigt.

Så snart Hiram gjort klartecken skyndade Samare, med Mira på sin rygg, och dvärgdrakarna igenom. De skulle vara deras första försvar om det blev strider på andra sidan öppningen. När sista draken var igenom marscherade klipptrollen igenom. De stora krigarna skulle bilda en ogenomtränglig mur så att drakriddarnas magiker och bågskyttar, som kom efter, inte skulle vara oskyddade.

Diriska vandrade igenom öppningen tillsammans med magikerna. Hon kände hur ljuset sköljde över henne och hon fick blunda för att inte bländas av ljuset. När hon öppnade ögonen stod hon på en grässlätt med en stor skog framför sig. Hon såg sig omkring, men kunde inte se så mycket för alla klipptroll som stod i en tät ring runt öppningen. Hon slöt ögonen och vädrade i luften, men inga andra dofter än människorna, klipptrollen, dvärgdrakarna eller gräs fanns. Inga demoner.

Snart var hela skvadronen samlad igen. Efter en kort diskussion om var de var så började man vandra söderut igen. Buras huvudstad, Omratal, låg bara en halvdags marscherande söderut enligt Hiram. Så Drashin bestämde att dem skulle ta sig dit för att se hur allt var i landet.

Två timmar efter att de kommit igenom öppningen gav Drashin order om att slå läger för natten. Det hade börjat skymma och när Diriska tänkte efter hade det varit runt lunchtid när de drabbat samman med demonerna i Mosker. Himlen var klarare här i Bura än den varit i Mosker och Amdoria, så inga tält slogs upp.

Drashin lät Alram ordna med vaktskiften. Diriska misstänkte att det var för att få översten slippa tänka för mycket på Manteras död. Hon tyckte att det såg märkligt ut att se Alram gå runt ensam för att välja ut vaktposter utan hans ständiga följeslagare.

När vaktskiften delades in var det ingen hänsyn till vilken rang man hade. Krashak hade första passet tillsammans med Tirasine, Ranin och fyra klipptroll. Dessa sju skulle patrullera runt lägret och kontrollera de åtta grupperna som var stationerade runt det. Diriska fann sig själv i det fjärde passet. Med sig skulle hon ha drakriddarna Norek, Kalar, den forna häxan Aylia och klipptrollen Maersk, Rasham och Dram.

Samare såg till att drakarna hade egna spanare. Dessa gömde sig högt uppe i träden i skogen som låg väster om dem. Där skulle de ha en god uppsikt över lägret och den omgivande slätten. Resten av drakarna låg i en samlad klunga i anslutning av lägret.

Natten var lugn och solen hade precis kommit över horisonten när Drashin gav order om att bryta lägret och fortsätta marschera mot Omratal.

10

Diriska betraktade den muromgärdade staden framför henne. Omratal var inte en stor stad som Terabelle eller Garatur. Men likväl större än någon stad som hon besökt i Fakari.

Hon hade stannat kvar med skvadronen utanför staden tillsammans med Mira. Drashin hade gått in i staden tillsammans med Hiram och Krashak för att träffa kung Hiros. Diriska hade självmant valt att stanna kvar utanför staden. Bortsett från den amdorianska kungafamiljen, drottning Famala och Somas kung Lamas, hade hon inte träffat några kungligheter. Hon hade heller ingen önskan av att få göra det heller.

Någon hade hämtat en trebent pall åt henne. Frånvarande satt hon och tittade på staden framför henne. Hon tänkte på vad Ma'sharos'tian hade sagt till henne. Vad han hade visat henne. Ett ansikte som påminde mycket om en tigers, men med två långa, vita tänder som stack ut ur mungipan. Hon var säker på att hon sett en varelse som såg ut som han. Men hon kunde inte minnas var.

"Andra", sa hon tyst för sig själv. "Han sa att det fanns andra. Såg de ut som honom?"

Hon hörde knappt när Liana, Aylia och Jali kom och satte sig i det låga gräset bredvid henne. De tre flickorna sneglade försiktigt mot henne, sedan började de tala lågt sinsemellan. Diriska hörde bara några enstaka ord. Själv var hon i djupa tankar och försökte gräva fram var hon träffat Ma'sharos'tian tidigare.

Trettio dvärgdrakar flög förbi med Samare och Mira i spetsen. De gjorde en vid sväng och försvann runt staden. Ända sedan Drashin gått in i staden hade drakarna flugit runt staden. Spanat efter fiender och eventuella strider.

Skvadronen hade slagit läger en liten bit från den norra porten till staden. Vid den västra fanns ett stort läger som tillhörde den moskiska armén som följt efter den stora demonarmén söderut. Närmare tiotusen soldater satt runt små lägereldar och väntade på order. Alram och Rasham hade gått över för att tala med deras befäl.

Diriska suckade och lade hakan i handen med armbågen vilandes mot knät. Ma'sharos'tian, han var ett mysterium. Ett lika stort mysterium som han alltid varit. Hon mindes några historier om honom från tiden före katastrofen. Att han för det mesta befann sig i norr, nära islandet. Diriska undrade var islandet låg nu. Världen var så annorlunda mot vad den hade varit då.

"Sharos, Soras och Isashai", sa hon för sig själv. "Vilka var ni? Lever ni fortfarande? Om så, var finns ni?"

"Vad säger du, Diriska?"

Diriska ryckte till vid ljudet av Lianas röst och ramlade nästan av pallen. Hon återfick balansen och log matt mot flickan.

"Ah, jag pratar bara högt för mig själv", sa hon och skrattade kort. "Om minnen från förr."

"Minnen?" sa Aylia försiktigt.

"Ja", sa Diriska. Hon rynkade pannan och stirrade på marken framför henne. "Om den vita tigern, den svarta tjuren och den blå ödlan."

"Den vita tigern", sa Liana sakta. "Du menar Ma'sharos'tian?"

Diriska skrattade till igen och såg upp mot himlen. Hur kunde hon glömma bort om deras mer alldagliga namn.

"Ja", sa Diriska och såg på de tre unga kvinnorna. "Minnen om Ma'sharos'tian, La'soras'tian och Na'isashai'tian. De tre sista tianerna som vandrade bland oss drakar. Den mystiske Ma'sharos'tian som vanligast höll sig för sig själv uppe vid islandet. Den väldige och vänlige La'soras'tian som ofta kom förbi våra boplatser med sin stora hjord med tjurar. Den milda Na'isashai'tian som tillbringade all sin tid med oss drakar som hon såg som sina barn."

Flera kom närmare ju mer hon berättade om tianerna. Narika, Samares syster, lade sig bredvid henne och det ryckte en aning i hennes korta öron när hon lyssnade. Diriska lade en försiktig hand på drakens huvud och log sorgset.

Hon hade nästan helt glömt bort Na'isashai'tian och La'soras'tian. När Ma'sharos'tian hade visat henne en del av sitt ansikte, och med det den långa tanden hade minnena om de andra två kommit tillbaka till henne. Hon mindes hur hon lekt tillsammans med de andra drakungarna på den enorma grässlätt som varit hennes hem. Ständigt under Na'isashai'tians vakande ögon.

Hon mindes hur La'soras'tian ibland kommit till slätten tillsammans med sin hjord med stora tjurar och den gamle draken, Horasus den vise. Hur han hade suttit med dem vid lägerelden på kvällarna och berättat sagor från tider när inga drakar fanns. Han hade alltid burit med sig sin stora yxa, och han hade använt den för att hugga ved till den stora elden. Na'isashai'tian hade alltid burit ett svärd vid sin sida, men vad Diriska mindes hade hon aldrig använt det.

"Var finns La'soras'tian och Na'isashai'tian nu?" frågade Jali. "Jag har aldrig hört talas om dem tidigare."

"Jag misstänker att dem föll i kaoset som drakarnas vansinne bildade", sa Diriska sorgset. "Det är så mycket som hände under de hundratals år som katastrofen varade. Jag hörde ett ryckte om att den vise draken Horasus angrep La'soras'tian vid hans boplats. Att den svarta tjuren tvingades döda honom med den stora yxan han alltid bar med sig. Vad som hände efter det vet jag inte. Jag flydde för mitt liv tillsammans med några kamrater och vi gömde oss för de galna."

Krigarna runt henne såg olustigt på varandra. Diriska kände hur Narika rörde på sig under hennes hand, men den lilla draken förblev liggandes på marken. Alla såg upp när klampandes steg närmade sig.

"Vi kan ha fått fler problem", sa Alram bistert när han kom fram till dem tillsammans med Rasham. "Som om det inte räcker med en hord av demoner ledda av en djävul."

"Problem, överste?" undrade Diriska.

"Moskierna berättade att man sett Lasoras", sa Rasham allvarligt.

Ett sorl gick bland krigarna och Diriska kände hur hon rös. Hon hade bara hört kort om den djävul som bar namnet Lasoras. En väldig varelse som spred skräck, inte bara bland människor, utan även i Helvetet och i Himmelriket.

"Var?" frågade hon. Kanske skulle hon bli tvungen att stå öga mot öga mot honom en dag. Hon undrade om hon kunde besegra honom om det blev strid.

"Under en strid en och en halv dagsmarsch västerut dök han plötsligt upp", sa Alram. "Enligt vittnesmål gick han bara rakt in i striden. Tillsynes brydde han sig inte om vem han slog ner med sina vapen. Han bar på en yxa och en hammare, svingade dem i varsin hand som om de inte vägde någonting."

Drakriddaren skakade på huvudet och såg förbryllad ut. Rasham lade en stor hand på hans axel och klappade den lätt.

"Moskierna sa att han inte verkade bry sig vad människorna gjorde", sa klipptrollet. "Men demonerna dödade han metodiskt. De människor som han faktiskt dödade, var de som angrep honom först.

Jag såg honom för första gången för över åttio år sedan. Då han dök upp strax innanför Taurs gränser. En liten grupp demoner hade lyckats finna en väg upp ovanjord och var ledda av en smådjävul. Hasram hade fått ansvar över åttahundra krigare av den dåvarande klanhövdingen. Vi hade lyckats pressa tillbaka demonerna och skulle gå in i den avslutande striden när han plötsligt kom gåendes bakom oss. Hasram beordrade oss att avvakta, men vara redo för strid. Vi öppnade en väg åt Lasoras, så han kunde gå förbi oss. Demonerna såg bara skräckslaget på honom där han kom. Tre steg från dem stannade han, lyfte sin hand och brände allihop med svart eld. Sedan vände han om och gick."

Diriska hade svårt att tro på Rashams historia, men flera av klipptrollen som satt runt henne nickade åt hans historia.

"Lasoras är oberäknelig", sa Kalar när han reste sig upp. "Ingen vet vad han tänker eller vad han kan få för sig att göra. Även om han dödade demoner den här gången, vad hindrar att han inte kommer att försöka döda oss istället nästa gång."

Diriska såg efter honom när han gick tillbaka längre in i lägret. Han hade sagt just det som hon själv tänkt. Vad skulle Lasoras göra här näst? Var han en allierad? Eller var han en fiende? Hon rös och såg upp mot den blå himlen. Lasoras var ett problem som fick vänta för tillfället. Nu var det demonerna och den djävul som drev på dem som var viktig.

Baserak såg på den lilla byn som stod i lågor framför honom. Demonerna som han anförde behövde mat och byn hade kommit lägligt. Eftersom Asharak nästan enbart stred mot Amdoria och Mosker kände inte folk här i Bura till demonerna. Det passade Baserak alldeles utmärkt.

En taur kom fram till honom och lyfte upp ett fat med rykande varmt kött. Baserak tog tag i fotleden som fortfarande satt kvar på benet och tog en stor tugga. Människa smakade bättre än skariter. Han hoppades att de skulle kunna hitta en drakfamilj. Drakar smakade bäst.

"Finns det något att rapportera?" frågade han barskt.

Den lilla smutsiga människan, Gora, ryckte till och stirrade skräckslaget på honom. Han hade varit Aram Trashers knähund fram till någon månad sedan, då Baserak tog honom till sig. Han hade brutit ner människan, låtit honom sova dubbelvikt i grytor, hängt upp honom upp och ner med hungriga marulaker sittandes under honom. Framför djävulen stod nu en bruten man, långt ifrån vad han en gång var.

"Tala!"

"Herre Baserak", gnydde Gora och kröp ihop inför hans blick. "Det ryktas att Lasoras tagit till vapen. Att han skall ha mer eller mindre utplånat en av era grupper."

Baserak ryckte ofrivilligt till. "Lasoras", mumlade han.

"Men han skall även ha dödat människor, herre", skyndade sig Gora att säga.

Det fick Baserak att höja på ena ögonbrynet. Lasoras dödade människor? Det var nästan omöjligt att tro på. Lasoras, som aldrig gick till angrepp mot mänskliga varelser om inte de angrep honom först. Vad kan ha fått honom att döda människor?

Han viftade bort Gora, som nästan krypandes tog sig bort från honom. Lasoras skulle bli ett problem. Han måste hållas borta så länge det bara gick. Baserak var osäker på om han skulle kunna besegra honom i en strid öga mot öga. Lasoras var så oerhört stark.

Baserak såg om över axeln och tecknade åt de fyra smådjävlar som stod där att börja marschera. Med höga morrningar och rop började demonhorden att röra på sig. Själv stod han och såg fundersamt i lågornas sken.

Lasoras hade dödat människor. Kanske var det inte omöjligt att få Lasoras på sin sida ändå. Han skulle vara något att kunna räkna med om nu Ma'sharos'tian skulle få för sig att aktivt delta i striderna.

Med en grymtning lyfte han sin taggiga yxa över axeln och vände söderut. Hans mål var att lura med sig Drashin och hans skvadron söderut, bort från Amdoria och striderna där uppe. Än hade han inte hört något, men det skulle bara vara en tidsfråga innan den irriterande drakriddaren hörde om hans framfart. Moskers drottning hade skickat tiotusen soldater efter honom och hon skulle säkerligen skicka bud till Drashin om vad som hände.

Baserak gned handen mot hakan medan han gick. I den här takten skulle han snart vara i Loma. Var det tillräckligt långt bort eller skulle han fortsätta ännu längre bort?

Tauren som kommit med hans mat kom skyndades till honom. "Herre Baserak", sa den. "Soldater komma. Kanske tretusen. Vad göra?"

Baserak fnös. "Slakta dem".

Tauren bugade djupt och skyndade iväg med ett flin. Baserak struntade i hur många soldater som de förhatliga människorna skickade mot honom. Han skulle utrota dem alla. Det spelade ingen roll hur många demoner som dödades. Han kunde skapa hur många som helst. Han skrockade. Låt människorna komma med sina soldater. Inget skulle kunna stoppa honom och Asharak att ta över världen.

Hasram Do'shank skallade tauren som dök upp framför honom. Det small högt när stålhjälmen träffade demonens huvud. Med ett brölande tog den sig för huvudet och han passade på att driva spjutet i bröstet på den.

Stridslarmet ekade över slätten. Soldaterna i Amarjis kejserliga armé kämpade tappert, men om det inte varit för att Hasram kommit dit med trettiotusen krigare hade dem blivit slaktade till sista man.

Ett skrik fick honom att vrida på huvudet. En soldat i blåuniform över rustningen fick ena armen avsliten innan en demon sänkte sina vassa tänder i halsen på honom. Skriket blev ett gurglande och soldaten föll död till marken med demonen tuggandes på hans hals.

Hasram drog spjutet ur taurens kropp och slungade det. Demonen lyfte huvudet från sitt offer och spjutet träffade den i halsen. Kraften i kastet fick den att flyga bort från den döde. Hasram grymtade uppskattat. För att vara ett spjut tillverkat av människor var det av god kvalitet. Han greppade tag i sin stridshammare som han tappat när tauren dundrat in i honom.

En blixt for genom demonernas led och skapade en bred gata. Garak och Harinak utnyttjade genast den tomma ytan och rusade tillbaka med flera amarjiska soldater efter sig. Hasram var tacksam för Amarjis magiker, de hade räddat många idag. Men skulle det vara tillräckligt i den här striden.

"Hasram!"

Han såg upp vid Grashs rop. Han spärrade upp ögonen inför det väldige eldklot som var på väg rakt mot honom. Det slukade allt, soldater, demoner och klipptroll, på sin väg mot honom. Han kände inte fruktan inför vad som var på väg. *Så det är så här jag kommer dö*, tänkte han lugnt när klotets hetta närmade sig.

Ett plötsligt ljussken fick Hasram att blunda hårt och vända bort ansiktet. Hettan försvann nästan omedelbart och följdes av ett fruktansvärt oväsen längre bort framför honom.

"Ni är vårdslös, Hasram av Taur", sa en mörk raspig röst framför honom. "Det var länge sedan Kisnatch Lach samlades under en och samma hövding."

Hasram sänkte armen och grep hårdare om skaftet till sin stora stridshammare. Han höjde blicken och såg på den väldige varelsen som stod med ryggen mot honom. Den reste sig nästan huvudet och axlarna över honom själv. Den svarta skjortan var så spänd över den breda ryggen, att Hasram nästan trodde att den skulle spricka. De svarta byxorna var av samma snitt som drakriddarna brukade bära. De stora gulaktiga hornen var vridna vid huvudet och gick ner mot kinderna. Den vred på huvudet och såg mot honom med skinande gröna ögon. Den stora mulen var intryckt och tänder som var skeva och vassa stack ur dess käft. Över hans ena axel höll han en väldig hammare och i den andra handen höll han i en minst lika stor yxa.

"Lasoras", sa Hasram sammanbitet. "Vad...?"

"Är Ma'sharos'tian här?" avbröt djävulen honom.

Hasram blinkade till. "Nej. Vi har inte sett honom på några dagar."

"Är det så", sa Lasoras och vände sig mot de tvekande demonerna.

Hasram såg nu att alla klipptroll och amarjiska soldater dragit sig tillbaka och såg vaksamt mot den väldige Lasoras. Alla inväntade på vad den galne djävulen skulle göra.

En stund stod han bara där och såg ut över de tiotusentals demonerna som ryggade undan inför hans blick. Lasoras muttrade för sig själv med hans blick svepte över slagfältet. Sedan började han gå framåt.

"Vänta här", sa han och lyfte hammaren från axeln.

Hasram visste inte vad han skulle göra. Flera eldklot kom farandes från demonernas led. Men istället för att vara riktade mot honom och människorna var alla riktade mot Lasoras. Samtliga träffade den väldige djävulen i bröstet och omslöt honom i ett enda stort moln av eld. Demonerna lyfte sina vapen och klor i luften och vrålade segervisst.

Ett skrockande hördes från eldmolnet och demonerna stelnade förbluffade till. Hasram spärrade upp ögonen. Molnet försvann och där stod Lasoras helt oskadd. Han lade yxan över axeln, satte ner hammaren på marken och pekade sedan mot demonerna.

"Låt mig visa hur man gör", sa han och en liten låga med svart eld började dansa över hans finger.

Nästan genast slog lågor av svart eld ut i det främsta ledet av demoner. Under vilda tjut brändes dem till döds, nästan genast drabbades andra ledet. Kaos utbröt i demonernas led. Medan några försökte fly försökte andra storma fram mot sin baneman.

En taur lyckades slita sig loss från horden och rusade, med sitt två handsvärd lyft över huvudet, mot Lasoras. Djävulen sänkte sitt finger och lyfte hammaren. med en enkel rörelse slog han tauren i sidan. Kraften i slaget var ofantlig. Demonen flög iväg och Hasram följde dess bana i luften tills den träffade ett träd minst tvåhundra steg bort. Trädets stam splittrades vid nedslaget och föll till marken.

När Hasram vände blicken mot Lasoras igen var denne på väg genom demonernas led. Han svingade både yxan och hammaren åt höger och vänster. Hans offer flög åt alla håll, klövs av yxan eller krossades av hammarens tunga huvud. Demoner som försökte fly slukades av den svarta elden.

"Vad händer, far?" flämtade Garak när han kom fram till Hasram.

"Jag har ingen aning", sa Hasram andlöst och stirrade på slakten framför sig. "Det ser nästan ut som om han är ute på en åker och skördar."

Det såg verkligen ut som det. Lasoras svingade yxan och hammare åt höger och vänster. Demonerna föll framför honom som om de varit säd på fält. Hasram och klipptrollen kunde bara stå och se på. Befälen för Amarjis armé såg vantroget på djävulens framfart. Då och då kastade dem en blick mot Hasram som för att se vad han skulle göra.

Efter en halvtimma eller så, stannade Lasoras upp och såg sig om över fältet. Hasram höll andan och väntade på vad han skulle göra nu. Alla demoner var döda. Djävulen lyfte hammaren och yxan så han kunde studera blodet som droppade från deras huvuden. Den svarta elden bildades och blodet brändes bort.

När Lasoras började vända sig om gjorde Hasram och hans krigare sig redo. Det greps hårdare om vapnen och alla gjorde sig redo för att bli anfallna. Vad de nu hade för chans mot en djävul som honom. Men Lasoras bara stod där och tittade mot dem. De gröna ögonen glittrade nästan när solljuset föll i dem.

Han lyfte upp den väldiga hammaren på axeln igen. Han rörde lätt vid sidan och Hasram fick nu se det brutna svärdet som hängde där. I en vanliga människas händer, till och med i ett klipptrolls händer, skulle det varit ett två handsvärd. Men Lasoras skulle säkerligen kunna svinga det med bara en hand.

"Så han är inte här heller", muttrade Lasoras och en ljusskiva bildades bredvid honom. När han vände sig mot den sa han: "När ni träffar Ma'sharos'tian... Nej, glöm det. Jag hittar honom till slut."

Sedan steg han in genom skivan och den försvann bakom honom. Hasram såg klentroget mot den plats Lasoras stått på. Vad kunde en djävul vilja Ma'sharos'tian? Och i hans blick när han sett mot Hasram innan han gått in i striden. Hade det varit stolthet i blicken? Var Lasoras stolt över Hasram och klipptrollen? Varför?

"Vad var det där?"

Hasram vände sig mot den amarjiske befälhavaren. Det var en medelålders man vid namn Haran. Han bar den klockformade hjälm som var tradition i Amarji och på vänstra bröstet på den blåa uniformen fanns en grön uggla med gula ögon. Hasram undrade vilket adels hus denne man tillhörde. Människor var förtjusta att dela upp sig i adel och ofrälse.

"Det var Lasoras, den galne", sa Hasram kort och soldaten spärrade förskräckt upp ögonen. "Varför han kom hit kan jag inte svara på. Men jag är glad att han gjorde det."

"Kan detta vara en engångs företeelse, krigshövding?" frågade Grash och kom fram till honom. Han hade fått sällskap av Gerak, klanen Korats byggmästare. Byggmästare hade fått ett bandage om huvudet och ögonen såg aningen glansiga ut.

"Med Lasoras är det svårt att veta", brummade Hasram. "Han kan anfalla vem som helst och vad som helst, när som helst. Gerak, är allt väl med dig? Du ser en aning yr ut."

"Det är inget allvarligt", svarade byggmästaren och förde handen mot huvudet. "Jag låter Amarjis helare se över min skada när de alvarligaste blivit helade."

Hasram nickade och såg mot de döda demonerna som låg utspridda framför honom. Lasoras hade bara gått rakt in bland dem. Var detta kraften hos en djävul? Nej, Hasram hade sett en djävul bli besegrad av en mycket mindre grupp demoner för många år sedan. Detta var något annat. Lasoras hade inte ens reagerat när demonerna kastat sina formler mot honom. Han hade bara skoningslöst gått rakt in i en hord på femton, tjugotusen demoner. Var Lasoras verkligen en vanlig djävul?

"Överstemajor Haran", sa Hasram och vände sig mot den amarjiske soldaten. "Vi måste sprida ordet. Lasoras, den galne, har tagit till vapen. Var på er vakt. Ingen vet vem han kommer att strida mot."

Haran nickade bara bistert och skyndade tillbaka mot sina soldater. Gerak såg fundersamt efter människan. Grash såg mot Hasram.

"Vad ska vi göra nu?" undrade han.

"Drashin önskar er närvaro i söder, krigshövding Hasram Do'shank."

Hasram kunde inte låta bli att hoppa till när Ma'sharos'tian plötsligt uppenbarade sig jämte honom. Han bugade mot honom med armarna korsade över bröstet.

"Var hälsad vördande", sa Hasram högtidligt. "I söder? Vad händer där?"

"En stor armé med demoner marscherar söderut", berättade Ma'sharos'tian. *"En djävul leder dem. Drashin jagar efter honom och han önskar er och Asamas hjälp i striderna."*

"En djävul", sa Grash fundersamt. "Kommer det verkligen räcka med bara oss?"

"Jag misstänker att Drashins mål är att döda djävulen. Det är den första som vi hört talas om som deltar i detta krig."

"Den andra", sa Hasram bistert. Ma'sharos'tians huva lutade när han lade huvudet på sned. "Lasoras var här alldeles nyss, vördande. Han besegrade alla demonerna där borta. Han frågade efter er också."

"Efter mig", sa Ma'sharos'tian fundersamt och såg mot de döda demonerna. *"Han frågar efter mig. Så underligt. Det var evigheter sedan han gjorde det."*

Hasram undrade om han hade hört rätt. Hade Lasoras frågat efter Ma'sharos'tian tidigare? Innan han hann fråga slog den vita tigern ihop händerna och såg upp mot honom. De röda ögonen glimmade inne i den mörka huvan.

"Skall vi fara till Asama då, krigshövding Hasram Do'shank", sa han förväntansfullt. *"Vi kan inte låta Drashin vänta för länge, eller hur."*

Hasram suckade. "Låt mig samla ihop mina krigare, vördande."

Han nickade mot Grash och Gerak. De två gick genast åt varsitt håll och började ropa efter krigarna att samlas. Det tog inte lång tid innan de nästan trettiotusen klipptrolls krigarna var samlade. Ma'sharos'tian inväntade att Hasram skulle ge klartecken. Sedan skapade han en enorm ljusskiva, stor nog för att hundra klipptroll skulle kunna gå igenom i bredd.

Hasram lyfte sin stora hammare och signalerade för avmarsch. Han steg, sin vana trogen, först igenom öppningen. Den ledde till en stor öppen slätt. När Hasram blinkat bort ljusfläckarna som skymde hans synfält såg han hur några människor var på väg mot honom från ett läger.

Han lyfte handen till hälsning och såg på baneret som vajade lojt i vinden. Svart, med en drake i gult som stod framför vita blixtrar. Detta läger hörde till Asama Mashok, Ca'Draak av drakriddarna, och Drakens skvadron.

"*Låt oss vila en dag innan vi far vidare*", sa Ma'sharos'tian och slöt upp jämte honom.

Hasram nickade bara och började gå mot lägret. En dags vila lät bra. Han behövde också berätta för Asama vad som hade hänt i den senaste striden. Han måste förvarna så många han kunde att Lasoras hade tagit till vapen.

11

Tre dagar hade gått sedan de lämnat Omratal och passerat gränsen till Loma. Så sent som kvällen innan hade de passerat en liten by som blivit angripen av demoner. Hela byn hade bränts ner och inga levande hade hittats. Däremot hade Sareas hittat en hög, som senare visat sig vara rester av människor. En del av liken hade till och med haft bit märken.

Liana rös vid minnet av synen och svalde hårt. Hon hade kräkts när hon först insett vad det var. Varken Aylia eller Jali hade varit särskilt pratsamma efter fyndet och gått tysta bredvid henne.

Drashin hade beordrat att en stor grop skulle grävas och att allt skulle läggas i den. Det hade varit omöjligt att urskilja några enskilda personer. Drakarna hade grävt gropen, trotts att de tyckt att det verkat underligt. Men Diriska hade tålmodigt talat med dem om orsaken. Sedan hade alla hjälpt till att lägga ner alla liken i gropen. När den var övertäckt hade man stått i en stor ring runt den med sänkta huvuden för att hedra de döda. Sedan hade man lämnat byn bakom sig. Drashin hade inte gjort halt förrän de var minst två timmar från byn.

Det var mer prat i leden nu på morgonen, men alla talade lågt. Minnet från gårdagen var fortfarande färskt. Liana såg ner på sina fötter där hon gick. Djupt försjunken i sina egna tankar. Hon ryckte till när Hokka sänkte sitt stora huvud mellan henne och Aylia. Draken såg först mot henne och sedan mot den unga häxan. Hon sade något på drakarnas språk. I Lianas öron lät det mest som ett knorrande.

"Hon frågar om allt är väl med er flickor."

Liana och hennes två vänner hoppade till av ljudet från Diriskas röst. Hon hade inte märkt när draken slutit upp jämte henne. Diriska var mycket vacker i sin mänskliga skepnad. I dag hade hon ett rött band i sitt blåa hår, som höll ihop det i nacken. Den långa hästsvansen som bildades hängde ner till hennes skuldror. Klänningen, idag blå topp och röd kjol, gjorde svischande ljud ifrån sig när hon gick. Det gula skärpets långa ändar svingade fram och tillbaka längs hennes högra sida, som en kopia på Lianas kishara som hängde ner för hennes högra ben.

"Allt är bra, Hokka", sa Liana med ett matt leende och klappade draken på kinden. "Det är bara... Igår..." Hon svalde hårt igen för att inte kräkas vid minnet.

"Tänk inte på det nu", sa Diriska och Hokka nickade instämmande. "Vad som hänt har hänt. Vi kan inte göra något ogjort."

"Men vi kan hämnas offren", sa Jali hetsigt. "Demonerna..."

"Vad tror du generalen gör just nu, Jali?" sa Diriska lugnt.

Liana vände blicken mot Drashin som gick längst fram. Just nu pratade han med Alram, Krashak och Hiram. Mira var iväg på spaning tillsammans med Samare. Vid den första blicken verkade de fyra bara prata allmänt, men då och då slog någon av dem sin knutna hand i den andra. Liana undrade vad dem verkligen pratade om.

"De diskuterar om vem som leder demonerna vi jagar", sa Diriska och Liana insåg att hon tänkt högt. "De diskuterar även orsaken till att demonerna är här nere. Jag tror dock att vi alla är överens om den saken. Demonerna här i söder är för att locka bort oss från de stora slagfälten."

"Men varför..." började Aylia men avbröt sig med handen mot munnen. "Djävulen?"

Diriska nickade. "Drashin kan inte ignorera ryktena om att det är en djävul som leder demonerna", sa hon. "Han kan inte låta en djävul härja fritt. Den kanske inte ens är förknippad med Asharak, utan bara tagit tillfället i akt och agerat själv."

"Det skulle göra den ännu farligare", sa Jali och rös. "Men ryktena om Lasoras. Alla är oroliga över att hans synts till ovanjord. Men Drashin verkar inte bry sig om honom."

Hokka mumlade något och fick en undrande blick från Diriska. Liana undrade vad draken hade sagt. Hokka drog sig tillbaka en aning tog sedan till luften med några kraftiga vingslag. Diriska följde dvärgdraken med blicken när hon försvann upp över träden.

"Drashin verkar tycka att Lasoras inte är något omedelbart hot", sa draken fundersamt medan hon såg efter Hokka. "Minns alla rapporter som kommit om honom. Han har enbart dödat människor om dessa angripit honom först. Annars har han dödat alla demoner han kommit åt. Men det som förbryllar mest är den senaste rapporten."

"Han letar efter Ma'sharos'tian", sa Liana sakta. "Men varför skulle Lasoras, en djävul, vilja hitta Ma'sharos'tian?"

"Det är en bra fråga", sa Diriska och vände sina klara blå ögon mot henne. "Men sedan… Lasoras… Skapare, sa hon. Vad menar hon med det?"

"Diriska?"

Draken log vänligt mot henne och de andra två och viftade avvärjande med handen. Sedan ursäktade hon sig och gick tillbaka till Drashin och de andra längst fram. Hon anslöt sig i deras diskussion och Liana undrade vad dem pratade om.

"Tror ni verkligen att Drashin inte bryr sig om att Lasoras vandrar ovanjord?" sa Aylia lågt.

Liana såg på sin vän. Hennes mörka ögon var fästa mot generalen som gick en bit framför dem.

"Vad menar du?" undrade Jali.

"När Rasham och Alram berättade för honom utanför Omratal viftade han bara undan Lasoras", svarade den yngre häxan. "Men senare på kvällen hörde jag hur han diskuterade Lasoras tillsammans med Kalar. Dem två stred tillsammans med Lasoras när Nariff härjade. De båda diskuterade om man verkligen kunde bortse att Lasoras rörde sig ovandjord."

Liana mindes den kvällen. Drashin och Kalar hade båda stirrat in i lägerelden och lågmält pratat om Lasoras och hur denne agerat under kriget mot Nariff. Båda hade kommit fram till att Lasoras uppdykande var oroande.

Liana såg hur Drashin och de andra slutade sin diskussion och såg upp mot himlen. När hon lyfte blicken såg hon hur Samare kom närmare och sakta sjönk ner mot marken. Mira hoppade ur sadeln så snart han landat och inväntade sedan de andra. Hon tog av sig den underliga hjälmen, formad efter drakarnas huvud, och hängde den i den lilla kroken på bältet. Liana och hennes vänner trängde sig fram i leden för att höra vad hon hade att rapportera.

"Det är ett stort läger på andra sidan skogen", sa Mira med hög röst. "De väntar på oss."

"Har du redan varit i kontakt med dem?" undrade Drashin när hon slöt upp jämte honom.

"Givetvis", sa Mira med en nick. "Varför skulle jag inte? Det är trotts allt min make som väntar på oss."

Drashin grymtade till svar. Hiram och Diriska utbytte varsitt leende och Krashak skrockade muntert.

"Ma'sharos'tian fann dem snabbare än jag trott", sa Drashin gned sig om nacken.

"Han finns fortfarande i lägret", sa Mira. "Jag lämnade kvar de andra spanarna. Asama och Hasram säger att området är lugnt."

"Hasram?" sa Krashak förvånat. "Han fick tag i far också."

"Krigshövding Hasram Do'shank, kanske jag skulle säga. Han har ungefär trettiotusen krigare med sig."

"Nå vad väntar vi på", sa Drashin. "Öka takten. Drakens skvadron och klipptrollen väntar på oss."

Genast började krigarna marschera snabbare. Drakarna tog till luften och flög i förväg. Krashak lyfte sitt stora horn och blåste en lång utdragen ton. Genast hördes flera liknande horn ljuda framför dem.

Det tog kanske en halvtimma innan träden började glesna och Liana gick se en skymt av lägret som låg på fältet framför dem. I mitten vajade två baner. Det ena var svart med en drake i gult framför vita blixtrar, det andra var rött med ett svart tjurhuvud. Med blotta ögat verkade lägret bestå enbart av klipptroll, men Liana insåg snabbt att klipptrollen hade slagit upp sina tält runt drakriddarnas. Så att klipptrollen utgjorde det första försvaret om de skulle bli angripna.

Tre personer stod en bit från lägret och väntade på dem. Fler stod och väntade vid lägrets kant, flest klipptroll såg Liana på grund av deras storlek. Den ena av de tre väntade var Asama. Han var klädd i ljusskjorta och svarta byxor. Hans kishara svängde lojt i den svaga brisen. Samma drake och blixtrar fanns på den som på det ena baneret. Den andra var klädd helt i svart med huvan uppdragen. Liana förstod att det var Ma'sharos'tian.

Men det var den tredje som fångade hennes uppmärksamhet var den väldige mannen som stod med korsade armar på Ma'sharos'tians andra sida. Precis som Krashak var hans huvud rakat så när som en hårkam med gråsprängt hår som gick från nacken och upp till toppen av huvudet. Pannan sluttade en aning, som på alla klipptroll, och gav honom ett strängt uttryck. Även om han flinade stort som nu. Han bar en mörkröd skjorta, med det stora tjurhuvudet broderat i gult över bröstet. Den svarta kilten vajade lätt i vinden. Liana kunde se likheten mellan honom och Krashak. Detta måste vara Hasram Do'shank, Krashaks far och hövding över Taurklanen.

"Asama", sa Drashin och grep Ca'Draaks arm när de kom fram. "Allt väl?"

"Drashin, allt väl", svarade Asama. "Ma'sharos'tian har berättat lite om vad som händer. Men kanske du har mer information till oss."

"Tveksamt", sa Drashin och skakade på huvudet. "Vi vet fortfarande inte vem djävulen är eller hur stor hans armé är." Han vände sig mot klipptrollet. "Hasram. Gott att se dig. Så du blev krigshövding."

"Ingen röstade emot mig", sa den väldige mannen med en axelryckning. "Inte efter att Hanrak lagt sin röst på mig. Garak har tagit över som klanhövding för Taur."

"Jag får väl gå och gratulera honom", sa Krashak och vände sig mot lägret.

Hasram grep tag i översten och vände med lätthet på honom. Liana trodde aldrig att någon skulle kunna rubba den väldige Krashak, men Hasrams flin blev bara större när han lade armen om honom.

"Varför inte hälsa ordentligt på din far först, pojken min", sa den äldre mannen. "Det är nästan tre år sedan du hälsade på mig. Förra gången du var hemma var du ju bara med din hustru och barnen. Jag känner mig bortglömd om du inte hälsar på mig."

"Du var bortrest de senaste fem gångerna jag varit hemma, far", sa Krashak med ett skratt. "Sedan är det bara ett och ett halvt år, inte tre."

Hasram skrattade ett bullrande skratt och gav Krashak en stor kram. De båda klappade varandra så hårt i varandras ryggar att Liana trodde att de skulle skada varandra. Sedan vände sig Hasram mot Diriska och synade henne ogenerat uppifrån och ner.

"Det här måste vara den beryktade Diriska", sa han med ett leende. "Draken som hållit sig gömd i alla dessa år."

"Och ni är hövding Hasram", sa Diriska och böjde lätt på nacken. "Jag har hört mycket om er."

"Säkerligen inget bra", sa Hasram med ett skratt och lade en stor hand på Drashins huvud. "Troligen bara historier om hur jag super ner den käre generalen här."

Liana bet ihop käkarna för att inte börja skratta. Hon hade hört en del historier om hur Hasram och resten av Taurklanen gladeligen såg till att Drashin blev full så snart han besökt deras klan. Krashak skrattade kort, lyfte bort sin fars arm från sin axel och ursäktade sig innan han gick in i lägret. Hiram skrattade högt och följde med den store översten. Diriska log bara mot Hasram.

Drashin suckade och tecknade åt skvadronen att vila. Krigarna gick genast in i lägret. Klipptrollen beblandade sig med sina fränder medan drakriddarna gick längre in i lägret. Dvärgdrakarna lade sig i en stor klunga några steg från lägret.

"Ni har hört om Lasoras", sa Asama när Liana passerade honom.

"Vi har hört", sa Drashin och vände sig mot Ma'sharos'tian. "Varför skulle han leta efter er, vördande?"

Liana hörde inte svaret på grund av allt ljud runt omkring henne. Klipptroll, som såg över sina vapen, såg upp när hon och hennes tre vänner gick förbi. Några av dem nickade mot dem innan de återgick till sitt arbete igen. Precis när de skulle lämna den yttre ringen av lägret och stiga in bland drakriddarna stoppades dem av ett rop.

"Men se är det inte flickan Liana."

Liana vände sig förvånat om och stirrade på de tre klipptrollen som kom gåendes. Den ene var Krashak som hade sin pipa i munnen och puffade nöjt. Den andre var bara aningen mindre än honom, men lika kraftigt bygg och med den karaktäristiska hårkammen som alla i Taur hade. Klädd i grön skjorta, med Taurs tjurhuvud i svart över bröstet och den svarta kilten. Liana kunde tydligt se att han var bror till Krashak. Den tredje var lita stor som Krashak, om än inte lika kraftiga armar. Även han hade hårkammen. Han var klädd helt i svart, med tjurhuvudet broderat i silvertrådar både på skjortan och på den svarta kilten. Han log stort när han kom närmare.

"Byggmästare Harinak", sa Liana och bugade mot honom.

"Inte behöver vi vara så formella av oss, flicka", sa Harinak och lade sin stora hand på hennes huvud. "Jag ser att det har gått bra för sig. Blivit drakriddare och allt."

Liana skruvade generat på sig över hans beröm. Krashak bara skrockade och puffade på sin pipa. Den tredje suckade trött.

"Du behöver väl inte tortera flickstackarn med en massa smörja det första du gör, Harinak", sa han. "Vi har redan hört allt från Krashak."

"Men jag har inte hört från flickan själv, Garak", sa Harinak och dunkade den andra i ryggen. "Kanske minns hon något som Krashak glömt. Han börjar ju bli gammal."

"Du är äldre än mig", sa Krashak lugnt. "Fyllde inte du nittio för några dagar sedan."

"Nittio låter så gammalt. Jag känner mig bara som femtio."

Liana log osäkert mot de tre jättarna. Hon sneglade på Aylia och Jali som såg på Harinak och Garak med stora ögon. De hade tittat på Hasram på samma sätt. Krashak och klipptrollen i skvadronen hade de vant

126

sig vid. Men här var trettiotusen krigare från tjugo klaner. Hasram ledde dem som krigshövding, Harinak var byggmästare över en klan och stod säkerligen inte långt efter klanhövdingen. Garak var Krashaks bror, Liana undrade vilken rang han hade inom klipptrollen. Krashak såg på de tre unga kvinnorna.

"Ah, ni får ursäkta oss, flickor", sa han och pekade mot Harinak med pipans skaft. "Liana, du har redan träffat honom, men Aylia och Jali. Detta är min kusin, Harinak Tra´mek, byggmästare för Taurklanen." De båda neg för honom, men han tecknade generat åt dem att räta på sig. Krashak riktade pipan mot Garak. "Detta är min bror, Garak, Taurs nye klanhövding sedan vår far blev krigshövding för hela Kisnact Lach."

"Kisnact Lach?" sa Jali undrande.

"Det är vad vi kallar oss på vårt eget språk", sa Garak. "Kisnact Lach, Klippornas folk. Enligt sägnen var det vår skapare som gav oss det namnet. Legenden säger att han skapade oss av stenen från bergen i det som nu utgör gränsen mellan Amdoria och Amarji."

"Men var kommer namnet klipptroll från?" undrade Liana.

De tre klipptrollen såg fundersamt på varandra.

"Det är det ingen som minns", sa Harinak sakta. "Vissa påstår att det var ett missförstånd av människorna som blandade ihop vårt släkte med trollen som lever i Magrash norra skogar. Av någon anledning stannade namnet och vi använder det till och med själva ibland."

"Gå och få er lite mat nu", sa Krashak och lade en hand på Garaks axel. "Jag tänker talas vid med klanhövdingen och byggmästaren lite. Drashin, Asama och Hasram vill nog bryta lägret ganska snart."

De tre vände om och Liana hörde hur Garak med ett skratt undrade om de skulle hinna med att plocka fram öl åt den gode generalen innan de tvingades marschera vidare. De andra två skrattade gott.

Liana såg bara snabbt på sina två vänner innan de skyndade in i drakriddarnas läger för att hitta något att äta. Hon ville verkligen inte tvingas gå på tom mage.

Makar Kastom, kung över Amdoria, såg ut över slagfältet från sin stridshäst. Det var ett fullkomligt kaos där ute, men det såg ut som om man skulle lyckas besegra demonerna den här gången också.

Magikerna från den vänstra flanken lät eldkloten regna ner över demonerna. Så snart någon annan av grupperna där nere kom till den plats som magikerna angrep flyttades angreppen genast. Allt för att man inte skulle skada eller döda någon av sina egna.

Att Makar befann sig personligen så nära slagfältet var enbart på grund av att Lakor, hans son och arvinge, blivit skadad i det senaste slaget och var för närvarande medvetslös. Dock hade helarna försäkrat om att det inte var allvarligt ställt för honom och att han skulle överleva.

Hästen rörde sig en aning och han klappade den lugnande på halsen. Bredvid sig, på hans högra sida, fanns general Kalar Nejra, en åldrig alv som tjänat honom i många år. På hans vänstra satt alven Ninari Kiran och betraktade slaget med orolig min. Hon var den sista, förutom Jesamie och han själv, som fortfarande var i livet av de sex som startade det sista upproret mot sachaserna för fyrtiofem år sedan. Trotts sin ålder, hon var snart sjuttio år, höll hon stadigt i sin båge med en pil redo.

"Tror du att vi kommer bli angripna här uppe, Ninari?" frågade Makar utan att ta blicken från striden.

"Det är demoner", svarade hon kort. "De kan göra vad som helst. Jag trodde aldrig att jag skulle strida mot demoner under min livstid."

Kalar gav henne en sträng blick. Han var inte van vid att hon aldrig tilltalade Makar med "majestät". Det knarrade från sadlarna när Makars livvakt rörde på sig, men ingen sa något.

"Det trodde ingen av oss", sa Makar med en suck.

En plötslig explosion fick alla att hoppa till. Makar lutade sig fram i sadeln och stirrade vantroget på scenen framför sig. Demonerna hade lyckats skapa en öppning i leden hos soldaterna och började strömma in bland dem. Magikerna, som inte var tränade på samma sätt som drakriddarnas, flydde längre bak. Soldaterna som skyddade dem försökte förgäves pressa tillbaka fienden.

"Kom", ropade Makar och sporrade sin häst. "Vi måste ner dit."

"Ers majestät!" ropade Kalar efter honom.

"Makar, stanna!" ropade Ninari. "Vid alla gudar stanna!"

Han hörde hur generalen desperat beordrade alla på den lilla kullen till anfall. Stridshornen ljöd och tvåtusen kavallerister dundrade ner mot striden.

Makar fällde den långa lansen som han hade och drev den djupt i bröstet på en demon med näbb och ett gult öga. En stor yxa bröt av den kraftiga lansen. Han kastade undan den och drog sitt svärd samtidigt som en pil träffade demonen i ögat. Ninari dök upp i hans synfält. Hon sköt iväg pil efter pil och styrde skickligt hästen med knäna.

"Du kan inte rida iväg sådär, Makar", ropade hon över stridslarmet. "Du är kung. Du borde inte vara i främre ledet."

"I det här kriget måste jag leda mitt folk i striden!" ropade Makar tillbaka och skar upp halsen på en demon som sträckte sig efter honom. "För Amdoria och den vita tigern!"

En ny explosion hördes. Denna gång mitt bland demonerna. Makar hade ingen möjlighet att se vad som orsakade den då fler och fler demoner försökte få tag i honom. Han fick se hur Ninari svajade till i sadeln när en pil träffade henne i sidan.

Envetet rätade hon på sig och skickade i väg den sista av sina pilar. Sedan kastade hon bågen åt sidan och drog sitt svärd. Hon var inte lika skicklig med svärdet som hon var med bågen, men hon lyckades hålla demonerna borta från sig.

Makar parerade en yxa som skulle ha kapat hans ben vid knät i sista sekunden. Hans svärd började kännas tungt och han andades tungt av ansträngningen att svinga det.

Ett eldklot kom farandes och träffade flera demoner i ryggen. Makar blinkade förvånat till. Det kom från demonernas led? Innan han hann fundera mer på det tvingades han slå tillbaka yxan igen. Kraften från yxan fick honom att tappa svärdet. Han kände desperationen stiga inom sig. Han var obeväpnad. Demonen vrålade av förtjusning och lyfte yxan för att döda honom.

Plötsligt grep en väldig svart hand demonen om huvudet och den slungades bakåt. Makar stirrade gapande på sin räddare. Han stod huvudet högre än honom, där han satt på hästryggen. De stora gula hornen, vridna vid huvudet, ramade in det väldiga huvudet. Med den intryckta mulen, de sneda, vassa, gula tänderna och de gröna ögonen som såg ner på honom kunde det inte vara någon annan.

"Lasoras", viskade han skrämt.

"Du borde inte vara här, kung av Amdoria", svarade djävulen med mörk raspig röst. Han sträckte ut en hand och fångade upp Ninari när hon föll ur sin sadel. Han räckte över henne till Makar och satte henne försiktigt framför honom på hästen. "För henne till säkerhet. Kanske kan dina helare fortfarande rädda henne."

Sedan vände han dem ryggen och började gå mot demonerna igen. Dessa backade förskräckta när de fick se honom. Nu såg Makar den väldiga yxan som han bar på. Bara ett steg bort stod en lika stor hammare med skaftet upp. Lasoras lyfte med lätthet upp hammaren. Djävulen såg sig om över axeln mot honom.

"Rid, kung av Amdoria", sa han. "Jag håller dem borta."

Utan att invänta ett svar slungade den väldige Lasoras sin yxa mot demonerna. Den klöv ett tiotal demoner innan den fastnade i marken. Sedan lyfte han hammaren ovanför huvudet och det stora huvudet krossa den närmsta demonen när den föll.

Makar vände på sin häst och satte av i galopp upp för kullen igen. Han måste föra Ninari i säkerhet och till helarna så hon kunde räddas. Hans soldater skyndade efter honom, bort från Lasoras och striden.

Han hade nästan hunnit upp när Kalar skrek efter honom. I nästa ögonblick exploderade marken framför honom. Både han och Ninari kastades av hästen. Makar landade illa och slog i huvudet. Svarta fläckar dansade för hans ögon ett ögonblick. Allt ljud runt honom försvann.

När han kunde se igen såg han Ninaris kropp ligga orörlig framför honom och hon stirrade på honom. Han blinkade till och förstod att hon var död. Han försökte röra på sig, men kroppen ville inte lyda. Vagt hörde han hur Kalar ropade på honom. Han försökte svara. Han ville säga att allt var bra. Han hade så otroligt svårt att andas. Det svartnade för hans ögon. Vagt kände han hur han försiktigt lyftes upp från marken. Sedan försvann världen.

Lasoras såg över resterna av slagfältet. Han hade inte lyckats döda alla demonerna, men tillräckligt många. Han vände sig om och såg upp mot kullen som den amdorianska hären flytt över.

Han hade inte upptäckte eldklotet som flugit mot kullen förrän det varit försent. Han hade känt när Makar fallit till marken. Han försökte söka efter den amdorianske kungens sinne, men fann inget.

"Kungen av Amdoria är död", sa han lågt. "Kronprinsen är medvetslös. Vem skall leda armén nu?"

Han skapade en öppning och steg in i den mörka Labyrinten som fanns underjord. Braeska lyfte på huvudet när han lät öppningen försvinna. Marulaken hade ett nytt byte mellan sina tassar, en grosh verkade det vara den här gången.

Lasoras ställde ner yxan och hammaren alldeles innan för dörren till rummet. Sedan gick han bort till den stora tronen som en gång tillhört Ka'shar. Han ignorerade mumlandet som kom från mannen som hängde på väggen bakom honom. Han satte armbågen mot armstödet och vilade sedan trött hakan mot handen.

"Var är du någonstans, broder Sharos?" muttrade han. "Håller du dig fortfarande i skuggan? Är du tveksam om du ska delta i kriget eller ej? Barnen dör runt omkring dig. De behöver dig."

Braeska såg på honom med sina gröna ögon. När han inte rörde sig började hon åter äta på sitt byte. Lasoras hade medvetet hållit henne borta från striderna. Han hade inte velat att någon skulle försöka döda henne av misstag. Han drog ett djupt andetag och slumrade till vid ljudet av ben som krossades av marulakens kraftige käkar.

12

Ma'sharos'tian hade fört dem hela vägen till Fakari senare på eftermiddagen. Så snart alla hade gått igenom öppningen hade han tagit farväl och givit sig av igen. Han hade sagt att han ville se hur det gick för de andra stridande och att han snart skulle komma tillbaka igen.

Liana vandrade långt fram i ledet, som vanligt tillsammans med Aylia och Jali. Dvärgdrakarna hade för ovanlighetens skull samtliga tagit till luften och flugit iväg åt alla håll för att spana. Drakriddarna och klipptrollen hade beblandat sig med varandra och gick och pratade med varandra. Längst fram gick Drashin och Asama tillsammans med Hasram och Diriska. Två steg bakom dem gick överstarna till både Drakens och Dödens skvadronen tillsammans med de nitton klanhövdingarna och byggmästare Gerak. Det hade förbryllat Liana först över att en byggmästare gick tillsammans med klanhövdingarna, men Dram hade förklarat att Gerak ledde Korat i hövding Hanraks namn. Därför gick han med klanhövdingarna.

Liana var fortfarande förbryllad över klipptollen och deras klanhövdingar. Hon hade sett framför sig bistra krigare som styrde sitt folk med järnhand. Men istället var det skrattade män som vandrade bredvid henne. Då och då såg hon någon av hövdingarna som bytte plats med varandra i ledet för att tala med någon annan. Ibland kom någon krigare upp genom leden för att byta ett ord med sin klanhövding innan denne sedan lugnt gick tillbaka till sin plats.

Det hade tagit en stund innan Liana hade insett att, även om klipptrollen talades sinsemellan, så gick de aldrig fram till någon annan än deras egne klanhövding. Så vida inte klanhövdingarna samtalades, sa krigarna aldrig något till någon annan klanhövding. Enda undantagen var byggmästarna, Liana hade snart lärt sig vilka de var. De kom oftast fram i grupp, men Liana hade sett dem komma en och en ibland.

"Klipptroll är ett underligt folkslag", sa Jali lågt.

"Vad menar du?" undrade Liana och såg på henne.

"I århundraden har de fungerat som legosoldater", berättade Jali. "Jag har hört att det funnits kungar som bjudit över varandra för att få dem att slåss på sin sida. Taur och Ramen är nog de enda som inte deltagit i något av rikenas krig de senast tvåhundra åren. Gosh slutade för kanske femtio år sedan att sälja sina krigare. De tre klanerna har inte deltagit i andra krig än det mot sachaserna för fyrtiofem år sedan. Taur, Ramen och Gosh var de enda klanerna som ställde upp i krigen mot Marish."

Hon såg sig över axeln. Liana undrade vad hon tittade efter och vred på huvudet. Tio steg bakom dem gick tjugo kiltklädda klipptroll och pratade med Tirasine och Kalar.

"Klipptrollen anser sig inte tillhöra något rike", fortsatte Jali. "Det spelar ingen roll om deras områden ligger inom Amdorias gräns eller Moskers gräns. De lyder inte Amdorias kung eller Moskers drottning."

"Jag har hört att minst sex klaner har sina områden inom det landområde som Amdoria gör anspråk på", fyllde Aylia i. "Kanske fler. Men de betalar inte skatt till kungen. Taurs område sträcker sig en bit in i Amarji."

"De respekterar kungar och drottningar", sa Jali. "Men de ser dem mer som hövdingar över en klan. Visserligen större än deras egna, men fortfarande en klan."

Liana såg sig om på klipptrollen som gick i små grupper i leden. Hon lade märke till att väldigt få beblandade sig med grupper från andra klaner. Hon kunde se Goshs varghuvud, Ramens örn och Taurs tjur. Dessa tre gick ofta i blandade grupper. Men utöver det var det få klaner som blandade sig med någon annan. Vissa tittade nästan misstänksamt på medlemmar från någon annan klan.

"Hur kan man leda en här när så mycket misstänksamhet finns mellan de olika klanerna?" mumlade hon.

"Därför att vi svurit en ed."

Liana hoppade till när Harinak dök upp bakom henne. När hon såg sig om flinade han mot henne. Ytterligare två klipptroll gick med honom. Liana såg att den ene hade ett lejonhuvud på bröstet medan den andre hade en hjort i språng. Hon undrade vilka klaner dem tillhörde.

"Så detta är flickan du nämnde, Harinak", sa den med lejonhuvudet och lutade sig fram en aning.

"Lugn, Dogar", sa Harinak och grep den andres axel. "Detta är Liana Darik, drakriddare i Dödens skvadron och flickan som växte upp med draken Diriska."

Den tredje suckade högt. "Ni i Korat saknar verkligen takt", sa han med brummande röst och lade sin hand mot bröstet. "Jag är Orgat. En ära att få träffa er."

Dogar rätade på sig med en grymtning. "Jag är Dogar", sa han kort.

"Om du inte är ödmjukare än så", sa Harinak, "så kanske jag tvingas tala med Gerak."

Det ryckte till i ögonvrån på Dogar och han sneglade mot främre ledet. Liana såg hur den tystlåtne Gerak såg mot dem med bister min. Dogar lade ena handen i den andra och förde dem mot pannan. Gerak verkade tillfreds med gesten och vände bort blicken igen. Liana undrade vad den betydde.

"Ni har svurit en ed", sa Jali försiktigt.

"Ah, ja", sa Orgat log stort. "Hur var den nu…"

"Blod för blod", sa Harinak och Dogar samtidigt. "Blod, ära och heder."

"Just det", sa den tredje. "Blod för blod. Vi ska strida tillsammans tills Asharak har fått betala tillbaka i blod för hans brott."

Liana funderade på vad han sagt. Hon öppnade munnen, men innan hon hann säga något landade Hiram några steg framför dem. Liana svalde vad hon tänkt säga och betraktade ängeln. I leden tystande pratet.

"Det finns inga demoner söder om Kalat", sa hon med hög röst. "Alla spår leder rakt mot Fakaris huvudstad. Jag tror inte att dem nått staden ännu, men de borde vara där snart."

"Har du sett något?" frågade Drashin.

"Vem det än är som leder demonerna så lyckas han dölja sin armé", sa ängeln buttert och började gå bredvid honom. "Jag kan inte hitta den någonstans, men det ligger en bränd by strax sydväst om oss. Vi missar den precis om vi fortsätter i samma riktning. Alla spår i byn tyder på att de siktar in sig på Kalat."

"Hur långt bort är vi?" frågade Diriska sammanbitet.

"Vi borde nå staden strax innan skymning." Hiram vände sig mot draken. "Jag tror att klänningen kommer att vara till besvär för dig, Diriska. Varför inte prova byxor?"

Liana såg hur Diriska funderade över vad ängeln sagt. Sedan knäppte hon med fingrarna och kjolen förvandlades genast till ett par säckiga byxor i samma snitt som Hirams. Ängeln skrattade kort när hon såg dem innan hon vände sig mot Drashin igen.

"Det är oväder på väg in också", sa hon. "Regn är på väg österifrån. Vi kommer att få strida blöta i kväll."

"Det får bli som det blir", sa Asama kort. "Lite regn dödar inte. Drashin jag tror att vi får kalla tillbaka Mira och drakarna. Vi måste rådslå hur vi ska kunna rädda Kalat och dess befolkning."

Drashin nickade bara och tecknade åt Alram att blåsa i sitt horn. Strax kom drakarna tillbaka. De landade och slöt upp längs ledens kanter. Klipptrollen fick misstänksamma, men respektfulla, blickar. Men om någon annan än en medlem från Dödens skvadron råkade komma lite för nära morrade de högt. Sist kom Samare glidandes över trädtopparna.

Ett mumlande hördes från klipptrollen som följde den store dvärgdraken med blicken. Även drakriddarna i Drakens skvadron såg upp mot honom. Endast Dödens skvadron gick obekymrade vidare. Samare gled förbi leden och såg ner på dem. Liana fick känslan av att han inspekterade att alla drakarna var tillbaka.

Mira satt framåt lutad över hans rygg med sitt långa spjut i ena handen och den andra om den höga sadelknappen. Liana kunde inte låta bli att beundra drakrytterskan. Hon fick det att se så enkelt ut när hon följde varje rörelse som Samare gjorde.

När Samare var nöjd gjorde han en vid sväng och flög tillbaka till det främre ledet. Tyst och smidigt landade han några steg längre fram och sjönk ner på mage. Mira hoppade av hans rygg, gav honom en vänlig klapp på kinden och skyndade sedan fram till Asama och Drashin. På vägen knäppte hon loss de dolda spännena på hjälmen och tog av sig den.

Samare slank in bakom generalerna, alldeles framför klanhövdingarna. Han brummade när han såg på dem och fick den lilla lucka som han önskade.

När avståndet mellan Liana och det främsta ledet vuxit kunde hon inte höra vad dem diskuterade. På håll kunde hon höra hur åskan började mullra och hon såg mörka moln som tornade upp sig i öster.

Efter en stund vinkade Hasram till sig klanhövdingarna och överstarna. Överläggningen gick snabbt och snart började order spridas bak i leden. Det verkade vara omöjligt att nå fram till Kalat innan demonerna hunnit ta sig in i staden. Mest troligt var att man skulle tvingas till att strida inne bland husen.

Diriska, Hiram och drakarna skulle röra sig uppe på taken för att kunna angripa fienden uppifrån och ge skydd från eventuella bevingade demoner. Klipptrollen skulle säkra portarna ut ur staden och gatorna närmast dessa. Drakriddarna och de klipptroll som inte skulle vakta portarna skulle försiktigt ta sig in och försöka rädda så många man bara kunde. Man skulle försöka ta sig hela vägen in till furstepalatset och få ut furst Eram och hans familj.

Så snart alla förstått vad som var i antågande ökade leden farten. Man ville inte att demonerna skulle få härja fritt inne i staden allt för länge. Liana hörde åskan mullra igen. Hon undrade om regnet skulle hinna ifatt dem innan de nådde Kalat.

Drashin smög försiktigt fram på gatan. Det regnade inte så kraftigt ännu, men det ökade sakta i styrka. Han höll sitt lilla armborst redo. Asama gick lika vaksamt fram med sitt armborst och Mira gick strax bakom dem. Femtio steg bakom dem fanns en grupp på trettio klipptroll, redo att ta emot människor som måste fly staden.

Man hade redan funnit ett tjugotal som skrämt följt med klipptrollen ut ur staden. Men inga demoner. Människorna hade talat om monster som smugit runt i mörkret, men de hade inte stött på några ännu.

En rörelse ovanför fick Drashin att lyfta blicken. Han såg hur Diriska hoppade över gatan till nästa tak. Det fanns tydligen inget där uppe heller. För tionde gången undrade han vad som pågick. Varför hittade man inga demoner?

En dörr for upp framför dem och en kvinna ramlade ut med ett skräckslaget skrik. En demon med näbb och horn kastade sig ut efter henne. Asama reagerade direkt och sköt iväg en pil. Den träffade demonen i huvudet och fastnade sedan i dörren. Drashin och Mira skyndade fram till kvinnan. Han såg in genom dörren och såg ytterligare en demon som slet loss stora stycken av en man inne i rummet. Han sköt demonen i huvudet och den föll tyst ner på golvet.

”Mitt barn”, viskade kvinnan. ”Mitt barn finns på övervåningen.”

Mira nickade bara och försvann snabbt in i huset. Drashin förde kvinnan bakom ryggen och spanade över gatan. Asama skyndade fram samtidigt som han tecknade åt klipptrollen att komma. Tre krigare kom tyst springandes och hjälpte kvinnan upp på fötter. Mira var strax ute igen och höll ett lite bylte i händerna. Hon räckte över barnet till modern som sedan snabbt blev ledd bort från dem.

”Det är tyst”, sa Asama utan att ta blicken från gatan.

”För tyst”, sa Drashin och klappade honom på axeln.

De fortsatte fram till nästa dörr. Drashin knackade försiktigt på den. Nästan genast hördes en knackning till svar. Drashin flyttade på sig en aning och Asama vände sig mot dörren. Mira inväntade hans nick innan hon hastigt öppnade dörren. En man och en kvinna skyndade ut tillsammans med tre barn. Klipptrollen kom genast fram och eskorterade iväg dem.

Drashin riktade armborstet mot andra sidan av gatan när en dörr där försiktigt öppnades. Ett äldre par tittade skrämt ut genom den. Drashin tecknade tyst åt dem att springa mot klipptrollen som väntade. De två bugade mot honom och skyndade iväg.

"Var är alla soldater?" undrade Mira. "Det borde finnas väktare i staden i alla fall."

Drashin snodde runt när något slog i gatan med en smäll. Han tittade på tegelpannan som låg splittrad en bit längre fram. Han höjde blicken mot taken och mötte Diriskas blick. Hon vinkade ursäktande innan hon försvann igen.

"Kan det vara så att alla soldater är döda redan?" sa Asama och sänkte blicken. Demonerna måste fått röra sig fritt i staden i nästan en timma innan vi kom hit."

Drashin sa inget. Han hade en olustig känsla av det hela. Det hade varit för enkelt att ta sig in i staden. Gatorna var tomma. Inte en människa, död eller levande fanns utomhus. Inga demoner, förutom de två de nyss dödat, hade setts till. Något var helt enkelt fel.

De nådde en korsande gata. Drashin såg mot Asama som nickade. Sedan stack de fram sina armborst mot varsin sida. Den gata som Drashin såg ner för var helt tom. Inte en själ synts.

"Drashin", sa Asama sammanbitet samtidigt som Mira flämtade till.

"Vad?"

"Jag har just kommit underfund med vem som leder demonerna söderut."

Drashin vände sig om och spärrade förskräckt upp ögonen. Mitt på gatan framför dem tornade en varelse upp sig. Han var minst lika lång som ett klipptroll och de två stora hornen som stack upp i pannan gjorde honom ännu större. En blixt lös upp det röda ansiktet och han flinade nöjt mot dem.

"Baserak!" utbrast Drashin.

I sin ena hand höll han en stor yxa och i sin andra höll han upp en soldat. Soldaten sprattlade och slog mot djävulen men kunde inte ta sig loss. Baserak knyckte till med handleden och bröt nacken på soldaten som blev slapp. Nonchalant kastade han bort den livlösa kroppen.

"Så roligt att ni kunde komma, drakriddare", sa djävulen och slog ut med armarna. "Att även den store Asama Mashok kunde komma. Det är till och med mer än jag kunde önska mig. Och ni tog med er klipptrollen också." Han skrattade rått. "Den här staden skall bli er död."

Något slog ner i huset mittemellan Drashin och Baserak. En eldpelare for ut från husets ruiner och en brinnande demon kom ut ragglandes. Diriska kom ostadigt upp på fötter igen. Hon fick syn på Baserak. Genast förde hon ihop händerna och en pelare av eld och blixtrar for mot djävulen. Med ett förvånat utrop kastade han sig undan.

"Bakhåll!" vrålade Drashin. "Det är en fälla!"

Klipptrollen bakom honom ropade till krigarna som var närmast och spred budskapet. Något exploderade längre in i staden och panik utbröt. Människor som ännu inte flytt sina hem rusade ut på gatan och började springa mot portarna. Demoner kastade sig ut genom fönster och dörrar. Bevingade demoner for upp genom taken.

Drashin hörde hur Diriska med ett morrande kastade sig upp i luften igen. Han såg hur hon fick tag på en demons vingar och slet dem från dess kropp. Den slog i gatan med huvudet först och blev orörlig.

Mira kallade fram eldklot som slukade fyra demoner. Asama kastade bort sitt armborst och drog sina svärd. Drashin gjorde detsamma och kastade sig in i striden. Nu var de tvungna att slå sig ut ur staden. De hade hamnat i en dödsfälla.

Liana såg sig försiktigt runt hörnet på huset. Torget framför palatset var i kaos. Fakariska soldater kämpade tappert, men demonerna var många fler. Hon torkade vattnet från ansiktet. Regnet hade avtagit för bara en liten stund sedan, men molnen var fortfarande mörka och hotfulla.

"Vi måste hjälpa dem", sa hon. "Det finns civila där också."

Människor som hysteriskt skrek om att palatsporten skulle öppnas för att de skulle räddas.

"Följ mig", sa Maersk och klampade förbi henne med sin stora hammare redo.

Hon följde honom i hälarna tillsammans med Aylia och Jali. Hon hörde hur de två häxorna mumlade fram sina formler. Någonstans bakom dem exploderade det och drakarnas rytande ekade över hustaken.

"Blod och ära!" vrålade Maersk och slog in huvudet på kraftig demon.

Demonerna stannade till. De hade inte varit beredda på ett angrepp bakifrån. Det var allt Liana behövde. Smidigt gled hon in mellan fyra demoner som livlösa föll till marken. Aylia och Jali släppte iväg sina formler och skickade in blixtrar och eldklot bland demonerna.

En flickas skrik fick Liana att vrida på huvudet. Hon fick se en kvinna slitas från en flicka, mindre än tio år gammal. Kvinnan skrek förtvivlat när demonerna började slita i henne. Liana rusade fram till flickan när denna började springa efter demonerna. Hon grep tag i henne och drog tillbaka henne mot palatsets murar.

"Mor!" skrek flickan förtvivlat. "Mor!"

Kvinnans skrik hade tystnat och demonerna omringat hennes livlösa kropp. Liana såg hur det ryckte i hennes utsträckta hand när demonerna åt av henne.

"Titta inte, Hinai!", ropade en gammal kvinnan och drog en annan flicka till sig.

"Farmor", kved flickan.

"Titta på mig, Hinai", sa den gamla och vände flickans ansikte mot sitt. "Allt kommer att gå bra. Du behöver inte oroa dig. Jag finns med dig."

Liana tog med sig den gråtande flickan till den gamla kvinnan. "Kan ni hjälpa mig att lugna ner henne också?" bad Liana henne.

Kvinnan såg först frågande på henne, men nickade sedan sakta. Hon tog den andra flickans arm och drog henne till sig. Hon pratade lugnande med de två gråtandes barnen.

När Liana vände sig om såg hon hur Aylia skickade ett stort eldklot mot demonerna som åt av flickans mor. Tjutande brändes demonerna till döds. Jali undsatte fakarierna medan Maersk svingade sin hammare och skapade en lucka mellan dem och demonerna. Liana såg ut över torget och gatorna runt det. Fler demoner kom emot dem från nästan alla gatorna.

Ett rytande hördes ovanför deras huvuden. Hokka och Lanar dundrade in i palatsmuren. Lanar hade en bevingad demon under sig och han sprutade sin heta eld över den. Hokka hade två som rev henne på ryggen. Hon slog ilsket med den tjocka svansen och sträckte sig efter dem. När Lanar var säker på att hans demon var död kastade han sig mot Hokka.

Drakarna och demonerna rumlade omkring på marken. Liana hade ingen möjlighet att rusa till undsättning då dem troligen skulle krossa henne i deras kamp. Hon såg hur Jali letade efter en öppning att kunna kasta något mot dem, men tvingades sedan värja sig själv från demoner som sträckte sig efter henne. Ett av hennes eldklot exploderade i bröstet på en demon alldeles intill henne och hon själv kastades bak av trycket. Liana skyndade fram till henne och drog henne med sig bakom Maersk.

"Kan vi inte göra något att hjälpa dem?" ropade Liana för att överrösta oväsendet runt dem.

"De får klara sig själva", brummade Maersk och krossade skallen på en behornad demon. "Vi kan inte hjälpa dem som det är just nu."

Jali flämtade och såg plågsamt trött ut. Aylia drog sig tillbaka till Liana också. Även hon andades tungt. Liana misstänkte att de två snart inte hade mycket krafter kvar. Liana gjorde sig redo att gå in i närstrid med demonerna.

Maersk såg om över axeln. Han gav de tre kvinnorna ett uppmuntrande leende. "Ni kommer att klara er bra, flickor", sa han vänligt.

Liana undrade vad han menade när han med ett vrål rusade rakt in bland demonerna. Liana hörde hur Jali och Aylia skrek med henne när klipptrollet rusade fram. Demonerna förvånades av hans plötsliga anfall, men de hämtade sig snabbt. Maersk hann ta tjugo demoners liv innan han överrumplades av demonerna som slet honom i stycken.

Liana stirrade på scenen framför henne samtidigt som hon backade undan. Soldaterna hade nu också börjat banka på palatsporten och skrek om att bli insläppta. Lanar och Hokka hade lyckats döda sina plågoandar. Men medan Lanar lyckats ta till luften igen haltade Hokka fram mot horden av demoner. Ena vingen slokade mot marken när hon gick. Hon lyfte blicken och såg mot Liana med sina gula ögon. Hon sade något till henne innan hon gick till anfall mot demonerna.

"Hokka", viskade Liana och kände hur tårarna rann ner för hennes kinder.

Hokka blåste sin eld och tjugotals demoner dog tjutandes. Ett tiotal kom rusandes mot draken som lyckades döda tre med sina klor medan hon tog ett nytt andetag och brände de övriga till döds. Men till slut lyckades en demon sätta sin yxa i drakens axel. Hokka vrålade av smärta. Innan hon hann göra något mer drevs ett spjut in i hennes sida och hon föll tungt till marken.

"Liana", sa Aylia trött. "Jag har inga krafter kvar. Inte Jali heller. Vi kan inte kämpa längre."

Liana grep hårdare om sina svärd. Bakom henne hörde hon de två flickornas gråt och den gamla kvinnan som, med skräck i rösten, försökte trösta dem. Vad skulle hon göra? Hon kunde inte rädda dem.

Hon såg hur tre stora demoner med tjurhuvuden kom emot henne med höjda yxor. Deras röda ögon sken av upphetsning. Liana gjorde sig redo för att kämpa en sista gång. Hon skulle ta så många demoner hon bara kunde med sig i döden. Hon såg mot taken och lågorna som stod högt upp. Hon såg skuggorna av Diriska och Hiram som stred ovanför hustaken. Hon önskade att hon skulle få se sin äldsta vän en gång till.

Ett plötsligt ljus sken dök upp framför henne och demonerna stannade förbluffade upp. När skenet försvann stod en oerhört stor varelse med ryggen mot henne.

De stora, gula hornen var vridna och gick ner jämt med dess kinder. Hon kunde urskilja en mule som verkade vara intryckt med flera vassa och sneda tänder som stack ut ur munnen. Den svara skjortan spände över kroppen och de säckiga byxorna var svarta. Vid dess högra sida hängde ett brutet svärd. I den ena handen höll han den största hammare som Liana någonsin sett. I den andra höll han en minst lika stor yxa.

"Jag har äntligen funnit dig, Ma'sharos'tian", sa varelsen med mörk raspig röst.

"Lasoras", flämtade Jali och grep tag i Lianas arm.

13

Varelsen, Lasoras, höjde hammaren och yxan i luften. Sedan lät han dem falla. Den ena demonens huvud krossades som om det vore en rutten melon. Den andra klövs med lätthet ända ner till midjan. Den återstående demonen darrade av skräck. Med ett skrockande satte han ner hammaren och yxan mot marken med skaften uppåt. Gatstenen splittrades när de stora vapnen träffade marken.

Liana såg hur Diriska landade på marken mellan henne och Lasoras. Draken såg misstänksamt mot djävulen framför henne. En av flickorna hade slutat gråta.

"Har mäster Lasoras kommit för att rädda oss, farmor?" hörde Liana henne fråga snyftandes.

Den gamla kvinnan tystade henne och viskade oroligt något som Liana bara kunde uppfatta som en bön till gudarna.

Lasoras slog ut med armarna och lyfte ansikte mot himlen.

"Jag har anlänt!" vrålade han ut över staden så det ekade. "Kom och möt mig, små demoner! Möt er skapare! Jag skall förgöra er alla!"

Liana blinkade förvånat till. Skapare? Var det Lasoras som hade skapat alla demoner? Hon såg hur Diriska ryckte till vid hans röst. Det var nästan som om hon kände igen den.

Lasoras såg ner på den skräckslagne demonen framför sig. Han tog tag i dess horn och slet loss dem från skallen. Demonen tjöt av smärta och tappade sin yxa till marken när den förde händerna till huvudet. Blodet pumpade ut ur såren

Liana fick se Drashin, Mira och Asama komma springandes från en gata tillsammans med ungefär femtio klipptroll. De behövde knappt kämpa sig förbi demonerna som alla nu stirrade skräckslaget mot Lasoras.

Liana vände blicken mot den stora djävulen igen. Han vred lätt på huvud och såg mot de två drakriddarna och drakrytterskan med skinande gröna ögon. Han grymtade nöjt när han såg dem och vände sig mot den tjutande demonen igen. Han vände på hornen i händerna och drev dem sedan med kraft tillbaka in i demonens huvud. Tjutet tystnade genast och en kort stund stod den bara, med gapande mun, och stirrade tomt på Lasoras. Sedan föll den till marken.

"Att den skulle föra så mycket oväsen", muttrade Lasoras och lyfte på huvudet igen. "Ska du stanna i skuggorna, eller tänker du kliva fram nu?"

Liana flämtade till när en gestalt i svart mantel kom fram ur skuggorna jämte Diriska. Draken rykte till när han tyst stannade bredvid henne. Drashin, Asama och Mira stannade förbluffade till och stirrade på den nyanlände.

"Var det verkligen nödvändigt att göra så?" frågade Ma'sharos'tian.

"Vad?" sa Lasoras och slog ut med armarna. "Jag fick ju tyst på den."

"Men ni kunde dödat den smärtfritt som ni gjorde med de andra två."

Lasoras fnös. "De förtjänar inte att dö en smärtfri död. Och har jag inte sagt åt dig att inte tala på det sättet till mig. Det är irriterande. Du har en röst."

"Jag har hört att ni söker efter mig", sa Ma'sharos'tian lugnt. *"Varför?"*

Lasoras grep tag i den stora hammaren. Drashin och Asama gjorde sig genast redo för ett angrepp. Men Lasoras bara flyttade den närmare Ma'sharos'tian, sedan släppte han skaftet igen. Han såg ut över staden och på demonerna som inte vågade röra sig.

"Visst är det ironiskt, eller vad säger du, Ma'sharos'tian", sa han med en suck. "Kommer du ihåg denna plats?"

"Denna plats?"

Liana såg hur Hiram slungades ner mot marken. Lasoras höjde handen och ängelns fall hindrades i luften. Han förde sakta handen mot Drashin och lät ängeln landa mjuka på fötter.

"Det var här vi senast tvingades att slåss för våra liv, minns du." Liana tyckte att det fanns sorg i hans raspiga röst. "Det var här syster Isashai dog. Jag gav henne en grav där borta. Innan jag kände mig tvingad att flytta henne till dina grottor. Minns du kampen?"

"Jag minns kampen."

Ma'sharos'tian sträckte ut en tvekande hand mot hammarens skaft. Liana såg på hans hand. De långa svarta naglarna och de vita och svarta hårstråna som stack ut från ärmarna. Han stelnade till när Lasoras lyfte upp sin yxa och lade den över axeln.

"Är det inte slut att gömma sig i skuggorna, broder Sharos?" Liana gapade förbluffat. Hon såg hur Drashin och de andra stirrade förbluffadepå honom. "Världens barn är i fara. Vi kan inte gömma oss längre."

Ma'sharos'tian knöt tvekande sin hand. Liana trodde aldrig att hon någonsin skulle få se honom tveka.

"Se upp!" skrek Aylia.

Liana vände blicken mot torget och såg ett väldigt eldklot flyga över det. Det träffade Lasoras i bröstet och han slungades bak mot palatset. Han for genom porten och stora stenblock föll ner mot marken.

"La'soras'tian!" röt Ma'sharos'tian med en riktig röst.

Liana såg hur han grep tag i hammarens skaft och hur hans hand började ändra form. Han verkade växa i storlek. Ännu ett eldklot kom flygandes och träffade honom i sidan. Kraften fick honom att också fara in i palatset

"Ma'sharos'tian!" ropade Drashin och Asama samtidigt.

Ett skratt dånade över torget och Liana såg en väldig varelse med två stora horn slå ut med armarna.

"Skåda!" vrålade han skrattandes. "Inte ens den store Lasoras eller den mäktige Ma'sharos'tian kan mäta sig med mig."

Demonerna såg på varandra innan de tvekande började röra sig mot människorna framför palatset. Liana såg sig om över axeln mot den gamla kvinnan som höll krampaktigt om de två gråtande flickorna. Diriska såg enbart mot det stora hålet i palatsväggen. Ljud kom från palatset och Liana vred på huvudet. Det lät som om någon pratade.

"Döda dem!" vrålade varelsen bakom demonerna. "Lämna ingen levande kvar i staden!"

Med ett vrål stormade demonerna fram mot dem igen. Liana höjde sina svärd och flackade med blicken. Diriska hade fortfarande inte släppt palatset med blicken.

Med ett brak dundrade plötsligt Lasoras ut ur rasmassorna. Med dunsande steg rusade han mot demonerna med yxan i ett fast grepp. Med en kraftig sving klöv han tio demoner på mitten. Han släppte yxans skaft med ena handen grep tag i en demons huvud och krossade den med bara handen. Det rök om hans kläder.

"Så du tror du är stark, Baserak!" röt han hånfullt. "Kom och möt mig! Låt oss avsluta det vi påbörjade för åtta år sedan!"

Han lyfte handen och pekade mot varelsen på torget. Baserak ryggade skräckslaget tillbaka och försvann mellan husen. Ett klot av svart eld landade där han hade stått. Det slukade sextio demoner på en gång. Lasoras röt ilsket och svingade sin yxa. Skoningslöst högg han efter demonerna på torget.

Fyra demoner lyckades komma undan hans angrepp och kastade sig med utsträckta klor efter Diriska. Liana skrek för att draken skulle slita blicken från Lasoras.

Då flög plötsligt stora stenblock bort från palatset när ännu en stor varelse kom ut dundrandes från ruinerna. Den sprang fram mot Diriska. I dess händer fanns den hammare som Lasoras haft med sig. Överkroppen var täckt av vit päls med svarta strimmor, på benen bar den ett par svarta säckiga byxor. Dess huvud var format som en tigers, med långa vita morrhår. Ur dess mungipor stack två långa, vita tänder ut som räckte den nästan ända ner till hakan. Liana stirrade på den. Den svingade hammaren och slog bort de fyra demonerna från Diriska. Draken stirrade på den med stora ögon.

"Ni vågar lyfta era smutsiga händer mot Isashais barn!" vrålade varelsen ilsket.

De demoner som inte försökte angripa Lasoras stannade upp och stirrade skräckslaget på honom. Liana såg de hur de röda ögonen nästan brann av ilska när han såg på monstren fram sig.

"Ma'sharos'tian", viskade Diriska och lyfte en hand mot honom. "Det är verkligen ni."

Varelsen vände sig om mot henne. "Fly från staden, barn", sa han till henne. "Ta med alla, drakar, Kisnact Lach, människor. Alla! Ta er ut så fort ni kan. Jag och Soras skall hålla dem borta från er så mycket vi kan."

"Som ni befaller", sa Diriska och bugade.

Mira visslade gällt och Samare kom flygandes genom ett brinnande hus. Han var förföljd av demoner som försökte fånga honom. Lasoras lyfte på blicken och när han såg det slungade han ett svart eldklot mot demonerna. Samare ropade något till djävulen som bara viftade med handen innan han fortsatte att döda demoner med sin yxa. Ma'sharos'tian gjorde honom sällskap med sin stora hammare.

Dvärgdraken landade framför Mira. Liana hjälpte den gamla kvinnan upp på fötter. När hon fick syn på den ärrade draken spärrade hon förskräckt upp ögonen. Samare såg bara hastigt på henne, fnös högt och lyssnade uppmärksamt på Mira. Sedan lyfte han på huvudet och gjorde ett högt strupljud. Nästan genast kom Narika, Lanar och två drakar till flygandes.

"Soldater och ni som kan gå själva springer mot den östra porten", sa Drashin och grep tag i en soldats arm. Han gav denne en knuff. "Barnen får rida på drakarna." Han vände sig mot den gamla kvinnan. "Ni också, frun."

Flickan som förlorat sin mor lyfte på huvudet när han nämnde drakar. När hon fick se Samare och Mira spärrade hon förbluffat upp ögonen. Draken gick närmare henne och sänkte ner sitt stora huvud. Hon lyfte en darrande hand och rörde vid hans nos. Han drog ett djupt andetag via näsan.

"Aneni", sa han långsamt.

"Är du säker, Samare?" frågade Mira och kom fram till honom. "Det är Aneni."

"Har du träffat flickan tidigare?" frågade Asama.

"På väg till Soma stannade vi till här", förklarade helerskan och lade en hand på flickans huvud. "Den här flickan stod utanför muren och tittade på oss." Hon skrattade till. "Samare lät henne röra vid hans nos."

Samare fnös till och vände sig mot Narika. Han talade snabbt och hans syster nickade. Honan vände sig mot Diriska, som fortfarande stirrade mot Ma'sharos'tian och Lasoras. Narika rörde henne vid armen för att få henne att vända sig om. Sedan tjattrade hon upphetsat och pekade mot Samares sadel och sedan sin egen rygg. Diriska såg oförstående på henne.

"Sadel?" sa hon. "Varför skall du ha en sadel?"

"Hon behöver en så att dem här två inte skall ramla av, Diriska", sa Liana och lade en hand på den gamla kvinnan och hennes barnbarn.

Diriska suckade och skakade på huvudet. Hon lyfte handen och nästan genast dök en liknande sadel som Samare bar på Narikas rygg. Liana log uppmuntrande mot kvinnan och flickan och knuffade dem mot den väntande draken.

"Liana!" ropade Jali.

Liana vred på huvudet och fick se den väldiga marulaken kasta sig efter henne med öppet gap. Rykande saliv droppade från dess käftar. Hon kände paniken växa inom sig och hörde Diriskas desperata skrik.

"Braeska!" ropade Lasoras från sin strid. "Kom!"

Just som bestens käftar skulle sluta sig om Lianas ansikte, dundrade något in i den. Något stort och svart. De tumlade runt bort från henne. När hon vred på huvudet såg hon att det var en ännu större marulak. Med ett metalliskt morrande bet den tag i den mindres hals och ruskade om den. Liana hörde hur den bröt nacken av demonen som angripit henne. Diriska rusade fram till henne, alldeles efter henne var Drashin och Mira.

"Är du oskadd?" frågade Diriska oroligt.

"Dreglade den på dig?" undrade Drashin och grep om hennes arm.

"Jag klarade mig", försäkrade Liana dem. Hon tvingade sig att stå upprätt trotts att benen ville vika sig. "Inget av dess saliv kom på mig."

Drashin såg bort mot marulaken som nu betraktade sitt offer noga för att se om det rörde sig. "Det är den största marulak som jag någonsin sett", sa han.

Liana såg hur den lyfte sitt huvud och såg på dem med skinande gröna ögon. Den verkade... nyfiken.

"Vad håller ni på med?" röt Lasoras mot dem. "Försvinn härifrån! Lämna staden! Braeska, led och skydda!"

Marulaken reste sig och travade lugnt fram mot Drashin. Den nosade på Diriskas hand. Liana såg nu att den inte dreglade som andra marulaker gjorde. Den hade fortfarande inga läppar och de långa vita tänderna såg oerhört vassa ut. När den var nöjd med nosandet på Diriska puffade den på Drashins hand.

"Braeska, va", sa Drashin och rätade på sig. "Du var mig en riktigt ful hund." Den lade bara huvudet på sned och betraktade honom med sina gröna ögon. Han skrattade till och lade handen på dess huvud. "Är alla redo att ge sig av?"

Liana såg att den gamla kvinnan satt i sadeln på Narikas rygg tillsammans med sitt barnbarn. Flickan Aneni satt framför Mira på Samare. Ytterligare några få personer satt på ryggarna på de tre sista drakarna. Diriska gav Liana en sista orolig blick innan hon ropade åt drakarna att ge sig av. Hiram och hon själv hoppade sedan upp i luften samtidigt efter drakarna.

"Nu rör vi på oss!" ropade Drashin.

"Mot den östra porten!" beordrade Asama samtidigt som han började springa.

Drashin såg ner mot marulaken som stod vid hans sida. "Han sa att du skulle leda och skydda", sa han till den. "Led oss bort från staden, Braeska."

Med ett morrande började marulaken springa. Liana och de andra började genast rusa efter den och lämnade torget bakom sig. Liana kastade en sista blick över axeln och såg hur Ma'sharos'tian skickade iväg en pelare, tjock som hans arm, av virvlande blixtrar efter några demoner som försökte förfölja dem.

Marulaken, Braeska, ledde dem genom gatorna. Då och då stötte dem på en liten grupp med demoner. De nedgjordes snabbt och de rusade vidare. Dram och Frash anslöt sig till dem med en grupp på trettio klipptroll. De hade alla sett misstänksamt på marulaken som sprang före dem, men ingen sade något.

Något slog ner i huset framför dem och gatan blockerades av stora stenblock. När dammet lade sig såg Liana Diriska som ilsket slog med en bevingad demon. Ytterligare något for ner i huset på andra sidan gatan. Liana hann inte se vad det var för Braeska bytte riktning och ledde dem in på en annan gata. Plötsligt for två andra marulaker in i deras ledsagare och de for igenom ett fönster till ett värdshus.

"Stanna inte!" röt Drashin. "Fortsätt. Hon klarar sig!"

Samare dök upp alldeles framför dem tillsammans med de andra drakarna. Drakarna sprang nästan på väggarna på husen. Tegelbruk och småsten föll till gatan efter deras stora klor. De höll balansen med hjälp av vingarna och svansarna. Jagandes efter dem kom fyra demoner. Hiram for in i en av dem med sitt spjut först. Ängeln siktade med sin fria hand och kastade flera eldklot efter demonerna. Hon lyckades träffa en av dem. De andra två närmade sig de flyende drakarna, men så slog fyra drakar ner i dem och slet dem i stycken. Liana såg hur Diriska hoppade förbi de stridande och upp på taket och rusade efter Samares grupp.

Asama sprang före in på nästa gata. Drashin var tätt efter honom. Liana kände hur Aylia grep tag i hennes hand. Hon såg sig om över axeln och mötte hennes utmattade blick. Aylia skulle inte klara av att springa mycket längre. Jali hade redan börjat falla bak i leden.

Ännu ett hus rasade samman inte långt från dem. Liana vred på huvudet och såg Ma'sharos'tian som kom snubblandes genom rasmassorna. Han hade sin hammare i ett fast grepp i ena handen. I den andra höll han en demon om halsen. Tre mindre demoner klängde på hans rygg. Trotts att de slet med sina klor och bet honom, verkade han knappt medveten om vad de gjorde. Han krossade huvudet på demonen han höll i mot en annan husvägg. De tre demonerna på hans rygg fattade plötsligt eld och föll tjutandes av honom. När de föll till marken stampade han på dem.

Ett skrik bakom henne fick Liana att vrida på huvudet. Hon såg hur Jali tumlade runt på gatan när hon föll. Den unga häxan höll sig om vristen och såg plågat efter dem med andra handen utsträckt mot dem.

"Jali!" skrek Aylia och försökte slita sig ur Lianas grepp.

"Du kommer också dö!" ropade Liana när hon fick se demonerna som kom efter dem. "Vi kan inte rädda henne!"

Dörren till ett av husen bakom dem krossades och Braeska kom ut på gatan igen. Hon brakade genast in i den närmaste demonen och slet loss ett stort stycke från dess hals. Sedan vände hon om mot Jali och började springa mot henne. Väl framme vid häxan sjönk marulaken bara ner tillräckligt länge att Jali kunde lägga armen om dess hals och kravla upp på hennes rygg. Sedan började marulaken springa igen.

Liana trodde inte att marulaken skulle klara av att komma i kapp de andra när hon drog den snyftandes Aylia med sig runt gathörnet. Drashin grep tag i Aylia och fick upp henne på ryggen. Diriska landade på gatan framför dem. Hennes röda byxor och den blå skjortan hängde som trasor på henne.

"Samare och drakarna är ute ur staden och i säkerhet", sa hon flämtandes. "Alla portar utom den östra är blockerade. Skynda er, den är här framme. Hasram och Grash håller den åt oss."

Drashin och Asama nickade sammanbitet och sprang förbi henne. Diriska slöt upp bredvid Liana och rusade med dem. De rundade nästa gathörn och Liana fick syn på porten. Hasram och Grash var hårt ansatta av demoner, men de höll ett ordentligt avstånd till demonerna och porten.

En blå blixt slog ner bland demonerna tätt följd av Hiram. Så snart hon landat svingade hon sitt långa spjut i en vid båge runt sig. Ett dussin demoner föll till marken med djupa sår i sina halsar. Hon tecknade åt Liana och de andra som rusade mot porten att skynda sig.

Plötsligt kom Braeska rusandes förbi Liana och Diriska. Jali höll, skrikandes, ett fast grepp om marulakens hals och blundade hårt. Marulakens svarta skin var mörkt färgat av blod och ett djupt sår fanns på hennes ena skuldra. Men hon rörde sig obehindrat framåt förbi Drashin och Asama längst fram.

"Led och skydda", sa Drashin med ett skratt.

"Hon gör verkligen som han sa till henne", muttrade Asama.

Hasram och klipptrollen ropade uppmuntrande åt dem när de närmade sig porten. Klipptrollens krigshövding började dra sina krigare tillbaka ut ur staden. Ett plötsligt brak hördes inne i muren och Liana såg till sin förskräckelse att portens galler var på väg ner. Grash och ytterligare ett klipptroll fick tag i gallret och lyckades få stopp på det.

"Ut!" vrålade Ramens klanhövding. "Hasram, få ut dem nu!"

Tillsammans lyckades de två klipptrollen få upp gallret ytterligare en bit och de kunde rusa ut obehindrat. Väl utanför stannade Hasram och Dram upp. De vände sig mot porten. Ett spjut träffade klipptrollet jämte Grash i ryggen och det kom ut genom bröstkorgen. Han föll till marken och Grash höll ensam upp gallret.

"Far!" ropade Dram. Om inte Hasram gripit tag i hans axel skulle han rusat fram till honom.

"Led klanen väl, min son", sa Grash. Han grimaserade illa när en pil träffade honom i axeln. "Blod för blod."

"Blod, ära och heder", svarade Dram sammanbitet.

Grash log stort, nickade vänskapligt mot Hasram innan han släppte gallret. Det gick igen med en hög smäll och han såg bara helt kort genom det innan han vände sig om och lyfte sitt stora svärd. Med vrål gick han till anfall mot demonerna som kom stormandes mot porten. Hasram klappade Dram på axeln. Sedan skyndade de två efter dem andra bort från staden.

De sprang bort till den dunge som låg inte långt från staden. Där stannade de. Braeska lät Jali glida ner på marken, sedan ruskade den stora marulaken på sig. Hon gick bort till dungens kant, satte sig ner och betraktade sedan staden, utan att bry sig om de andra. Liana hjälpte Aylia ner från Drashins rygg. Häxan föll ihop i en utmattad hög på marken.

Diriska såg på Jalis vrist. Hon helade den och såg sedan ner på sina egna kläder. Med en suck förvandlade hon de tillbaka till klänningen med den röda kjolen och den blå toppen. Jali skyndade fram till Liana och Aylia. Aylia kämpade sig upp och kramade om sin vän. Hiram satte sig stönande på marken bredvid Diriska.

"Det där gick ju bra", stönade ängeln.

"Vi fick ut de flesta", sa Drashin trött och satte sig ner bredvid henne. "Dock tror jag inte vi lyckades få med oss fursten och hans familj. Fakari står just nu utan regent."

"Du borde göra något åt dina kläder, Hiram", sa Diriska ogillande.

Liana såg nu att ängelns byxor var i ännu värre skick än vad Diriskas varit. Ena byxbenet var borta, och blod rann ner för det bara benet. Halva skjortan var borta och visade hennes ena bröst. Hiram såg bara trött ner på kläderna.

"Har sett värre ut", sa hon med en axelryckning.

"En gång dök hon upp naken", sa Drashin trött. "Kommer du ihåg det, Asama?"

"Mira visste inte vad hon skulle säga", sa Asama kort och såg bort mot staden. "Men jag håller med Diriska, Hiram. Det finns barn i lägret nu."

Hiram stönade, men gjorde som de sa. Liana såg förundrat på när kläderna lagade sig själva inför hennes ögon. I ena stunden hade det bara varit trasor för att i nästa var precis som nya igen.

Explosioner hördes från staden och Liana vände dit blicken. Hela staden stod nu i lågor. Hon såg hur ett av palatsets torn rasade samman. Ytterligare ett större hus rasade och plågade tjut hördes från staden. Diriska gick fram till Braeska och såg oroligt mot staden. Marulaken såg upp mot draken helt kort innan den åter började studera staden framför sig.

I ungefär en timma betraktade alla staden som brann. Ett efter ett föll de större husen och sakta men säkert blev de plågade tjuten färre. Mira kom gåendes med den lilla flickan, Aneni, som höll hårt i hennes hand. Bakom dem kom den gamla kvinnan och hennes barnbarn. Liana suckade lättat över att se att de var oskadda. När en timma hade gått kom slutligen någon promenerandes från staden. I dess en hand höll den i en stor hammare och i den andra armen bar den försiktigt på en livlös kropp.

14

Liana reste sig med ett stön upp. Det värkte i hela kroppen efter striderna i Kalat och flykten från staden. Hela dungen kom på fötter och betraktade varelsen som kom vandrandes mot dem. Dram tog några steg fram när han såg kroppen som vilade mot dess pälsklädda bröst.

Ma'sharos'tian stannade upp några steg från dem och tvekade. Han gick försiktigt ner på ena knät och lade undan sin hammare. Sedan lade han ner kroppen på marken, så försiktigt att man kunde tro att det var ett spädbarn han lade ner. Dram klev sammanbitet fram till honom och sjönk ner på knä vid sin far. Djupa sår löpte över halsen och bröstet på Ramens döde klanhövding. Tre klipptroll som tillhörde Ramen ställde sig ett steg bakom den sörjande Dram.

Hasram passerade Liana med tunga steg. Han passerade de tre klipptrollen och gav dem varsin tröstande klapp på axeln innan han steg fram till Dram. Klipptrollens krigshövding lade sin stora hand på den nye klanhövdingen och sa något på deras språk till honom. Dram nickade tyst och reste sig upp. De två bugade kort mot Ma'sharos'tian när denne tog sin hammare, reste sig och backade undan. Sedan bugade de djupare för Grash. Därefter klev de tre klipptrollen fram och tillsammans med Dram lyfte de upp kroppen och bar den in i dungen och bort mot lägret.

"Jag hann inte fram till honom i tid", sa Ma'sharos'tian sorgset. Liana tyckte det var overkligt att höra hans riktiga röst. "Han var redan död när jag kom fram. Men de fick aldrig någon möjlighet att slita sönder hans kropp mer än de gjorde."

"Ni gjorde vad ni kunde, vördande", sa Hasram och suckade. "Vi förlorade många vänner idag."

"Vi blev lurade", sa Asama sammanbitet. "Det kommer ta halva natten innan vi vet hur stora förluster vi led."

Drashin studerade Ma'sharos'tians kropp med stort intresse. "Så det är så här du verkligen ser ut", sa han högt. Diriska gav honom en förvånad blick och han log mot henne. "Vi har aldrig fått se den tidigare. Den skepnad som vi alltid trott att Ma'sharos'tian haft är den stora vita tiger som han använder sig av när vi upphöjs till drakriddare."

Liana såg hur Diriska sakta nickade. Sedan vände sig draken mot den väldiga varelsen framför dem.

"Jag har aldrig själv sett denna skepnad", sa hon. "Men jag har vaga minnen om att jag fått den beskriven för mig. Där emot..." Hon tystnade och vände sig mot staden igen.

"Han har inte alltid sett ut så", sa Ma'sharos'tian och såg sig om över axeln. "Lasoras... Nej, Soras. Han bär fortfarande på sår från den dagen när drakarnas galenskap även drabbade Isashai."

"Soras?" sa Drashin sakta. "Du kallade honom något annat."

Liana steg fram mot dem. "Du kallade honom La'soras'tian", sa hon och rodnade när Ma'sharos'tian vände sina röda ögon mot henne.

"Det är hans sanna namn", sa han bara. "Att han är en djävul är något som människorna fått för sig. På grund av hur han ser ut. Men han är en tian, precis som jag."

Han suckade och satte sig med korsade ben framför dem. Han ställde hammaren med skaftet upp, men han släppte aldrig det långa skaftet. Han såg intresserat mot den stora marulaken som satt bredvid Diriska, men sa inget. Mira kom fram till Liana. Aneni höll fortfarande helerskan hårt i handen och såg med stora ögon på varelsen, tianen. Ma'sharos'tian såg mot flickan och log mot henne. Leendet såg en aning underligt ut med de två långa tänderna som stack ut från mungiporna och ner mot hans haka.

Den gamla kvinnan ställde sig nervöst bakom Mira med sitt barnbarn och såg oroligt mot honom där han satt. Ma'sharos'tian lutade på huvudet när han såg de två.

"Ni var med Soras i Narkia", sa han lugnt. "Ni satt i hans vagn tillsammans med två soldater."

"Han hjälpte oss att fly", sa kvinnan osäkert.

"Var är era beskyddare?"

"Döda", sa kvinnan. "De dog i staden när de skyddade oss mot demonerna."

Liana stirrade på de två. Narkia? De var från Narkia. Det land vars soldater hade mördat hennes familj för två år sedan. Hon grep hårt i dolken vid hennes sida, men Diriska lade en hand på hennes axel. Ma'sharos'tian nickade bara.

"Men ni lever", sa han och såg bort mot staden. "Varför valde ni att fly från Narkia? Det borde vara säkrare där än här."

"Garm har blivit galen", sa kvinnan bistert. "Den där mannen, Asharak, har förgiftat honom med sina ord. Det går inte att tala med kungen av Narkia längre. Därför valde jag att fly tillsammans med Hinai, den enda arvingen till tronen."

Liana blinkade till. Var flickan prinsessa av Narkia? Hinai grep hårdare tag i den gamla kvinnans klänning och såg oroligt på drakriddarna och Hasram som tysta betraktade henne. Ma'sharos'tian grymtade till och reste sig upp. Han lyfte upp den stora hammaren, lade den till rätta på axeln och vände sig helt mot den brinnande staden.

"Det verkar som om Soras äntligen är klar", sa han.

Liana vände blicken mot staden och såg en stor skugga komma från staden. Över axeln låg den stora yxan med eggen mot himlen och i den andra handen höll den i hornen på ett stort huvud. Det första som Liana såg tydligt var de gröna ögonen som verkade skina av tillfredställelse.

När han kom närmare såg hon de gulaktiga hornen som var vridna så de ramade in hans ansikte. Den stora mulen var verkligen intryckt, vilket gjorde att hans tänder inte doldes helt av överläppen. Tänderna var miss-färgade, vassa och sneda.

Lasoras stannade jämte Ma'sharos'tian och kastade det avhuggna hu-vudet mot Drashin. Det landade på marken och rullade fram till genera-lens fötter.

"Där har du källan till Asharaks demoner", sa han med mörk raspig röst. "Utan Baserak kommer den fallne inte längre få nya demoner i sina led."

"Kan du verkligen försäkra det?" frågade Drashin vaksamt.

Lasoras fnös. "Jag har redan skrämt upp Shayola så han ska hålla ef-ter sina djävular i Helvetet", sa han buttert. "Ingen mer som kan skapa demoner kommer att kunna lämna Helvetet utan Shayolas vetskap. Eller min."

Liana vågade inte släppa den väldige Lasoras med blicken. Hon tyckte sig känna igen honom, men kunde inte komma på var hon sett ho-nom tidigare. Den narkiska kvinnan såg fram bakom Mira igen och såg misstänksamt mot honom. Flickan vid hennes sida sken upp, slet sig fri och sprang fram till honom.

"Hinai!" ropade kvinnan förskräckt.

"Mäster Lasoras!" sa Hinai upphetsat. "Ni kom för att rädda oss!"

Lasoras höjde på ögonbrynen och såg ner på henne. Han torkade handen mot de svarta byxorna och lade den sedan försiktigt på hennes huvud. Leendet han gav henne gjorde bara hans fula ansikte ännu fulare.

"Så vi möts igen, prinsessa av Narkia", sa han vänligt till Lianas förvåning. "Gott att se dig vid liv igen. Dig också, Dinai av Narkia."

Flickan log stort när Lasoras med en gest visade att hon skulle gå tillbaka. Liana såg hur Diriska grep hårt i klänningens tyg. Lasoras reagerade på hennes rörelse och såg hastigt mot henne innan han vände sig mot Ma'sharos'tian.

"Minns du denna plats nu, broder Sharos?" sa han och gjorde en gest mot staden.

"Den är så annorlunda nu, broder Soras", sa Ma'sharos'tian med en suck tog han hammaren från axeln tittade på den. "Men ja, jag minns den. Vem kunde tro att jag skulle stå här med denna hammare ännu en gång. Jag trodde att jag kastade bort den."

Lasoras stötte sin yxa i marken med en duns. "Efter att jag begravt Isashai tog jag den med mig", sa han. "Jag har haft den med mig i alla år."

"Ursäkta", sa Drashin och klev fram mellan de två stora varelserna.

Liana såg hur Diriska spärrade upp ögonen när han helt oberört gick fram. Asama tvekade innan han gjorde honom sällskap.

"Vad vill du?" frågade Lasoras buttert.

"Vem är Isashai som ni pratar om?" frågade Drashin.

Lasoras spärrade irriterat upp ögonen, men Ma'sharos'tian lade en lugnande hand på hans axel. Ma'sharos'tian vände sig mot de samlade och såg på dem en efter en. Hans blick stannade längre hos Diriska än de andra.

"Isashai", sa han sakta, "var vår syster och den som skapade drakarna."

Liana flämtade till. Diriska höjde sina händer till munnen och stirrade på de två tianerna. Lasoras grymtade bara och såg bort från dem. Ma'sharos'tian gjorde en gest mot staden.

"På den tiden var detta en enda stor slätt", berättade han. "Här levde Na'isashai'tian tillsammans med sina älskade barn. Det var här som... jag dödade henne."

"Det var Isashai som gjorde detta på mig", sa Lasoras och rörde hornen och mulen. "Hon var vansinnig, till och med värre än drakarna. Om

inte Sharos kommit skulle hon mycket väl slitit hornen av mig och kanske
till och med dödat mig."

"Innan hon dog, bad Isashai mig leta reda på tre bröder som ännu inte
drabbats helt av vansinnet", fortsatte Ma'sharos'tian. "Jag fann dem och
har under alla dessa år hållit undan galenskapen från dem."

"Det påminner mig", sa Lasoras och vände sig mot honom. "Var är de
tre någonstans? Jag hade trott att de skulle vara med och slåss mot de-
monerna."

"Jag har sövt ner dem tre", sa Ma'sharos'tian sorgset. "Jag kan inte
längre hjälpa dem. Det finns inget som kan rena deras sinnen längre."

Liana drog efter andan. Hade Ma'sharos'tian sövt ner Asmaji, Lindra-
mas och Sultan? Menade han att de tre verkligen var galna? Diriska ver-
kade tänkta samma sak. Även om hon inte tyckte om dem tre så var de
ändå hennes fränder. Hon öppnade munnen för att säga något.

"Det kan... finnas ett sätt", sa Lasoras sakta.

Liana blinkade till vid hans ord. Diriska glömde vad hon skulle säga
och stirrade på honom med öppen mun. Drashin gick tillbaka till draken
och tog hennes ena hand. Ma'sharos'tian såg frågande på Lasoras.

"Du hörde aldrig syster Isashais sista ord, broder Sharos", sa Lasoras
sorgset. "Hon sa att det fanns en drake som inte var drabbad. En drake
med ett klart sinne. Hon sade: 'Hennes sinne är klart. Hon är inte drab-
bad. Den lilla kan hela de andra. Hitta henne... Skydda henne... Den lilla
gudinnan." Hans röst stockade sig.

"Moder Isashai", kved Diriska och sjönk ner på knäna med tårar rin-
nandes ner för hennes kinder. "Moder Isashai."

Lasoras visade inga tecken på att han hörde henne utan lyfte bara
yxan igen och vände dem ryggen. Han började gå bort från dungen igen.
Han visslade lågt. Braeska reste sig upp, hon gick fram till Diriska och
Drashin och puffade med nosen på deras händer, innan hon började gå
efter honom. Ma'sharos'tian sträckte ut en hand mot honom.

"Vart ska du gå, broder Soras?" sa han.

"Jag ska fortsätta leta", sa Lasoras bara. "Så som jag lovade vår sys-
ter. Jag fann en grotta för några år sedan bara några dagar härifrån. Jag
tror att hon levde där en tid. Jag fann två döda drakar begravda bakom
en vägg. Ingen av dem var den lilla blå draken, Isashais lilla gudinna."

Diriska ryckte till och for upp på fötter igen. Liana stirrade efter
Lasoras. Han letade efter en blå drake. Han letade efter... Diriska rusade
några steg efter honom.

”Diriska!” ropade Liana.

Lasoras stannade till. Diriska stannade bara några steg från honom. Han lyfte ansiktet mot den mörka himlen. Braeska stannade några steg framför honom och vände sig undrade om. Liana såg hur Lasoras grepp om yxans skaft hårdnade och han slöt sina ögon.

”Försiktigt, Diriska!” ropade Drashin. ”Kom tillbaka.”

Liana rykte till vid den höga dunsen när yxan landade på marken. Diriska ryggade tillbaka en aning, men stod kvar. Hon höll sina händer knäppta över bröstet.

”Mäster Soras”, sa hon med darrande stämma.

”Trehundratvå tusen femhundratjugonio år och tvåhundrasex dagar”, sa Lasoras mot himlen. ”Så länge har jag letat.”

Han vände sig om och såg rakt på Diriska. Han vädrade i luften efter hennes doft. Liana såg hur Diriska drog sina händer närmare sig, men hos stod envist kvar. Hasram gjorde en ansats att gå och ställa sig mellan Diriska och Lasoras, men Drashin höll ut en hand och hindrade honom.

”Ah”, sa Lasoras till slut och sänkte blicken mot Diriska igen. ”Där är din doft. En drakes doft. Samma doft som den unge som Isashai lade i mina händer för så många år sedan.” Han höll sina stora händer framför sig med handflatorna upp. ”Den lilla gudinnan, Diriska.”

Lasoras lade en hand på Diriskas axel. Hans leende var säkert ämnat att se vänligt ut, men Liana tyckte att det såg hemskt ut i hans ansikte. Diriska såg upp mot det och rörde lätt vid hans kind.

”Jag har äntligen funnit dig”, sa han. ”Diriska, barn av Na’isashai’tian.” Han såg upp mot Drashin och resten av skvadronen. ”Att finna dig i detta sällskap hade jag aldrig räknat med.”

Diriska slog armarna om honom och begravde ansiktet i hans bröst. Ma’sharos’tian gick fram till dem och lade en pälsklädd hand på Diriskas andra axel.

”Du menar att Diriska här”, sa han tveksamt, ”kan vara nyckeln att kunna bota de tre från deras galenskap?”

Lasoras nickade och lade sina händer på Diriskas axlar. Han såg ner mot hennes blå ögon.

”Om det som syster Isashai sa stämmer”, sa han. ”Men jag vet inte hur ännu. Även om vi lyckas, broder Sharos, så kommer vi aldrig att förtjäna förlåtelse för vad vi gjorde.”

Liana såg hur Ma'sharos'tian slog undan blicken och såg ner mot sina fötter. Diriska såg först på honom och sedan mot Lasoras.

"Mäster Soras", sa hon försiktigt. "Mäster Sharos. Vad menar ni?"

Ma'sharos'tian slöt sina ögon och grinade illa när han hörde henne. Lasoras lyfte blicken och såg mot de samlade krigarna i den lilla dungen. Samare och Narika slöt upp jämte Liana. De två dvärgdrakarna släppte inte de två tianerna med blick. Liana såg upp på de två. Både Samares och Narikas ögon hade en sorgsen glimt.

"Mäster Soras?" sa Diriska och backade undan från Lasoras. Hon såg mot Ma'sharos'tian. "Mäster Sharos?"

"Vi..." började Ma'sharos'tian men tvekade.

"Det var vi som gjorde drakarna galna", sa Lasoras och han sänkte sitt huvud. "I vår längtan att kunna skapa egna barn, som Isashai. Gjorde våra efterforskningar... drakarna galna."

Diriska backade undan från de två tianerna som sorgset vände bort sina ögon. Liana skyndade fram till henne och grep om hennes arm. Drashin var snabbt framme vid hennes andra sidan. Ma'sharos'tian lade en stor hand på Lasoras axel och nickade när denne såg på honom.

"Hon måste få veta", sa han.

Lasoras suckade tungt när han nickade. Sedan vände sig de två tianerna mot Diriska och såg stadigt på henne. En med röda ögon och en med gröna.

"Isashai var den första tianen någonsin som lyckades skapa liv", sa Lasoras och satte sig tillrätta med korslagda ben. "Detta var kanske tvåtusen år efter vårt krig med de mörka gudarna."

"Vårt släkte hade förlorat vår möjlighet att föröka oss på naturligväg och vi minskade i antal, sakta men säkert", fortsatte Ma'sharos'tian och satte sig bredvid honom. "Klanerna som funnits tidigare försvann och vi började kalla oss bröder och systrar trots att vi tidigare tillhört olika klaner."

"Man försökte finna en lösning på vårt problem, så vi inte skulle försvinna helt och hållet.", sa Lasoras. "Många av oss misslyckades i sina försök och dog. Men så lyckades Isashai att skapa de första drakarna."

Liana lyssnade uppmärksamt när de två tianerna berättade om hur Isashai skapade drakarna. Hur hon först hade hyllats för sin bedrift, men när hon inte kunde lära ut hur hon gjort hade de övriga tianerna dragit sig undan från henne. Endast Ma'sharos'tian och Lasoras hade stannat kvar hos henne. Till slut hade den siste av deras fränder dött och endast de tre fanns kvar.

Ma'sharos'tian hade begett sig norrut, till islandet, för att studera isens rörelser och blev något av en eremit. Lasoras fann de stora tjurarna och skaffade sig en väldig hjord som han tog hand om. Isashai stannade med drakarna på den stora slätten.

Men önskan att kunna skapa eget liv, egna "barn", fick Lasoras och Ma'sharos'tian att göra egna efterforskningar. De trodde att det låg något i drakarnas sinnen som gjorde det möjligt att skapa nytt liv. De lyckades övertala Isashai att låta dem undersöka drakarnas sinnen. Det visade sig att deras undersökning skulle slå fruktansvärt fel.

Diriska sjönk ner på knä medan de berättade. Hennes klarblå ögon lämnade aldrig de två väldiga varelsernas ansikten.

"Vi vet inte vad vi gjorde för fel", sa Ma'sharos'tian, "men när vi började undersöka drakarnas sinnen orsakade vi en störning i deras hjärnor. Det tog lång tid, men slutligen gjorde denna störning att drakarna blev galna och världen kastades in i kaos som varade i flera hundra år."

"Trotts att vi lyckades stoppa drakarnas framfart efter bara något år", fyllde Lasoras i och reste sig upp. "Så var krafterna som släpptes lös för stora för bara oss två att hantera. Isashai var bland de första att drabbas och hennes vansinne var större än något vi någonsin sett. Hon krossade min mule och vred mina horn." Han slog ut med armen mot den brinnande staden nedanför dungen. "Här låg Isashais enorma grässlätt som hon bodde på med drakarna. Det var här som vi dödade henne och hennes barn."

"Varför...?" Mira harklade sig för att göra rösten stadig. "Varför berättar ni detta för oss?"

"För att Diriska måste få veta", sa Ma'sharos'tian och reste sig upp.

"Vet de tre från Draktand?" undrade Asama.

"Vi har inte vågat berätta för dem ännu", sa Ma'sharos'tian och skakade på huvudet. "När jag först hittade dem, hade de ännu inte drabbats och de kände igen Soras. Men efter en tid mindes de honom inte. Trotts att Soras besökte oss ofta, försvann deras minnen av honom och de började se på honom med misstänksamhet och fientlighet."

"Jag tror att om vi berättar för dem som de är nu", sa Lasoras sakta. "Så kommer vansinnet att utvecklas till fullo och inget kommer att kunna rädda dem."

"Söker ni förlåtelse?" frågade Liana hetsigt. "Är det därför ni berättar för Diriska?"

"Vi förtjänar ingen förlåtelse, flicka", sa Lasoras lyfte upp sin yxa och började gå iväg. "Det vi gjorde mot drakarna, mot Isashai, är oförlåtligt. Kanske hade det varit bättre om vi låtit henne döda oss."

"Nej!" sa Diriska hetsigt och reste sig upp. Hon höll fortfarande hårt i Drashins arm. "Om ni inte stoppat moder Isashai, då hade hela världen kunnat gå under. Mäster Soras, mäster Sharos, ni gjorde vad ni var tvungna att göra. För att rädda det som kunde räddas."

"Mäster Soras", mumlade Lasoras och stannade. "Den senaste som kallade mig det var Horasus. Han var den förste som stupade för min yxa. Jag förtjänar inte sådant tilltal. Jag förtjänar inte att bli kallad tian. Lasoras är det namn jag bär nu. Inte ens du, broder Sharos, förtjänar att kallas tian. Vi har förbrukat rätten till det."

Ma'sharos'tian sa inget utan såg bara sorgset mot honom. Asama suckade och såg ner mot staden.

"Vi ser över hur många som vi förlorade i staden", sa han sammanbitet. "Sedan önskar jag komma iväg till hans majestät. Vi måste rapportera detta till honom."

"Har ni inte hört ännu?" frågade Lasoras och vred på huvudet.

"Hört vad, broder Soras?" sa Ma'sharos'tian medan han vände för att gå iväg med Asama.

"Makar Kastom är död."

Liana blev alldeles tom inombords. Död?

"Vad...?" började Asama och spärrade upp ögonen.

"Kungen av Amdoria har stupat i strid, Asama Mashok av drakriddarna", sa Lasoras. "Kronprinsen är medvetslös. Amdoria har ingen som leder sin armé."

Han inväntade om någon hade något att säga innan han gick iväg. Marulaken såg mot Drashin och Diriska en lång stund innan hon reste sig upp och följde efter honom. Asama vände sig mot Ma'sharos'tian som bara nickade helt kort. Ca'Draak skyndade iväg för att samla ihop sin skvadron för omedelbar avmarsch. Drashin såg tyst efter Lasoras medan han höll om Diriska. Draken torkade sina tårar och följde tianen med blicken när han gick.

15

Marish kämpade för att räta på sig. Han höll hårt i höger handled och försökte räta ut fingrarna. Han var glad att han var ensam i tältet. Smärtan hade kommit plötsligt och fått honom att ramla av stolen som han suttit på. Det tog en stund innan han lyckades få kontroll på ryckningarna som drabbade hans vänstra ben. Men snart hade han fått tillbaka kontrollen över sin kropp och smärtan började sakta försvinna.

Han tog sig upp på fötter igen och drog efter andan. Hur lång tid hade han kvar? Skulle han hinna leta reda på Asharaks gömställe och meddela Drashin om detta? Hur skulle han kunna varna Drashin om Baserak?

"General."

"Vad är det, Faras?" frågade han avmätt.

Så var det den mannen. Marish undrade hur han skulle kunna få Faras Timan till det slagfält som Mira befann sig på. Om ryktena stämde så var hon tillsammans med Drashin, vilket förvånade honom. Men var befann sig Drashin just nu?

Faras steg in i tältet och bugade kort mot honom. "Demonerna i lägret beter sig underligt, general", sa han. "Ni ville veta om något hos dem förändrades."

Marish höjde ena ögonbrynet. Det lät verkligen intressant.

"Vad menar du med underligt?"

"De stelnade till och stirrade plötsligt söderut", berättade Faras. "Sedan började de nervöst springa fram och tillbaka, för att slutligen skräckslaget krypa ihop. De ligger ihop kurade och bara skakar."

Faras bara skakade förundrat på huvudet. Marish kunde knappt tro på det han berättade, men om det var sant tänkte han inte slösa bort det här tillfället. Han stegade ut ur tältet med Faras tätt efter sig. Han grep tag i en hillebard som stod lutad mot ett ställ. Han tecknade åt ett tjugotal soldater att följa honom. Alla hade sina långa spjut i fast grepp.

Snart kom han fram till den plats som demonerna befann sig på. Mycket riktigt låg de fyra ihop rullade och darrade som asplöv. Han högg med hillebarden mot huvudet mot en. Soldaterna såg förbluffat på honom.

"Döda alla utom en", beordrade han. "Se till att den kan svara på frågor. Hur mycket ni skadar den bryr jag mig inte om, bara den lever."

Genast högg soldaterna med spjuten mot demonerna. Marish såg på medan tre av demonerna dog. Den fjärde skadades så pass att den inte kunde angripa honom längre. Han tecknade åt soldaterna att ändå nagla fast monstrets ben och armar mot marken. Sedan gick han fram till den.

"Förråder du oss, människa?" fräste demonen mot honom.

"Varför finner jag er liggandes på marken som rädda kaniner?" sa Marish lugnt.

Demonen morrade åt honom. Han grep tag i det närmaste spjutskaftet och tryckte det hårdare mot marken. Demonen väste av ilska och smärta.

"Något söder om oss", morrade den.

"Söder?" sa Marish och lade huvudet på sned. "Baserak for söderut för att se om han kunde locka bort Drashin."

"Inte Baserak. Något annat. Något annat har drabbat samman med Baserak. Något mäktigt."

Marish rynkade på pannan. Baserak hade drabbat samman med något mäktigt. Det förklarade inte varför demonerna agerade som de gjorde. Så vida de inte hade sina sinnen sammankopplade med Baserak.

"Ni vet vad som har hänt honom", sa han och började le. "Det har hänt Baserak något."

Demonen gnydde och försökte dra sig undan honom. "Inget kan döda Baserak", viskade den. "Ändå... Baserak är död. Vem kan döda honom? Kan bara tänka mig en som är stark nog. Bara Lasoras."

Marish rätade på sig. Lasoras hade gått in i strid mot Baserak? Han hade dödat honom? Det kunde bara betyda att Asharak inte kunde få fler demoner till sin armé. Marish log kallt mot demonen. Nu behövde han bara veta en sak till.

"Var är Asharak?"

"Han är i de dödas stad", morrade demonen. "Ingen kommer att komma åt honom där."

Marish såg tyst på demon. Sedan drog han sitt svärd och drev in det i halsen på den. Den såg förvånat på honom med sina gula ögon innan den sjönk död ner mot marken.

"Tänker du ansluta dig till honom?" frågade Faras när Marish torkade av blodet från svärdet. "Vet du ens var de dödas stad finns?"

"Jag tror mig veta", sa Marish oberört och vände ryggen till de döda
demonerna. "Jag tänker bege mig dit, Faras, ensam. Du ska ta solda-
terna och vandra mot Garatur. Skräm upp drottning Famala en aning."

"Skall vi gå undan striderna, general?" frågade han osäkert.

"Gå in i varje strid", sa Marish. "Slåss till siste man."

Han såg Faras bekymrade min i ögonvrån och skrockade. Mannen
förstod inte vad han hade i sinnet. Det gjorde inget. Marish visste att hans
order skulle följas, nästan. Faras skulle se till att han själv lyckades fly
från striderna innan han föll. Sedan skulle han börja gömma sig igen. Nå,
Marish brydde sig inte. Han tecknade åt mannen att gå.

Marish väntade tills han inte såg Faras längre. Sedan vinkade han till
sig en ung soldat. Han grep tag i mannen krage och drog honom till sig.

"Du ska se till att överleva till vilket pris", sa han lågt i mannens öra.
"Du ska se till att bli tillfånga tagen. Kräv att till förd till Drashin av drakrid-
darna. När du träffar honom skall du ge honom detta meddelande."

Han kunde se hur soldatens ögon förvirrat flacka fram och tillbaka me-
dan han viskade sitt meddelande till honom. Pojken förstod inte varför
just han blivit utvald, men Marish visste att hans budskap skulle komma
fram till slut. På väg till sitt tält fick han tag på ytterligare fyra unga män
och gav dem samma meddelande. Drashin måste få veta var Asharak
fanns. Endast han och hans Dödens skvadron skulle kunna stoppa den
fallne ängeln.

Marin skyndade sig fram genom lägret. Soldater med uppgivna och
tomma blickar stirrade ner på sina fötter. Ingen lyfte ens blicken för att se
på henne där hon sprang.

Hon nådde snart det stora tältet mitt i lägret. General Kalar Nejra stod
utan för det med nedsjunkna axlar och stirrade tomt på tältet. Marin sak-
tade in stegen och försökte lugna ner sin andning. Hon passerade den
gråhårige generalen, vek undan tältduken och steg in.

Hon såg genast mot de två fältsängarna som stod där. I den ena låg
Lakor och sov. Han hade ännu inte vaknat sedan han blev skadad för tre
dagar sedan, men helarna sa att det inte var någon fara för hans liv. I den
andra låg hennes far, Makar. Mitt emellan sängarna satt hennes mor,
Jesamie. Hon såg sorgset mot sin make.

"Far…", viskade Marin och gick fram till hans säng.

Någon hade tvättat hans ansikte och gett honom nya kläder. Det såg nästan ut som om han sov. Marin tog hans hand och höll den mot sin kind. Hon svalde gråten.

"Vad ska jag göra?" viskade Jesamie. "Makar, vad ska jag göra?"

Marin hade inte fått höra mer än att Amdorias kung dött i strid. Kort efter att Lasoras kommit dit och förmått honom att lämna slagfältet. Hon förstod inte varför en djävul valde att hjälpa dem. Eller varför han hade sagt åt Makar att rida till säkerhet.

Amdorias armé hade dragit sig tillbaka från striderna efter att nyheten om att deras kung fallit. Det fanns ingen som ledde den stora hären. Amdorias kung var död och kronprinsen låg medvetslös i detta tält.

Rop hördes utanför tältet. Någon röt åt Kalar att flytta på sig. Sedan flög tältfliken undan och Asama steg in. Marin sken upp vid synen av Ca'Draak, men stirrade sedan gapande på varelsen som hukande steg in bakom honom.

Den var större än ett klipptroll och helt täckt av vit päls med svarta ränder och fläckar. Den bar ett par svarta säckiga byxor och i ena handen bar den en väldig hammare. Dess huvud var format som en tigers, med långa vita morrhår. Dess ögon speglades röda från ljusen sken och ur mungiporna stack två långa, vita tänder ut som räckte den nästan ner till hakan. Den vände sig om och ställde försiktigt ner hammaren med skaftet uppåt.

"Ni måste ursäkta oss för att vi tränger oss på, ers majestät", sa Asama och bugade mot drottningen. "Men vi fick budet för bara någon timma sedan. Vi beklagar djupt."

"Vad?" sa Jesamie och pekade med ett darrande finger mot den väldiga varelsen.

"Förlåt mig", sa den med djup röst, korsade sina armar över bröstet och bugade mot henne. "Ni känner inte till min riktiga skepnad, drottning av Amdoria, prinsessa av Amdoria. Jag är Ma'sharos'tian."

Asama nickade när Jesamie såg förbluffat på honom. "Vi var lika förvånade själva", sa han. "När han visade denna skepnad för oss i Kalat under striderna."

Varelsen, Ma'sharos'tian, steg fram mot sängen som den amdorianske kungen låg på. Han såg hastigt mot Marin, log vänligt och lade en stor hand på hennes huvud. Sedan sjönk han ner på knä och lade försiktigt en hand på den döde kungens huvud.

"Om ni stred i Fakari", sa Jesamie utan att at blicken från Ma'sha-ros'tian. "Hur fick ni reda på Makars död? Det tar flera veckor att resa ner dit."

"Lasoras", sa Asama kort. "Lasoras berättade det för oss."

"Djävulen Lasoras!" flämtade Marin.

"Vi borde inte kalla honom det längre", sa Asama och såg osäkert mot Ma'sharos'tian.

"Soras skulle bli glad om han slapp det", sa Ma'sharos'tian och satte sig tillrätta med korsade ben. "Även om han själv ibland kallar sig för det."

"Soras?" sa Jesamie förvirrat.

"La'soras'tian", sa Ma'sharos'tian och såg på henne med sina röda ögon. "Det är hans riktiga namn. Eller helt enkelt Soras."

"Lasoras, eller Soras, är en tian", sa Asama och gick fram till sängen som Makar låg i. "Han räddade oss verkligen i Kalat. Han och Ma'sha-ros'tian. Men jag tror inte att han kommer att dyka upp mer i det här kri-get."

Marin såg förundrat på Ma'sharos'tian. Hon sträckte ut en hand och rörde vid hans pälsklädda bröst. Det var mjukt. Han vred på huvudet och såg på henne. Han log stort och lade åter sin stora hand på hennes hu-vud.

"Broder Soras har gjort det han tänkte", sa han. "Och mer där till. Jag hade aldrig trott att han hade min gamla hammare."

"Eller att han letade efter Diriska", sa Asama lågt. "Mäster Soras..."

"Han letade efter Diriska?" frågade Marin förskräckt. "Varför?"

"Detta är inte rätt plats att tala om detta", sa Ma'sharos'tian och reste sig upp igen. "Finns det någonstans vi kan prata utan att störa dem?"

Jesamie nickade genast. Hon kysste den döde kungen på pannan och lade en varsam hand på sin sons arm. Sedan ledde hon dem ut ur tältet. Marin såg att flera soldater hade samlats runt tältet. De spärrade för-skräckta upp ögonen och grep efter sina vapen vid åsynen av Ma'sha-ros'tian när han kom ut ur tältet. Hon såg i ögonvrån hur han sorgset ska-kade på huvudet när han såg detta.

Marin tvekade en aning innan hon lade sin hand på hans arm. Pälsen var oerhört mjuk. Han såg ner på henne och hon log vänligt mot honom. Han böjde lätt på nacken och vände sedan sina röda ögon framåt igen.

Tjugo drakriddare dök upp och gick i led på var sida om dem. Nog-samt höll de ett vakande öga på soldaterna. Marin misstänkte att det var för att de inte skulle få för sig att anfalla Ma'sharos'tian. Hon såg hur general Nejra fingrade på sitt svärd och stirrade misstänksamt på den pälsklädda varelsen jämte prinsessan. Marin hoppades att den gamle alven inte skulle göra något.

"General Nejra", sa Jesamie lugnt. "Följ med oss. Ca'Draak och Ma'sharos'tian vill säkerligen höra vad som hänt hans majestät."

Nejra rykte till och stirrade med än större ögon på varelsen som gick bredvid Marin. Han formade Ma'sharos'tians namn med läpparna, ruskade på sig och skyndade sig sedan att slinka in bakom drottningen. Hela tiden såg han sig vaksamt över axeln.

Ma'sharos'tian gav ifrån sig en djup suck som ekade genom lägret. Marin försökte låta bli att visa in irritation genom att klappa honom lugnande på armen. Han muttrade något på ett språk som hon aldrig förr hört. Hon undrade om någon människa någonsin hört det tidigare.

Jesamie ledde dem till det stora tält som användes när man höll strategimöten. Asama höll undan tältfliken för de andra. Han bugade mot drottningen när hon gick förbi honom. Bugningen var bara aningen djupare när Marin och Ma'sharos'tian passerade honom.

Inne i tältet stod ett stort bord med en stor karta utrullad. Flera stenar i olika färger låg utplacerade på den, motsvarande de olika striderna som pågick runt om i Amdoria, Mosker och Amarji. Fler små högar med stenar låg bredvid kartan, redo att läggas ut om de behövdes. Det var här som kungen hade krigsråd tillsammans med sina generaler.

Jesamie ställde sig på den plats som kungen brukade stå på. Hon visade Ma'sharos'tian platsen mittemot henne. Marin släppte tianens arm och ställde sig på sin mors högra sida. Nejra tvekade en aning innan han ställde sig på drottningens vänstra. Asama ställde sig ledigt med händerna bakom ryggen jämte Ma'sharos'tian.

"Ni sa att Lasoras sökte efter Diriska, vördande", sa Jesamie försiktigt.

Ma'sharos'tian nickade. "Soras har sökt efter henne sedan den dagen Isashai, drakarnas skapare, dog", sa han sorgset. "När jag lämnade den stora grässlätten för att finna de tre som ni idag känner som drakarna från Draktand. Så berättade Isashai för Soras om en drake vars sinne inte blivit drabbat av det vansinne som... vi skapat. Innan hon dog bad hon honom att finna draken och skydda henne."

Nejra rynkade förbryllat på pannan. "Lasoras?", sa han. "Är han också här?"

"Nej", sa Asama och skakade på huvudet. "Jag tror att han har gått till-
baka ner till Labyrinten igen."

"Han kom för att ge mig min hammare", sa Ma'sharos'tian och satte
försiktigt ner den stora, tunga hammaren med skaftet upp. "Och för att
finna källan till Asharaks demoner."

"Fann han den?" undrade Jesamie sammanbitet.

Asama nickade. "Det var djävulen Baserak. Lasoras dödade honom i
staden Kalat."

"Baserak", flämtade Marin och mindes kriget mot Nariff åtta år tidigare.
Baserak hade varit en av Nariffs generaler och skördat tiotusentals liv.
Hon hade trott att han hade blivit dödad vid den sista stora striden utanför
Dran'kars murar.

"Med Baserak ute ur bilden", sa Asama utan att bry sig om henne, "så
kommer Asharak inte ha möjlighet att få reserver till sin demonarmé. Men
han har ändå tillräckligt många demoner att kunna uppehålla oss på flera
fronter. Är hela armén samlade här?"

"Nej", sa Nejra bistert och pekade på en ensam röd sten som låg långt
västerut i Amdoria. "Överste Sarasha anför tiotusen soldater, inklusive de
åttahundra som deltog nere i Soma. Trotts budet om konungens död och
order om att ansluta sig till huvudarmén. Fortsätter han att gå in i strider
och förfölja demoner."

Ma'sharos'tian såg ner på kartan på bordet och trummade frånva-
rande på sin ena långa tand. Han lät sin andra hand svepa över bordet.
Inför Marins ögon förvandlades stenarna till soldater. Vissa av dem vand-
rade långsamt framåt, vissa rörde sig som om de var i strid medan andra
stod helt stilla.

Den största samlingen var den stilla stående röda gruppen som var
deras egna läger. Men inte långt efter i storlek var de marscherande sol-
daterna som just passerat över gränsen mellan Amdoria och Amarji och
vandrade strax norr om dem, på väg mot sydväst. Krigare från Magrash.
Enligt kartan var de så nära att Marin misstänkte att de bara om någon
dag skulle kunna höra ljudet från deras säckpipor och trummor.

Innanför Amarjis gräns fanns ett större läger, inte långt från Amdoria.
Kejsarinnan Emina höll på att samla sin armé där. De senaste dagarna
hade Asharaks demoner lämnat Amarji och börjat vandra mot sydväst.
Ingen visste varför, men merparterna av striderna pågick nu i Amdoria
och Mosker. Långt ner i södra Mosker vandrade en liten soldat i svart
norrut.

"Vilka är det här?" frågade Jesamie och pekade på soldaten.

"Dödens skvadron", sa Ma'sharos'tian. "Drashin vandrar norrut igen för att sluta sig till drottningen av Mosker."

"Han verkar beslutat sig för att jaga efter Marish nu", sa Asama. "Enligt ryktena skall hans armé befinna sig någonstans i närheten av Garatur."

"Marishs armé har varit mer aktiva i striderna den senaste veckan", sa Jesamie och pekade på kartan, strax väster om Garatur. "Han verkar bestämt sig för att verkligen delta i kriget nu och inte enbart dra sig undan."

Ma'sharos'tian gned fundersamt ena tanden med tjocka pälstäckta fingrar. Marin såg hur hans skinande röda ögon betraktade kartan på bordet.

Tältfliken lyftes undan och en soldat skyndade in. Han ryckte till när han fick syn på den väldige pälsklädde varelsen vid bordet. Vid en snabb blick mot Asama som lugnt stod bredvid Ma'sharos'tian skyndade sig soldaten till general Nejra, räckte över ett hopvikt papper och skyndade sig sedan ut ur tältet igen. Generalen vek upp pappret och läste det snabb innan han sträckte det till Jesamie.

"På tal om Marish", sa drottningen när hos såg ner på meddelandet. "Hans armé tågar i detta nu mot Garatur. De har redan varit inblandade i flera strider och gått segrande ur samtliga."

Ma'sharos'tian brummade och svepte med handen över bordet igen. Marin stirrade på den nya svarta soldaten som vandrade mot Garatur från väst. Flera av de gröna soldaterna hade vänt mot Moskers huvudstad, några vandrade för att genskjuta den svarta. Asama betraktade kartan.

"Som det ser ut kommer han nå Garatur före Famala", sa Ca'Draak sammanbitet. "Hon kan inte ha mer än kanske tiotusen soldater i staden för tillfället. Stämmer den informationen vi fått har Marish över femtontusen soldater. Enda chansen drottningen av Mosker har att hinna först är att någon saktar ner honom."

"Hur långt borta är Drashin?" frågade Jesamie. "Kan han göra något?"

"Tveksamt", sa Ma'sharos'tian och rörde lätt vid soldaten som var Dödens skvadron. "Jag tror att han lät både Diriska och Hiram göra en portöppning för att kunna ta sig till Mosker från Fakari. Dessutom har han flyktingar med sig."

Plötsligt gjorde soldaten under hans hand ett hopp över kartan. Marin blinkade till och stirrade på den nya platsen den stod på. Den stod nu lika långt söder om Garatur som Marishs var väster om den. Ma'sharos'tian grymtade förvånat till och drog tillbaka handen. Asama satte båda händerna på bordet och lutade sig över kartan.

"Han överraskar oss alltid", sa han med ett kort skratt. "Han kommer att anlända till staden samtidigt eller kort efter att Marish börjar sin belägring."

"All heder åt Dödens skvadron och Drashin", sa Nejra sammanbitet. "Men räcker det verkligen med bara hans tolvhundra krigare? Jag vet att han har sina dvärgdrakar, men ändå."

"Du glömmer två personer, general", sa Marin avmätt. "Hiram, dödsängeln och drake Diriska. Drashin har lyckats utplåna demonarméer som varit dubbelt så stora som Marishs med deras hjälp."

Den gamle alven grimaserade och vände bort blicken från kartan. Jesamie lade en hand på Marins axeln och gav henne en sträng blick.

"Det stämmer att de två säkerligen kommer att gå i främre ledet inför striden vid Garatur", sa Asama med ett skevt leende. "Men han har också med sig Hasram och nästan trettiotusen klipptroll. Han skulle krossa Marishs armé fullkomligt när de går till angrepp."

Marin såg hur Ma'sharos'tian fundersamt såg på de två svarta soldaterna som var på väg mot Garatur. Hon undrade vad han tänkte på medan han såg på kartan framför sig. Han sträckte sig fram igen, den här gången rörde han soldaten som vandrade österut mot Moskers huvudstad.

"Han är inte där", sa han konfundersamt. "Marish finns inte bland sina soldater."

Marin stirrade förbluffat på den lilla figuren som promenerade på kartan. Det var Marish armé, men han befann sig inte bland dem? Nejra stirrade vantroget på tianen på andra sidan bordet. Marin såg på sin mor som såg lika förbluffad ut som hon själv kände sig. Asama lade bara armarna i kors och såg sammanbitet ner på bordet.

"Vi skulle kunna behöva de tre drakarna", suckade Jesamie. "Med deras hjälp kunde vi förflytta trupper lika lätt som Drashin gör."

Marin såg hur Asama bet ihop käkarna och snegla på Ma'sharos'tian. Den väldige varelsen suckade tungt och satte sig ner på marken med korslagda ben. Trots att han satt ner så var han nästan lika lång som Asama som stod upp.

"De tre sover", sa tianen och slöt sina stora ögon. "Jag var tvungen att söva dem tre. Annars skulle det vansinne som orsakade drakarnas fall att drabba dem."

"Vansinne?" flämtade Amdorias drottning.

"Jag har lyckats hålla det tillbaka i över trehundra tusen år. Men nu kan jag inte rena deras sinnen längre. Inte ens med Soras hjälp kommer jag att kunna hjälpa dem."

"Men vi kommer att behöva dem!" utbrast Nejra och slog ut med armen. "Även om vi har Diriska och Hiram, så måste vi ha de tre vises hjälp. Inte ens drake Diriska eller ängel Hiram kommer kunna hjälpa oss att få bort de sista demonerna."

Marin nickade hetsigt och såg på tianen. Ma'sharos'tian suckade dystert och hans axlar sjönk ihop. Asama rynkade fundersamt på pannan och såg ner på kartan.

"Diriska", sa han sakta. "Sa inte mäster Soras något om henne nere vid Kalat, mäster Sharos?"

Ma'sharos'tian lyfte på huvudet och såg på honom. "Diriska?"

"Något som er syster, Isashai, sagt innan hon dog."

Ma'sharos'tian lyfte handen och fingrade på sin ena tand. "Diriska kan hela deras sinnen", sa han långsamt och han spärrade upp ögonen. "Diriska kan hela dem!"

"Men mäster Soras visste inte hur", sa Asama och skakade på huvudet.

Med ett skratt reste sig Ma'sharos'tian igen. De andra såg frågande på honom.

"På samma sätt som jag alltid har gjort", sa Ma'sharos'tian. "Tillsammans med Soras, nere i min grotta. I dammen där Na'isashai'tians kropp ligger."

16

iana gäspade stort medan hon rullade ihop sina filtar. Hon rös till, det hade börjat bli kyligt på mornarna nu. Hon undrade hur länge det skulle dröja innan det skulle första frosten skulle komma. Aylia och Jali muttrade sömnigt bredvid henne samtidigt som de packade ihop sina filtar.

En vindpust förde med sig doften från frukosteldarna och det kurrade i Lianas mage. Hon skyndade sig att samla ihop sina saker och gick sedan tillsammans med sina två vänner till den närmaste elden. Alvtvillingarna Sareas och Kalar satt redan där tillsammans med byggmästare Harinak och Taurs klanhövding Garak, Krashaks yngre bror.

"Kommer vi att gå igenom fler portar idag?" frågade Garak och stoppade en stor slev av gårdagens gryta i munnen.

"Inte troligt", sa Kalar och räckte över en full träskål till Jali. "Drashin vill säkerligen inte riskera att missa några demongrupper på väg till Garatur. Risken är stor att vi gör det vid ett sådant hopp."

"Enda anledningen till att vi gjorde det på väg söderut var för att komma ikapp Baseraks armé så snabbt som möjligt", fyllde Sareas i och gav Liana en skål. "Ingen vill låta en djävul härja fritt ovanjord för länge."

"Nå", sa Harinak och ställde undan sin tomma skål. "Det känns ändå bra att veta att Asharaks möjligheter att få fram fler demoner drastiskt minskat. Enda sättet att han kan göra det nu är om han hämtar upp dem från Helvetet."

"Och det har tydligen Lasoras stoppat", sa Garak och nickade allvarligt. "Tänka sig att det finns någon som kan skrämma Shayola till den grad att han gör som han blir tillsagd."

"Om man ska tro Lasoras", sa Kalar fundersamt, "så var det ju han som skapade demonerna från början. Jag undrar om Ma'sharos'tian har skapat någon av raserna."

Liana stoppade en sked i munnen och funderade på vad han sa. Både Lasoras och Ma'sharos'tian var en urgammal ras, som funnits till och med längre än drakarna. De två var de sista av sitt slag, tianerna. Den som hade skapat drakarna, Isashai, hade dött tillsammans med de galna för länge sedan, långt innan människorna kom.

En timma senare var de på väg norrut igen. Drashin hade sagt att de var som mest en halvdagsmarsch från Garatur och skulle troligen nå staden runt middagstid. Spanare hade återigen skickats åt alla håll för att se om det fanns något i närheten. Liana hade inte varit bland de utvalda spanarna sedan Hokka stupat i Kalat.

De hade kanske bara marscherat i två timmar innan spanarna kom tillbaka igen. Liana kände samma förvåning som resten av leden över att dem redan var tillbaka. Hon såg på sina två vänner och skyndade sig sedan längre fram i ledet tillsammans med dem. De stannade alldeles bakom ledet med klipptrollens klanhövdingar.

Det var Sareas, som vanligt var det han som ledde spaningsstyrkan, som skyndade fram till Drashin, Diriska, Hiram och Hasram som gick längst fram.

"En armé tågar mot Garatur från väster", rapporterade han tillräckligt högt för att de närmsta leden skulle höra. "Den bär det svarta baneret."

Liana flämtade till. Det svarta baneret betydde att det var Marish som marscherade. Han var på väg mot samma plats som de själva. För första gången skulle de drabba samman med den största av Asharaks mänskliga arméer, kanske hans enda.

"Kan vi genskjuta dem?" frågade Drashin genast utan att sakta in.

"Om vi byter riktning nu kommer vi att börja jaga dem och de kan angripa Garatur i två, tre timmar innan vi kommer till undsättning", sa Sareas och skakade på huvudet. "Fortsätter vi som vi gör nu kommer vi att nå Garatur nästan samtidigt. Som mest kanske en halvtimma efter dem. Och vi kommer att gå rakt på dem."

"Blev ni sedda?"

"Vi var noga med att iaktta från håll. Jag gjorde själv en vid sväng för att se hur det såg ut norr om oss. Mosker vandrar med en stor armé mot sin huvudstad. De kommer att nå staden efter oss, kanske en timma."

"Allt vi behöver göra", sa Hasram och sträckte lojt på sig, "är att hålla dem kvar vid staden och skära av alla flyktvägar. Sedan kan drottning Famala se till att krossa motståndet från Marish en gång för alla."

"Om möjligt vill jag ta Marish levande", sa Drashin och sneglade på Mira som kom fram till honom tillsammans med flickan Aneni. "Vi vill även ha Faras Timan levande."

Samtliga i främre ledet nickade till hans ord. Mira mer bestämt än de andra. Liana kände inte till varför, men hon hade hört att Mira hade ett förflutet med denne man som hette Faras Timan. Varken Aylia eller Jali visste vad det var.

"Hur långt har vi kvar till Garatur?" frågade Drashin.

"Mellan tre och fyra timmar i den takt vi håller nu", sa Sareas. "Vi kanske kan komma dit på tre om vi ökar lite."

Drashin nickade och vände sig mot Hasram. "Kan du undvara en liten styrka för att skydda flyktingarna tillsammans med de få fakariska soldater som är med oss, krigshövding Do'shank?"

"Två hundra krigare borde räcka", nickade Hasram och vred på huvudet. "Byggmästare Gerak Nor'sak av Korat, kan jag lägga denna uppgift på dig och Korat klanen?"

Gerak nickade med en grymtning och vände genast bakåt i leden. Medan han gick ropade han med sin mörka röst efter krigare från Korat. Hasram nickade nöjt och vände blicken framåt igen.

"Korat är kända som goda försvarare", sa han. "Gerak kommer att stoppa alla angrepp som kan tänkas komma mot honom."

Mira böjde sig ner mot Aneni som höll krampaktigt i helerskans arm. Hon talade lågt till flickan och klappade henne varsamt på handen. Anenis såg på Diriska med sina stora bruna ögon. Draken såg frånvarande mot norr och trummade med fingrarna mot sina läppar.

"Då så", sa Drashin och såg på Mira. "Leder du henne tillbaka till de andra, Mira." Helerskan nickade och vände om med flickan. Drashin höjde rösten så han kunde höras längre bak i leden. "Dödens skvadron! Krigare av Kisnatch Lach! Gör er redo för strid! Vi ökar takten, framåt marsch!"

Hasram ropade genast ut order till klipptrollen på deras egna språk. Diriska ryktes ur hennes tankar och lyfte ansiktet mot himlen. Hon röt på drakarnas uråldriga språk och fick genast svar från de dryga tvåhundrasjuttio som fortfarande levde. Kolonen med krigare började genast gå snabbare. Vissa drog sina svärd och yxor för att kontrollera eggarna. Bågskyttar såg över spetsarna på sina pilar. Leden blev bredare när leden bakom gick i kapp, från att vara mellan femton och trettio man bred till kanske sextio, sjuttio krigare i varje led. Drakriddare och klipptroll om vartannat. Drakarna utgjorde flankerna, alla redo att lyfta på ett ögonblicks varsel.

En stor skugga gled över leden när Samare sakta kom flygandes till det främre ledet med Mira på sin rygg. Liana såg hur både Aylia och Jali grep hårdare om sina spjut. Hennes egna känslor var i ett enda kaos.

Hon skulle strida mot människor. Det var hon inte tränad att göra. En drakriddare skulle strida mot demoner i första hand. Så länge man kunde skulle man undvika att döda människor.

När hon såg sig om såg hon flera sammanbitna ansikten bland drakriddarna. Ingen av dem tyckte om att gå in i strid mot människor, men det var ett måste. För att rädda världen, var de tvungna att slåss mot Marishs armé. Men Liana tyckte inte om det.

De hade marscherat i lite mer än två timmar när Liana fick syn på den första stora rökpelaren strax norr om dem. Snart kunde hon också höra de dova explosionerna från magikerna som slungade sin magi mot varandra. Framför dem reste sig en stor skog, och den tjocka rökpelaren steg högt över träden.

"På den andra sidan ligger Garatur", ropade Drashin. "Så snart vi lämnar träden går vi till anfall! Gör er redo!"

Ljusglimtar blixtrade till runt om i ledet när drakriddarna kallade fram sina rustningar. Liana koncentrerade sig och manade fram sin egen ljusblå rustning. Aylia och Jali klappade henne lätt på axeln och gav henne korta leenden innan det två försvann längre bak i leden. De skulle hålla sig längre bak med magikerna och inte delta i ett direkt anfall.

De marscherade in i skogen och ljudet från striden vid Garatur dämpades av träden. Drashin manade på dem ännu mer och de nästan små sprang mellan träden. Ett väldigt dån hördes strax framför dem och snart kunde Liana till och med höra ljudet av stål mot stål. Hon kunde skymta Garaturs gråa mur mellan träden.

"Dödens skvadron!" ropade Drashin.

"Kisnact Lach!" hördes Hasrams röst någonstans framför Liana.

"Anfall!" vrålade de två ledarna och i ett ordlöst vrål stormade drakriddarna och klipptrollen ut ur skogen.

Diriska rusade som vanligt fram sida vid sida med Drashin. Hon skickade iväg stora eldklot mot soldaterna som stod med ryggen mot dem. Liana fick se fyra stora katapulter som slungade stora brinnande klot mot staden. Den grå muren hade flera märke från stenar som träffat den och innanför murarna steg flera rökpelare upp i luften.

"Diriska! Hiram!" ropade Drashin. "Ta hand om katapulterna!"

Ängeln och draken vek genast av. De kastade varsitt eldklot som genast förstörde de två kastmaskinerna som stod längst bort. Sedan gick Hiram in i närstrid med de soldater som stod vid den närmaste. Diriska fortsatte mot den sista.

Liana slog undan en hillebard och drev sedan smidigt sitt andra svär in i bröstet på mannen framför henne. Hon såg hur en soldat desperat svingade sitt svärd mot Garak som enkelt slog undan det med stålskenan som tänkte underarmen innan han slog in skallen på soldaten med flatsidan av sitt svärd.

Ranin och Meeko gled som två vålnader fram mellan fienden. Dvärgen högg först av benet på en soldat och drev sedan den vassa peggen på den andra yxan genom hjälmens öppning. Ranin slog undan ett svärd som var riktat mot Meekos rygg och skar sedan ett djupt sår i halsen på angriparen.

Liana duckade för ännu ett svärd, skar av benet på sin angripare strax ovanför benet och stack sedan svärdet i halsen på honom. Hon snurrade runt och skar upp buken på en soldat som höjt sitt svärd ovanför huvudet.

Ett klipptroll stapplade in i hennes synfält. Han hade tre pilar i bröstet. Han svingade sitt tvåhandssvärd en sista gång, dödade två soldater innan han föll tungt till marken. Liana fick syn på sex bågskyttar som lyfte sina bågar och siktade på henne. Hennes flyktväg spärrades effektivt av när tre soldater angrepp henne samtidigt. Desperat parerade hon varje hugg och stöt de gjorde mot henne, men hon hade ingen möjlighet att hugga tillbaka. I ögonvrån såg hon hur bågskyttarna siktade in sig på henne.

Plötsligt slukades de sex av en väldig eldpelare från luften. Sedan landade Samare mitt bland soldaterna och Mira hoppade av hans rygg. Drakrytterskan snurrade sitt spjut i sina händer och soldaterna runt henne föll till marken. Samare svingade sin väldiga svans fram och tillbaka och soldater slungades iväg när de träffades.

En av Lianas angripare gjorde ett förvånat utrop när han for i väg genom luften av någon osynlig angripare. De andra två tog ett steg bort från henne och hon tog genast chansen. Hon gjorde ett utfall mot den närmaste, slog undan hans svärd, drev det sitt andra svärd in i sidan på honom och sedan högg hon honom i halsen.

När hon vände sig om hade den tredje angripare vänt om och börjat springa. Han hann bara några få steg innan Hasram gensköt honom och krossade hans huvud med sin stora hammare.

Liana såg hur den liten del av fiendestyrkan desperat började dra sig undan från staden, men ansattes hårt av drakriddare och klipptroll. Diriska dök upp vid hennes sida, gav henne ett kort leende och såg sedan bistert mot det svarta baneret som stod mitt bland fiendestyrkan.

Från skogen i norr hördes ett horn ljuda och sedan stormade tusentals beridna moskiska soldater fram. Soldaterna kring det svarta baneret stirrade vantrogna först mot moskierna och sedan mot drakriddarna och klipptrollen som avancerade mot dem från den belägrade staden. Sedan kastade dem sina vapen till marken och sträckte sina händer i luften.

Liana uppskattade det till att ungefär femhundra soldater gav upp. Det fanns fortfarande några få som stred bland drakriddarna, men de var strax nergjorda.

Liana flämtade tungt när hon lät sin rustning försvinna. Diriska log stort mot henne och klappade henne varsamt på kinden. Det hade varit en helt annan form av strid mot människor än mot demoner som hon var van att strida mot. Medan demonerna enbart ville komma åt sina byten och slita dem i stycken försökte människor att även försvara sig själv. En demon skulle aldrig kasta sina vapen och ge upp.

Plötsligt vrålade Samare till och störtade iväg med Mira på ryggen. Liana och Diriska såg förbluffade efter den rasande draken som strax fick sällskap av Narika och Lanar som lika ursinnigt rusade efter den ensamme soldaten som försökte fly från slagfältet. Mira kurade ihop sig i sadeln och sträckte fram handen. Ett eldklot lämnade hennes hand. Det landade alldeles intill soldatens fötter och kastade upp jord över honom. Han slutade inte springa utan satte kurs mot skogen.

Narika, som var mindre än de båda hanarna, rusade ifrån de två andra drakarna och kom i kapp soldaten. Hon slog undan benen för honom och han tumlade runt på marken. Han kom snabbt upp på fötter igen, men de tre drakarna spärrade skickligt av alla flyktvägar för honom. Mira hoppade av Samares rygg igen. Hon stegade fram till soldaten, slog svärdet ur hans hand och slog undan benen för honom igen med sitt spjut. Innan han lyckades komma upp igen riktade hon spjutets klinga mot hans hals.

Fler drakriddare kom springandes till drakrytterskan. Samare släppte förbi dem först efter en kort nick från henne. Drakriddarna grep omilt tag i mannens armar och drog med sig den stretande soldaten tillbaka. Mira klappade Narika och Lanar på deras kinder innan hon gick tillbaka med Samare vid sin sida. Liana såg hur hon knäppte loss de dolda spännena i hjälmen och tog av sig den. Sedan hängde hon den i den lilla krok som satt i hennes bälte.

Diriska knackade varsamt på Lianas axel och tecknade åt henne att följa med. Tillsammans gick dem och fann Drashin och Hasram stå framför fem yngre soldater. De fem satt på knä med bakbundna händer och med hängande huvuden. Deras vapen var borta och hjälmarna låg kastade på marken. Liana såg snabbt på dem och såg att ingen av de fem kunde vara mer än kanske två eller tre år äldre än henne själv.

Drashin såg snabbt upp när han hörde henne och Diriska komma. Han nickade kort mot henne innan han åter såg ner på fångarna med bister min. Ingen sa något utan bara såg på de fem soldaterna. Liana undrade vad de väntade på, när drottning Famala av Mosker klev in genom ringen av krigare.

Hon var klädd i mörka byxor som skymtade fram under den långa ringbrynjan som räckte hennes nästan ända ner till knäna. Ovan på brynjan hade hon en grön tunika, med silverliljan broderad. Tunikan hölls ihop vid midjan av ett brett svart bälte där hon hade ett svärd hängandes. På hennes vänster arm hade hon en liten rund sköld av stål. Hon bar ingen hjälm och det långa röda håret hölls samman med ett grönt band.

"Vad är detta om?" frågade hon avmätt och såg ner på fångarna. "Varför är dessa fem inte med resten av fångarna?"

"De bad, krävde nästan, att bli förda till mig", sa Drashin och kliade sig bakom örat. "De påstår att de har ett meddelande till mig."

Famala klickade med tungan och drog av sig de svarta ridhandskarna. "Nå vad kan det vara för meddelande?" undrade hon. "Var är Marish? Det är väl ändå hans armé?"

"General Marish är inte här", sa en av de unga männen. Han hade kort blont hår och han lyfte helt kort sina blå ögon för att se på drottningen. "Det är han som gav oss meddelandet. Han beordrade oss att ge oss om Drashin skulle dyka upp."

Drakriddarna dök upp med den soldaten som Mira och drakarna jagat ikapp. De tvingade ner honom på knä och tog sedan av honom hjälmen. Liana blinkade till när hon såg honom. Hans korta hår var grått och hans bruna ögon stirrade trotsigt mot Drashin. Mira steg fram och ställde sig jämte Drashin och såg kallt på mannen.

"Faras Timan", sa Drashin och såg på den äldre mannen. "Till slut lyckades vi fånga dig. Din flykt tar slut idag."

Mannen morrade ilsket mot Drashin. "Enbart med hjälp av den där häxan och hennes vidriga ödla som du lyckas fånga mig", fräste han.

"Hade generalen varit här skulle han utplånat både er och staden innan slinkan där dykt upp med sina soldater."

Liana såg hur Famala ilsket stelnade till. Mira såg bara kallt på honom, men hennes grepp om spjutet hårdnade. Drashin sneglade helt kort mot Mira innan han såg mot de fem yngre fångarna.

"Vi får se vad din så kallade general verkligen hade för planer för dig, Faras", sa han och vände sig mot den blonde soldaten. "Vad är ditt meddelande till mig? Vad har Marish att säga till oss?"

Faras gjorde stora ögon och stirrade klentroget på dem fem yngre männen. De kröp ihop en aning vid hans blick och undvek att titta på honom.

"Han väntar på dig i de dödas stad", svarade den blonde soldaten. "Han säger att Asharak gömmer sig i den och att nu när djävulen Baserak är död så kommer han att samla sina trupper där."

"De dödas stad?" sa Diriska undrande. "Vad menar han med det?"

"Hans order var att jag... vi som fick detta meddelande måste överleva tillräckligt länge för att kunna ge dig detta", skyndade sig mannen att säga. "Han struntade i om resten av soldaterna skulle dö, bara... vi överlevde. Jag tror rent av att han hoppades att resten av oss skulle dö."

Drashin grymtade och vände sig mot Faras som stirrade ilsket på de fem yngre männen.

"Där hör du, Faras", sa Drashin lugnt. "Marish vill att du ska dö. Han har inga planer att erövra någon värld tillsammans med dig. I samma stund som du anslöt dig till honom igen skrev du under din egen dödsdom."

Faras fräste ilsket mot honom och rykte i sina fjättrade armar. Drashin bara såg på honom utan att röra en min. Sedan vände han honom ryggen. Han beordrade att de yngre skulle föras bort till de andra fångarna. Han lade en lätt hand på Miras axel och stannade till. Han såg sig över axeln på den gråhårige mannen.

"Marish finns i Dran'Kar, Faras Timan", sa generalen. "Han har lett oss till Asharaks gömställe. Mira, han är din."

"Marish kommer att döda er alla!" vrålade Faras rasande. "Han kommer att sitta på världens tron när detta är över! Med endast Asharak ovanför sig!"

Drashin ignorerade honom och gick därifrån tillsammans med Famala. Diriska tecknade åt Liana att följa med henne. Resten av krigarna runt

Mira och Faras gick tysta därifrån. Samare lade sig till rätta bakom ryggen på den gamle mannen. Mannen stirrade ilsket på Mira, som bara tyst betraktade honom.

"Häxa...", började han men Mira avbröt honom.

"Så vi möts till slut", sa hon med kall röst. "Far."

Liana stannade förbluffat till, men Diriska tog hennes arm och drog med sig henne bort från de två. Var Faras Timan Miras far? Liana såg sig över axeln på de två. Mira talade till honom och han stirrade klentroget på henne. Diriska drog med henne en bit till och stannade inte förrän de kom ikapp Drashin och Famala.

Generalen och drottningen hade vänt sig om och iakttog helerskan som stod framför den äldre mannen. Liana vände sig om och såg på de två och dvärgdraken som bara låg ett steg bakom mannen på knä. Faras verkade säga något och det rykte i hans bundna armar.

Mira lyfte sitt spjut och grep det med båda händerna. Hon riktade dess klinga mot Faras bröst och stod helt orölig. Hon sa något till mannen framför henne som skrattade åt henne och spottade på marken framför hennes fötter. Liana rykte till när Mira drev spjutet djupt in i mannens bröst. Drakrytterskan drog ut spjutet ur hans bröst och snurrade runt med det och högg huvudet av honom.

Liana hörde Diriskas flämtning när draken bevittnade scenen framför henne. Famala flämtade också till och lyfte en hand till munnen. Drashin tog ett djupt andetag.

"Så var mannen som dödade Miras mor död", sa generalen och vände dem ryggen.

Liana såg hur den huvudlösa kroppen sakta föll åt sidan. Samare reste sig upp och gick fram till den. Han såg ner på den och blåste sedan sin heta eld över den och brände den till aska. Mira tvingade sig att se på medan draken brände liket efter hennes far.

Narika och Lanar gick fram mot helerskan. Drakhonan satte sig ner jämte henne, med benen rakt fram, tog tag i henne och drog henne till sig i en omfamning. Fler drakar kom gåendes mot dem. Liana såg att det var långt ifrån alla som gick fram till Mira. Hon misstänkte att det bara var de drakar som tillhörde Samares familj som gick dit. Resten vände mot skvadronen som stod samlad utanför Garaturs murar.

"Hasram", ropade Drashin. "Du kan kalla hit gruppen med flyktingar nu."

Hasram ropade åt en hornblåsare och denne blåste en djup, lång ton. Strax kom byggmästare Gerak och hans två hundra krigare ut ur skogen tillsammans med de flyktingar som följt med från Kalat.

Liana såg hur flickan Aneni nästan sprang bort mot Mira och drakarna. Flickan tvekade bara kort när två drakar lyfte sina huvuden mot henne innan hon skyndade förbi dem och fram till helerskan som fortfarande omfamnades av Narika.

"Har du flyktingar med dig?" sa Famala och tittade mot folkmassan som kom mot dem.

"Kalat ligger i ruiner", sa Drashin kort. "De som ville stannade kvar i Fakari och begav sig till någon by i närheten av staden. Med oss kommer kanske tusen personer, civila och soldater som bestämt sig för att slåss tillsammans med oss mot Asharak."

Liana fick syn på den gamla damen Dinai och hennes barnbarn, Hinai, i gruppen av människor. De gick lite vid sidan av resten av gruppen. När det hade uppdagats att de två var från Narkia hade en del försökt att ge sig på dem. Det spelade ingen roll att det var en gammal kvinna och ett barn. Det enda folket från Fakari såg var narkianer som hade skövlat deras land för bara två år sedan.

Drashin hade sett till att det hela tiden fanns krigare, antingen klipptroll eller drakriddare, runt de två för att skydda dem. Liana visste inte vad hon själv kände inför de två. Det hade varit soldater från Narkia som mördat hela hennes familj, men det hade varit på order från Asharak som de hade börjat marschera norrut från början.

De fakariska flyktingarna kastade hela tiden långa blickar mot de två där de gick. Dinai kände deras blickar och kurade ihop axlarna inför dem. Hinai verkade ovetandes över de andras hat mot henne. Gerak såg till att hans krigare hela tiden höll sig ett steg närmare flickan och gumman än resten av människorna.

"Nå", sa Famala med en suck. "Vi kan se till att de får husrum inne i staden. Bakom murarna är de säkra. Dessutom verkar Asharak föra sina demoner österut. Kanske för han dem mot Dran'Kar, som du säger."

Drashin nickade medan han såg på människorna som kom mot dem. Liana tyckte att han verkade fokusera mer på Dinai och hennes sondotter än resten av människorna.

"Det finns två från Narkia bland dem", sa han lågt. Drottningen höjde på ena ögonbrynet. "Det är nog säkrast om du ser till att dem huseras någonstans där fakarierna inte finner dem."

Famala följde hans blick och nickade sakta när hon såg den äldre damen och flickan. Hon gav Drashin en sista blick innan hon började ge order till soldaterna att ta hand om flyktingarna och att stadens portar skulle öppnas. Hon gick personligen mot Dinai och Hinai för att prata med dem. Kvinnan höll flickan närmare sig när drottningen gick mot dem.

Liana vände sig mot Drashin och undrade vad han nu skulle göra. Han såg fundersamt mot människorna som gick mot staden. Sedan vände han sig mot Hasram och Diriska. Men innan han hann säga något dök en skiva av ljus upp och Ma'sharos'tian steg ut ur den.

Liana såg att han fortfarande hade samma skepnad som den han haft i Kalat. Huvud och axlar högre än klipptrollen, svarta säckiga byxor och bar överkropp. Helt täckt av vit päls och svarta ränder och fläckar. De röda ögonen sken av upphetsning när han vände blicken mot Diriska. Han trummade med pälsklädda fingrar mot den ena av hans långa tänder.

De moskiska soldaterna ropade överraskat och skrämda när de fick se honom. Drottning Famala grep genast sitt svärd och stirrade på honom med stora ögon. Hasram och de övriga klanhövdingarna höjde sina händer för att lugna ner de skrämda soldaterna.

"Diriska", sa Ma'sharos'tian upprymt och log stort. "Där är du ju."

"Mäster Sharos", sa Diriska och bugade mot honom. "Vad kan jag göra för er, om jag får fråga?"

Tianen steg fram mot henne och lade sina stora händer på hennes axlar. Liana såg nu att han inte hade sin hammare med sig.

"Det är inte jag som behöver dig", sa han. "Det är de tre bröderna som behöver dig."

"Men mäster Soras sa att han inte visste hur deras sinnen skulle kunna helas", sa Diriska osäkert.

"Jag har talat med Soras och han tror att min lösning kan vara den rätta. Tillsammans kan vi tre hela dem."

Liana såg förundrat på den väldiga varelsen som tornade upp sig framför Diriska. Drashin gick fram till dem och såg frågande på honom.

"Vad behöver jag göra?" viskade Diriska.

"I mina grottor finns en damm", sa Ma'sharos'tian. "I den ligger de tre tillsammans med Isashais kropp."

Diriska förde händerna till munnen och stirrade på honom. "Moder Isashai?"

”Det är dit jag tagit dem varje gång jag renat deras sinnen. Senast jag gjorde det var det tillsammans med Soras. Men den här gången räcker det inte med bara oss två. Vi behöver dig. Med dig kan vi hela dem. Inte bara hålla vansinnet tillbaka och ge dem några extra århundranden. Utan vi kan hela dem för evigt.”

Drashin lade en hand på Diriskas axel. Hon vred på huvudet och såg på honom.

”Vi kan behöva dem i striderna vid Dran'Kar”, sa han lugnt. ”Speciellt om Asharak har tagit dit alla sina demoner.”

”Dran'Kar?” sa Ma'sharos'tian och släppte Diriska. ”Är det där han gömmer sig? Bland Spökrikets häxor?” När Drashin nickade gned han sin tand igen. ”Jag ser till att sprida budskapet vidare. General Drashin, Krigshövding Hasram, Drottning Famala av Mosker. Bege er mot Dran'Kar. Jag ser till att Asama och drakriddarna, Amdoria, Soma, Amarji, Daranda och Magrash börjar marschera. Men jag måste ta Diriska med mig, Drashin.”

Drashin nickade kort. Han gav Diriska ett kort leende innan han såg upp på tianen.

”De tre drakarna från Draktand skulle göra en stor skillnad i striden”, sa han allvarligt. ”Vi ska göra vad vi kan för att erövra staden från Asharak. Vi ska uppehålla demonerna där så länge ni behöver för att hela de tre.”

Ma'sharos'tian nickade med en grymtning och vände mot ljusskivan igen. Diriska tvekade en aning innan hon följde efter honom in i ljuset och försvann. Mira kom fram till Drashin när själva porten försvann. Aneni höll henne hårt i handen. Hiram kom marscherande med sitt spjut över axeln och en allvarlig min.

”Är det så vist att skicka iväg henne sådär?” sa ängel hetsigt. ”Vi kan behöva henne.”

”Om det är för att hela de tre drakarnas sinne”, sa Mira sakta, ”så har vi kanske inget val. Som Drashin sa: Asmaji, Lindramas och Sultan kan bli direkt avgörande i striderna runt Dran'Kar.”

Hiram fnös irriterat och korsade armarna under brösten. Liana misstänkte att hon inte tyckte om att Diriska försvunnit. Vid alla gudar, Liana avskydde det!

”Det som Ma'sharos'tian avslöjade om dem vid Kalat kan mycket väl förklara flera års uppföranden”, sa Drashin. ”Kanske till och med århundradens uppförande. Diriska är deras sista hopp om att bli kvitt det vansinne som finns i deras sinnen. Dessutom så behöver vi dem. Vare sig vi tycker om det eller inte."

Mira nickade tyst och såg mot Hiram. Ängeln muttrade något och nickade motvilligt. Liana såg mot platsen som porten funnits på. Hon hoppades att Diriska snart skulle komma tillbaka till dem.

17

Diriska blinkade för att bli av med ljusfläckarna som dansade i hennes synfält. Hon såg sig omkring, men det var helt mörkt. Hon undrade vart Ma'sharos'tian hade fört henne. Hon misstänkte att de befann sig i hans grottor någonstans under staden Terabelle.

Hon hörde honom mumla där han gick framför henne. Hon kunde inte se honom utan följde blint efter ljudet av hans röst. Hon höll ut handen och kände den skrovliga ytan av bergväggen.

"Mäster Sharos?" sa Diriska lågt.

"Det är ingen fara", sa tianen framför henne. "Han väntar på oss här framme."

Han? Diriska undrade om han menade mäster Soras. De fortsatte att gå och snart kom de in i en stor grotta. Diriska fick helt enkelt känslan av att gången utvidgades. Hon hörde en raspig hostning längre fram och ryggade osäkert undan. Två skinande gröna ögon riktades mot henne.

"Varför tvingar du henne gå i mörkret, broder Sharos?" hörde hon mäster Soras röst från mörkret.

"Mörkt?" sa Sharos förvirrat och hans röda ögon vändes mot Diriska. "Åh, jag tänkte inte på att hennes sort inte ser så bra i mörkret."

Genast tändes flera facklor som hängde runt om i grottan. Det plötsliga ljuset fick Diriska att höja armen för att skydda ögonen. När hon vant sig vid ljuset såg hon mäster Soras sitta med korsade ben mitt i den tomma grottan. Hans intryckta mule var full av ärr och hans engång raka vita tänder stack ut från överläppen och var nu vassa och gula. De två stora hornen ramade in hans sargade ansikte och det syntes tydligt var moder Isashai hade vridit dem till sin nuvarande plats.

"Mäster Soras", sa Diriska och bugade för honom. Hon bar fortfarande en människas skepnad.

Soras grymtade bara till svar och reste sig smidigt upp. Han vände mot en öppning i väggen till vänster om henne och Sharos. Den pälsklädde tianen nickade mot henne och gick före henne efter Soras. Det var ännu en gång som ledde längre in i berggrunden. Den här gången var svagt belyst av facklor som hängde längs med väggen. Siluetten av Soras som gick en bit före syntes i ljusskenet.

Diriska följde tyst efter de två tianerna genom gången. Hon hade en känsla av att den sluttade lätt neråt. Medan de gick undrade hon vart Drashin och Liana var på väg nu. Skulle generalen marschera rakt mot Dran'Kar eller skulle han söka sig till Asama? Skulle han kanske söka sig till någon annan stor armé? Hon hoppades att de skulle vara vid liv när hon lämnade Ma'sharos'tians grottor.

De hade kanske gått i en timma när gången öppnades i en stor grotta. När Diriska klev in i den såg hon genast hur en kant som räckte henne till midjan fanns bara några steg in. Soras hade satt en av sina stora fötter mot en stor sten och lutade sig framåt med underarmarna vilandes mot knät. Sharos ställde sig och tittade över kanten med armarna korsade över bröstet.

Diriska såg osäkert på de två innan hon ställde sig mellan dem. Hon flämtade till när hon tittade över kanten. Det var en enorm bassäng. Den var så stor att hon hade fått plats fem eller sex gånger i den om hon hade haft sin riktiga skepnad. Hon såg ner i vattnet och fick se en stor drake med rött skin liggandes på bottnen av bassängen.

"Asmaji", sa Sharos lågt och pekade mot draken. "Där borta ligger Sultan."

Diriska såg var han pekade och fick syn på den bruna draken. Bara aningen mindre än den röda. Soras sträckte sin kraftiga arm framför henne och pekade strax jämte den bruna draken. Där låg en lång ormliknande varelse ihop ringlad, med ett stort varghuvud och gyllene lejonman vilandes på den stora kroppen. Istället för skin var den klädd i gyllengul päls.

"Lindramas", viskade hon. "Hur kan de sova under vattnet?"

"Jag har lagt en förtrollning så de fortfarande kan andas", sa Sharos tyst. "Så länge de ligger lugnt och stilla kommer de kunna sova i flera hundra år."

Diriska såg på de tre drakarna som vilade på bottnen av bassängen. Hon lyfte blicken och spärrade upp ögonen. Nästan mitt i bassängen låg en väldig varelse som liknade en ödla. Den hade blått skin och var klädd i en väldigt enkel klänning, så enkel gjord att Diriska misstänkte att det egentligen bara var ett tyg som hängde över dess axlar. Varelsen vilade på rygg med armarna korsade över bröstet.

"Moder Isashai", viskade hon och sträckte ut en hand mot varelsen. "Det är verkligen moder Isashai."

"Här har hon legat i snart tvåhundra nittiotusen år", sa Sharos sorgset. "När Soras kom bärandes på hennes kropp genom snön."

"Hon kunde inte vila där nere längre", sa Soras lika sorgset. "Det fanns fortfarande galna drakar där nere och jag var tvungen att flytta på henne så att de inte skulle skända hennes kropp."

Diriska drog handen åt sig igen och tog ett djupt andetag.

"Vad vill ni att jag ska göra?" undrade hon.

"Först skall du förvandla dig tillbaka till din verkliga skepnad", sa Soras och vände sig mot henne. "Du måste gå ner i vattnet som drake."

Hon nickade bara och slöt sina ögon. På ett ögonblick hade hon förvandlat sig tillbaka till drake och när hon öppnade ögonen var det hon som såg ner på Sharos och Soras och inte tvärt om. Soras skrattade lågt när han såg på henne.

"Det är verkligen du", sa han och klappade henne vänligt på halsen.

"Tvivlade du på mitt ord, broder Soras", sa Sharos muntert.

"Jag har lärt mig att vara försiktig med åren", muttrade den andre och vände sig åter mot vattnet. "Stig ner i vattnet, Diriska, dotter av Isashai."

Diriska lyfte försiktigt på ena frambenet och rörde vid vattnet. Hon rös till av kylan, men tvingade sig att ta det ena steget efter andra ut i vattnet. När hon kommit ut en bit nådde det henne till magen. Hon vände sig om och såg mot de två tianerna som stod på andra sidan kanten.

"Lägg dig ner i vattnet", sa Sharos och log vänligt mot henne. "Det är dags att rätta till det som vi gjorde fel för så länge sedan."

Diriska tog ett djupt andetag och gled ner under vattenytan. Hon kallade på sin magi och såg till att hon kunde andas under vattnet. Hon såg på de tre drakarna, en i taget. Sedan vände hon sig mot moder Isashais kropp. Hon sträckte ut sin kloförsedda hand och rörde lätt vid den döda tianens arm.

"Moder Isashai", viskade hon och slöt ögonen.

När hon öppnade ögonen såg hon sig förvirrat om. Hon stod på en väldig slätt i den tidiga kvällssolen. Hade hon inte varit i en stor vattenfylld bassäng nere i en grotta alldeles nyss?

Långsamt gick hon ett varv och såg sig omkring. Slätten var öde. Endast hon själv stod här. Hon såg upp mot himlen och såg undrande på de små molnen som långsamt gled över den.

"Vem är du?"

Hon ryckte till och snodde runt vid ljudet av rösten. Där stod en väldig, ödla på bakbenen. Den hade blått skin och betraktade henne med skinande gula ögon. Den enkla klänningen svajade lätt i brisen. Varelsen lade huvudet på sned medan den undrande såg på henne.

"Moder Isashai?" viskade Diriska.

"Det är vad drakarna kallar mig", svarade varelsen. "Men frågan jag ställde var: vem är du?"

"Det är jag, moder Isashai!" utbrast Diriska. "Diriska!"

"Diriska?"

Isashai såg oförstående på henne.

"Kommer du inte ihåg mig? Du kallade mig 'lilla gudinnan'."

"En drake som bär namnet Diriska. Som jag skulle ha kallat 'lilla gudinnan'?"

Tianen skrattade till och skakade på huvudet. Hon muttrade för sig själv på ett urgammalt språk, äldre än drakarnas. Diriska tog ett steg närmare henne. Isashai lyfte genast in hand mot henne och spände ögonen i henne.

"Varför är du här?" frågade tianen barskt. "Vad är ditt ärende?"

Diriska stelnade till. Ärende? Varför var hon där? Hon rynkade pannan och funderade. Försökte minnas vad hon skulle göra.

"För att…", hon ruskade på huvudet. "För att hela de tre bröderna. För att hela deras vansinne."

Isashai log snett mot henne och de gula ögonen glimmade till. "Hela dem?" sa hon och skrockade. "Kan du verkligen hela dem?"

"Mäster Sharos och mäster Soras tror det", sa Diriska sammanbitet. "De säger att mitt rena sinne kan hela deras dunkla."

Tianens leende blev större och de gula ögonen började nästan skina. Vassa tänder syntes från hennes mun. Diriska svalde hårt.

"Ett rent sinne", väste Isashai. "Ja… Det kan kanske gå. Men först måste du känna deras smärta. Min smärta! Känn alla drakars smärta och se om du kan överleva det!"

Det högg till i Diriskas huvud. Hon grep tag i det med båda händerna och vrålade av smärta. Hon hörde hur Isashai skrattade vansinnigt åt henne. Smärtan gjorde så att det svartnade för hennes ögon.

Hon hörde röster runt omkring henne. Vissa skrek efter hjälp, andra skrattade och några bara vrålade ordlöst. Bilder blixtrade till i hennes huvud. Hon såg drakar som dödade varandra. Drakar som flydde för sina liv. Hon såg Isashai som i sitt vansinne dödade allt som fanns i hennes omgivning.

Diriska vrålade ännu högre när smärtan grep hårdare om hennes huvud. Hon såg hur tre drakar, en med rött skin, en med brunt och en ormliknande drake, flydde tillsammans med hundratals av dvärgdrakar. Efter dem jagade tusentals av galna drakar. Drakar som vrålade efter deras blod.

Smärtan försvann och Diriska föll till marken. Flämtandes stirrade hon mot den stora bergskedjan framför henne. Det var här som de tre gömde sig tillsammans med de små. Det var kallt och snön föll till marken.

Hon skulle just resa sig upp när smärtan kom tillbaka i hennes huvud. Oändligt mycket starkare nu. Hon vrålade högt och kastade sig fram och tillbaka. Träd välte när hon flög in i dem och stora stenar krossades av hennes vikt.

Hon kröp ihop till en boll och bet hårt ihop hennes käkar, bet så hårt att hon kände blodsmak. Smärtan högg i henne, nästan som om någon slog stora spikar in i hennes hjärna. Hon kunde höra Isashais galna, kacklande skratt. Diriska skrek ännu högre och hon kunde känna hur vansinnet började söka sig till henne. Skulle hon dö här? Skulle hon bli lika galen som de drakar som dog för så länge sedan?

"Du skulle kunna få vara med mig och min familj."

Diriska spärrade upp ögonen och smärtan försvann. "Sarek?"

Isashais skratt tystnade. Diriska såg sig omkring, men hon kunde inte se ägaren till rösten någonstans. Hon kände hur tårarna började rinna ner för hennes kinder.

"Sarek", viskade hon och kröp ihop ännu mer. "Sarek."

"Du är inte ensam."

Hon slog upp ögonen igen. Sakta rätade hon ut sig och tog sig upp på alla fyra igen. Hon blinkade bort tårarna och såg sig omkring. Det var någon annans röst. Hon rynkade pannan. Det var hans röst.

"Drashin."

"Du är inte ensam", hördes Drashins röst. "Vi finns hos dig. Jag, Liana, Mira, Samare. Så även Hiram, Krashak och resten av skvadronen."

Diriska ställde sig upp på bakbenen och såg upp mot berget som nu reste sig ensamt framför henne. Hon var inte ensam. De var hos henne. Även nu när de befann sig någon annanstans. Hon tog ett djupt andetag.

"Ni är inte ensamma!" vrålade hon mot berget. "Hör mig drakbröder! Ni är inte ensamma!"

Hon hann bara känna närvaron av något bakom henne innan smärtan kom tillbaka inom hennes huvud. Hon vrålade, men vägrade låta sig slås ner till marken.

"Ni är inte ensamma!" skrek hon.

"Kan du verkligen få dem att komma till sans, dotter", sa Isashai tyst bakom henne.

"Drakbröder, Ni är inte ensamma! Minns Mira! Minns alla människor ni mött! De är med er! Jag är med er!"

Något vrålade tillbaka från berget. Hon kunde knappt urskilja tre röster som vrålade ner mot henne. Om och om vrålade hon mot berget. De var inte ensamma! Hon fanns där för dem!

Ett kort skratt hördes bakom hennes rygg. Inte det galna kacklande som hon hört innan, utan ett klingande skratt. Det lät underbart i hennes öron. Smärtan ökade i hennes huvud och hon tvingades ner på alla fyra igen. Hon sjönk ner mot marken och det svartnade för hennes ögon.

"Kan du få deras galenskap att försvinna, Skyarnas drottning?" viskade Isashai i hennes öra.

Smärtan i Diriskas huvud pulserade och hon vrålade ut sin smärta mot det ensamma berget.

Ma'sharos'tian blickade ut över vattnet. Diriskas hand vilade fortfarande mot Isashais arm. Det hade gått nästan fyra dagar sedan draken gått ner i vattnet nu. Ännu hade inget nytt hänt där nere.

Soras satt med ryggen mot bassängkanten med slutna ögon. De turades om att vaka över Diriska och drakbröderna. Ma'sharos'tian knackade lätt med fingrarna mot stenkanten. Kunde Diriska verkligen vara nyckeln till att hela de tre? Hur kunde hennes sinne fortfarande vara rent när alla andra drakarna drabbades?

"Broder Sharos", sa Soras plötsligt.

"Hm."

"Hur ser du på dig själv?"

Sharos blinkade och såg ner på honom. "Vad menar du?"

Soras rörde lätt vid sin krossade mule och de sneda tänderna. Isashai hade troligen lyckats döda Soras om inte Sharos hunnit till hans undsättning den dagen.

"Ser du dig som Sharos, klanen Mas nästa ledare?", sa han lågt. "Eller som Sharos, en av de tre tianerna? Eller är du Ma'sharos'tian, den som människorna söker råd hos?"

"Klanen Ma är borta sedan länge", sa Sharos och suckade. "Precis som de andra klanerna."

"Likväl bär vi fortfarande våra klansnamn med oss."

Sharos nickade tyst. Han hade varit sin klans näste ledare. Men deras krig mot de mörka gudarna för så länge sedan hade nästan raderat tianernas antal. Flera klaner hade försvunnit redan under kriget. De som var kvar hade slagit sig samman till en enda stor klan, med ett råd som ledde den. Sedan hade de sakta men säkert minskat i antal. Om inte Soras funnit ett sätt att ge dem evigt liv hade säkerligen de två och Isashai dött långt innan drakarna skapades.

"Så", sa Soras och såg upp på honom. "Hur ser du på dig själv?"

"Jag är Sharos", svarade han sakta och flinade sedan ner mot Soras. "Den äldsta av de tre tianerna."

Soras skrattade kort och reste sig upp. Han vände sig mot bassängen, lade underarmarna mot kanten och lutade sig fram. Hans gröna ögon sken svagt i mörkret. De hade släckt ner alla facklor efter att Diriska gått ner i vattnet. De två tianerna behövde dem inte för att se.

"Du då", sa Sharos och gned sin ena tand. "Är du Soras, klanen Las störste krigare? Soras, en av de tre tianerna? Eller är du Lasoras, den galne?"

Soras leende bleknade och han såg bistert ner i vattnet. Hans blick gled mellan de tre drakbröderna som låg närmast dem.

"Är det hundrasextio tusen år sedan de tre tappade alla minnen om mig?" undrade han dystert.

"Jag tror det."

"Jag har varit Lasoras i snart fyrtiotusen år. Ända sedan jag skapade Shayola och resten av djävlarna. Men innerst inne... Hur mycket jag än försökt att kasta bort namnet och vad jag är... Diriska såg nästan genast vem jag var. För henne är jag fortfarande densamme." Han lyfte blicken och såg upp mot grottans tak. "Jag lyckades inte så bra med dem, djävlarna. Du gjorde det bättre med änglarna."

"Enda skillnaden mellan mina änglar och dina djävlar", sa Sharos med en grymtning, "är att änglarna knappt bryr sig om människornas värld. De håller sig för sig själva. De var två misslyckanden skulle jag påstå. Men dina Kisnact Lach var lyckosamma, även om de har sina små brister."

"Vi har alla små brister", sa Soras lugnt. "Kanske var det för att vi försökte göra våra första skapelser perfekta, som det blev fel. Det finns inget som kan vara perfekt, det är alltid något litet som kan ställa till det."

Sharos nickade sakta och vände blicken mot dammen som låg helt stilla. Tystnaden stördes endast av det låga klickandet av Soras naglar som trummade mot dammens stenkant.

"Kanske skulle jag lämna Labyrintens mörker", sa Soras efter en stund. "Kanske är världen redo för mig att stiga ut i ljuset och vandra bland de mänskliga raserna. Så som jag en gång gjorde tillsammans med drakarna."

"Tänker du kasta undan namnet Lasoras?"

"Jag är Soras, den starkaste av de tre tianerna. Jag är säker på att Diriska och de tre drakbröderna kommer få världen att förstå vem jag verkligen är."

Sharos lade en hand på hans axel. "Även jag, broder Soras, kommer att få världen att erkänna dig."

Soras skrattade kort och stoppade in ett tjock finger i ena näsborren. Sharos grymtade ogillande, vände sig om och satte sig med ryggen mot bassängkanten. Soras skrockade.

"Jag är ful", sa den andra tianen. "Så det gör inget."

"Bara för att du är ful", sa Sharos och slöt ögonen, "så behöver du inte vara motbjudande."

Soras skrattade hjärtligt och Sharos kunde inte låta bli att le. Hur länge sedan var det sedan han skrattat på det viset? Ett glatt och hjärtligt skratt istället för ett mörkt hotfullt skratt. Eller skrattat överhuvudtaget när det inte gällde att döda demoner?

Soras slutade skratta. Han grymtade fundersamt till och Sharos öppnade ögonen och såg upp mot honom. Han stod lutad över vattnet och hans gröna ögon glittrade förbluffat. Ma'sharos'tian tog sig upp på fötter och vände sig mot dammen och spärrade upp sina ögon.

"Broder Sharos", sa Soras sakta utan att ta blicken från vattnet.

"Broder Soras."

"Syster Isashai är död eller hur?"

"Jag dödade henne själv."

"Hon var fortfarande död när jag kom hit med hennes kropp?"

"Det var hon."

De två vred på huvudena och såg förundrat på varandra. Sedan såg de ut över vattnet igen. De tre drakbröderna låg fortfarande och sov stilla. Diriska låg fortfarande med ena handen utsträckt och rörde vid Isashais arm. Den stora ödleliknande tianen låg fortfarande på rygg med armarna korsade över bröstet. Dess ögon var öppna och två gula ögon stirrade upp mot de två tianerna vid bassängens kant.

"Hur kan hon då titta på oss?" sa Soras med låg röst.

Innan Sharos hann svara exploderade vattenytan. Vatten regnade ner över de två häpna tianerna. En väldig kraft slog till Ma'sharos'tian i bröstet och han slungades bakåt. Soras reagerade blixtsnabbt och kastade sig bakom honom. Hans väldige broder grep tag i honom och höll tillbaka honom. Tack vare Soras väldiga styrka slog Ma'sharos'tian aldrig i väggen bakom dem. Ett tjut som skar i hans öron ekade i grottan.

"Det har börjat, broder Sharos" röt Soras för att överrösta oväsendet. "Kom vi måste bistå Diriska våra krafter!"

Sharos grymtade och gned sig över bröstet där det osynliga slaget träffat honom. Han skyndade fram till bassängkanten igen tillsammans med Soras och såg ner i vattnet. Han bet oroligt ihop käkarna när han fick se hur de fyra drakarna i vattnet våldsamt vände och vred på sig.

"Oh, andar av träd och gräs", mässade Soras bredvid honom med utsträckta armar, "hör min bedjan till eder. Tillåt mig bruka edra krafter för stärka ett skadat sinne."

"Oh, andar av berg och hav", mässade Sharos och lyfte sina händer, "hör min bedjan till eder. Tillåt mig bruka edra krafter för att skydda ett skadat sinne."

"Oh andar av himmel och jord" sa de två i kör, "hör vår bedjan till eder. Tillåt oss bruka edra krafter. Tillåt oss att hela det som en gång söndrades. Tillåt oss att hela ett skadat sinne och bringa ett förlorat barn åter till oss."

De två tianerna mässade vidare ut över vattnet som började sjuda, nästan som om det kokade. Tjutet i grottan ökade i styrka och överröstade deras röster. Mer vatten kastades upp i luften och regnade ner över dem, men orubbliga stod de kvar, med utsträckta armar och mässade vidare. Om och om igen bad de till de uråldriga andarna att få bruka deras krafter.

18

Diriska föll flämtandes till marken. Tjuten från det ensamma berget ekade genom skogen. Då och då for en eldpelare upp mot himlen. Marken hade slutat skaka, men hennes ben darrade så mycket att hon ändå inte kunde stå upp. Smärtan i huvudet hade försvunnit, ett svagt eko var det enda som fanns kvar av den.

Hon lyfte mödosamt upp huvudet och såg sig om. Ingenstans kunde hon se Isashai. När hade den galna tianen försvunnit? Hon hade hela tiden viskat i Diriskas öra.

Diriska kämpade sig upp på alla fyra igen och stod på vingliga ben. Hur länge hade hon kastat sig fram och tillbaka i smärtor? Timmar? Dagar? Hon såg sig om på ödeläggelsen. Träd låg välta och knäckta överallt. Stenblock som tidigare varit enormt stora var krossade till småsten.

Tjuten från berget tystnade och en sista eldpelare for till himlen. Diriska vände blicken mot berget igen. På ostadiga ben började hon vandra mot det. De tre bröderna väntade på henne, det var hon säker på. De måste hört henne ropa efter dem.

När hon gick genom skogen mot berget kunde hon inte låta bli att undra var alla andra djuren var. Nog borde det finnas djur här, även om de flesta sprungit iväg i panik när hon kastat sig omkring. Men inget liv syntes någonstans. Inte ett ljud hördes efter att tjuten från berget tystnat.

I ögonvrån skymtade hon en blå figur, men när hon vred på huvudet försvann den. Hon rös till. Isashai fanns fortfarande någonstans runt henne. Iakttog varje steg hon tog och kunde när som helst angripa henne igen.

Diriska försökte öka på sina steg, men snubblade och föll tungt till marken. Hon tog sig upp igen med ett stön och fortsatte i samma långsamma tempo. Hennes ben var inte tillräckligt stadiga ännu för att kunna springa.

Snart började marken slutta lätt uppåt och snart gick det brantare och brantare. Diriska stannade alldeles vid kanten av träden och såg upp mot berget som nu reste sig framför henne. Det var enormt. Toppen var täckt av snö. Det fanns fyra stora grottor i berget, inte långt från varandra, drygt halvvägs upp till toppen. Fyra? Diriska förstod inte varför det fanns fyra grottor. Det var ju bara tre drakar som fanns där.

Diriska såg sig om, men det fanns ingen väg uppför berget. Hon grymtade och började mödosamt klättra. Hon fixerade den största grott öppningen med blicken. De tre måste finnas där inne.

Återigen skymtade Isashais gestalt i ögonvrån. Men den här gången ignorerade Diriska henne. Hon måste nå grottorna. Tianens skrockande nådde henne och hon försökte stänga ute ljudet.

När Diriska var halvvägs uppe exploderade plötsligt bergväggen strax bredvid henne. Hon vred bort huvudet för att inte få sten i ögonen och tryckte sig närmare mot väggen. Ännu en gång exploderade berget, denna gång på hennes andra sida. Hon slöt ögonen och försökte borra in sina klor i berget.

Isashais vansinniga skratt nådde henne och ännu en explosion under henne hördes. Försökte tianen döda henne? Hade hennes vansinne gått så långt?

Med en morrning drog Diriska sig upp. Flera explosioner hördes runt henne och sten regnade över henne. Men aldrig tillräckligt när för att kunna få henne att tappa sitt grepp. Inga stenar som var stora nog att slå ner henne kom i närheten av henne. Varför gjorde Isashai detta? Var det ett test?

Efter kanske en timmas klättrande under ständiga explosioner och stenregn kunde Diriska kravla sig upp på klipphällen. Flämtandes föll hon ner i en hög. Genast upphörde alla explosioner. När Diriska hämtat andan såg hon ner för berget. Hon kände ingen förvåning över att se berget helt och att inga stenblock låg nedanför. När hon lyfte blicken för att titta efter platsen där hon rivit ner att träden såg hon endast skog.

Diriska reste sig upp och borstade bort dammet från den blå kjolen. Hennes händer stannade upp och hon stirrade förbluffat på dem. När förvandlade hon sig till människa. Hon såg ner på klänningen hon bar. Den hade blå kjol och en röd topp. Över det högra bröstet hade hon en underlig symbol i form av två horn och en sten i gult. Runt midjan hade hon ett gult skärp knutet och dess långa ändar hängde nerför hennes högra sida. Hornen och stenen fanns på ändarna i blått.

Diriska rörde lätt vid märket på bröstet och ett stort lugn kom över henne. Hon kunde inte riktigt förstå varför, men detta märke var viktigt för henne. Hon slöt ögonen och tog ett djupt andetag.

Ett dovt morrande kom från den stora grott öppningen framför henne och hon öppnade ögonen igen. Minst en av drakarna fanns där inne. Hon tog ett steg mot öppningen och ännu en morrning hördes. Diriska log. Två. Ännu ett steg och en tredje morrning sällade sig till de andra. Tre. Diriska stannade och höll upp sina händer.

"Jag har kommit för att hämta hem er, bröder", sa hon vänligt.

Morrande tystnade kort för att sedan öka i styrka. Men det var en osäkerhet över ljudet. Diriska misstänkte att det inte riktigt förstod vad hon sade till dem.

"Så detta är den skepnad du använder dig av nu, barn."

Diriska snodde runt och stirrade på Isashai. Den ödleliknande tianen studerade henne med huvudet på sned och den kluvna tungan spelade i luften. Hennes händer var knäppta framför livet och de gula ögonen glimmade till i skymningsljuset.

Vid ljudet av Isashais röst tystnade morrningarna och blev till ett gnyende. Var de tre rädda för tianen? Visste de att det var hon som var källan till deras vansinne? Diriska vände sig mot grottan igen. Hon gjorde sitt bästa för att hålla Isashai borta från sitt sinne.

"Bröder", sa hon. "Frukta inte. Tillsammans kan vi rena era sinnen. Tillsammans kan vi gå tillbaka till de som älskar oss."

Isashai skrattade till bakom henne, men hon ignorerade henne.

"Mäster Sharos och mäster Soras väntar på er", fortsatte hon.

"Soras?" sa Isashai förbryllat. "Sharos?"

"I årtusenden har de arbetat för att hela er tre." Var Isashai förvånad? "Mäster Soras har letat efter ett sätt att rädda er. Under tiden har mäster Sharos vakat över er."

Isashai muttrade förvirrat för sig själv. Hela tiden kunde Diriska höra henne nämna de andra tianernas namn. Det hade blivit helt tyst från grottan nu. Diriska visste att de tre lyssnade uppmärksamt på henne.

"Sharos?" viskade en mörk röst från grottans mörker. "Soras?"

Diriska log stort. Hon hade fått kontakt med dem. Hon hörde hur Isashai flämtade till. Tianen hade inte räknat med att draken skulle lyckas att få ett svar från de tre. Kanske trodde hon att de redan var så pass galna att det inte skulle gå att rädda dem längre.

Det hördes svaga dunsar från grottan som sakta närmade sig. Först tveksamma, men sedan mer bestämda. Strax kunde Diriska se konturerna av en stor drake. Den stannade alldeles innan ljuset kunde nå den. Men skymningsljuset speglades i dess röda ögon.

"Asmaji", sa Diriska vänligt och höjde händerna mot honom.

Ännu en drake skymtades vid sidan av den första. Bruna ögon glittrade till i det svaga ljuset.

"Sultan."

Ett svagt skrapande hördes längre in i grottan. Klor som drogs över berget. Isashais muttranden dog sakta ut och Diriska kunde höra hur tianen andades tungt. Tålmodigt stod Diriska och väntade. Dem skulle komma till henne, hon fick inte gå in till dem. Om hon gjorde det skulle allt vara förgäves.

Asmaji och Sultan stod avvaktande och såg på henne. Skrapandet inifrån grottan fortsatte, fram och tillbaka. Nästan som om den som gjorde ljudet inte visste vad han skulle göra. Till slut tystande det. Strax började en tredje skepnad sakta, sakta närma sig de andra. Diriska väntade.

En tredje drake, men med varghuvud, dök i mörkret. Den var mycket lägre än de andra två. Istället för att stanna i mörkret tog den ett försiktigt steg ut i kvällssolen.

Den var täckt av gyllengul päls, bakom de spetsiga öronen hade den en stor mörkare gul man. Kroppen var lång och smal, den hade fyra korta ben. Även om benen var korta jämfört med en vanlig drake var han likväl minst dubbelt så hög som Diriska var i sin mänskliga skepnad.

Diriska lyfte blicken och log mot honom. "Lindramas."

Lindramas knorrade och stirrade ner på henne med sina gyllene ögon. De stora ögonen hade svårt att fokusera på henne och flackade hela tiden fram och tillbaka. Diriska såg mot de andra två som nu sakta klev ut i ljuset. De båda såg ut som drakar gjorde allmänt, som stora ödlor med stora läderartade vingar på ryggen. Den ena hade rött skinn och röda ögon, medan den andra hade brunt skinn och bruna ögon. Båda verkade ha svårt att fokusera henne med blicken.

Den röda draken sänkte försiktigt sitt stora huvud mot Diriska. De stora näsborrarna vidgades när han drog in hennes doft. Hon lade försiktigt handen på nosen och strök den ömt. Hon gjorde inget för att dölja sin doft, så som hon gjort i årtusenden när hon gömde sig för omvärlden. Draken blinkade till och rynkade förbryllat på pannan mot henne.

"Drake", viskade han långsamt. "Doftar drake, men vad..."

Diriska såg fundersamt på honom. Mindes han inte hur en människa såg ut? Kom han inte ihåg Mira, Asama eller Drashin? Sultan och Lindramas luktade försiktigt på henne. Misstänksamheten lyste starkt i deras ögon. De två muttrade om att dofta som en drake, men att hon såg fel ut.

Diriska försökte komma på vad hon skulle göra här näst. De mindes inte hur en människa såg ut. Kanske om hon blandade in andra dofter skulle deras minnen vakna.

Hon koncentrerade sig. Försiktigt drog hon fram den doft som de tre borde vara mest vana vid. Alla tre stelnade till när den nya doften nådde dem.

"Doften...", viskade Lindramas. "Det är..."

"Han...", viskade Asmaji.

"Ma'sharos'tian..." sa Sultan förvånat. "Mäster Sharos..."

Diriska hörde hur Isashai bakom henne grymtade förvånat och hur tianen drog djupa andetag. Diriska log och ökade styrkan av Ma'sharos'tians doft. Kanske skulle även Isashai känna igen honom. Försiktigt lade hon till doften av mäster Soras.

Åter igen stelnade de tre till och spärrade upp sina ögon. De tog ett vaksamt steg tillbaka, men de försvann inte. Lindramas var den förste att ta ett steg framåt igen. De andra två tvekade kort innan dem gjorde detsamma.

"Broder Sharos", viskade Isashai. "Broder Soras."

"Minns ni dem?" frågade Diriska vänligt.

De tre drakarna nickade sakta.

"Mäster Soras kom alltid med historier", mumlade Lindramas sakta. "Tillsammans med sina stora tjurar."

"Mäster Sharos vakade över oss när vi anlände vid islandet", sa Asmaji. "Under det kaos som pågick runt omkring."

"Mäster Soras besökte oss ibland", sa Sultan. "Men han var så annorlunda. Hans ansikte var sargat, han horn, som alltid pekat mot himlen, var vridna och pekade neråt."

"Han var så dyster när han kom. Han talade nästan aldrig med oss utan bara med mäster Sharos", fortsatte Lindramas. "Sedan... Minns jag inget mer. Han bara... försvann."

"Mäster Soras försvann aldrig", sa Diriska vänligt. "Han sökte efter ett sätt att bota er. Han sökte efter mig."

"La'soras'tian sökte efter dig", sa Isashai långsamt bakom henne. "Ja, nu mins jag. Den lilla kan hela dem. Snälla... Hitta henne... Skydda henne... Den lilla gudinnan... Hitta min lilla Diriska."

Diriska vred på huvudet och stirrade förundrat på tianen bakom henne. Tårar glittrade i de gula ögonen och hon lyfte armarna mot drakarna framför henne.

"Mina barn", viskade hon. "Vad har jag gjort mot er? Förlåt mig."

"Moder Isashai", sa Asmaji och tog ett steg framåt.

De andra två följde honom när han sakta gick mot den ödleliknande tianen. Diriska tvekade bara kort innan hon vände sig om helt. Hon sökte försiktigt efter de andra drakarnas och tianens sinnen och såg hur mörkret som täckte dem sakta försvann. Inte bli grått utan sakta bli helt vitt. Galenskapen var på väg att försvinna från dem. Hon log stort och tog ett steg framåt.

Då exploderade bergväggen och tianen och det fyra drakarna föll ner för det. Isashai förde händerna till huvudet och skrek av smärta. Detsamma gjorde de tre drakbröderna. Diriska undrade förtvivlat vad som hände, när det svartnade för hennes ögon och en blixtrande smärta högg i hennes huvud. Vrålandes av smärta föll hon ner för det ensamma berget.

Ma'sharos'tian sjönk ner på knä av utmattning. Soras stod fortfarande upp med utsträckta armar och mumlade fram orden. Sharos tvingade att hålla upp sina armar. Sex dagar hade gått sedan de börjat med formlerna. Sex dagar ständigt rabblandes och stå emot det ena osynliga slaget efter det andra. Aldrig hade de tystnat eller gett vika. Två gånger hade Soras fått sträcka ut en arm för att hålla tillbaka Sharos, när denne fått flera kraftfulla slag mot sig.

Vattnet i bassängen exploderade igen och vattnet regnade ner över dem. Sharos päls och byxor var genom våta och Soras skjorta låg som klistrad över hans väldiga överkropp. Hur många gånger hade detta skett nu? Sharos hade tappat räkningen för flera dagar sedan.

Ett nytt slag träffade honom över bröstet. Den här gången orkade han inte hålla emot och han for iväg över grottans golv. Med ett stön slog han ryggen i väggen bakom.

"Border Sharos!" ropade Soras.

"Ingen fara, Broder Soras", ropade han tillbaka för att överrösta tjutandet som ekade i grottan. "Jag blev bara överraskad."

Han kämpade sig upp på fötter igen och gick fram till den andra tianen. När han höjde händerna igen mot bassängen tystnade plötsligt tjutet. Han såg förundrat på Soras och såg fundersamt mot vattnet med sina gröna ögon. Sharos vände blicken mot vattnet. Det kokade fortfarande så det gick inte att se vad som hände där nere under vattnet.

"Deras sinnen är fortfarande där", sa Soras kort med sin raspiga röst. "Jag kan känna dem."

"Ja", sa Sharos, "men ännu har ingen förändring skett. Brödernas sinnen är fortfarande dunkla, nästan svarta. Diriskas är det enda som är rent."

Soras grymtade buttert och lade händerna mot bassängens kant. Sharos delade hans oro. Det var nu tionde dagen sedan Diriska gått ner i vattnet. När Sharos och Soras själva skött om helandet av brödernas sinne hade det högst tagit dem sex dagar. Men så hade det aldrig skett något som detta tidigare heller.

Sharos förde försiktigt ner ena handen i vattnet. Det kokade, men det var inte varmt. Han undrade vad det var för krafter som arbetade. Soras höll fram sin hand och mumlade fram en sista ramsa för att locka fram de uråldriga krafterna. Sedan lät han den sjunka. Sharos lät sina röda ögon svepa över den stora bassängen. Det enda de kunde göra nu var att vänta.

Plötsligt bröts vattenytan och Diriskas huvud kom upp ur vattnet. Hon vrålade av smärta och ursinne. Sedan försvann hon ner i vattnet igen. Sharos delade en förbluffad blick med Soras. Båda två grep tag i stenkanten och lutade sig ut över vattnet. Vattenytan bröts igen, men denna gång var det Sultans tjocka svans som lyftes mot grottans tak för att sedan falla ner i vattnet igen. Vatten regnade ner över det två tianerna som stirrade framför sig. Än en gång for Diriskas huvud upp ovanför vattnet, fortfarande vrålandes så det skar i Sharos öron. Sedan försvann hon igen.

"Vad händer?" mumlade Sharos förtvivlat. "Vi måste få ut henne ur vattnet."

"Du vet lika väl som jag att det är omöjligt", sa Soras och grep tag i hans arm. "Vi skulle döda dem alla fyra om vi försökte."

Sharos röt irriterat och slog sina knutna händer mot bassängens kant, men stannade ofrivilligt kvar på sin plats. Det var sant som Soras sa. Om någon av dem försökte dra ut drakarna ur vattnet nu skulle de högst troligt dö alla fyra. Han tyckte inte om det, men allt han kunde göra var att se på när Diriska och de tre bröderna plågades.

Så höll det på i kanske en timma. Drakarna dök upp ur vattnet då och då, vrålandes av smärta och ursinne. De två tianerna såg maktlösa på med hårt knutna händer. De hade gjort allt de kunnat för att hjälpa dem, nu var allt i deras egna händer. Till slut slutade drakarna komma upp ur det kokande vattnet och efter kanske en halvtimma lugnade sig vattnet och blev stilla igen.

Sharos lutade sig försiktigt över vattenytan. Vattenytan hade blivit helt svart. Han kunde omöjligen se vad som fanns på botten av bassängen. Soras frammanade en stor låga av vitt ljus för att lysa upp den dunkla grottan, men ljuset kunde inte tränga igenom den svarta vattnet. Sharos oroade sig inte så mycket över vattnets färg, det var oviktigt. Däremot var det en annan sak som oroade honom desto mer.

"Dem är borta", viskade Soras. "Jag kan inte hitta deras sinnen."

"Det sista jag kände var att alla blev helt svarta", sa Sharos lika lågt. "Sedan bara dem försvann."

Soras sträckte ut höger armen och slöt ögonen. "De finns fortfarande nere i vattnet", sa han. "Men jag kan inte finna deras sinnen."

Sharos nickade sakta och gned med fingrarna om hans ena tand, som han ofta gjorde när han var orolig. Han kunde också känna de fyra drakarna ner i vattnet. Men hur kunde deras sinnen bara försvinna? Han kunde fortfarande känna deras hjärtan slå, om än svagt. Vad var det som hände?

"Något händer där nere", varnade Soras och höll ut sin vänstra hand. Hans stora yxa kom farandes och landade i den. Sharos tvekade bara kort innan han kallade på sin hammare. De två tianerna gjorde sig redo att gå i strid. Hur ovilliga de än var att behöva strida, så fick inte någon varelse lämna denna grotta om inte dess sinne var rent.

Vattenytan bröts av en stor kloförsedd hand som med en hög duns landade på stenkanten av bassängen. Sharos grep hårdare om hammarens skaft när han såg på den stora röda handen. Asmaji var på väg upp ur vattnet.

Soras släckte genast lågan som svävade ovanför vattnet och grottan blev dunkel. Sharos hade inga problem av att ljuset plötsligt försvann och han visste att Soras inte bekymrades av det heller. De två kunde på ett ögonblicks varsel anpassa sina ögon till vilket ljus som helst.

Ännu en hand kom upp ur vattnet och landade bredvid den första. Sakta hävde sig draken upp ur vattnet och reste sig över tianernas huvuden. Det lilla ljus som fanns i grottan speglades i de röda ögonen som blickade ner mot Sharos och Soras.

Draken rörde sig knappt när en andra drake reste sig upp ur vattnet. Det stora varghuvudet skakade på huvudet och vatten regnade ur dess tjocka man som fanns bakom dess spetsiga öron. En tredje drake reste sig ur vattnet. Denna såg blinkande mot de två tianerna med stora bruna ögon. De tre bröderna bara stod där och såg på tianerna.

Sharos sökte efter deras sinnen. Han möttes av ett kaos av färger och han kunde inte låta bli att grymta oroligt. Vad var detta? Plötsligt försvann allt igen. Han blinkade till. Hur kunde ett sinne bara försvinna?

Vattnet bröts våldsamt när den fjärde draken kastade sig upp i luften. Diriska slog med sina stora vingar och såg ner på de två tianerna och de tre drakarna från grottans tak.

Sharos grepp om hammarens skaft hårdnade ännu mer när han mötte drakens blick, Hade de misslyckats? Hade Diriska också blivit galen? Så kom drakarnas sinnen tillbaka och han kunde inte låta bli att skratta.

"Det är gjort", sa Diriska.

<u>19</u>

Drashin tvingade dem till en hård marsch. Drakriddarna, klipptrollen och de beridna soldaterna hade inga svårigheter att hålla det hårda tempot. Men de moskiska fotsoldaterna började, efter nio dagars marscherande, bli utmattade. Famala, Moskers drottning, försökte få Drashin att slå ner på takten, men den bistre generalen vägrade lyssna.

Liana sneglade på Karan, den moskiske kaptenen, som envetet marscherade bredvid henne, Aylia och Jali. Hon kunde se Karans bruna ögon genom hjälmen galler, de var hårda och bistra. Den gröna vapenrocken med silverliljan på bröstet var smutsig och fransig. Ringbrynjan skymtades genom ett hål i den. På hans vänstra arm hängde en ovalformad stålsköld och hans högra hand vilade hela tiden på svärdshjaltet. Svärdet var lite längre än de som Liana bar på ryggen, inte långt nog för att vara ett tvåhandssvärd, även om hjaltet var långt nog för att kunna hållas med båda händerna.

En drake flög i sakta mak över Liana och hennes vänner. Narika, misstänkte Liana. Samare var på spaning tillsammans med Mira, då var det alltid Narika som höll vakt runt leden. Men alla drakarna var i luften cirkulerade vaksamt över hela ledet, vägrade att landa innan mörkret föll.

"Vi passerade gränsen till Spökriket för en dag sedan", sa Aylia lågt. Jali bet ihop käkarna hårt och såg oroligt mot träden runt dem.

Ett kort rop hördes från de främre leden. Liana undrade vad det var som hände, men ingen saktade in. Om nu någon gjorde det manades de snabbt på igen av befälen. Strax hördes ett äcklat mummel från soldaterna framför henne. När hon fick se vad de andra såg grimaserade hon och höll för munnen.

Drashin, Krashak, Hasram och Famala stod vid sidan av vägen och studerade den stor brända ytan som fanns där. Överallt låg förvridna kroppar. Stanken från de döda var fruktansvärd. Karan grymtade när han kände lukten och vände bort blicken från scenen vid sidan av vägen.

"Fullkomligt utplånade allt som var här", sa Drashin och sjönk ner på knä när Liana passerade honom.

"Vad kan ha gjort något sådant?" undrade Famala med orolig röst. "Är det detta som vi kommer att möta nu?"

"Föga troligt", sa Hasram och pekade mot något som fanns mitt i det brända området. "Min farfar berättade för mig om en by som förintades på detta sätt för drygt tvåhundra år sedan. Den låg i Fakari och var så långt söderut som Sachaserna lyckades ta sig. Slaget om byn tvingade den norrut igen."

"Den förintades?" sa Drashin och vred på huvudet.

Hasram nickade. "Enligt sägnen var det en magiker som på något sätt sprängde byn, tillsammans med sig själv och alla sachaser som fanns i den. Allt som fanns kvar där var ett stort, bränt område, precis som detta."

Famala sa något, men Liana kunde inte höra längre då hon kommit utom hörhåll. Liana funderade på den fakariska byn som hade förintats. Tvåhundra år sedan. Hon hade ett vagt minne om att man firade några hjältar som räddat undan Fakari från Sachasernas grepp. Men hon visste inte hur det hade gått till. Hon tänkte fråga Diriska när hon träffade draken igen.

Hiram kom lunkande bakåt i leden. Ängeln gäspade stort och såg oerhört uttråkad ut. Det gick ett sus bland de moskiska soldaterna som gick nära Liana. Ängeln hade sitt långa bruna hår i en invecklad fläta som hängde över ena axeln och ner mellan hennes bröst. Över den andra axeln hade hon sitt långa spjut, prytt med en svärdsklinga. Vid hennes högra sida hängde ett svärd med långt vitt hjalt, tre band hängde på hjaltet, rött, blått och gult. Hennes röda tunika var slarvigt instoppad i de blå byxorna och det gula skärpet hade de långa gula ändarna svajandes när hon gick.

Liana såg bara hastigt efter ängeln när hon passerade henne. Hiram var vacker, men hon hade ett väldigt speciellt sinne för humor. Hon brydde sig väldigt lite för hur hon såg ut, hon kunde lika gärna dyka upp naken som på klädd. Efter striden vid Kalat hade hon endast sett till att hennes kläder blivit hela igen efter att man tjatat på henne.

Oftast hade Hiram njutit av uppmärksamheten och helt öppet studerat de unga män som vandrade i leden, men nu muttrade hon enbart för sig själv där hon gick.

Liana vred på huvudet när Harinak ropade mot ängeln. Hon såg klipptrollet och byggmästare Gerak komma genom leden. Hiram stannade upp och såg bara mot dem två. När de stannade framför henne verkade hon studera dem båda utförligt från topp till tå. Hon sträckte ut en arm och kände på Geraks överarm. Byggmästarna såg frågande på henne. Slutligen nickade ängel uppskattande och klättrade upp på Geraks rygg. Den förbluffade jätten såg sig om över axeln när ängel med ett skratt pekade mot Drashin och de andra ledarna med sitt spjut och manade på honom att börja gå.

Liana skakade bara på huvudet när hon åter vände blicken framåt igen. Hon kunde inte låta bli att le. Hiram var som hon alltid var och utnyttjade alla tillfällen hon kunde att driva med folk. Oavsett vilken ställning dem hade. Hon hörde hur Jali muttrade något om ängeln, men hörde inte riktigt vad. Karan såg efter Hiram med rynkad panna.

"Hur kan man vara så respektlös mot män i deras ställning?" muttrade han

"Ängel Hiram står antagligen över allihop", sa Liana. "Hon är trots allt väktare över Dödens dal."

"Det är mest troligt endast Drashin som kan ge henne några order", fyllde Aylia i med fundersam röst. "Dock har jag aldrig hört honom ge henne några."

"Han ger inga order till varken Hiram, Diriska eller Mira", sa Jali och synade en lerfläck på sin klänning.

Karan såg fundersamt på dem, men sa inget. Han vände blicken framåt igen och traskade på. Liana undrade vad han tänkte. Drakriddarna var världens största enskilda armé, om man räknade bort rikenas egna arméer. Med de skickligaste och största krigarna i världen, några av världens starkaste magiker gick bland deras led. Befälen såg som de mäktigaste bland de mäktiga.

Lika väl, när Liana tänkte efter, var det väldigt sällan som någon av generalerna delade ut några direkta order. Hon hade sett Asama diskutera med sina överstar eller någon annan drakriddare innan beslut togs. General Hamares Loras och general Niashal Gosha arbetade på samma sätt. Liana hade väldigt sällan träffat general Jasara Osalan, men hon misstänkte att alven inte var ett undantag.

Ett metalliskt ljud hördes närma sig från de bakre leden och Liana såg sig om över axeln och blinkade till. På vardera sida om leden kom tusentals klipptroll i en rask språngmarsch. Alla bar en stor rektangulär stålsköld, stor nog att det skulle krävas minst två människor att ens kunna lyfta den. Mitt i deras led kom även Drashin, Hasram, Famala och Hiram springandes. Drashin och Hiram hade inga problem att hålla jämn takt med Hasram, men Famala fann det svårt. När hon snubblade till lyfte Hasram upp henne i famnen och bar med henne.

"Vad är det som händer?" undrade Jali och sträckte på sig för att titta efter dem.

"Dran'Kar kommer snart inom synhåll", sa Norek när han skyndade förbi. "Något händer där framme."

Liana skulle just fråga vad han menade när ljudet av säckpipor och trummor hördes till höger om dem. Hon bytte en förvånad blick med Aylia och Jali innan hon såg mot skogen bredvid dem. Ljudet närmade sig långsamt, även till vänster om dem började ljudet från säckpipor och trummor leta sig fram genom träden. Snart hade det växt så det ekade överallt mellan träden.

Karan ropade något till en soldat som genast skyndade framåt i leden. Aylia ryckte Liana i armen och skrek mot henne, men hon hörde inte vad hennes vän sa till henne. De moskiska soldaterna såg sig oroligt om och försökte spana in mellan träden. Även drakriddarna och klipptrollen fingrade på sina vapen och såg bistert in i den mörka skogen.

Plötsligt hördes ljudet av stål som slog mot stål längre fram i deras led. Liana stelnade till och vände förskräckt blicken framåt. Hade dem blivit angripna? Men inga krigare i leden gjorde någon ansats att skynda på sina steg. Ingenstans framför henne fanns något som visade på strid, eller någon form av panik. Leden vandrade vidare och Liana fick till slut syn på Drashin, Famala, Hasram och Hiram som stod tillsammans med två klipptroll med sina stora stålsköldar.

Drashin och Hasram slog mot sköldarna med varsin stor hammare. Vad som än var på väg mot dem, så försökte de två ledarna få kontakt. Hasram slog mot skölden med sådan kraft att krigaren som höll i den nästan gungade i takt med slagen. Drashins min var sammanbiten och det var hårda ögon som spanade mot skogen.

Så började Liana skymta skepnader som vandrade mellan träden på vardera sida om dem. Först bara några få, men det dröjde inte länge förrän de fanns överallt runt dem. Det var tusentals som steg ut ur skogen och slöt upp i leden som om de hade marscherat med dem ända från Garatur.

Klädda i skinnet från stora djur, björn misstänkte Liana, grova stövlar och byxor av päls trampade de bistert fram. De flesta hade huvan till mantlarna uppfällda, men en del hade den nerfälld så deras stålhjälmar glänste i det svaga solljuset. Det var män som kvinnor som gick där, alla bar på varsitt spjut, en stor rund sköld och ett svärd på ryggen.

Det som fick Liana att spärra upp ögonen och stirra förskräckt var den lilla flickan som slog på sin trumma jämte henne. Hon kunde inte vara mer an tio-tolv år gammal! Likväl marscherade hon jämte en man som kunde vara hennes farfar, som om det var helt normalt. Vid flickans bälte hängde en lång dolk och en påk. Två steg bakom kom en pojke i ungefär samma ålder och spelade på sin säckpipa. Både pojken och flickan hade samma bistra uttryck i sina ansikten som de vuxna runt omkring dem.

En man skyndade förbi, klädd i samma fäll som de andra nytillkomna krigarna. Huvan var tillbaka fälld och ett rött skägg stack ut under stålhjälmens kant. Liana såg hans blå hårda ögon, när de helt kort gled över henne och hennes två vänner. Liana rös när han fortsatte förbi mot Drashin och Hasram. Han stannade bara som hastigast för att hälsa på de fyra innan de allihop skyndade längst fram i leden.

”Hör bröder och systrar!” Liana ryckte till vid det plötsliga ropet. ”Tiden för hämnd är här! För de fallna i snön!”

”För blodssnön!” vrålade folk runt Liana.

Aylia och Jali grep tag i Lianas händer och drog sig närmare henne. En äldre kvinna, klädd i björnfällen, slöt upp jämte mannen och flickan. Hon doppade en lövklädd kvist i en hink, sedan skvätte hon en vätska i ansiktet på dem båda. En del kom på Liana och Aylia, och Liana stirrade klentroget på sin arm. Blod? Varken mannen eller flickan rörde en min när den röda färgen träffade deras ansikte och kvinnan fortsatte fram för att skvätta på nästa.

”Det är dags att tvätta snön ren från blodet! Att än en gång få den vit!”

”För blodssnön!”

En man kom fram, med en liknande hink och kvist som kvinnan haft. Denna gång skvätte han vit färg i ansiktet på mannen och flickan. Inte heller denna gång rörde de en min. Liana undrade vad detta var för folk.

”Bröder och systrar, för de sjuttio som föll i norr och vars blod som färgade snön! För de bröder och syster som skoningslöst höggs ner. För den ofödde!”

”För blodssnön!”

Liana såg hur stora tårar började rinna ner för den äldre mannens fårade kinder och hur flickans käkar spändes. Trummornas dån ökade i styrka när de började slå hårdare och musiken från säckpiporna dränktes nästan helt. Någon började sjunga, men Liana kunde inte urskilja några ord. Då och steg sången, men enbart för att ropa: "För blodssnön!"

Aylia ropade något, men Liana visste inte vad. Hon mindes vad Drashin hade pratat om första kvällen de spenderade tillsammans med darandierna, innan de for söderut till Fakari. Han hade helt kort berättat att han var den enda överlevande från en strid i norra Magrash. En strid som hade fått namnet blodssnön. Det var det enda han velat säga om den striden. Krashak hade bara skakat på huvudet när Liana, lite försiktigt, frågat honom.

En skugga gled över Liana när Narika åter passerade henne i en långsam glidning. Draken studerade de nytillkomna med misstänksam blick. Ännu en drake gled förbi, Lanar misstänkte Liana. Ett högt vrål som överröstade oväsendet från trummorna och säckpiporna hördes framför dem. Nästan genast tystnade musiken och Liana stirrade förbluffat omkring sig.

Både de moskiska soldaterna, drakriddarna och klipptrollen såg vaksamt på soldaterna från Magrash. Vrålet hördes igen och strax dök drakarna som varit på spaning upp. Samare for snabbt förbi de marscherande i motsatt riktning med Mira ihop krupen på ryggen. Drakrytterskan höll sitt långa spjut med svärdsklingan framåt. Drakarna som glidit genom luften över leden föll genast in bakom honom där han flög fram och tillbaka. Han samlade in dem, gjorde dem redo för strid.

Lanar och Narika flög genast upp jämsides med den något större draken. Samare gestikulerade med händer och huvud när han gav sina order. De båda nickade allvarligt och ledde sedan drakarna lite åt höger om de marscherande soldaterna. Själv for Samare tillbaka mot främre leden igen. Liana såg hur han hastigt dök ner och försvann lite längre fram.

Liana var tacksam över att trummorna och säckpiporna hade tystnat. Hon vred på huvudet och såg hur den flickan bredvid henne såg på henne med stora ögon. Mannen hade fortfarande blicken riktad framåt, men kastade då och då en blick på flickan som gick bredvid honom. Liana log vänligt mot flickan och nickade. Sedan vände hon blicken framåt igen. Hon undrade vilka nyheter Samare och Mira hade med sig.

Samare landade några steg längre fram och Mira hoppade snabbt ur sadeln. Hon klappade dvärgdraken på hans kind och han tog till luften igen. Sedan lade hon spjutet över axeln och skyndade fram till Drashin. Hon böjde lätt på nacken mot Famala och Hasram, gav Angar Jasar en fundersam blick innan hon vände sig mot Drashin.

"Dran'Kar är helt omringad", sa hon kort och slöt upp mellan honom och Hiram. "Lamas har sina soldater och en liten amdoriansk grupp norr om staden. Asama och Hamares håller den västra sidan, medan Niashal och Jasara är på den östra."

"Vilka håller den södra?" frågade Angar tonlöst.

Drashin sneglade på magrashen, men sa inget. Angar hade alltid varit fåordig även innan blodssnön inträffade. Efter blodssnön hade han avskärmat sig ännu mer och nästan enbart koncentrerat sig på att planera för strider och Magrash hämnd, som de kallade det.

"Darandierna", sa Mira utan att röra en min och Angar fnös föraktfullt. "Det finns även en liten grupp moskier, kanske tusen soldater, och några hundra av spökrikets egna soldater där. Även om de sistnämnda verkar mer förvirrade än redo att strida."

"Förvirrade?" sa Drashin och drog sig i örat.

"Staden är helt orörd verkar det som", sa Mira och skakade förundrat på huvudet. Drashin kände sig lika undrande. "Dessutom går det ett rykte om att Salmera och högsta häxrådet har ställt sig på Asharaks sida. Vissa påstår även att Salmera är död och någon annan styr rådet. Asama visste inte vad som var sant eller falskt."

Drashin skakade på huvudet. Han hade inte träffat Salmera många gånger, men hon verkade inte vara en kvinna som skulle alliera sig med en galning som Asharak. Men så var häxorna i Dran'Kar oberäkneliga.

Han sneglade på Angar som muttrade om darandiska dårar där han gick bredvid honom. Drashin höll med honom där. Darandier var enfaldiga dårar. Men om de höll till vid stadens södra port, så skulle de snart ansluta sig till dem och förhoppningsvis kunna hålla den darandiske kungen tillbaka och inte göra något dåraktigt.

"Hasram", sa Drashin. "Hur många sköldar har du?"

"Cirka tretusen skulle jag tro", sa krigshövdingen. "Vill du dela upp dem?"

"Om möjligt", svarade Drashin. "Helst skulle jag vilja ha alla soldater vi har på en och samma plats. Jag önskar att vi kunde stänga alla utvägar från staden utom den södra."

"Varför den södra?" frågade Hiram och stoppade ett finger i örat.

"Vid alla andra portarna är det kuperad terräng", sa Mira och nickade sakta. "Men vid den södra är det en stor slätt. Det är därför darandierna valde den platsen så de kan använda sig av sitt kavalleri."

"Inte för att de är användbara när väl striderna är innanför murarna", fnös Angar och sparkade iväg en liten sten. "Darandier har alltid trott att de kan vinna alla krig på hästryggen. De har försökt med det mot oss i nästan hundra år och varje gång slår vi ner deras angrepp."

Drashin valde att inte nämna det stora slag som Daranda faktiskt besegrade Magrash för ungefär sjuttio år sedan. Just genom att storma Magrash med flera stora kavalleri skvadroner. Men Angar hade rätt, Magrash hade gått segrande ur de flesta slagen och vunnit samtliga krig mot Daranda de senaste hundra åren.

"Kan vi blockera de andra portarna?" frågade Hiram och trummade på sina fylliga läppar. "Så att det endast finns en väg ut?"

"Det blir svårt", sa Mira och grimaserade. "Det slungas eldklot fram och tillbaka över stadens murar på alla platserna. Ingen vet hur många demoner som finns inne i staden, eller om stadens invånare fortfarande lever."

"Staden är stor", sa Famala. "Minst trehundra tusen bor i staden. Troligen skulle minst två eller trehundra tusen demoner kunna finnas innanför murarna. Kanske ännu fler om alla invånare är döda."

"Vi får utgå från det", sa Drashin och sneglade på Mira som nickade kort. "Hiram, följ med Mira och se vad du kan göra för att blockera alla utvägar från staden utom den södra. Jag vill undvika att någon kan ta sig ut för att fly, eller komma runt oss och anfalla oss bakifrån. Med demoner är en sådan situation det samma som att bli utplånade."

Ängeln och Mira nickade kort och skyndade bort från leden. Mira visslade och strax kom Samare. Mira klättrade genast upp i den stora sadeln. Hiram tvekade innan hon klättrade upp bakom helerskan. Drashin visste att ängeln helst flög själv, men hon skulle behöva sina krafter inför det kommande slaget. Draken for iväg med sina två passagerare bakåt i leden. Strax kom dem tillbaka med resten av de ungefär trehundra drakarna, Hiram nu på Lanars rygg, och flög snabbt norrut mot Dran'Kar.

"Vad tror du vi har att vänta oss?" frågade Famala och följde drakarna med blicken.

"Med demoner innanför Dran'Kars murar", sa Drashin långsamt, "problem. Stora problem. Det är besvärligt att kunna hålla dem utanför en så stor stad, den är större än Karash, men att behöva ta oss in i den blir ett rent helvete om vi bara har porten att gå genom."

"Våra sköldar är bara användbara om vi kan få ut dem", höll Hasram med och vägde sin stora hammare i handen. "Och då endast under en kortare tid."

"Vår taktik är inte bättre den", muttrade Angar och strök över det röda skägget. "Vi skulle helst vilja ha en böljande slätt där våra soldater kan rusa över en kulle och komma ner mot fienden i ett överrasknings angrepp. Här är det ju nästan platt."

"Drakriddare anpassar sig efter omgivningen", sa Drashin kort. "Vårt bekymmer är antalet. Nu kommer vi vara kanske sextonhundra drakriddare, med det antalet kan vi ensamma mäta oss med mellan tvåtusen och tvåtusen femhundra demoner."

"Men nu kommer vi att stå mot flera hundratusen, minst", sa Famala och skakade på huvudet.

"Vi har med oss femhundra tusen soldater", sa Angar kort. "Det kanske inte räcker mot de demoner som finns i Dran'Kar, men vi kan ändå minska deras antal."

"Med drottning Famalas soldater och mina krigare är vi ungefär åttiotusen", sa Hasram, Famala nickade bestämt. "Om det jag hört stämmer har Daranda ungefär tvåhundratusen ute i krig."

"Stämmer nog ganska bra", höll Drashin med. "Lamas har nog alla sina soldater med sig där framme så han det borde vara mellan trettio och fyrtiotusen soldater."

"Med tanke på att Makar är död är det förvånande att det ens finns några amdorianer där. Kanske har de inte hört nyheten."

Angar blinkade förvånat till och såg frågande på klipptrollet. Drashin förstod att han inte hört något och berättade snabbt vad han visste. Magrashen grymtade och nickade sakta.

"Så Amdoria har dragit sig ur striderna?" sa han långsamt.

"Inte helt", sa Famala och rynkade pannan när ett väldigt eldklot steg till himlen framför dem. "Jag fick lite nyheter till mig innan vi nådde Garatur, att Amdoria fortfarande strider inom rikets gränser. Men det är allt."

Drashin undrade om Lakor hade vaknat igen. Vem annars skulle kunna leda amdorianerna? Han var trots allt kronprins. Nå det var inte hans bekymmer. Det Drashin behövde bekymra sig för var vad som fanns framför honom, och var Diriska var någonstans.

Fler stora moln av eld steg till himlen framför dem, tillsammans med några enstaka mindre. Drashin rynkade pannan när en ensam drake dök upp framför dem på himlen. Strax syntes ryttaren på dess rygg och han blinkade till. Det var inte Mira som kom emot dem.

Draken landade några steg ifrån dem och ryttaren hoppade ner på marken. Storleken avslöjade att det var en kvinna och när hon tog av sig hjälmen kände Drashin igen henne.

"Asina", sa han och höjde handen till hälsning. "Vad för dig hit?"

"Mor Mashok sa åt mig att genast komma till er, general Drashin", sa den unga kvinnan och bugade med högra handen mot hjärtat och den vänstra mot honom.

Drashin fick en orolig känsla. "Varför skulle du komma till mig?"

"Ängel Hiram har lyckats blockera alla portar utom den södra, så som ni befallde", sa flickan och tvekade. "De andra arméerna rör sig till slätten söder om staden, men..."

"Vad händer, Asina?"

"Darandierna har gått till anfall mot staden, general."

20

Drashins röst ekade över leden när han svor. Liana kunde inte tyda vad han sa, men han lät mycket arg. Order om att skynda stegen hördes och alla började småspringa i leden. Den gamle mannen och flickan med trumman jämte Liana hade inga problem att hålla jämnt tempo med de övriga. Liana undrade vad för nyheter drakryttaren hade haft med sig som fick Drashin att svära så och att skynda på marschen.

"Dödens skvadron!" vrålade Drashin framför dem. "Språngmarsch! Mot Dran'Kar!"

Liana, Aylia och Jali började genast springa förbi moskiska soldater och klipptrollskrigare i leden. Överste Alram Manros sprang förbi henne med bister uppsyn och slöt upp jämte Drashin och Krashak, som redan var framme hos generalen.

När Liana skyndade förbi drottning Famala, Hasram och ledaren för magrasherna såg hon hur de tre hetsigt talade med varandra. Liana förstod inte varför de inte beordrat sina soldater att också springa mot staden. Strax var de övriga leden lämnade och enbart krigarna för Dödens skvadron sprang i en samlad klunga. Klipptroll och drakriddare i en enda röra.

Sareas och Kalar slöt upp vid sidan av Jali och på Lianas andra sida kom Norek och Tirasine fram. De sju skyndade fram i leden och strax sprang de alldeles bakom Drashin och de två överstarna. Meeko och Ranin dök upp från ingenstans, flinandes som två småpojkar.

"Dran'Kar blir synlig efter svängen där framme", ropade Krashak och pekade med ett tjockt finger.

Liana såg de svarta rökpelarna som steg till himlen. Det var sen eftermiddag och hon hoppades att de skulle slippa strida under natten som de gjort i Kalat. Det hade slutat i en mindre katastrof den gången. Nästan sexhundra klipptroll och tvåhundra drakriddare hade dött i den striden. Om inte Lasoras och Ma'sharos'tian hade dykt upp hade kanske ingen överlevt.

De rusade genom svängen och Liana flämtade till när hon såg staden framför sig. Höga torn reste sig innanför murarna som nästan glittrade i eftermiddagssolen. Två torn sträckte sig högre mot himlen än de andra, båda var en del av den väldiga byggnad som stod mitt i staden. Det vänstra tornet var aningen bredare än det högra och en bro verkade sammankoppla de två tornen ungefär halvvägs upp. Nästan hela staden verkade glöda som guld. Det var som om solen enbart var till för att skina på just den här staden.

Tjocka rökpelare steg från tre sidor av staden. Liana misstänkte att det var det tre portarna som var förstörda. Några mindre rökpelare steg från insidan av muren, och enstaka eldklot for över muren åt båda håll. Himlen ovanför staden var full av drakar, båda skvadronens vilda och drakar som bar människor. Från vardera sida kom soldater marscherandes, men det var åsynen av vad som fanns rakt fram som fick Liana att flämta.

Tusentals ryttare stormade mot staden samtidigt som en hord av demoner rusade ut ur den. Ett baner i gult med den underliga lejonvarelsen i rött vajade mitt i ryttarnas led. Detta måste vara Darandas soldater, men Liana kunde inte förstå varför dem hade gått till anfall.

När drakriddarna som kom marscherandes från de raserade portarna fick se darandiernas vansinniga anfall började dem springa. De somiska soldaterna, samt de få amdorianer och moskier som fanns där drog sig vaksamt undan från murarna, men hade hela tiden uppsikt mot demonerna som strömmade ut ur stadsporten.

Det darandiska kavalleriet dundrade in bland demonerna och skapade en lucka i deras led. Liana väntade sig att se dem dra sig ur striden igen, men de fortsatte envist vidare in i horden framför dem. Sakta började demonerna sluta sina led och omringa de beridna soldaterna.

Just som darandierna blev omringade drabbade drakriddarna samman med demonerna. Stora hål bildades i leden när eldklot exploderade inne bland monstren. Då och då såg Liana en ensam ring för nomraspjut skapas och när spjutet landade kastades kroppar och sten högt upp i luften.

"Vi måste se till att få ut de där dårarna!" ropade Drashin över axeln. "Om kung Efram överlever skall jag strypa honom!"

Liana samlade sitt sinne och framkallade sin blå rustning. Små ljusglimtar runt henne bildades när de andra drakriddarna gjorde detsamma. Det sista avståndet till demonerna försvann snabbt och Dödens skvadron rusade in i ryggen på demonerna framför dem. Hundratals dog innan de hann uppfatta vad som hände och lyckades vända sig om mot sin nya fiende.

En stor demon med tjurhorn fattade eld framför Liana och hon gled smidigt förbi den. Hon högg av armen på en demonen samtidigt som hon spetsade en annan genom ryggen med det andra svärdet. Svärdsklingan på Aylias spjut passerade hennes högra axeln och träffade demonen som Liana huggit av armen på i halsen.

Jali gjorde ett djupt sår genom buken och bröstet på en taur som höjt sin stora yxa över huvudet. Den släppte yxan med ett vrål och höll sig för magen. Den tunga eggen föll ner och klöv en mindre demon från huvudet till midjan. Ranin gled kvickt förbi och skar halsen av den skadade tauren innan han försvann igen. Jali slungade några eldklot för att få mer utrymme att kunna svinga sitt spjut.

Liana högg ett djupt sår i halsen på ytterligare en taur, innan hon gled ner på knä och högg av benet på en demon med en stor näbb. Den föll skrikande till marken där Aylia spetsade den med sitt spjut. När Liana reste sig upp fick hon syn på klipptroll med sköldar som började ställa sig mellan demonerna och människorna. Bakom sköldarna såg hon hur demonerna sakta och motvilligt drog sig tillbaka innanför porten igen. Det fåtal som inte lyckades ta sig undan dödades snabbt och man drog sig bort från staden.

Flämtandes manade Liana bort rustningen. Jali lutade sig tungt mot sitt spjut och såg tomt mot staden som en gång varit hennes hem. Aylia bara såg helt hastigt mot staden innan hon beslutsamt vände den ryggen. Liana tog ett djupt andetag och följde efter sina två vänner bort från staden till den plats som darandierna använde som läger.

Just som Liana gick in bland tälten anlände drottning Famala med sina soldater och magrasherna. De darandiska soldaterna stelnade till och såg oroligt mot de pälsklädda soldaterna som började slå läger till höger om dem. De moskiska soldaterna stannade mittemellan de två betydligt större grupperna.

Liana fick syn på Asama, Drashin och det tre andra generalerna från drakriddarna. De fem männen gick med bistra miner och bestämda steg rakt mot det stora tält som var rest mitt i lägret. Strax bakom generalerna promenerade Hasram Do'shank lojt med händerna bakom ryggen. Den väldige krigshövdingen höjde handen till hälsning när Famala och ledaren för magrasherna kom i kapp honom. En man i amdorians uniform skymtade bredvid Hasram när han bugade djupt för Moskers drottning.

Liana blinkade till när hon kände igen överste Sarasha. Hon hade inte sett honom sedan de kommit tillbaka från Soma. Hon undrade vad han gjorde här. Hon undrade vad någon amdorian gjorde här som inte tillhörde drakriddarna. Samare och Lanar landade på marken, släppte av Mira och Hiram och lyfte sedan igen. Ytterligare en dvärgdrake landade och en man hoppade av dess sadel innan draken lyfte och flög iväg. Liana tyckte sig känna igen drakryttaren, men kunde inte komma på var hon sett honom. Alla stegade iväg mot det stora tältet.

"Vad händer nu?" undrade Aylia trött. "Jag hade hoppats få vila efter den långa marschen."

Jali grymtade bara och satte sig med korsade ben på marken. Hon lade spjutet över benen och strök frånvarande över skaftet. Hela tiden såg hon misstänksamt mot de darandiska soldaterna som sneglade på de tre unga kvinnorna. Fler drakriddare dök upp runt dem och en del satte sig även hos dem. Snart hade drakriddarna skaffat sig en egen del av lägret och över sextonhundra krigare såg bistert mot varje soldat som ens verkade försöka komma i närheten av dem.

Darandierna var inte omtyckta, det förstod Liana. Liana mindes den enda gång som de marscherat med darandiska soldater tidigare. Då hade drakriddarna också hållit sig undan från dem så mycket de kunde, men de moskiska soldaterna hade man gladeligen pratat med.

Liana såg mot tältet som reste sig mitt i lägret. Hon var glad att hon inte var där. Drashin och Asama kunde ensamma var mycket skrämmande när de två var arga. Men nu var alla fem generalerna samlade och de var alla arga. Och deras ilska var riktad mot en och samma person. Den darandiske kungen.

Drashin stannade utanför tältet. Han tog ett djupt andetag för att lugna sig, men vreden var för stor. Han såg sig om över axeln och mötte Asamas blick. Ca'Draak såg ut att vara minst lika arg som honom själv. Efram var en dåre som låtit sina soldater storma staden på det där viset. Vad trodde han att han skulle vinna på det? Ingen visste hur många demoner som fanns innanför murarna. Gudarna visste hur många soldater som mist livet för hans dårskap. Arga röster hördes inifrån det och Drashin kände igen Lamas röst när han skällde på Efram.

Famala kom gåendes tillsammans med Hasram, Anger och, Drashin blinkade förvånat till, överste Sarasha. Den amdorianske översten bugade kort mot honom när deras blickar möttes. Drashin nickade bara mot honom.

"Så som mina herrar ser ut kanske jag skulle ta och föra pratet med kung Efram", sa Famala och synade de fem drakriddarna framför henne.

"Kanske är lika bra", sa Asama grinigt. "Vi förlorade nästa sjuttio drakriddare i det här onödiga anfallet."

"Sjuttio krigare som vi haft god användning av i det kommande slaget", morrade den annars så lugne Hamares.

Både Niashal och Jasara nickade irriterat och Asama fnös och såg med mörk blick mot tältet framför dem. Istället för att gå in i det vände han sig om och såg mot Sarasha.

"Det förvånar mig att se några amdorianska soldater här alls", sa han sakta. "Har du inte hört nyheterna om kungen, överste?"

"Vi har hört nyheterna, Ca'Draak", sa Sarasha lugnt och bugade kort. "Men jag valde att följa med kung Lamas söderut. Även om våra generaler gett order om att dra oss tillbaka så kan jag inte följa den ordern. Inte när världens öde hänger på oss."

"Hans majestät skulle hållit med", sa Kadar Nisan när han slöt upp tillsammans med Mira och Hiram. "Det hade även kronprins Lakar gjort om han var vid medvetande."

Kadar var i övremedelåldern och det fanns mer grått än brunt i hans axellånga hår. De bruna ögonen var vänliga och hans något kantiga ansikte hade milda drag. Han var välkänd att ta hand om byn Olasi och bland drakryttarna sades det endast Mira som var en bättre ryttare än honom.

"Det är gott att se dig, Kadar", sa Asama och grep den äldre mannens underarm. "Hur många har du med dig?"

"Kanske tvåtusen drakar", sa drakryttaren och nickade vänligt mot de andra. "Men vi kan diskutera detta senare. Skall vi gå in?" Han gjorde en gest mot tältet.

Drashin grymtade och tecknade åt Famala att gå före. Hon böjde lätt på nacken och steg in tillsammans med Angar. Hasram såg bara hastigt mot honom innan han böjde sig ner och steg in direkt efter henne. Drashin nickade kort mot de andra och gick in i det dunkla tältet bara steget efter Asama.

"Ära!" röt Lamas just som Drashin steg in. "Hur kan det vara ärofullt att kasta iväg tusentals liv till ingen nytta?"

"Varför skulle jag låta soldater från Soma eller drakriddare ta hela äran att inta staden?" sa mannen framför honom avmätt.

Efram, kungen av Daranda, var en äldre man med kort grått hår och skägg. Han var kort för att vara från Daranda, huvud och axlar kortare än Drashin, och trotts åldern var han fortfarande muskulös. Hans blå ögon såg avmätt och arrogant mot Lamas, men han fingrade nervöst mot svärdshjaltet.

Lamas hade magrat sedan Drashin såg honom senast. Skäggstubben på hans kinder visade att det troligen var några dagar sedan han rakade sig senast. Den lilla hårkransen som gick runt tinningarna var gråsprängd och såg nästa vit ut mot hans så mörka hy. Han bruna ögon var nästan svarta av ursinne när han stirrade mot den darandiske kungen.

"Inta staden?" fräste Lamas och slog handflatan mot bordet som stod mitt i tältet. "Mira och Hiram talade tydligt om att de endast skulle block-era alla portar utom den här så vi skulle kunna gå till ett gemensamt an-grepp mot staden söderifrån."

Drashin såg mot Mira och ängeln som båda nickade instämmande. Han suckade och gned sig om tinningen. Efram var en enfaldig dåre om han trodde att han kunde inta en stad med enbart kavalleri. Han tog ett djupt andetag för att lugna ner sig en aning.

Ingen av de båda kungarna hade uppmärksammat nykomlingarna, men det började resten av sällskapet i tältet. Prinsessan Egwina av Dar-anda stod bakom sin far och spärrade oroligt upp sina blå ögon när hon fick se nykomlingarnas bistra miner. Hon sträckte ut armen mot Efram för att påkalla hans uppmärksamhet, men Famala hann före henne.

"Är det så här som man följer råd, *kung* Efram av Daranda?" sa drott-ningen av Mosker högt. De båga äldre männen såg förbluffade på henne. "Hennes nåd ängel Hiram och Mira av drakryttarna gav er rådet att av-vakta tills vi andra kom hit."

"När vi såg röken stiga..." började Efram envist.

"På general Drashins order blockerades norra, västra och östra por-tarna till Dran'Kar", avbröt Famala honom. "Det fanns inga order om att inta staden. Portarna blockerades så att vi ska kunna koncentrera oss på endast en port. Ingen vet hur många demoner som finns innanför mu-rarna. Inte heller hur många av stadens invånare som fortfarande är vid liv, eller om de strider på demonernas sida."

Hon tystnade och såg på den darandiske kungen, medan han verkade fundera över vad hon sa. När han inte sa något vände hon sig mot La-mas och hennes min mjuknade något.

"Ers majestät", sa hon och böjde på nacken. "Det är glädjande att få se er vid god hälsa igen. Jag vill åter beklaga att vi inte kunde sända mer hjälp till er."

"Ers majestät", Lamas bugade lätt med handen mot hjärtat. "Ni kom med mer hjälp än vi kunde önskat oss. Utan Moskers, Amdorias och drakriddarnas hjälp hade vi inte stått här idag."

Angar steg fram mot Lamas och sjönk ner på knä framför den förbluffade kungen.

"Min konung Hegur beklagar djupt vad som hänt Soma, ers majestät", sa magrashen med nerböjt huvud. "Så snart vi hörde nyheterna började vi marschera."

Lamas lade en hand på hans axel. "Jag tackar för er omtanke, Angar av Magrash", sa han sorgset. "Men jag är rädd att när ni fick reda på att Soma var invaderat, så var det redan försent."

Angar nickade långsamt och såg upp på honom med sammanbiten min. Drashin kände igen blicken han hade. Det var samma blick av uppgivenhet som han haft för fyra år sedan efter vad som hänt uppe i bergen. Lamas log mot honom och lyfte sedan blicken mot Drashin.

"Är inte hennes nåd Diriska med er?" frågade han och rynkade förbryllat på pannan.

"Ma'sharos'tian hämtade henne vid Garatur", sa Drashin och satte händerna bakom ryggen.

"Han hämtade henne?" sa Lamas och spärrade upp ögonen. "Vi hade behövt henne här. Med henne och ängel Hiram skulle vi kunna hålla tillbaka demonerna."

"Han sa att han behövde henne", sa Drashin sakta. "För att kunna hela de tre drakarna från Draktand."

Lamas blinkade till och stirrade på honom. Efram gjorde så stora ögon att Drashin trodde att de skulle ramla ur. Egwina förde händerna till munnen och stirrade förskräckt på honom. Hamares grymtade till bredvid Asama, men för övrigt var det ingen i sällskapet som följde med honom in i tältet som rörde en min, även om Angar såg fundersamt på honom.

"Diriska har varit borta i nio dagar nu", sa Hiram lutade sig mot sitt långa spjut. "Ingen vet hur länge det kan ta att hela drakarna eller om det ens går att hela dem."

"Varför behöver drakarna helas?" frågade Egwina försiktigt.

Drashin såg mot Mira som sammanbitet såg på prinsessan. Han suckade och gned sig om pannan. Han öppnade munnen för att svara, men Hiram hann före.

"Därför att dem är galna, flicka", sa ängeln utan att röra en min.

Alla utom drakriddarna och Mira stirrade skräckslaget på Hiram. Mira gav henne en irriterad blick, men ängeln brydde sig inte om henne. Hon såg stadigt på de olika arméernas ledare. Drashin grymtade och gav henne en trött blick innan han vände sig bistert mot de övriga i tältet.

"Ma'sharos'tian tog med sig Diriska till den plats där han förvarar de tre drakarna från Draktand", sa han barskt. "Han hoppas att med hennes hjälp kunna hela dem från den galenskap som en gång drabbade resten av drakarna. Tydligen har han hållit den borta i alla dessa år, men nu kan inte ens han hålla den tillbaka. Han vet inte om Diriska ens har möjligheten att hela dem, så var förberedda. Även om vi går segrande ur striden mot Asharak här..."

"Så kanske vi måste slåss mot tre galna drakar", sa Mira sakta. "Kanske till och med fyra, om Diriska blir smittad."

Tystnade i tältet var tryckande när Miras ord sjönk in och folk började förstå vad dem stod inför. Lamas satte båda händerna på bordet framför sig och stirrade förfärat ner på skissen av Dran'Kar.

"Så om vi överlever detta", sa han lågt. "Så kanske vi måste stå mot fyra av de mäktigaste magikerna i hela världen. Men Ma'sharos'tian finns väl där och övervakar dem? Nog måste han kunna stoppa dem om det går så långt."

"Både Ma'sharos'tian och Lasoras är hos drakarna", sa Drashin.

"Lasoras!" utbrast Efram och tog ett steg tillbaka. "Den galne? Hur är det möjligt? Varför är den helige med en djävul?"

"Lasoras..." Asama avbröt sig och harklades sig. "Lasoras är ingen djävul. Lasoras är inte ens hans riktiga namn. Hans fullständiga namn är La'soras'tian."

Lamas blinkade till och såg frågande på Drashin som nickade. "La'soras'tian..." sa Somas kung långsamt. "Är han... av samma sort som Ma'sharos'tian?"

"Lasoras... eller snarare Soras", sa Asama bestämt, "är en uråldrig varelse, precis som Ma'sharos'tian. De kallar sig för tianer, och levde tydligen som klaner. Jag är inte säker, men jag misstänker att första kombinationen i deras namn, 'La' och 'Ma' är namnen på deras klaner."

"'Tian' är troligen för att de inte ska glömma vad de är", fyllde Drashin i. "Så deras riktiga namn blir i så fall…"

"Sharos och Soras!" utbrast Hiram och tog sig plötsligt för huvudet. "Hur kunde jag vara så blind?"

Drashin såg frågande på henne.

"Skaparna!" sa hon upphetsat och såg på människorna i tältet. "Som barn fick jag alltid hör historierna om skaparna 'Sharos' och 'Soras'. Två mäktiga väsen som skapade nya raser i världen, för att sona för något de gjorde för länge sedan. Soras skapade demonerna och djävlarna och Sharos skapade änglarna." Hon gestikulerade ivrigt med händerna medan hon pratade. "När Soras såg hur demonerna försökte döda eller förslava andra varelser på jorden skapade han Helvetet och stängde in dem där. Sharos var orolig att änglarna skulle göra något liknande och skapade då Himmelriket och förflyttade änglarna dit."

Hiram tystnade och stirrade rakt ut i luften. Drashin såg fundersamt på henne och undrade om hon var riktigt klar i huvudet. Skaparna?

"Skapade dem Himmelriket och Helvetet?" sa Famala andlöst och stirrade på ängel.

"Enligt sägnen skapade dem till och med andra världar", sa Hiram och nickade ivrigt. "Men ingen vet om det stämmer. Jag minns att jag träffade dem båda när jag var mycket liten…"

"Hiram", avbröt Drashin henne. "Nu är inte rätt tillfälle."

Ängeln blinkade till och såg frågande på honom. Sedan nickade hon sakta och lutade sig mot sitt långa spjut. Drashin såg på henne och hon verkade djupt försjunken i sin egen värld där hon stirrade ner i marken. Han grymtade och vände sig till de andra i tältet. De som verkade minst tagna av Hirams prat var drakriddarna och drakryttarna, och av någon anledning Sarasha som bara lojt stirrade rakt fram. Drashin upphörde aldrig att förvånas över den amdorianske överstens lugn. Resten av människorna i tältet stirrade på ängeln med stora ögon.

Asama harklade sig och de rycktes ur sin trans. "Om vi skulle återgå till det som vi ska diskutera här", sa Ca'Draak lugnt och satte händerna bakom ryggen. "Vet vi hur situationen ser ut i staden?"

"Ingenting", sa Lamas och nöp sig över näsryggen. "Jag lämnade Salaam vid den norra porten för att se till att porten blev helt blockerad. Han borde komma hit när som helst."

Nästan som om han hört sitt namn steg den somiska generalen in i tältet. Han stannade upp och bugade mot sin kung. Resten i tältet fick varsin snabb nick innan han åter vände sig mot Lamas.

”Samtliga portar är förstörda och blockerade”, rapporterade Salaam med fast stämma. ”Enda in och ut väg till Dran'Kar är genom den södra porten. Precis som vi önskade.”

”Hittade ni några fler ur Spökrikets armé?” frågade Lamas och såg ner på kartan.

”Inte en levande själ, ers majestät. Det enda svartrockar som vi känner till utanför staden är de som befinner sig i våra led. Jag tog mig friheten att se till att de är under uppsikt.”

Lamas nickade uppskatta och såg mot Drashin. ”Är det till belåtenhet?”

”Vi får hoppas att de inte får för sig att försöka ta sig in i staden utan att vi upptäcker det”, sa Drashin och nickade. ”Som det är nu vet vi inte om befolkningen lever eller om Salmera och de andra häxorna är på Asharaks sida.”

”Det hade varit bra om någon hade lycktas fly från staden och vi fått uppgifter om vad som finns där inne”, sa Jasara.

”Hur det än ser ut så kommer vi att behöva slå oss in i staden”, sa Asama bittert. ”Det kommer bli strider både utanför och inne i staden. Vi drakriddare är specialister på att slåss mot demoner i trånga utrymmen så vi kommer att gå in i staden.”

”Våra och Darandas trupper är huvudsakligen kavalleri”, sa Lamas och sneglade surt mot Efram som nickade. ”Vi gör ingen nytta innanför murarna, men vi skulle kunna hålla en stor del av demonerna utanför.”

”Vi är inte vana att strida bland hus eller trånga utrymmen heller”, sa Angar. ”Jag har femhundra tusen soldater med mig, vi kommer kunna hålla näst intill allt som kommer ut ur staden.”

Efram bleknade när han hörde hur många magrashiska soldater som befann sig i lägret. Drashin dolde ett flin genom att gnida sig om hakan. Angar hade säkerligen minst dubbelt så många soldater, troligen mer, som den darandiske kungen. Lamas nickade uppskattande mot magrashen som böjde lätt på nacken.

”Jag har ungefär femtio tusen soldater här”, sa Famala och såg ner på kartan. ”Trettiofemtusen är beridna så jag håller dem utanför staden. Resten kommer att följa drakriddarna in i staden.”

"Jag delar upp mina krigare också", sa Hasram och lade sina grova armar över bröstet. "Byggmästare Gerak Nor'sak från Korat klanen kommer att leda de utanför staden. Själv tar jag med mig sextusen in i staden."

Drashin vände sig mot överste Sarasha som lojt stod och vägde på hälarna lite vid sidan. Amdorianen höjde på ögonbrynen när han mötte drakriddarens blick.

"Hur många soldater har du med dig, överste?"

Sarasha rätade genast på sig och gjorde honnör. "Vi är lite mindre än tiotusen, general", sa han med fast stämma. "Endast fotsoldater, vi önskar strida vid drakriddarnas sida i staden, general."

Drashin nickade bara och vände sig mot bordet igen. "Då är det beslutat", sa han och satte händerna på kartan över staden. "Nu måste vi börja planera inför den kommande striden. Vi måste locka ut så många demoner vi bara kan ut ur staden. Sedan måste vi se till att en väg in i staden öppnas så att vi kan ta oss in. Vi måste se till att alla vet vad de ska göra." Han gav Efram en vass blick och den darandiske kungen svalde. "Allt måste fungera. Vår framtid hänger på den här striden."

Planeringarna pågick till långt in på natten. Det skickades bud om mat och papper med order skickades med springande bud kors och tvärs över lägret.

21

Marish höll sig om sidan och tittade ut genom fönstret från andarnas torn. Hela slätten söder om Dran'Kar var upplyst med lägereldar. Det var omöjligt att veta hur många soldater som fanns där nere, men han gissade på att Drashin troligen fått med sig minst en halv miljon, kanske till och med mer. Men skulle det räcka?

Han fick ett hostanfall och vek sig dubbel av smärtan som blommade upp i magen och bröstet på honom. När anfallet gått över torkade han sig flämtandes om munnen med handen. Han såg ner på blodet som nästan sken rött på den bleka hyn. Hur lång tid hade han kvar?

Marish tog ett djupt andetag och rätade på sig. Asharak hade kallat på honom och han var på väg till rummet som fanns högst upp i tornet när hans blick hade fastnat på det stora lägret. Han fortsatte upp för trappan och snart stod han i gemaken utanför det rum som den fallne ängeln tagit som tronsal. Det hade varit häxornas framkallnings rum, där de kallade på de andar som de trodde kom från Dödens dal. Nå, några av dem hade faktiskt gjort det, men de allra flesta kom från någon annanstans.

Det hängde en stor spegel på väggen strax innan dörren och Marish såg på sin spegelbild. Hans ansikte var magert och ögonen var insjunkna. Huden var blek, det såg nästan ut som om han verkligen var död. Endast de tre fingrarna på vänsterhanden som kom från hans riktiga kropp hade någon färg. Hans hår var nu vitt, bara någon dag efter han anlände till staden hans hår ändrat färg.

Han grimaserade och vände sig mot den stora dörren. Han hoppades att han fortfarande hade lite tid kvar. Han var inte redo ännu, det fanns fortfarande saker han var tvungen att göra.

Han knackade hårt på dörren, väntade på den korta befallningen och steg sedan in i den stora salen som fanns högst upp i andarnas torn. Aram Trasher var självklart där. Den forne drakriddaren vek nästan aldrig från sin herres sida längre. Han såg jagad ut och hans blick flackade hela tiden fram och tillbaka. Den höknäste mannen var på gränsen till att bli vansinnig.

I ett hörn låg något under en hög av tyg. Marish var inte säker, men han tyckte sig se en hand som stack fram under högen.

Asharak satt på en stor svart tron och trummade otåligt på armstödet. Marish rätade på sig lite till och stegade lugnt in i rummet. Han försökte att inte visa det, men han var på sin vakt. Asharak var oberäknelig och Marish förstod nu att han hade varit del av mycket som hänt under många tusen år. Han hade tillsammans med Nariff försökt styra Ka'shar att utplåna drakriddarna och erövra ovanjorden, men Mantera, Liana och de andra hade stoppat honom då. Han hade även varit den som hållit i trådarna när sachaserna spred skräck under fyrahundra år.

När han var fem steg från tronen bugade han för den fallne ängel. "Som ni befallt, så har jag kommit", sa han lugnt.

"Hur kunde de hitta oss?" fräste Asharak. "Den här platsen kände ingen till. Hur?"

"Jag kan inte svara på det, herre", sa Marish. "Kanske finns det en spion i våra led." Han sneglade mot Trasher. "Men jag tvivlar på att denna spion finns kvar här nu. Han måste flytt så snart den första soldaten siktades."

Asharak flög upp från tronen med ett rytande och vräkte sedan iväg den så den krossades mot väggen. Marish motstod viljan att le. Om Trasher var på gränsen till vansinne, så var Asharak redan där. Kanske redan efter fiaskot i Soma.

Det klickade i golvet när en stor marulak långsamt gick över golvet. Den såg hungrigt på Marish med sina röda ögon. De stora vita tänderna glänste av saliv som rykande droppade ner på golvet. Tänderna doldes aldrig, då en marulak helt saknade överläpp. Den gick bort mot Asharak, men den släppte aldrig Marish med blicken.

Marish stelnade till så snart han fick se den stora hundliknande demonen. I det skick som han var i nu skulle han aldrig ha en chans om monstret gick till angrepp. Den skulle slita honom i stycken på ett ögonblick. Asharak må vara galen, men han var en farlig galning med demoner att beordra. En galning med en marulak var extremt farlig.

"Vi ska förgöra dem!" röt Asharak och vände sig mot Marish och Trasher igen. "Ingen skall stå i min väg! Jag är härskare över allt!"

Trasher föll ner på knä och stirrade hänfört på sin herre. Marish höll tillbaka en fnysning. Kanske var karl nästan lika galen som ängeln ändå. Han harklade sig och Asharak såg på honom med ögon som sken av vansinne.

"Vi skulle kunna sänka deras stridsmoral en aning, herre", sa Marish försiktigt. "Vi har ju trots allt en massa skräp som bara ligger där nere i husen och på gatorna, om ni förstår vad jag menar."

"Du menar de döda?" sa Trasher förvirrat. "Vad är det med dem?"

"Vi har ju fortfarande några katapulter", sa Marish menande. "Vi kan ju göra oss av med det som bara ligger och skräpar." Han gjorde en gest mot högen i hörnet. "Har vi verkligen någon nytta av det där?"

Asharak såg bort mot byltet. Han stegade fram till det och böjde sig ner. Ett kvinnoskrik hördes när han rätade på sig. I handen höll han upp en kvinna med ett fast grepp i det gråsprängda håret. Marish kämpade emot lusten att springa fram och slita bort henne från ängeln.

Salmera As'Laynai var häxornas högsta ledare. Eller snarare hade varit. Häxornas råd fanns inte längre och de få som fortfarande levde hade svurit sig till Asharak. Marish trodde dock inte att någon av dem skulle överleva morgondagen, kanske inte ens natten.

"Katapulterna, säger du", Asharak log stort och vände sig mot honom. "Vilken strålande idé."

Marish kunde inte låta bli att rysa och ångrade genast att han sagt något. Salmera stirrade hatiskt mot honom där hon hängde slappt i Asharaks grepp. Trasher fnittrade lyriskt och hans ögon nästan glittrade när han såg på ängeln och kvinnan framför sig. Marish bet sig ilsket i läppen. Varför hade han inte bara hållit tyst.

Liana satt med knäna mot hakan och stirrade in i elden framför henne. Aylia och Jali satt på varsin sida om henne på samma sätt. Ingen av dem kunde sova. Spänningen om vad som skulle hända imorgon var för stor. På marken, inte långt bort från dem, låg Tirasine, Ranin och Meeko och sov. Till synes helt oberörda av vad som skulle ske. Liana avundades dem tre. Kunna vara så lugna trots vad som låg framför dem, men det var väl på grund av deras erfarenhet. Vila när man kan. Det var vad de alltid sa.

Två soldater med svarta vapenrockar gick förbi deras eld. Liana sneglade bara på dem. Spökrikets soldater var inte mer än kanske hundra. De var alla nedstämda och verkade inte riktigt veta vad de skulle göra. Liana hade sett flera av dem stirra bort mot staden innan solen gått ner. Tomma i blicken och nersjunkna axlar. Några hade till och med kommit till Aylia och Jali för att söka råd. Men de två forna häxorna hade inte kunnat stilla deras oro.

Liana hade inte sett Drashin sedan han gått till det stora tältet mitt i lägret när de anlänt. Det sista hon hört från honom, eller någon av de befälhavare som fanns i lägret, var när order om att klipptrollens sköldar skulle ställas mot staden. Ifall demonerna fick för sig att anfalla under natten, men allt var lugnt än så länge.

Jali muttrade något och begravde ansiktet i sina knän. Liana sneglade kort på henne innan hon åter såg in i elden. Aylia varken rörde sig eller gjorde något ljud från sig. Om det inte varit för att Liana såg skenet från lågorna i hennes ögon kunde man trott att hon sov.

De två forna häxorna hade varit nedstämda ända sedan de kommit till Dran'Kar. Ingen av dem såg mot staden som en gång varit deras hem. Liana visste inte vad hon kunde göra för att lätta på stämningen, men hon kände den tryckande känslan som låg över hela lägret. Det var endast drakriddarna och klipptrollen som till synes verkade oberörda, men Liana misstänkte att det bara var utåt sett. Hon hade sett både drakriddare och klipptroll som talade sinsemellan med låga röst och som då och då sett mot staden med bekymrade miner.

Sareas och Kalar kom gåendes genom lägret. Tvillingarna samtalade lågt med varandra. De gick med avslappnade steg och lugna ansikten. Liana lyfte på huvudet och rynkade pannan. De verkade avslappnade, men hon såg hur Sareas höll hårt i sitt långa spjut och Kalar höll i sin pilbåge med en pil mot strängen, redo att lyftas och skjutas på ett ögonblick.

Hon såg sig om och såg nu hur drakriddarnas och klipptrollens del av lägret verkligen såg ut. Alram såg ut att lugnt putsa ett av sina svärd, men Liana såg hur trasan bara lätt rörde klingan. Krashak satt, med pipan i munnen, och skrattade med Dram, Rasham, Harinak och Garak. Alla fem tillsynes oberörda och lugna, men deras vapen stod lutade mot deras ben, redo att gripas om något skulle hända. Liana lät blicken glida över den närmaste delen av lägret. Överallt såg hon krigare som till ytan verkade lugna och oberörda. Men alla hade sina vapen nära till hands. De som låg och sov hade ena handen på ett svärdshjalt, yxskaft eller spjut.

"De är kanske inte så oberörda ändå", mumlade Liana.

"Vad?" sa Aylia och vände blicken mot henne.

Innan Liana hann svara hördes en hornstöt från klipptrollens sköldar. Genast for Tirasine, Ranin och Meeko upp från marken och började rusa bort mot ljudet. Liana höll på att falla omkull tillsamman med Aylia och Jali när de tre for upp samtidigt, men de återfick fotfästet och rusade iväg närmare staden.

Liana fick se Krashak som stod och talade med ett annat klipptroll inte långt från de som höll i sköldarna. Hon skyndade dit tillsammans med sina två vänner. Klipptrollen pratade upprört med varandra på sitt språk.

"Vad händer?" undrade Liana andfått när hon kom fram till översten.

"Katapulter från staden kastar saker mot oss", sa Krashak bistert och trängde sig fram förbi sköldarna.

Liana såg på Aylia och Jali innan hon skyndade efter honom. Drashin dök upp och ställde sig jämte den väldige drakriddaren tillsammans med Hasram, Famala och Lamas. Alla spanade mot staden för att se vad som kastades mot dem. Liana sträckte på sig för att kunna se bättre, men det enda hon kunde urskilja var att något som flygandes mot dem. En dov duns hördes inte långt från dem. Vad som än kastades mot dem, så var det inte stenar. Liana hade en känsla av att hon inte ville veta vad som kastades ut från staden.

"Vad...?" började Drashin men avbröt sig när ett skrik kom närmare från staden. Skriken avbröt tvärt.

"Människor", flämtade Famala och Liana hörde hur någon kräktes jämte henne. Hon svalde hårt för att inte göra personen sällskap.

Ännu ett skrik hördes och avbröts lika tvärt när kroppen slog i marken. Ljudet av människokroppar som träffade marken kom lite närmare och till slut klarade Liana inte mer. Hon vek sig dubbel och kräktes.

"Vissa är inte ens döda ännu", hörde hon Drashin säga med arg röst.

Liana kände en hand på sin axel och lyfte ansikte. Aylia log svagt mot henne. Hennes ansikte var blekt och Liana kunde se att hon kämpade att inte kräkas själv. Liana torkade munnen med baksidan av handen och såg sig om. Jali stod på alla fyra och blundade hårt. Flera runt omkring dem, människor som klipptroll, hade eller höll på att kräkas vid det vidriga ljudet av människokroppar som slog till marken.

Liana försökte stänga ute ljudet, men skräckslagna skrik från människor som flög genom luften mot en säker död letade sig in i hennes medvetande. Hon kräktes igen.

Liana, Aylia och Jali stod inte ut med ljudet när kropparna träffade marken eller de skrik som kom närmare bara för att tvärt avbrytas. Efter en halvtimma gick de tre tillbaka till lägerelden. Skriken hördes fortfarande bort till dem, men de slapp i alla fall höra när kropparna träffade marken.

Jali grät öppet med ansiktet begravet i händerna. Tirasine satte sig jämte henne och lade armen om henne. Hon viskade tröstande ord i hennes öra. Mira satte sig bredvid Aylia, som med likblekt ansikte och tom blick stirrade in i elden. När helerskan sade något till henne brast även hon ut i gråt och lade huvudet mot Miras axel.

Liana kände hur tårarna bildades i ögonvrån, men blinkade envetet bort dem. Med en snabb blick mot sina två vänner reste hon sig och satte sig på andra sidan elden. Ranin och Meeko satte sig vid hennes sida och de tre såg in i elden.

"Varför?" sa Liana lågt för att de två häxorna inte skulle höra henne.

"För att bryta ner oss", sa Ranin lugnt och petade i elden med en pinne.

"Men levande människor!" envisades Liana och svalde hårt när ännu ett skrik ekade genom lägret.

"Det bekräftar bara vilket monster Asharak är", sa Ranin fortfarande lika lugnt. "Dessutom, Liana, så är det demoner som befinner sig på andra sidan muren. De njuter av att plåga och döda människor. Ju värre det är desto bättre."

Liana lyfte ilsket blicken. Hur kunde han låta så lugn? Hur kunde han vara likgiltig för vad som hände där ute, mellan lägret och staden? Ranin mötte stadigt hennes blick och Liana glömde helt bort vad hon skulle säga.

Den äldre drakriddarens ögon var nästan svarta och vreden lyste starkt i dem. Han höll stadigt i sin långa dolk och petade, nästan lojt, naglarna med den. Ett lågt svischande hördes från hennes andra sida och när hon vred på huvudet såg hon hur Meeko drog en slipsten längs eggen på sin ena yxa. Dvärgen tog inte ögonen från det han gjorde och hans läppar var formade till ett förväntansfullt, nästan elakt, flin.

"Demoner njuter av att plåga och döda människor", upprepade Ranin med mjuk röst. Liana såg fler drakriddare och klipptroll som vandrade tillbaka in i lägret. Alla hade dem samma bistra min, en del nästan ett identiskt flin som Meeko, och deras ögon lågade av beslutsamhet. "Vi slår tillbaka och utplånar alla demoner som vistas ovanjord. Det är vår uppgift."

Liana såg mot sina två gråtande vänner som tröstades av Mira och Tirasine. Hon bet ihop käkarna och nickade bistert. Demonerna och Asharak skulle inte få gå ostraffade för vad de gjort här.

I nästan två timmar till fortsatte demonerna att slunga ut människor från Dran'Kar. Liana tvingade sig att lyssna på varje skrik som ekade genom lägret när levande personer flög genom luften mot en säker död.

Hon hörde att Drashin hade gett order om att drakarna skulle försöka fånga upp alla levande som slungades mot dem, men det hade varit omöjligt. Mitt bland alla människor hade demonerna börjat slunga stenar också, så Samare och drakarna hade gett upp för att inte själva riskera att dödas av stenar som plötsligt dök upp i mörkret.

Efter två timmar exploderade plötsligt något inne i staden. Aylia och Jali for upp och stirrade mot den. Liana reste sig tillsammans med Ranin och Meeko för att se vad som hände. Liana hann precis se hur det högre av de två tornen inne i staden rasade och hur eld spred sig runt platsen. Elden var snart släckt och endast en tjock, svart rökpelare steg till himlen.

”Rådstornet”, sa Aylia med gråten i halsen. ”Det var rådstornet som rasade. Vad händer där borta? Varför händer detta?”

Liana sa inget. Mira lade en tröstande arm om Aylia och höll om henne. Tirasine gjorde detsamma med Jali, men drakriddarens blick var bister när hon såg bort mot staden.

Liana hörde hur Drashin började ropa ut order, och folk började röra sig mot platsen där alla kroppar landat. Flera hade spadar med sig. Liana stannade kvar och satte sig ner. Hon ville inte se resterna från alla människor som låg mellan dem och staden. Hon satte sig ner igen mittemellan Ranin och Meeko.

En halvtimma senare kom Drashin gåendes genom lägret tillsammans med Hasram och Famala. När han fick se Lianas grupp vände han genast stegen mot dem. Hans bistra blick gled bara hastigt över Liana, Ranin och Meeko innan han vände sig mot Aylia.

”Vi har identifierat Salmera”, sa han sakta.

”Var hon död när hon slungades?” kved häxan.

Drashin skakade långsamt på huvudet. ”Hon var den sista som kastades iväg”, sa han långsamt. ”Det var hon som slungade det stora eldklotet som raserade rådstornet.”

”Jag tror att hon försökte träffa det andra tornet”, sa Famala och såg medlidande på Aylia. ”Men något skyddade det och eldklotet träffade istället rådstornet.”

”Andarnas torn”; viskade Jali mellan snyftningarna. ”Asharak finns där. Det måste vara därför hon försökte förstöra det.”

Drashin nickade sakta och såg på Famala och Hasram. Moskers drottning nickade medan Hasram ryckte på axlarna. Klipptrollet var nästan likgiltig för vad som hände. Han var i krig och allt kunde hända i krig. Klipptroll var ett hårt folk, som inte skrämdes så lätt. Klipptroll var skapade för krig och levde nästan hela sina långa liv i krig.

Drashin gned sig trött om pannan och vände sig om. "Försök att få lite sömn", sa han. "Om det är möjligt. Imorgon blir en lång dag."

Liana såg efter honom när han gick iväg i samtal med de båda andra ledarna. Sova? Liana trodde inte att hon skulle klara av att sova efter det som hon bevittnat. Meeko och Ranin gick genast bort till sina filtar och lade sig tillrätta. Sina vapen lade dem inom en armslängd och ena handen vilade på ett av dem, redo till strid på ett ögonblick. Liana såg på sina två bedrövade vänner som fortfarande tröstades av Mira och Tirasine. Sedan reste hon sig och gick bort till sina filtar. Hon lade sig tillrätta och lät handen vila mot det ena svärdets hjalt.

Efter alla dödsskrik och det obehagliga ljudet var det oerhört svår att slappna av. Liana stirrade upp mot den mörka natthimlen och hennes grepp om svärdet hårdnade. Hon skulle söka upp Asharak imorgon. Hon måste finna honom och få ett stopp på den här mardrömmen som han skapat. Enda sättet att göra det på var att döda honom.

Hon slöt ögonen och lyssnade på Aylias och Jalis snyftanden. För sina vänners skull skulle hon döda den fallne ängeln. Sakta kom sömnen till henne.

22

Solen hade precis kommit upp ovanför trädtopparna när drakriddarna ställde upp sig bakom de tretusen klipptroll som höll i de stora stålsköldarna. Drakriddarna stod uppställde efter sina skvadroner och längst fram stod Drashin och Asama med sina två. General Jasara stod längst bak tillsammans med Hasrams klipptroll och de moskier och amdorianer som skulle följa med in i staden.

Drashin hade gett Samare order om att hålla luften över hela slagfältet, även staden, fri från flygande demoner. De vilda drakarna som tillhörde Dödens skvadron skulle samarbeta med Kadar och drakryttarna. Samare hade grumsat lite, men han förstod att en drake gjorde ingen nytta i strider på Dran'Kars gator.

Liana stod alldeles bakom general Drashin och general Mashok. Aylia och Jali stod på varsin sida om henne och höll hårt i sina spjut. Deras ögon var rödgråtna, men deras miner var beslutsamma. Liana kände sig själv alldeles urlakad. Hon hade inte fått mycket sömn under natten. Det hade ingen av dem fått.

Drashin och Asama stod rakryggade och såg nästan uttråkade ut där de spanade mot staden. Liana undrade otåligt vad de väntade på.

"Jag funderar på en sak", sa Asama lugnt.

"Intressant", sa Drashin ointresserat. "Vad kan det vara för något?"

"Hur får vi ut dem?"

Liana stirrade på de två generalernas ryggar.

"Har inte tänkt så långt?" sa Drashin och stoppade ett finger i örat. "Tänkte att du kanske hade en idé."

Mira kom vandrandes genom leden tillsammans med Hiram som lojt sträckte på sig. Båda kvinnorna hade sina långa spjut över ena axeln. Mira hade flätat sitt hår i en liknande fläta som ängeln alltid hade och den hängde över den andra axeln. De två letade sig snabbt fram till Drashin och Asama. Mira ställde sig genast mellan de två längre männen och Hiram ställde sig på Drashins vänstra sida.

"Vad gör vi nu?" frågade Hiram och stötte spjutet i marken så hon kunde luta sig mot det. "Väntar på att de snällt öppnar portarna?"

"Det kommer att vara omöjligt att ta sig in genom porten med alla de-
moner som kommer att storma ut ur den", sa Mira vasst. "Vi kommer att
behöva flera öppningar. Stora öppningar."

"Vi hade behövt Diriska", sa Asama långsamt. "Med bara Hiram blir
det svårt att öppna upp så många hål i muren samtidigt som hon tvingas
slåss mot demoner."

"Vi får göra det bästa av situationen", sa Drashin och drog sina svärd.
"Vi har inte lyxen att vänta på Diriska. Vem vet hur lång tid det kommer ta
att hela drakarna. Eller om hon ens kan göra det."

"Om jag får en liten grupp som kan hålla demonerna borta från mig så
skall jag nog kunna öppna upp muren åt oss", sa Hiram och höjde han-
den mot staden. Klipptrollen framför henne steg åt sidan. "Skall vi knacka
på?"

Utan att vänta på svar skickade hon iväg ett eldklot, stor som en häst.
På bara några sekunder for det över fältet och träffade de stora portarna.
Stora stenblock for upp i luften och in i staden. Tystnaden lade sig över
den väldiga armén som stod ute på slätten. Endast ljudet av klipptrollens
tunga steg när det åter ställde sig på plats framför Hiram. Sedan ljöd ett
horn från staden och med ett avgrundsvrål stormade demonerna ut ur
den stora öppningen som skapats i muren.

"Håll era positioner!" vrålade Drashin. "Låt dem komma till oss!"

"Sköldar redo!" röt Asama.

Liana såg hur klipptrollen tog spjärn med fötterna och kröp ihop en
aning bakom sina sköldar. Beredda för den väldiga mur av monster som
kom emot dem. Hon drog sina svärd och gjorde sig redo för strid. Överallt
runt henne glimtade det till när drakriddarna frammanade sina rustning.
Drashin frammanade sin silverrustning med hjälmen formad till ett kra-
nium och Asama sin gyllene med den enkla hjälmen, endast prydd med
två vassa stålvingar.

"Magiker! Eld!" röt Drashin och höjde sitt ena svärd.

Genast for en vid båge med eldklot genom luften och landade bland
demonerna som rusade mot dem. Liana såg hur lemlästade kroppar kas-
tades upp i luften, men den väldiga hjorden som kom emot dem såg
knappt ut att minska. Mira och Hiram skickade också iväg eldklot som
landade mitt bland demonerna.

"Redo för sammandrabbning!" vrålade ett klipptroll.

Med en öronbedövande smäll dundrade demonerna in i klipptrollens
sköldar. Klipptrollen knuffades tillbaka några steg, men pressade sedan

tillbaka monstren. Väldiga, kloförsedda händer sträckte sig över och mellan sköldarna för att komma åt klipptrollen. Drashin och Asama agerade blixtsnabbt och högg av armar som lirkade sig genom. Överallt i ledet höggs armar av och sakta men säkert tog klipptrollen ett steg i taget framåt.

"De försöker komma runt sköldarna!"

"Kalla in kavalleriet!" beordrade Asama och genast hördes en utdragen hornstöt.

Darandas, Moskers och Somas kavalleri kom inridandens och drabbade samman med demonernas vänstra flank. Magrasherna kom rusandes mot demonernas högra flank. Liana var så upptagen att finna en öppning mellan klipptrollens sköldar att hon först inte såg det kavalleri som dundrade förbi de framrusade magrasherna. När hon väl lade märke till dem stirrade hon gapande på dem.

I täten för de tusentals beridna soldaterna fladdrade Amdorias vita baner med den röda slingrande draken. Intill det red en ung kvinna med det mörka håret flygandes bakom sig och draget svärd som var riktat mot demonerna. Lansar med stålspetsar riktades mot fienden framför dem och med ett brak plöjde det amdorianska kavalleriet in bland demonerna.

"Är det prinsessan Marin?" ropade Asama över stridslarmet.

"Det ser verkligen ut som det", ropade Drashin tillbaka med ett skratt. "Mira kalla in Samare!"

Liana såg hur helerskan lyfte en lite vissla till munnen och blåste. Strax for Samare och alla drakarna förbi ovanför dem. Så snart de passerat sköldarna började de spruta eld för att göra upp en tom yta. Så snart den var tom kastade klipptrollen undan sköldarna och drog sina stora tunga vapen.

"Anfall!" vrålade Asama. "Sar Ma'sharos'tian ki niorta! Ki niorta!"

"Intill Döden!" vrålade Liana och rusade framåt.

"Hiram, se till att öppna upp muren!", röt Drashin samtidigt som han högg huvudet av en stor taur. "Vi måste in i staden!"

Ett eldklot, stort som en häst, for iväg över fältet igen. På vägen mot muren brände det ihjäl hundratals demoner och när det träffade mura exploderade det. Enorma stenblock for in i staden.

Liana parerade en stor yxa med ena svärdet och högg av demonens ben med det andra. När demonen föll skar Jali upp halsen på den innan hon sedan drev spjutets klinga in i bröstet på nästa. Aylia sprängde ett litet eldklot i huvudet på en taur samtidigt som hon spetsade en liten råttlikande demon med sitt spjut.

Drakriddarna, klipptrollen och de soldater som skulle in i staden lyckades ta sig halvvägs fram till staden innan demonerna började pressa tillbaka dem. Liana drog ut sitt svärd ur huvudet på en demon när hon såg i ögonvrån hur även amdorianerna och magrasherna pressades tillbaka nu. Hon behövde inte titta efter för att förstå att det samma hände på den vänstra flanken. Med ett ursinnigt vrål skar hon ett djupt sår i halsen på en taur.

Hon fick se Drashin, Asama och Mira som långsamt drog sig tillbaka samtidigt som de värjde sig mot demonernas vapen och klor. Liana kände hur vemodet steg inom henne. Skulle de förlora här? Skulle hon dö här utanför Dran'Kar utan att få träffa Diriska igen?

Ett vrål hördes från staden. Liana lyfte blicken och allt hopp försvann från henne. Fem väldiga monster kom utrusandes från de stora hålen i muren. Hon kände igen dem från det enda mötet hon haft med ett sådant monster innan. I Harash.

De sprang, nästan galopperade, på fyra ben och med sina två muskulösa armar slog de undan allt, demoner, människor och hästar. Huvudena var små för att tillhöra ett sådant monster.

"Vad är det där?" hörde Liana Asama utbrista.

"Gorash!" ropade Drashin vantroget. "Vi stötte på en sådan i Harash. Hiram hade problem med att döda den och här kommer fem!"

Tre väldiga eldklot for fram mot gorasherna, men de hoppade undan dem och fortsatte framåt. Krigarna började nästan springa tillbaka för att komma bort från de fem monstren. Liana kunde knappt röra sig utan stirrade bara stumt på den som närmades sig henne.

"Liana!" ropade Drashin. "Tillbaka!"

Men hon kunde inte röra sig. Med en kraftsamling lyckades hon lyfta sina svärd. Inte för att hon trodde att hon skulle ha någon chans mot det där väldiga monstret som obönhörligt kom närmare.

Plötsligt kom en enorm yxa vinandes genom luften. Liana kände vinddraget när den passerade alldeles intill henne. Gorashen lyckades i sista stund slå undan yxan och stannade tvekande. Den tog några nervösa steg tillbaka och stirrade på något som befanns sig bakom Liana.

"En värdig motståndare", sa en raspig röst bakom henne. "Det var länge sedan som jag slogs mot en gorash. Jag trodde de var utdöda."

Liana vred på huvudet och tittade med stora ögon när Lasoras med tunga steg gick förbi henne. Han roterade axlarna och slog sin väldiga näve i den andra handen. De gröna ögonen sken upphetsat när han såg bort mot gorashen. Liana följde tianen med den misshandlade, intryckta och ärrade mulen med blicken. Vad gjorde han här? Var Diriska med honom?

Gorashen framför tianen tog ytterligare några steg tillbaka. Då började Lasoras springa mot den.

"Du kommer inte undan", ropade han. "Du är min!"

Tianen slog med sin stora näve gorashen i ansiktet och den tog ett stapplande steg åt sidan. Desperat slog den med öppen hand mot Lasoras som enkelt slog undan den med vänster handen och slog till igen med höger handen. Desperat stegrade sig gorashen och sparkade tianen hårt i bröstet. Lasoras ramlade grymtande till marken och gorashen gick till angrepp.

Den stampade tianen i bröstet och försökte komma åt hans ansikte med de stora hovarna. Lasoras lyfte armarna och skyddade sig. Liana hörde hur han började skratta upphetsat. Han grep tag i ena hoven samtidigt som han slog gorashen hårt i magen. Gorashen stönade högt av smärta och sedan vräktes den undan.

Lasoras tog sig på fötter igen, då fick Liana se en andra gorash som kom rusande mot tianen. Innan hon hann ropa något blev hon själv angripen av demoner och hon fick åter kämpa för att sitt liv. Aylia och Jali dök upp strax framför henne. Båda hade blodiga ansikten, men de stötte och svingade beslutsamt sina spjut. I bakgrunden hörde Liana hur Lasoras skrattade när han åter drabbade samman med gorasherna.

Flera stora eldklot slungades från Hiram mot en annan gorash. Ängeln fokuserade helt mot den som befann sig närmast henne. Den vrålade av ilska och smärta när några av kloten faktiskt träffade den, men den saktade inte in stegen utan kom hela tiden närmare ängeln.

Liana visste inte om hon skulle vara förvånade eller inte när hon fick se Ma'sharos'tian lite längre bort stridandes med de två kvarvarande gorasherna. Den väldiga pälsbeklädda tianen svingade sin stora hammare för att hålla undan den ena medan han höll ett fast grepp om den andras hals.

Lasoras slogs till marken efter ännu en spark, inte långt från Liana. Han tog sig snabbt upp på fötter igen. Fick tag i den närmaste gorashens arm, drog den till sig, slog armarna om den och lyfte upp den från marken. Den gav ifrån sig ett desperat tjut när tianen kastade iväg den.

"Diriska!" ropade Liana till tianen. "Mäster Lasoras, var är Diriska?"

"Vad?" sa Lasoras och sneglade mot henne. "Diriska? Åh, hon…" Den andre gorashen kastade sig mot honom. "Nej, så där kan du inte göra", brummade Lasoras och slog den i ansiktet så att tänder flög åt alla håll.

Liana ropade efter honom igen, men han klampade efter gorashen som stapplade undan honom. Han höll ut handen och hans stora yxa kom flygandes. Han slog med yxans flat sida mot gorashens huvud och monstret föll till marken. Med en fnysning lyfte Lasoras yxan och begravde den i bröstet på den stora varelsen. Gorashen gav till ett kort tjut och ryckte till, och blev sedan stilla.

Lasoras drog loss yxan och vände sig mot den andra gorashen som kom rusandes igen. Tianen ställde sig bredbent och fattade yxan med båda händerna. Han drog den över axeln och vred hela överkroppen, redo att möta monstret som kom mot honom. När gorashen var inom en armlängds avstånd svingade Lasoras yxan. Liana kunde nästan se förvåningen i monstrets ögon när överkroppen delades och landade på varsin sida av tianen.

Liana skar upp buken av en demon och skyndade fram till tianen som med ett bullrande skratt lade den stora yxan över axeln. En kraftig explosion till vänster fick Liana att tappa fotfästet och hon ramlade in i ryggen på Lasoras. Tianen såg ner på henne med rynkad panna innan han såg upp mot explosionen. Liana tittade också dit och såg hur Hiram stod hopsjunken framför en stor krater. Gorashen som hon slagits mot syntes inte till.

En huvudlös gorash flög över slagfältet och krossade ett flertal demoner när den landade. Liana såg hur Ma'sharos'tian krossade bröstkorgen på den återstående gorashen med sin stora hammare. Sedan såg han uppmärksamt på demonhorden som myllrade framför honom.

"De är för många till och med för oss, broder Soras", ropade han över slagfältet. "Vi måste dra oss tillbaka och omgruppera."

Lasoras grymtade missnöjt och tog motvilligt två steg tillbaka. Liana skyndade fram till honom och drog honom i ärmen. I ögonvrån såg hon hur Drashin viftade i luften och tecknade om reträtt. Den väldiga varelsen bredvid henne såg frågande ner på henne.

"Var är Diriska?" ropade hon.

Lasoras såg på henne med rynkad panna. Han grep om hennes hjälm med en väldig näve och ruskade försiktigt om hennes huvud. Han muttrade något fundersamt när han släppte hjälmen. Trots att hans rörelse varit försiktig värkte det en aning i nacken på Liana.

"Diriska?" muttrade han frånvarande och kliade sig på mulen. "Ja..."

Innan han hann fortsätta bildades fyra gigantiska portöppningar på himlen ovanför deras huvuden. Fyra enorma eldpelare sköt ut från dem och stora, brända gator bildades i demonernas led. Sedan ringlade en lång, ormliknande drake med varghuvud ut genom en av öppningarna. Sedan följde två andra drakar, dessa liknade mer dvärgdrakarna som flög över slagfältet och stred mot de flygande demonerna. Den ena var aningen större än den andra och hade rött skinn medan de andre hade brunt. De tre vrålade gemensamt och sprutade ut eld över demonerna som desperat försökte komma undan.

"Det är drakbröderna!" vrålade någon bakom Liana. "De har kommit till vår undsättning!"

Liana stirrade på de tre drakarna som svepte över slagfältet och brände tusentals demoner till döds. Ännu ett högt vrål hördes över deras huvuden och en blå drake gled ut genom den fjärde öppningen.

"Diriska", viskade Liana och såg efter draken som sakta gled över henne.

"Där är hon", sa Lasoras med sin raspiga röst. "Skyarnas drottning har anlänt till slagfältet."

"Liana!"

Liana vred på huvudet och såg Aylia och Jali komma springandes mot henne. Hennes två vänner var tilltufsade, men verkade oskadda. Krashak och Rasham kom skyndades tillsammans med de två unga kvinnorna. De verkade så små där de sprang framför de två klipptrollen. Aylia och Jali stannade bara några steg från henne och såg oroliga mot Lasoras som stod med sin stora yxa över axeln. Krashak och Rasham tvekade innan de två bugade kort mot tianen, osäkra på hur de skulle agera runt honom.

"En skapelse som jag kan vara stolt över", brummade Lasoras när han såg mot de två stora männen. Han vände sig mot Ma'sharos'tian som kom gåendes med en trött Hiram hängandes vid hans arm. "Klarar hon mer?" Liana blev förvånad över hur orolig Lasoras röst lät.

"Hon behöver bara en kort vila", sa Ma'sharos'tian och lade försiktigt sin hand på ängeln huvud. "Hon är starkare än vi trott."

Lasoras nickade grymtandes och vände blicken mot himlen igen. Diriska gled långsamt över människornas och klipptrollens armé, som om hon bevakade dem. De tre andra gled tillbaka mot dem, sakta sjunkandes mot marken. När de var framför Liana och de andra bytte de skepnad och landade som människor.

Liana blinkade till. Alla tre bar identiska ansikten, korta hår och var lika långa. Hade det inte varit för att håren och ögonen haft olika färger skulle Liana aldrig kunnat se skillnad på dem. Deras kläder hade samma nyanser som deras skinn som drakar. De bugade djupt för Ma'sharos'tian och Lasoras när de stannade.

"Mäster Sharos", sa rödögde Asmaji när han rätade på sig. "Mäster Soras. Vi ursäktar att vi dröjde. Vi är nu utvilade."

"Jag kan inte minnas hur jag lärde mig att byta skepnad så här", sa gulögde Lindramas och lyfte sina händer. "Jag mindes inte ens att jag kunde förrän Diriska talade om det för mig."

"Hon var förvånad över hur dunkla våra minnen var över de senaste fyra tusen år en" sa Sultan och lät sina bruna ögon svepa över människorna. "Vissa minnen är klara, men andra är så dunkla att vi knappt tror att det är våra egna."

"Nå", sa Lasoras och lade sin stora näve på Lindramas huvud. "Ni är här, och era sinnen är nu äntligen rena."

"Ni kommer att behövas i striden", sa Ma'sharos'tian och såg bort mot soldaterna och drakriddarna som fortfarande kämpade mot demonerna som pressade tillbaka dem. "General Drashin! General Asama!"

Tianens ord ekade över fältet. Liana såg hur Diriskas huvud riktades mot honom och hur draken synade slagfältet. Liana misstänkte att hon sökte efter Drashin. Det var därför hon inte flugit ut över striden som de tre andra.

Drashin och Asama kom springandes från varsitt håll. Mira kom tillsammans med Asama. Helerskan stannade upp och såg på de tre männen som stod framför de två tianerna. Lindramas såg på henne och rynkade fundersamt på pannan. Liana såg ett igenkännande i hans ögon, men han verkade inte kunna komma på varför.

"Vördande", sa Drashin och slog höger näve över bröstet. "Ni kallade."

Diriska sprutade eld över några demoner som kom rusandes över fältet. Sedan bytte hon också skepnad och landade bredvid Drashin. Han böjde lätt på nacken när han såg henne. Hon log vänligt och besvarade hans nick. Sedan log hon varmt mot Liana, Aylia och Jali. Liana kände sig lättad över att hon inte hade ändrat på sitt utseende som de tre bröderna. Hon bar som vanligt sin klänning, idag med röd topp och blå kjol.

"Vad har ni kommit fram till?" frågade Ma'sharos'tian. "Vad är era planer?"

"Kavalleriet skall försöka hålla den största delen av demonerna utanför staden", sa Asama kort. "Drakriddarna, en del av klipptrollens krigare, och kanske en tredjedel av fotsoldaterna ska försöka ta sig in i staden och leta reda på Asharak."

"Vet vi var han finns?" undrade Lasoras.

"Vi misstänker att han finns i andarnas torn", Asama tvekade en aning innan han lade till: "Mäster Soras."

Tianen blinkade till och hans ögon glimmade muntert.

"Tyvärr har vi inte gjort så stora framsteg", sa Drashin och såg sig över axeln. "Det är betydligt fler demoner än vi räknat med. Dessutom hade vi inte trott att det skulle finnas gorasher här. Om ni inte kommit när ni gjorde, skulle hela vår armé blivit utplånad."

"Jag är också förvånade över att se dessa monster", sa Ma'sharos'tian och såg mot Lasoras. "Jag var säker på att de alla blev utrotade."

"Kanske missade vi några", muttrade den andre tianen. "Tänk på att det var länge sedan vi stred mot de mörka gudarna, broder Sharos. Det kan finnas fler av deras skapelser som fortfarande vandrar bland oss."

"Är det skapelser från gudarnas krig?" utbrast Sultan och stirrade på gorashen som låg bara några steg bort.

"Ni barn kommer att ha stora problem om det finns fler", sa Ma'sharos'tian och vägde sin hammare i handen. "Låt mig och Soras ta hand om dem om det skulle finnas fler." Han vände sig mot Hiram som hade fått tillbaka lite krafter, och de tre drakbröderna. "Gå inte in i strider ensamma mot dem. Gorash är mycket tåliga mot magi och oerhört starka. Se till att vara inom hörhåll för åtminstone en av de andra."

"Ja, mäster Sharos", sa de tre bröderna i kör och bugade.

"Ja, fader Sharos", sa Hiram.

Liana spärrade upp ögonen och stirrade på ängeln. Fader Sharos? Drakarna såg förbluffat på henne också. De två tianerna såg nästan helt oberörda ut, även om det ryckte lite i läppen på Ma'sharos'tian, alldeles runt hans ena långa tand.

"Trodde du hade utplånat deras minnen", muttrade Lasoras, satte ner yxan med en duns i marken och lutade sig mot dess skaft.

"Endast Harmsna skall ha några minnen om det", sa Ma'sharos'tian med en nick. "Men kanske har hennes minnen vaknat. Kanske har hennes samhörighet med Dödens dal något med det att göra."

"Vi har inte tid med detta", sa Drashin. Varken han, Mira eller Asama hade rört en min vid Hirams ord. "Vi måste ta oss in i staden."

Liana hoppade till när något slog i marken med en väldig duns inte långt från dem. Hon såg hur Samare vilt brottades med tre bevingade demoner. Den store dvärgdraken skallade en av dem och den raglade bort från honom. Han fick tag i ena vingen på en andra och slet loss den. Demonen vrålade av smärta och försökte förgäves slita sig loss från Samares grepp. Den tredje såg en öppning och bet draken i axeln. Samare morrade bara högt och grep efter den.

Den första återfick balansen och kastade sig efter dvärgdraken, men Mira rusade dit och drev sitt långa spjut in i dess sida. Demonen skrek till och började vrida sig för att komma åt sin nye fiende. Liana hörde hur Mira ropade något och demonen genomfors av ett kraftigt krampanfall och tjöt högt när tusentals små blixtrar for från spjutet och in i dess kropp.

En av Samares angripare vände sig om, väste högt och kastade sig efter helerskan som lugnt drog ut spjutet ur den döende demonen framför sig. Innan demonen med den saknade vingen nådde fram till drakrytterskan var både Drashin och Asama mellan dem. Demonen skrek av missräkning och slog efter drakriddarna med sina långa klor.

De två hoppade smidigt undan och svingade sina svärd mot den. Demonen hoppade tillbaka och väste hotfullt. Då grep Samare tag i den och slöt sina käftar om halsen. Demonens skrik avbröts tvärt när draken bröt nacken av den och kastade undan den döda kroppen. Liana såg den tredje demonen ligga till marken med avslitet huvud.

Samare andades tungt medan han såg på de tre döda demonerna på marken. Blod rann längs med hans ben och hans ena öga var svullet. Mira skyndade fram till honom och undersökte hans sår. Dvärgdraken stod tålmodigt och väntade. Alla såren slöts inför Lianas ögon och svullnaden vid ögat försvann. Samare puffade lätt med nosen mot Miras panna innan han åter tog till luften och tillbaka till striden.

"Han har utvecklats en aning", sa Lasoras och såg efter honom. "Nästan inget finns kvar hos honom sedan jag träffade honom första gången."

"Första gången?" undrade Drashin när han och de två andra slöt sig till dem igen. "Han är precis densamma som han var när vi jagade Nariff."

"Ah, men det var inte första gången jag stötte på unge Samare",
skrockade Lasoras och lyfte upp sin stora yxa. "Han var bara tjugofem
den gången och skadad. Likväl bestämd att skydda sin ryttare till sista
blodsdroppen. Den unga flickan var nästan död när jag råkade på dem."

Liana såg efter draken som anföll en demon i ryggen och slet av dess
båda vingar så den störtade mot marken. Han gestikulerade och röt ut
sina order. De vilda drakarna lydde utan att tveka, medan de tama var
mer försiktiga.

"Men jag kan berätta mer en annan gång", muttrade tianen och ste-
gade iväg mot striderna igen. "Ni vill in i staden? Låt mig, Sharos och
drakbröderna ordna en väg in åt er."

Ma'sharos'tian ändrade greppet om sin stora hammare och följde efter
honom. De tre bröderna följde lydigt efter. Liana såg Lasoras peka mot
himlen och de tre tog varsitt jättehopp.

Liana blinkade till när den blonde Lindramas, med händerna, slog ner
en bevingade demon från luften och ner i myllret under honom. Asmaji
och Sultan flankerade honom och höll demonerna borta genom att kasta
eldklot, spruta eld eller slå bort dem med händerna. Lindramas höjde
båda sina händer framför sig och riktade dem mot staden. En enorm ljus-
pelare, omgärdad med blixtrar, for ut från hans händer. Han lät ljuspela-
ren fara genom demonhorden och skapade en bred väg ända fram till
stadsmuren. Där träffade ljuspelaren muren och exploderade med ett
dån. Enorma stenblock for genom luften åt alla håll.

"Framåt!" röt Drashin. "Skynda innan de hinner stänga vägen in!"

Liana rusade fram sida vid sida med Aylia och Jali. De två häxorna
bar beslutsamma miner och blicken riktad mot staden som en gång varit
deras hem.

"De sluter samman!" ropade Mira över oväsendet runt dem. "Vi kom-
mer aldrig hinna!"

Ma'sharos'tian dök upp till vänster och Lasoras till höger. Tillsammans
lyckades de två väldiga tianerna mota undan hundratals demoner, men
runt dem slöts leden sakta och gatan till staden blev mindre och mindre.

Asama svor högt och svängde av mot den pälsklädde tianen. "Dra-
kens skvadron och Tigerns skvadron, med mig!" röt han. "Örnens skva-
dron och Vargens skvadron, undsätt Soras! Drashin fortsätt in i staden
tillsammans med Hasram."

Drakriddarna delade på sig och spred ut sig för att skapa en vägg till-
sammans med tianerna. Tillsammans lyckades dem stoppa demonerna

från att stänga vägen, men det var fortfarande en bit kvar till staden. Precis vid hålet i muren hade demonerna lyckats samla sig och kom nu rusandes för att möta dem. Liana höll hårt i sina svärd.

"Kisnatch Lach!" vrålade Hasram och rusade förbi. "Blod för blod!"

Med ordlösa vrål dundrade de sextusen klipptrollen som varit med dem förbi Dödens skvadron och drabbade samman med demonerna framför dem. De stora krigarna fick snabbt en öppning och pressade undan demonerna. Vägen in till staden var öppen igen.

"Skynda in Drashin!" vrålade Hamares och krossade skallen på en behornad demon med sin stridshammare. "Vi håller undan dem! Dram, Rasham, Frash, gör Kisnatch Lach stolta, pojkar."

Klipptrollen i skvadronen slog sina stora nävar mot stålharnesket när de rusade förbi tillsammans med resten av skvadronen. Liana visste inte hur hon skulle känna sig när hon sprang genom det stora hålet i muren. Diriska och Drashin sprang några steg framför henne. Draken nu klädd i liknande byxor och tunika som Hiram alltid bar. Hiram sprang på Drashins andra sida, hon hade kastat spjutet medan de sprungit mot staden och höll nu i sitt långa svärd.

"Var redo för vad som helst", ropade Drashin över axeln. "Dran'Kar är mycket större än Kalat. Vi vet inte hur många demoner det fortfarande finns i staden. Kalat var illa, men det kommer inte ens att kunna jämföras med Dran'Kar. Detta kommer att vara helvetet på jorden."

Liana svalde, men sprang vidare. Någonstans här inne fanns Asharak. Den fallne ängeln som orsakat så mycket lidande för alla raserna i världen. Han som kallblodigt utplånat hennes familj. Hon skulle finna honom. Aylia och Jali sprang tysta bredvid henne. Alla tre hade samma mål. Hitta Asharak och döda honom.

23

Liana satt på huk med ryggen mot en husvägg och andades tungt. Det hade gått nästan två timmar sedan de tagit sig in i staden. Gatorna myllrade med demoner. Hon hade sett Kalar, Sareas och kanske ett tjugotal av krigarna ur skvadronen tvingas bort mot stadens västra delar. Krashak hade tillsammans med nästan sjuttio krigare banat väg mot de östra.

Mira lyfte sina händer från det djupa sår som Jali fått i låret och gick sedan tillbaka till Drashin som stod lite längre bort och försiktigt spanade runt hörnet. Diriska granskade ett litet sår som Aylia fått av en sten som kommit från en vägg som exploderat. När hon såg att det inte var allvarligt log hon vänligt och strök den unga kvinnan om kinden innan hon också skyndade bort till Drashin.

"Vad är det med oss och sitta tryckta mot väggar, Mira?" sa Drashin med ett kort skratt. "Senast var det i furst Karanins hus. Innan det var det i Galtnia."

"Och varje gång har det slutat illa", sa Mira och stängde lugnt sina bältespåsar. "Kommer du ihåg när vi var i borgen Fintral? Det var ett under att lavinen vi startade inte träffade byn nedanför."

"Vi löste vår uppgift", sa Drashin. "Även om vi kunde gjort det bättre. Skyll inte allt på mig och Asama, Mira. Du gjorde också din beskärda del. Det var faktiskt dina eldklot som startade lavinen."

Mira fnös och greppade sitt långa spjut igen. "Var tog Hiram vägen?"

"Hiram försvann mot de västra delarna", sa Diriska mjukt. "Hon skulle försöka ta sig till alvtvillingarna och de andra för att bistå dem."

Liana såg på draken. Även om hon inte hade ändrat sin mänskliga skepnad så som drakbröderna gjort. Så *hade* något med henne förändrats. Hon höll sig alltid nära Drashin, precis som hon gjort tidigare, men det var någon sorts lugn som hade lagt sig över henne. Hon såg inte ogillande på Drashins groteska hjälm som hon brukade. Magin som hon så ofta tidigare tveksamt använt, ägnade hon knappt en tanke på nu. Nå, hon dödade demoner lika skoningslöst som hon gjort tidigare, men hennes eldklot, blixtrar eller vad hon nu skickade iväg träffade alltid sina mål med perfektion. Tidigare var det mer desperation som hon slungat eldklot, som för att värja sig själv. Trotts att fienden varit flera hundra steg ifrån dem.

Liana såg på de andra som tryckte i den lilla gränden. Fyra klipptroll rättade till sina harnesk och hjälmar efter att blivit undersökta av Mira och Diriska. Ytterligare femton klipptroll höll hårt i sina vapen och andades lika tungt som alla andra. Trettiofem drakriddare stod med ena knät i marken och inväntade order. Lutade mot väggen satt tre krigare, två drakriddare och ett klipptroll, med hakorna mot brösten. Mira och Diriska hade inte kunnat göra något för dem och nu satt de där. Döda.

Jali reste sig och lade prövande tyngden på sitt högra ben. Hon grymtade nöjt när hon inte hade några problem att stödja på det längre. Aylia fingrade frånvarande på bandaget som var runt henens huvud. Hon rykte till när hon hörde Drashins röst.

"Hur långt är det till andarnas torn?"

Aylia reste sig upp och gick fram till honom. Hon kikade försiktigt runt hörnet.

"Vi måste fortsätta uppför den här gatan", sa hon tonlöst. "När vi kommer fram till ett litet torg ska vi svänga till vänster och ta oss till nästa torg. Där svänger vi mot höger och går norrut igen. Tornet finns i slutet av den gatan."

"Rakt fram", sa Drashin kort. "Torg, vänster, rakt farm, torg, höger, rakt fram, torn. Förstått."

Han tittade inte på Aylia när hon vände sig om igen. Hon såg mot Jali som nickade obemärkt. Liana såg på sina båda vänner. Hon misstänkte att Aylia gett Drashin en längre väg att ta sig till tornet än vad som egentligen behövdes. Aylia och Jali tänkte ta sig till tornet ensamma en snabbbare väg. Hon grep Aylias arm och häxan såg på henne med tom blick.

"Vad ni än planerar", sa Liana lågt och sneglade mot Drashin som diskuterade lågt med Mira och Diriska. "Så är jag med er." När de två häxorna stirrade på henne fortsatte hon envist. "Asharak mördade min familj också. Han utplånade den i ett enda slag och jag vill se honom död."

Häxorna såg först på varandra och sedan försiktigt på krigarna runt dem, som lugnt inväntade order från Drashin. Sedan nickade de sakta och lutade sig närmare Liana så att ingen annan skulle kunna höra.

"Vägen jag beskrev är den snabbaste ovanjord", viskade Aylia hetsigt. "Men inte långt härifrån finns en ingång till de gamla katakomberna. Där finns en rakare väg till tornet."

"Katakomberna byggdes en gång i tiden för att få den dåvarande kungen ut ur staden ifall den belägrades av någon fiendehär", fyllde Jali i. "På den tiden var katedralen ett kungligt palats. När sista kungen dog, bildades högsta rådet, palatset byggdes om till den katedral som står där idag och katakomberna glömdes bort. Jag och Aylia fann dem av en slump när vi var små. Vi lekte många gånger där nere tillsammans med andra barn i staden."

Liana såg hastigt mot Drashin innan hon såg på sina två vänner. "Är det säkert? Tror ni att demonerna hittat ner i dem?"

"Det är inte omöjligt att de funnit en väg ner", sa Aylia och grimaserade. "Men det är troligen den säkraste och snabbaste vägen till andarnas torn."

Liana tvekade inte. "Var finns ingången?"

"Halvvägs till första torget här ifrån", sa Jali lågt. "Vi måste se till att försöka smita undan när ingen märker det."

"Men det kan bli svårt", sa Aylia och såg sig omkring. "Det är mycket folk runt oss hela tiden och jag har en känsla av att Drashin håller ett öga på oss."

"Vi rör på oss nu", sa Drashin tillräckligt högt för att alla skulle höra. "Var uppmärksamma. Vi har fortfarande en bra bit kvar till tornet."

Krigarna i gränden kom snabbt upp på fötter igen och drog sina vapen. Ergan och Jasnan, två alver, skyndade fram till Drashin. Generalen nickade kort innan han drog sig tillbaka så de båda bågskyttarna kunde kika runt hörnet. Sedan skyndade de sig ut med spända bågar. Drashin tecknade åt de andra att följa honom och försvann sedan runt hörnet.

Liana nickade kort mot sina två vänner, och skyndade sig ut sist i klungan. Gatan framför dem var tom, men ibland dök det upp små grupper av demoner som snabbt nergjordes. När de kommit en bit började Liana se hur gatan vidgades en aning framför dem. Hon såg mot Aylia och Jali som tyst tecknade åt henne att följa efter.

En större grupp demoner dök upp från en korsande gata och gruppen framför de tre unga kvinnorna blev indragna i en hetsig strid. Liana såg hur Diriska slet huvudet av en taur samtidigt som hon slungade ett eldklot mot en annan som försökte hugga Mira i ryggen.

Liana, Aylia och Jali tog tillfället i akt och försvann obemärkta in på en annan gata. Halvvägs ner svängde Jali in i en smal gränd och skyndade fram till en dörr som ledde ner till en gammal källare. Hon såg sig hastigt omkring, vinkade till sig de andra och öppnade kvickt dörren. De försvann ner i källarens mörker och upptäckte aldrig de tre personerna som betraktade dem vid grändens ingång.

Diriska synade Ergans överarm, där en demon lyckades såra honom. Det var inte allvarligt och alven hade inga problem att röra armen. Hon förband den snabbt och såg sig om bland krigarna runt sig. Tre drakriddare hade dött av den plötsliga sammandrabbningen, men annars hade de klarat sig någorlunda oskadda.

Mira grälade med Drashin medan hon helade såret i hans lår där en pil träffat honom. Bågskytten hade upptäckts sent, och det var ett under att Drashin hunnit reagera så snabbt han gjort. Pilen hade varit på väg mot hans sida, men i sista ögonblicket hade han hoppat upp och pilen träffat honom i låret istället. Han hade blivit överraskad av pilen och fallit till marken. Dock hade både Mira och Jasnan kommit till hans försvar och alven var nu en av de tre döda som låg på marken. Han hade hunnit skicka iväg pilen mot bågskytten innan han själv träffades i halsen och fallit död ner.

"Flickorna är borta", brummade Hersha, ett av klipptrollen. "De måste försvunnit under striden. Det finns inga tecken på att de ska vara döda eller jagade. De är bara borta."

Diriska bet ogillande ihop käkarna. "Så du hade rätt", sa hon och vände sig mot Drashin. "Aylia berättade en längre väg till andarnas torn, bara för att själv ta sig dit en kortare väg."

"Jag känner till en del av den här staden", sa Drashin med ett bittert skratt. "Mer än Aylia tror. Jag har varit i andarnas torn förr och jag har hört ryktena om katakomberna under staden."

"Katakomber?", sa Mira och kastade undan pilen som suttit i Drashins ben.

"De är kanske mer en legend än rykten", sa Drashin och vinkade åt gruppen att fortsätta mot torget framför dem. "De skulle vara sammankopplade med det kungliga palatset och vara en flyktväg för kungen och hans familj ut i staden."

"Spökriket har inte haft en kung på trehundra år", sa Mira beskt. "Var skulle detta kungliga palats ligga."

Drashin pekade mot byggnaden som reste sig mitt i staden. Diriska såg på det. Det ena tornet var raserat och endast en stor stenhög fanns kvar av det. Även en del av byggnaden där hade rasat samman. Resterna av en bro stack ut från det torn som ännu stod kvar. Det var dit de var på väg. Andarnas torn.

"Häxornas katedral", sa Mira fundersamt medan de skyndade över torget, mot gatan som gick till vänster. "Givetvis. Varför tänkte jag inte på det."

"Du visste att flickorna skulle ge sig av", sa Diriska där hon gick med raska steg på andra sidan av Drashin. "Det var därför du bad dem hålla ett öga på flickorna."

"Kom ihåg vad jag berättade i Soma, Diriska", svarade Drashin och spanade vaksamt in i en gränd. "Liana är den som ska möta Asharak, inte jag. Det enda jag kan göra att hjälpa henne på vägen. Men nu har våra vägar skilts, alldeles för tidigt. Kanske kan Aylia och Jali väga upp det som Liana just nu saknar."

"Och de andra tre?" frågade Diriska samtidigt som hon slungade iväg blixtrar mot fyra demoner som dök upp längre fram på gatan.

"De tre är troligen de bästa på att infiltrera fiendeläger och att ta sig obemärkta in i utrymmen som någon skulle vilja hålla låsta. Om det finns någon som kan hjälpa flickorna nu, så är det de tre."

En pil for förbi Drashins öra och träffade en taur i ögat. Demonen släppte sin stora yxa och grep med ett vrål om pilskaftet. Drashin gled smidigt under dess arm och drev in sitt ena svärd i sidan på den. Vrålet tystnade och den föll till marken. Men vrålet hade lockat fler demoner och deras lilla grupp blev indragen i ännu en strid.

Diriska tryckte undan känslan av oro för Liana och de andra två. Flickorna var gamla nog att ta hand om sig själva nu, dessutom hade de fått utstå en hård träning och sett många strider tillsammans. Hon sparkade en liten råttliknande demon som flög iväg över hustaken.

En skugga hoppade över hustaken. Den passerade den lilla demonen, klöv den på mitten och försvann igen. Diriska misstänkte att det var Hiram som ensam försvunnit iväg över taken nästan så snart de kommit in i staden. Den forne ärkeängeln var troligen också på jakt efter Asharak. För att avsluta en uppgift som hon fått för flera tusen år sedan.

Liana trevade sig fram i mörkret alldeles bakom Aylia. Jali gick direkt bakom henne och höll ett vaksamt öga bakåt så ingen skulle kunna överraska dem. Liana hade låtit rustningen försvinna i samma ögonblick som de gått ner i den trånga gången. Hade hon haft kvar den hade hon inte behövt en fackla då rustningen på något sätt förstärkte hennes syn och gjorde det möjligt för henne att se i mörkret så länge det fanns minsta lilla ljuskälla.

"Här", viskade Aylia och tog Lianas hand.

Liana kände hur något trycktes mot handen och hur Aylia tvingade hennes fingrar att sluta sig runt den. Strax flammade en eldslåga upp och hon såg att hon höll i en fackla. Aylia tände två till och gav den ena till Jali.

Nu kunde Liana se hur gången de gick i såg ut ordentligt. Det var högt till taket, nästan dubbelt så högt som Liana var lång. Den var även bredare än vad Liana hade först trodde. Hon hade kunna gå i bredd med både Aylia och Jali i gången och fortfarande ha gott om utrymme. Hon misstänkte att till och med Krashak och Rasham skulle kunna gå bredvid varandra här nere.

Liana rörde lätt vid ena väggen och lät handen följa den släta stenen. Den här gången var mer välbyggd är tunnlarna under Karash, som var mer naturligt formade och endast modifierats lätt för att hålla upp taket. Den här gången var byggd helt för att kunna föra vandraren fram och tillbaka. Till skillnad från Karashs tunnlar, som enbart var anpassade för flykt, var dess gjorda för att föra in och ut viktiga personer.

"Kom", sa Aylia lågt och skyndade på stegen. "Det kommer att ta oss en halvtimma att nå tornet. Vi måste skynda oss."

Liana slet sig från väggen och skyndade efter henne. Jali tog åter rollen som eftertrupp och spanade vaksamt bakåt för att se om någon följde efter. När de nådde en korsning stannade de upp och såg oroligt på varandra. Liana tecknade åt Jali att stå mitt i gången redo för strid. Facklorna lade de försiktigt på golvet för att få händerna fria. Seden smög hon och Aylia vaksamt längs med varsin vägg. När de nått hörnen på väggarna tecknade Liana och Aylia mot varandra att den närmaste området vid väggen var tom. Därefter kikade de försiktigt runt hörnet. Liana såg länge in i mörkret innan hon beslutade att det verkligen var tomt.

När hon vände sig om reste sig Aylia och gick förbi korsningen med snabba steg. Liana skyndade tillbaka till Jali, plockade upp facklorna igen och skyndade efter henne.

"Spring inte iväg ensam", sa Liana irriterat när de två kom ikapp Aylia. "Vi vet fortfarande inte om gångarna är tomma eller om det finns demoner här. Tänk om du hamnat mitt bland demoner och vi inte hinner fram till dig."

"Förlåt", sa Aylia och röda fläckar dök upp på hennes kinder. "Jag ska vara försiktigare."

De fortsatte framåt. Vid varje korsning stannade de till för att spana in i de korsande korridorerna. Varje gång var det tomt. Liana började tro att de var ensamma i tunneln när Jali plötsligt höjde rösten.

"Vi är förföljda", sa hon lågt och spanade bakom dem.

Liana och Aylia såg oroliga på varandra. Liana ställde sig bredvid Jali och såg mot den mörka gången bakom dem. Hon såg inget. Hon försökte lyssna, men hörde först inget. Hon öppnade munnen för att säga att Jali bara inbillat sig när hon hörde det. Snabba steg som rörde sig i mörkret.

"Skall vi gömma oss och lägga oss i bakhåll?" fråga Aylia och ställde sig bredvid Liana.

"Jag tror att det är bättre om vi försöker ta oss här ifrån snabbt", sa Liana och vände sig om. "Hur långt är det kvar?"

"Vi ska svänga höger om två korsningar", sa Aylia och skyndade före. "Sedan är det bara rakt fram. Tornets källarvalv ligger efter första korsningen i den gången."

Liana och Jali skyndade efter henne. Jali brydde sig inte om att bevaka vad som fanns bakom dem längre utan var mer uppmärksam på vad som fanns framför dem. De sprang förbi första korsningen utan att bry sig om att titta in i dem.

Höga vrål hördes bakom dem och när Liana såg sig om över axeln fick hon se sex stora demonen med vassa näbbar istället för mun och näsa. På huvudet hade de stora horn De viftade med svärd och yxor när de kom rusandes från den korsande gången.

"Stanna inte!" ropade hon. "Bara spring!"

Aylia ledde de andra två in i den högra gången. När de passerade korsningen kastade Jali och Aylia ifrån sig sina facklor. Liana kastade bort sin när Aylia stannade framför en dörr och började slita i den.

"Den är låst!" utbrast hon.

"Jag kanske kan dyrka upp den med min magi", sa Jali och knuffade undan henne. "Håll demonerna borta. Jag behöver några minuter."

Liana vände sig om och drog sina svärd. Hon hörde demonernas blodtörstiga rop från den andra gången. Aylia ställde sig redo strax bakom henne att slunga det eldklot som vilade strax ovanför hennes hand. Otåliga väntade de att demonerna skulle dyka upp eller att Jali skulle hinna dyrka upp låset.

Plötsligt ändrades demonernas rop. Förvånade rop blandades med dödsskrin och stål som slog mot stål. Liana såg osäkert på Aylia, men hon gjorde ingen ansats att ta sig bort till korsningen för att se vad som hände. Strax var det tyst igen. Liana väntade sig att snart se demoner komma runt hörnet, men inget kom.

Ett klickande hördes från dörren och Jali gav ifrån sig ett triumferande litet skratt. Hon öppnade snabbt dörren såg in i dunklet och vinkade sedan till de andra två att skynda sig. När alla tre var inne i det dunkla rummet stängde Jali dörren igen och låste den med den stora nyckeln som satt i låset.

"Nu kan inget följa efter oss den här vägen", sa hon lättat och lutade sig trött mot den tunga dörren.

Aylia var redan vid den andra dörren och stod med örat mot den. Liana passade på att se sig omkring. De befann sig i ett gammalt förråd. Lådorna och tunnorna som stod där var täckta av damm och spindelväven i hörnen var enorma. Det verkade inte som om det varit någon i det här rummet i åratal. Hon tog Jali i armen och drog med sig den trötta häxan till den andra dörren.

Aylia nickade mot de andra och öppnade försiktigt dörren. Hon stack ut huvudet. Sedan tecknade hon åt de andra att följa henne ut i den tomma dunkla korridoren. Liana stängde dörren tyst efter dem och sedan smög de tre unga kvinnorna tysta genom källaren till andarnas torn.

Tirasine såg försiktigt runt hörnet och såg hur dörren längre fram stängdes bakom ryggen på Jali. Det var en kraftig dörr som skulle vara näst intill omöjlig att forcera. Enda sättet för dem att ta sig in var att öppna låset. Hon önskade nästan att de hade haft ett eller två klipptroll med sig hit ner.

Hon såg sig om över axeln och såg hur Ranin drog ur sitt ena svärd ur halsen på groshen. Tirasine var inte förvånad över att det fanns demoner här nere. Hon var snarare förvånad över att det var så lite av dem. De här sex var de enda som de stött på. Hon hade varit säker på att de skulle vara fullt här nere precis som i och utanför Dran'Kar.

Meeko torkade blodet från sin yxa och skyndade fram till henne. Han kikade runt hörnet och studerade korridoren. "Dörren?"

"Det måste vara vägen in till tornet", sa Tirasine lågt. "Nu börjar det riktigt svåra."

"Drashin måste misstänkt att de skulle försöka ta sig in i tornet själva när vi kom in i staden", sa Ranin och slöt upp. "Det måste vara därför han sa åt oss att hålla ett vakande öga på dem och följa vartenda steg de tog."

Tirasine nickade kort och skyndade fram till dörren. Hon lade örat mot den, men den var så tjock att hon inte kunde avgöra om det var någon på andra sidan eller inte. Hon tog tag i handtaget och drog lite i dörren.

"Låst", muttrade hon över axeln och såg sig om mot Meeko. "Kan du få upp den?"

"Vem tror du att jag är?" sa dvärgen och flinade stort. "Finns inte ett lås som jag inte kan få upp."

Tirasine flyttade på sig så han kunde undersöka låset. Ranin kom små springandes mot dem. "Vi får skynda oss", sa han kort. "Fler demoner är på väg. De vet inte att vi är här ännu, eller att det varit en strid. Men de kommer hitåt sakta, men säkert."

"Hur lång tid behöver du, Meeko?" undrade Tirasine och drog sina svärd igen.

"Några minuter bara."

Tirasine nickade mot Ranin och de två skyndade bort mot det hörn som de nyss rundat. Hon kikade runt det och såg de sex döda demonerna ligga på marken. Hade det inte varit för att de tagit dem med överraskning så hade de tre drakriddarna aldrig kommit oskadda ur den striden. I värsta fall kanske någon av dem hade dött.

"Kan vi hoppas att de stannar för att äta?" undrade Ranin lågt.

"Beror på vad som kommer", grymtade Tirasine. "Är det gorash som tidigare, ja. Annars är det tveksamt."

De spanade ner genom gången och kunde höra hur demonerna sakta kom närmare. En låg vissling hördes bakom dem och Tirasine vred på huvudet. Meeko stod i den öppna dörren och vinkade åt dem att skynda sig. Hon klappade Ranin på axeln och de två drakriddarna skyndade tillbaka till deras kamrat som snabbt stängde dörren bakom deras ryggar. Medan han låste den gick Ranin fram till den andra dörren, öppnade den och kikade försiktigt ut i den mörka korridoren utanför.

"Allt lugnt", viskade han. "Det verkar inte varit många här nere den senaste tiden. Bara tre spår i dammet."

Tirasine kom fram till honom och såg ner på dammet som låg i ett tjock lager. Han hade rätt, endast tre spår fanns i dammet. Spår av kraftiga kängor, liknande de som de själva hade. Det skulle inte vara några problem att följa dem.

"Då så", sa hon och slank ut i korridoren. "Då följer vi efter, så tysta vi bara kan."

På kvicka fötter började de tre drakriddarna följa spåren efter Liana och de två andra unga kvinnorna. Längre in i andarnas torn.

24

Det värkte i ryggen, men Marish höll minen och försökte sitta så avslappnat han kunde på golvet. Han hade ögonen slutna och tog djupa andetag genom näsan. Han undrade hur lång tid han hade kvar. Han öppnade ena ögat och sneglade mot Asharak och Trasher.

Den forne drakriddaren satt på knä och stirrade hänfört upp på den fallne ängeln. Enfaldige dåre. Marish fnös och fick genast en hostattack. Han hostade upp blod och fann sig ligga ner i kramper på golvet. När han kämpade sig upp till sittandes igen mötte han Asharaks hånfulla blick. Ängeln gjorde en äcklad min innan han åter vände sig mot den egendomliga skriften på väggen.

Skriften hade varit gömd bakom en magisk vägg. Marish misstänkte att inte ens häxorna hade känt till den. Asharak hade varit mycket överraskad över att finna den och hade sått i flera timmar nu för att försöka tyda den, men han hade inte fått ut något intressant ur den.

"En kung", sa ängeln högt, "och två drottningar. Världarnas prinsar och prinsessor." Han lät handen glida över texten på väggen. "Gudar? Vad är detta för något? Trasher, har du hört talas om något om detta?"

Trasher hoppade genast upp på fötter och skyndade fram till sin herre. Han inväntade en nick innan han, med smala ögon, försökte tyda texten som stod där.

"Jag har aldrig hört talas om kungligheter som skall höra ihop med gudar, herre", kraxade han. "Men det kanske skulle kunna finnas något i drakriddarnas bibliotek i Terabelle. Jag förstår inte den här texten, herre. Jag har aldrig sett något liknande tidigare."

Asharak grymtade irriterat och såg bort mot Marish. Marish suckade och reste sig mödosamt upp.

"Om inte Trasher kan läsa texten kan inte jag det", sa han avmätt och viftade med handen. "Enda gången jag har hört någon nämna gudar, är när någon säger 'vid alla gudar'. Det är säkert inget viktigt."

Han gick med stela ben fram till fönstret och såg ut över staden. Utanför muren såg han hur enorma eldklot slukade tusentals demoner, han undrade slött vad som slungade dem. En stor röd drake flög över demonhorden och sprutade eld över den. Asmaji. Då borde de andra två också vara där ute. Men ingen av dem tre var starka nog för att kunna slunga så stora eldklot. Han såg hur ett sådant for mot stadsmuren, som nästan smälte i hettan det frambringade. Han önskade att han kunde se bättre så att han visste vad som fanns där ute.

Svart eld uppenbarades och slukade ena hörnet av muren. Hundratals demoner förintades på ett ögonblick. Svart eld? Något kittlade i hans bakhuvud. Var hade han sett svart eld tidigare? Han drog sig i örat och såg fundersamt mot den raserade muren. Hur länge skulle demonerna kunna hålla emot?

Han fick se en skugga som hoppade över hustaken. Då och då fick den tag i en bevingad demon och slet ner den fån luften. Han flyttade blicken från muren och fick se flera små explosioner inne i staden. Så de hade lyckats ta sig in. Det hade gått snabbare än han väntat sig. Men det var bra, då behövde han inte öppna upp en väg in för dem.

Dörren in till salen öppnades och en liten, senig skarit ilade in. Det ena örat var borta, medan det andra hade fått den långa spetsen kapat för länge sedan. Den långa näsan gav den ett råttliknande utseende. Den vände sina svagt lysande gula ögon mot Marish, innan den med en rysning vände sig mot Asharak.

"Herre Asharak", sa den med pipig röst och bugade djupt. "Inkräktare komma i torn."

"Inkräktare", sa Asharak med kall röst. "Och ni lät dem ta sig in?"

"Inte veta hur, herre", pep skariten. "Inkräktare bara komma. Inte veta var de komma från."

Marish vände sig mot fönstret för att dölja sitt flin. Hade Drashin redan funnit en väg in i tornet? Han var listigare än Marish någonsin hade trott. Han gjorde sitt ansikte så uttryckslöst som han kunde och vände sig om mot den fallne ängeln. Han ställde sig med händerna bakom ryggen och väntade, som den lydiga *tjänaren* som han var.

"Hur många är det?" fräste Asharak och tog ett hotfullt steg mot skariten som kröp vettskrämt ihop. "Tala, kryp!"

"Tre", pep skariten. "Inkräktare vara tre."

Marish rynkade förbryllat på pannan. Bara tre? Hade Drashin tagit sig in i tornet med bara två andra? Var han galen? Han skulle aldrig ha en chans att kunna ta sig hela vägen till Asharak med en så liten grupp. Marish bet sig sammanbitet i läppen. Han måste göra något.

Asharak rätade på sig och fnös. "Leta reda på dessa inkräktare", befallde han. "Döda dem och för hit deras huvuden."

Skariten bugade djupt och skyndade ut ur salen. Marish såg länge efter den när dörren stängdes. Drashin kunde inte vara så dum att han endast går in med tre krigare. Han måste ha en plan.

"Trasher, Marish", sa Asharak och vände sina kalla ögon mot dem. "Ni går ner till salen under oss. Vänta in demonerna och deras troféer. För dem sedan till mig."

Trasher bugade så djupt att Marish trodde att han skulle slå huvudet i golvet. Själv nöjde han sig med en nickning och började gå mot dörren. Han öppnade den och lät den forne drakriddaren gå före innan han gick ut och stängde dörren efter sig. Trasher mumlade för sig själv hela tiden och gned sina händer mot varandra. Marish fnös och undvek att titta på mannen. Han var halvt vansinnig. Asharak hade förgiftat mannens hjärna så pass mycket att han knappt kunde tänka själv längre.

Trasher såg misstänksamt på honom, men Marish ignorerade honom. Han egna tankar virvlade när han försökte komma på ett sätt att kunna få Drashin upp till Asharak. Men han kunde inte komma på något. De tre som tagit sig in i tornet skulle aldrig kunna ta sig hela vägen upp levande.

Han hostade och grep tag i skjortan. Det smärtade fruktansvärt i bröstet varje gång han hostade. Han torkade bort blodet med vänster handen. När han tog bort den fastnade hans blick på de tre fingrarna. De passade inte riktigt in. De lyste nästan, med sin friska färg mot den annars så bleka handen. Det var det enda som verkligen var han. Han torkade bort blodet mot de svarta byxorna och fäste blicken i ryggen på mannen som gick före honom mot trappan längre fram. Hur lång tid hade han kvar? Han måste finna ett sätt att få Drashin till Asharak.

Liana kikade försiktigt runt hörnet och spanade i den tomma korridoren framför dem. De hade redan lyckats ta sig upp tre våningar, men det var fortfarande långt kvar till toppen av tornet. De hade inte stött på några demoner på de lägre våningarna, men känslan av att vara förföljda fanns där.

Jali som fungerade som eftertrupp spanade nästan oavbrutet bakåt för att kunna få syn på vilka eller vad som kom efter dem. Aylia var deras vägvisare och ledde dem kvickt genom korridorer och upp för trappor. Nu stod hon med örat mot en dörr och lyssnade intensivt.

Liana sneglade mot sin vän innan hon åter vände uppmärksamheten på korridoren framför dem. Det var alldeles för lugnt i tornet. Hon kunde inte skaka av sig den olustiga känslan att det varit en dålig idé att lämna

Drashin och Diriska bakom sig för att komma hit själva. Skulle de tre verkligen kunna besegra Asharak och alla demoner som kunde finnas i tornet.

Aylia smög upp jämte henne och vinkade till sig Jali. När hon sällade sig till dem såg Aylia kort mot dörren hon stått vid innan hon nickade mot korridoren framför dem.

"Det finns vakter på andra sidan dörren", sa hon lågt och gav Jali en vass blick när hon stönade lågt. "Vi får tillbaka och nerför trappan, för att ta en annan trappa upp igen."

Liana grinade illa och fingrade på svärdshjaltet över hennes högra axel. Hur länge skulle de kunna hålla på och gå fram och tillbaka i tornet innan de kom upp? Hur länge till skulle deras allierade kunna hålla emot demonerna utanför staden? Till sist nickade hon och tog täten.

De skyndade sig genom korridoren och stannade bara upp som hastigast när de nådde trappan som ledde ner. Jali sände ner en magisk tanke för att bekräfta att det inte fanns någon där nere och sedan skyndade de sig ner.

Aylia såg sig om genom korridoren nedanför och svängde sedan åt höger. Liana skyndade efter utan att tveka, medan Jali kort stannade upp för att kasta en blick bakåt innan hon skyndade vidare. Hon bet sig oroligt i läppen när hon kom upp jämsides med Liana.

"Jag såg någon högst upp i trappan", sa hon andfått. "Han försvann så snart han upptäckte att jag stod kvar där nere."

"Så vi är verkligen förföljda", muttrade Liana och satte sig ner i huk när Aylia stannade vid en dörr. "Kunde du se vad det var? Människa eller demon?"

Jali skakade på huvudet. "Jag såg bara siluetten, men vad jag såg så måste det vara en människa. Jag har aldrig hört talas om demoner som liknar oss."

Aylia tecknade åt dem att följa henne och öppnade dörren. Liana skyndade efter henne in i den dunkla korridoren som ledde längre in i tornet. Jali kom in sist och stängde tyst dörren efter sig. I slutet av korridoren fann de en trappa som ledde upp.

"Den här trappan tar oss upp tre våningar"; viskade Aylia. "Förhoppningsvis finns det ingen som bevakar den där uppe, då den leder till hjärtat av tornet."

"Vad menar du?" undrade Liana.

"De andra trapporna som vi tagit hittills har alla varit placerade vid tornets ytterväggar", förklarade Aylia och tog ett steg upp. "Men den här ligger mitt i tornet. Endast högsta rådet använder dessa, då de även når vissa häxors privata kamrar."

En låg väsning från Jali fick de andra två att vrida på huvudet och stirra genom den dunkla korridoren som de kommit från. Liana drog efter andan när hon såg siluetten av tre personer som kikade in genom dörren. Hon snurrade runt och knuffade Aylia i ryggen för att få henne att skynda sig upp. Skräckslagna rusade de tre unga kvinnorna uppför trappan.

Aylia stannade vid den stora dörren vid trappans slut och lade ena örat mot träet. Liana stannade två steg bakom henne och såg oroligt ner för trappan. Deras förföljare kunde omöjligt missat att de varit i korridoren. De måste vara dem i hälarna. Jali stödde sig med ena handen mot stenväggen och kastade oroliga blickar över axeln. Men inget kom rusande mot dem. Vem det än var så höll de sig på avstånd.

Aylia öppnade försiktigt dörren och de tre slank ut i den svagt upp lyst korridoren. Liana såg sig omkring. Korridoren skiljde sig inte speciellt mycket från de som de gått igenom våningarna längre ner. Det fanns betydligt fler dörrar här än de varit innan.

"Privata rum", viskade Jali när de passerade några av dem. "De flesta används inte längre, men de äldsta häxorna hade sina rum här fortfarande. Jag och Aylia hade våra inte långt från rådstornet i huvudbyggnaden."

Liana nickade och såg på dörren till höger när hon passerade den. Ett namn syntes på en liten skylt. Virket skylten var gjord av var nästan svart och texten stod i silver. Dock var texten så gammal att delar av namnet var försvunnet. Flera dörrar saknade skyltar. Ännu en dörr fanns i slutet av korridoren och Aylia skyndade fram till den.

"Här inne är ett ovalt rum" sa hon över axeln till Liana. "Rakt fram finns trappan ner, men den trappan som vi vill ta är den till höger. Den leder upp två våningar till den kammare som vanligt folk får komma till. Folkets kammare. Där får man lämna in önskemål om att få svar från sina döda släktingar. I andra ändan av den kammaren finns trappan till andarnas sal."

"Och där finns Asharak", sa Liana lågt och drog sina svärd.

Aylia nickade tyst och sköt upp dörren. De klev ut i det ovala rummet och såg sig försiktigt omkring. Det var tomt, men de kunde höra gutturala röster och ordlösa skrik komma från trappan rakt fram. Liana såg på sina vänner. De nickade sammanbitet mot henne och höll krampaktigt i sina långa spjut. Liana tecknade åt dem att vara så tysta de kunde och vände sig mot trappan till höger. De hann ta tre steg innan ett skrapande mot stengolvet fick de tre att stelna till och skrämt vända sig om.

En demon med tjurhuvud stod och stirrade på dem vid den andra trappan. I sin hand höll den en väldig spikklubba. Den stod med öppen mun och saliv droppade ner på golvet. Den verkade fundera över vad den verkligen såg för dess huvud lades på sned och den kliade sig förbryllat mellan de stora hornen.

Jali reagerade instinktivt och slungade ett eldklot rakt i bröstet på tauren. Den föll med ett tjut ner för trappan igen. Genast hördes tjut och springande steg i trappan. Ytterligare två taurer dök upp i trappan bara för att bli slukade i det eldklot som Jali slungade mot dem. Fler demoner klämde sig förbi de döende taurerna och rusade in i rummet. Aylia slungade iväg blixtrar och eldklot tillsammans med Jali, medan Liana gjorde allt för att hålla demonerna på behörigt avstånd från de två magikerna.

En dörr splittrades när en väldig taur rusade igenom den och måttade sin stora yxa efter Liana. Drakriddaren kastade sig åt sidan och undvek yxan med en hårsmån. Det slog gnistor när yxans egg träffade golvet. Tauren höjde yxan igen, men innan den hann göra något träffade ett eldklot den i huvudet och den föll till golvet.

Liana parerade ett kort svärd samtidigt som hon drev sitt andra svärd in i bröstet på en liten demon med spetsiga öron. Hon drog ur svärdet och svingade det i en desperat båge framför sig. Till sin fasa såg hon hur fler demoner trängdes i trappan och den trasiga dörren för att komma åt dem. Hon backade undan och fann sig stå rygg mot rygg med Aylia och Jali. Demonerna var för många, de skulle aldrig kunna komma här ifrån.

Dörren de kommit in från slogs upp med ett brak och en liten figur rusade in i rummet. Liana ropade förvånat till när hon fick se Meeko hugga av ett ben och sedan huvudet av en demon. Två pilar for genom dörren och två taurer föll till golvet. Sedan rusade Tirasine och Ranin genom dörren och anslöt till den dödliga dans som Meeko börjat.

Förvirringen var stor bland demonerna när det nya hotet dök upp och de svingade sina svärd och yxor åt alla håll. Flera demoner föll offer för sina egna än för drakriddarna som gled mellan dem.

Liana stirrade med stora ögon på de tre drakriddarna. Var det de som hade förföljt dem genom tornet? Ett stort eldklot exploderade vid ena väggen och elden slukade fyra demoner. Liana stirrade på den väldiga varelse som kom genom den sönderslagna dörren.

Två korta horn satt på det röda huvudet och ögonen var helt svarta. Den saknade näsa och munnen var bred med massor av vassa tänder. Runt halsen bar den ett halsband med mängder av små skallar. Dess kläder var helt svarta och hängde löst på den stora kroppen. Den drog tillbaka armen och slungade sedan ännu ett stort eldklot in i rummet. Meeko kastade sig till golvet och rullade undan när det for förbi honom och brände tre demoner till döds när det träffade väggen.

Tirasine skyndade fram till Liana och grep tag i hannes arm. "Ni tre skynda er uppför trappan", sa hon barskt. "Vi tar hand om det här nere. Ni går efter Asharak."

"Men…" började Liana.

"Det är en order, Löjtnant!" röt Tirasine. "Gå!"

Den kvinnliga drakriddaren knuffade omilt iväg henne mot trappan. Liana skyndade motvilligt bort till trappan tillsammans med Jali och Aylia. Väl vid trappan stannade hon upp och vände sig om.

Ranin hade lyckats ta sig fram till den väldige demonen, men lyckades inte komma hela vägen fram för att kunna utdela några dödande hugg med sina svärd. Den röt ursinnigt och slog efter sin plågoande.

Meeko dödade tre demoner och lyckades i sista stund höja sina yxor för att stoppa en taur från att hugga huvudet av honom. Kraften från slaget fick dvärgen att flyga genom luften och träffa väggen på andra sidan rummet. Tirasine rusade genast fram och sprättade upp magen på tauren. Under tiden kämpade sig Meeko upp igen.

Demonen som Ranin slogs mot lyckades slunga iväg ett eldklot mot Tirasine, men Ranin slog mot dess arm så att det träffade golvet framför henne istället för rakt på henne. Trots det slungades hon in i väggen av stötvågen.

"Tirasine!" ropade Liana och tog ett steg mot drakriddaren, men hindrades av Aylia och tog hennes arm.

"Vi måste gå upp!" sa Aylia upprört. "Tirasine gav oss en order att gå vidare till Asharak. Låt inte deras uppoffrande vara i onödan."

Liana försökte skaka av sig Aylias hand, men Jali grep tag i hennes andra arm och tillsammans drog de två kvinnorna henne med sig upp för trappan. Det sista Liana såg av striden nedanför var hur Meeko drog Tirasine åt sidan och tryckte ett armborst i hennes händer. Ranin kämpade nu mot både den stora demonen och två andra demoner innan dvärgen skyndade till hans undsättning.

Liana pressade tillbaka tårarna och rykte loss sina armar. Aylia och Jali såg på henne, redo att gripa tag i henne igen om hon fick för sig att springa ner igen. Med bestämda steg klampade hon förbi de två uppför trappan. Tirasine hade gett henne en order. Gå upp till Asharak och avsluta det här.

Diriska fyllde rummet framför dem med eld och demonernas dödstjut ekade genom korridoren. Drashin och Mira satt på huk strax bakom henne och inväntade hennes signal. Hon sänkte armarna till sidan och elden försvann. Generalen och helerskan skyndade genast in i rummet. Tjut hördes från de demoner som undkommit Diriskas eld, men de tystades snabbt. En låg vissling från Drashin signalerade att allt var klart och Diriska skyndade in efter dem.

Hon såg sig om i den stora salen. Den hade säkerligen varit vackert möblerad och vackra gobelänger som prytt väggarna. Nu var allt sönderbränt och det enda som vittnade om att något hängt på väggarna, var de kedjor och metallstavar som hängde kvar. Drashin och Mira stod vid en stor svart dörr och hon skyndade fram till dem.

"Första trappan finns bakom den här dörren", sa Drashin lågt och tog tag i handtaget. "Om jag minns rätt kan den ta oss tre våningar upp. Sedan måste vi leta reda på nästa."

"Hur många våningar måste vi upp?" frågade Diriska när han knuffade upp dörren.

"Sju", sa Mira fundersamt, "kanske åtta. Häxorna har alltid varit förtegna om tornets höjd."

"Jag har varit så högt som till den sal där allmänheten får vara", sa Drashin och började gå uppför trappan på andra sidan dörren. "Den är sju våningar upp, men hur högt ovanför den som andarnas sal finns, vet jag inte. Jag rymde innan de lyckades få upp mig dit."

"Rymde?" sa Diriska och blinkade till. "Var du en fånge?"

"På sätt och vis", sa han med ett kort skratt. "Jag har berättat att häxorna alltid velat få tag i hemligheten bakom Dödens dal och få kontroll över dalen. De trodde att genom att föra mig till andarnas sal så skulle de få det. Men jag kände inte riktigt för att samarbeta och lyckades smita när vi kom till sjunde våningen."

"Jag vill minnas att de jagade dig i en vecka runt hela Spökriket", sa Mira muntert bakom Diriska. "Det var en riktigt hög belöning på dig den gången."

Drashin skrockade över minnet och ledde dem vidare upp för trapporna. Diriska suckade bara och skakade trött på huvudet. De hade lämnat de andra på vakt utanför tornet för att de inte skulle bli överrumplade av ett angrepp i ryggen och endast de tre hade gått vidare. Så med Lianas grupp, Tirasines och deras egna borde det vara nio allierade totalt i tornet. Om ingen mer lyckats ta sig in i det utan deras vetskap.

Det tog dem inte lång tid innan de kom upp till den tredje våningen och de försiktigt smög ut i en öde korridor. De gick med kanske två stegs mellanrum. Drashin först, Diriska i mitten och Mira sist. Helerskan hade nästan hela uppmärksamheten vad som fanns bakom dem och skulle varna om något dök upp. Diriska skulle slå ut alla angripare så snart de kom och om hon skulle missa någon skulle Mira eller Drashin ta hand om dem.

Drashin ledde dem genom den ena korridoren efter den andra och Diriska började känna oro över att det var så öde. Hon hörde Mira muttra för sig själv bakom henne. Slutligen kom de fram till en bastant dörr. Drashin lade örat mot den, men skakade genast på huvudet och tecknade åt Diriska att komma fram. Hon lade handen mot den och sände iväg en trevande tanke.

"Tjugo demoner", sa hon lågt, "kanske fler. De verkar osäkra på att stanna kvar eller att gå uppåt i tornet. Det verkar vara en strid några våningar upp."

"Då får vi skynda oss", sa Drashin och grep tag i dörrens handtag. "Så snart jag öppnar dörren."

Diriska nickade bistert och höll upp höger handen framför sig med handflatan mot dörren. Drashin inväntade på att Mira ställt sig redo för eventuella angripare som Diriska kunde tänkas missa, sedan slet han upp dörren och ställde sig bakom den.

Demonerna stirrade förbluffade på Diriska. Men draken gav dem ingen möjlighet att reagera. Hon skickade en pelare av eld och blixtrar in genom dörren. Med höga tjut slukades demonerna av elden. Några få försökte fly mot trappan lite längre in, men blixtarna sökte upp dem och de föll i kramper tillbaka in i elden. Efter några minuter lät hon elden och blixtarna försvinna. Av demonerna fanns inget kvar och lukten av bränt kött låg tung i luften.

Drashin tittade fram bakom dörren och in i rummet. Med en nöjd grymtning gick han in tillsammans med Mira och letade noggrant efter överlevare. Diriska gned handen mot byxornas blå tyg som för att torka av blodet från hennes offer. Hon följde efter drakriddaren och helerskan in i rummet och tillsammans skyndade de tre mot trappan upp. Drashin ledde dem ännu högre upp i tornet. Diriska skyndade tätt efter och Mira som eftertrupp.

Diriska hade blicken bestämt fäst i ryggen på Drashin. Någonstans ovanför dem fanns Liana och de andra. Hon måste hinna ikapp dem innan de möter Asharak.

Tirasine tog sig kämpandes upp på fötter igen. Hon lyfte det lilla armborstet och sköt en taur mellan ögonen. Hon började genast att veva tillbaka strängen.

Hershen, den väldiga demonen, vrålade av ilska när Ranin ännu en gång lyckats göra ett snitt i dess lår och dansa undan. Hersher var besvärliga att strida mot redan nere i Labyrinten, men där var deras rörelser något begränsade, då det var trängre i Labyrinten. Men här kunde den utnyttja det stora rummet och svinga vilt efter sitt byte.

Meeko slank in bakom den och högg med ena yxan mot dess hälsena. Gnistor slog när yxans egg träffade pansaret som skyddade vaderna. Demonen började vända sig för att försöka få tag i dvärgen, men Ranin rusade fram och högg mot dess mage.

Tirasine lade en ny pil vid strängen, lyfte armborstet och sköt. Ännu en taur föll till golvet. Hon laddade nytt, lyfte armborstet, sköt, en demon dog. Hon var förvånad över att hon fick stå så ensam och vara skjuta. Demonerna verkade nästan glömt bort henne. Ladda, lyft, skjut.

Hershen tjöt högt när Meeko till slut lyckades hugga den i knävecket. Demonens ben vek sig och den föll ner på knä. Ranin reagerade genast och drev sina svärd djupt in i dess hals. Demonen gurglade högt när den kippade efter luft. Tirasine såg hur den lyfte handen ett eldklot bildades.

"Ranin! Bort där ifrån!" vrålade hon.

Ranin såg förbluffat på handen. Sedan släppte han svärden och började springa mot henne. Tirasine lyfte armborstet och sköt en pil i hersehens öga. Dess huvud rycktes bakåt, men eldklotet hann lämna handen.

Den missade Ranin med en hårsmån och slog i golvet med ett dån mellan honom och Tirasine.

Tirasine slungades iväg och luften trycktes ur hennes lungor när hon träffade väggen. Hon föll till golvet och skrek av smärta när vassa stenskärvor skar in i hennes vänster ben. Det bultade i öronen efter den höga explosionen. Hon blinkade för att kunna se i allt dammet. Hon fick se en skepnad som kom skyndades mot henne. Desperat kände hon efter armborstet, men kunde inte hitta det. Hon fick tag i skaftet på sin långa dolt när en hand grep om hennes handled.

"Tirasine, det är jag."

"Meeko?" viskade hon och tog tag i hans underarm. "Var är Ranin?"

Dvärgen skakade på huvudet. "Ranin är död", sa han sorgset. "Han var mycket närmare explosionen än du." Han trycke ett nytt armborst i hennes händer och log sorgset mot henne. "Det här borde kunna hålla demonerna borta från dig ett tag till."

Tirasine såg oförstående på honom när han rätade på sig. Han höll sin ena yxa i ena handen. Hon undrade frånvarande var den andra var när han böjde sig ner och lyfte upp hennes ena svärd. Han vände sig om och såg sig över axeln mot henne.

"Må du leva länge och väl, majorskapten", sa han med ett litet leende. "Mot gravens mörker."

Tirasine sträckte sig efter honom. "Meeko!" Men han ignorerade henne och rusade istället mot de demoner som kom upp från trappan. Tirasine fumlade med armborstet innan hon lyckades ta sikte och skjuta. En stor taur träffades i ögat. Meeko gled smidig under den stora demonens armar och skar upp magen på den med svärdet. Han begravde yxan i bröstet på nästa.

Tirasine grimaserade av smärtan i vänster benet samtidigt som hon klumpigt gjorde iordning armborstet igen. När hon såg upp såg hon inte Meeko längre. Hon kunde höra hans rop när han stred, men hon såg honom inte längre. Hon skickade iväg ännu en pil. "Meeko!"

25

Ljudet från striden nedanför hade för länge sedan tystnat när Liana och de andra två flickorna flämtandes kom upp för trappan. Liana såg sig om och bet ihop käkarna. De tre hade offrat sig för att hon och hennes vänner skulle kunna ta sig upp till toppen av tornet. Så att de kunde ta sig till Asharak.

Liana vände sig om igen och såg hur Aylia skyndade fram till en dörr lite längre fram. Jali stod kvar och såg oroligt på Liana. Rädd för att den unga drakriddaren skulle rusa nerför trappan igen. Tillbaka ner till en säker död.

Liana såg sig om över axeln en sista gång. Sedan rätade hon på ryggen, tog ett djupt andetag och gick med stela steg bort till Aylia som stod med örat mot dörren. Jali skyndade efter.

"Dörren är för tjock", muttrade häxan och lade istället handflatorna mot den.

Hon slöt ögonen och lutade pannan mot dörren. Liana sneglade mot Jali som osäkert ryckte på axlarna. Hon visste inte heller vad den yngre häxan gjorde. Aylia suckade till slut och drog sig undan från dörren.

"Jag känner ingenting på andra sidan dörren", sa hon uppgivet och såg på de andra två. "Jag kommer inte ihåg hur man gör. Jali?"

"Diriska och Mira sa att det kunde ta lång tid innan man lärde sig det", sa Jali och skakade sakta på huvudet. "Att kunna undersöka ett rum på andra sidan av en stängd dörr är svårt. Vi har haft tur hittills att vi lyckats."

"Vad finns på andra sidan?" frågade Liana.

"En kort korridor", förklarade Aylia. "Sedan folkets kammare."

"Något mellan dörren och kammaren? Sidogångar?"

Båda häxorna skakade på huvudet. Liana nickade bistert och grep tag i dörrens handtag. Korridoren på andra sidan dörren var dunkel och öppningen på andra siden sken med ett starkt vitt ljus. De tre unga kvinnorna skyndade genom korridoren och stannade alldeles innan öppningen.

Liana såg försiktigt in i det ljusa rummet på andra sidan. Det var stort och helt vitt. Åtta stora pelare fanns i rummet och bänkar och bord fanns utplacerade lite varstans. Till höger fanns en trappa upp, mindre än den som lett dem till den här våningen. Väggarna var kala och endast två fönster fanns som kunde släppa in ljus. Ett flertal stora ljusstakar fanns i rummet och deras sken gjorde att inga skuggor skapades någonstans.

"Andarnas sal ligger uppför den trappan", viskade Aylia och pekade.

Liana nickade och tog ett steg, men Jali grep tag i hennes arm och drog henne tillbaka in i den mörka korridoren. Hon vred på huvudet och tittade frågande på häxan som höll i hennes arm. Jalis oroliga blick svept över rummet.

"En sak oroar mig", sa hon lågt och svald. "Vi har inte sett Marish ännu."

Liana drog förskräckt efter andan. Jali hade rätt. De hade inte hört något om Marish sedan Garatur. Några av de få överlevande ur Marishs armé hade sagt att deras ledare väntade i Dran'Kar. Men efter det hade de varken sett eller hört något om honom. Marish, den enda krigare som kunde få Drashin att tveka. Var fanns han?

Liana spanade in i rummet igen, men det fanns ingen möjlighet att se om det fanns någon där som väntade på dem. Ljusstakarna var placerade så att inga skuggor skapades. Om det fanns någon där inne kunde de stå bakom vilken pelare som helst.

"Han kanske finns någon annanstans i staden", sa Liana tveksamt. "Vi kan inte stanna nu. Vem vet hur länge Tirasine och de andra kan hålla demonerna under oss. Vi måste gå nu."

Jali grimaserade, men nickade. Hon släppte Lianas arm och tillsammans steg de tre kvinnorna ut ur korridoren och in i rummet. Efter bara några steg stannade de tvärt när en oljig röst nådde dem.

"Flickor? Är det tre flickor som tagit sig hela vägen upp i tornet?"

Liana drog sina svärd och ställde sig framför sina två vänner. En man med stripigt axellångt svart hår steg fram bakom en pelare och stirrade på dem. En vansinnig glimt syntes i de mörka ögonen och näsan var spetsig.

"Aram Trasher", viskade Liana och hennes grepp om svärden hårdnade.

Trasher rynkade pannan och stirrade på henne. "Du", fräste han mordiskt. "Du förvarnade drakriddarna om vårt angrepp mot Terabelle för två år sedan. Vi skulle dödat dig redan i tältet."

Skrockandes steg ytterligare en man fram bakom en annan pelare. Han lutade sig avmätt mot pelaren och korsade armarna över bröstet. Hans hår var kort och helt vitt. Hans hud var även den blek, nästan vit, och ansiktet var utmärglat. Liana fick syn på hans vänstra hand där tre fingrar nästan lyste med sin friska färg. Hon undrade vem det var.

"Tornet har blivit besegrat av tre flickor", sa han muntert. "Nå, en är i alla fall en drakriddare."

Trasher vände sig rasande om. "Tig, Marish", röt han. "Du tjänar oss. Gör din plikt och lyd din herres order."

Liana tog ofrivilligt ett steg tillbaka. Den bleka mannen var Marish. Den man som stod som en like på slagfältet med Drashin. De skulle aldrig komma förbi rummet och upp till Asharak. Marish rätade på sig och såg kallt på Trasher med sina bruna.

"Min herre?" frågade han tonlöst. "Sedan när svor jag lojalitet till den fallne ängeln?"

Trasher drog sitt svärd och stirrade hatiskt på honom. Marish slog ut med armarna med en fnysning. Sedan drog han sin långa dolk.

"Jag behöver inget svärd för det här", grymtade han. "Mitt mål är Drashin, vad gör tre flickor för skillnad på vägen."

Trasher morrade när han flyttade på sig så att den andre skulle få fri väg fram till Liana och de andra. Liana svalde och hörde hur både Aylia och Jali stackade sig när de försökte få fram formler för att stoppa Marish.

Plötsligt spärrade Marish upp ögonen i smärta. Han började hosta upp blod och föll till golvet i kraftiga kramper. Liana stirrade förbluffat på honom där han vred sig på golvet. Dolken låg strax inom räckhåll för honom, men han hade rullat ihop sig till en hård boll med händerna över munnen, som för att stoppa blodet som han hostade upp.

"Värdelös", muttrade Trasher. "Så jag får göra det själv."

Liana höjde sitt svärd för att möta den andre mannens angrepp. Hon var tveksam till att hon skulle kunna besegra honom i en strid på tu man hand. Men om hon kunde skapa ett mellanrum mellan henne själv och de två häxorna så skulle de kunna använda sin magi mot honom. Hon gjorde ett utfall mot Trasher som enkelt slog undan hennes svärd och högg sedan snabbt mot hennes hals. Liana kastade sig tillbaka igen och slog nästan i Aylia.

"För långsam", flinade Trasher och rusade fram.

Liana insåg att hon inte skulle kunna komma undan hans angrepp. Desperat parerade hon hans svärd. Oförmögen att få honom bort från sig själv eller sina vänner insåg hon att de omöjligt skulle kunna vinna här. Trasher må vara en fiende, men han hade varit en drakriddare en gång i tiden. En av världens främste krigare. Själv hade hon bara varit en drakriddare i knappt ett halvt år.

Trasher slog undan hennes svärd igen och Liana förstod att hon nu skulle dö. Trasher agerade blixtsnabbt och svepte svärdet neråt. Liana såg förskräckt hur svärdet närmade sig hennes bröst.

Plötsligt var Marish mellan henne och Trasher. En blodig hand träffade henne i bröstet och knuffade henne in i de andra två bakom henne. Med en hög klang stoppades Trashers svärd av den andres. Trashers ögon spärrade upp och vrede och hat brann i dem.

"Så du förråder oss!" vrålade den forne drakriddaren. "Du ska…"

Han tystnade och stirrade ner på dolken som Marish drivit in i sidan på honom. Liana stirrade vantroget på de två männen framför henne. Hade Marish räddat henne? Marish andades tungt. Med en kraftansträngning slog han bort Trashers svärd. Sedan drog han dolken ur hans sida och skar upp halsen på honom.

"Detta skulle jag gjort för länge sedan", flämtade Marish när Trasher dråsade ner på golvet.

Liana ställde sig redo att möta honom, men Marish såg inte ens mot henne. Istället stapplade han bort till den närmaste pelaren. På vägen släppte han sitt svärd och sin dolk. Väl vid pelaren sjönk han ner och satte sig till rätta med ryggen mot den. Han hostade till och mer blod kom ur hans mun. Han skrattade kraftlöst och flämtade.

"Så detta är allt", sa han med raspig röst. "Är detta allt jag kan göra?"

Liana såg tvekande på sina vänner innan hon vaksamt gick närmare honom. Han lyfte blicken när han hörde dem komma närmare. Han blinkade och kisade om vartannat som om han hade svårt att se dem. När Liana kom fram till honom såg hon att hans bruna ögon hade förlorat all sin färg och var nu askgrå. Han hade blivit blind.

"Står ni alla framför mig nu?" frågade han trött.

Liana såg på sina vänner som sakta slöt upp bakom henne. "Vi är här", sa hon försiktigt.

"Det här har inte gått som jag tänkt mig", viskade Marish. "Det tog för lång tid att hitta Asharak efter han flytt Harash. Enda gångerna jag träffade honom här var när han hämtade mig via en port. Men ni fick mitt meddelande till slut." Han tog ett rasslande andetag. "Faras Timan, vad hände honom? Lyckades han fly?"

"Han togs tillfånga utanför Garatur", sa Aylia och satte sig på huk bredvid honom. "Mira Mashok… Mira dödade honom och Samare brände hans kropp till aska."

Marish skrattade kraftlöst. "Ett passande slut för den mannen. Dödad av sin egen dotter." Han lyfte handen och pekade mot trappan upp till andarnas sal. "Asharak finns där uppe. Han är ensam, men var på er vakt. Han är en ängel, och starkare än någon man. Jag hade hoppats att Drashin var den som kom uppför tornet, men om ni arbetar tillsammans kanske ni har en chans. En liten."

Armen föll slappt ner mot hans sida och huvudet hängde slappt mot hans bröst. Mer blod rann ur hans öppna mun. Aylia tvekade en aning när hon sträckte fram handen mot honom. Hon kände på hans hals och såg sedan mot Liana.

"Han lever, om än knappt", sa hon lågt. "Jag tror inte att han kommer att vakna igen."

Liana såg ner på Marish. Detta var den man som Drashin fruktade. Men han hade aldrig varit deras verkliga fiende. Han hade agerat bakom fiendens led och försökt hitta deras svagheter. Nu insåg Liana att alla deras rapporter om var fienden fanns, vilka deras mål varit hade alla kommit från denna man. Marish hade varit deras okände spion. Återupplivad av fienden för att möta Drashin, men som vänt sig mot den som gett honom liv och hjälpt dem att hitta det största hotet mot världen sedan Nariff.

"Vila i frid", sa Liana lågt och vände sedan mot trappan. "Vi ska se till att allt ditt arbete inte varit i onödan. Vi ska stoppa Asharak, en gång för alla."

De tre unga kvinnorna skyndade sig på tysta fötter uppför trappan. Ovanför trappan fanns en kort korridor som slutade vid en vit målad dörr. Liana såg mot Aylia som nickade tyst. På andra sidan dörren fanns andarnas sal och Asharak. De skyndade fram till dörren och Aylia lade försiktigt handen mot den. Marish hade sagt att den fallne ängeln var ensam, men de kunde inte förmå sig att lita helt på den döende mannen nedanför.

Efter en kort stund skakade Aylia på huvudet. Hon kunde inte tala om hur många som fanns på andra sidan dörren. Liana nickade kort och häxan grep tag i dörrens handtag. Sakta öppnade hon dörren och de tre klev in på vaksamma fötter.

Liana fick genast syn på den långe mannen som stod med ryggen mot dörren. Han verkade studera väggen framför sig. Han hade axellångt ljust hår. Istället för den svarta rustning han burit första gången Liana träffade honom, bar han en mörkt röd dräkt med guld och silverbrodyr. Över hans axlar vilade en svart osmyckad mantel. Asharak. Han gned sig om hakan med den ena handen medan han studerade vad som Liana trodde var text på väggen.

Jali stängde försiktigt dörren bakom sig, men likväl hördes en dov duns när den slog igen.

"Det dröjde innan ni kom tillbaka", sa Asharak med ljus, nästan behagfull röst. "Är inkräktarna omhändertagna?"

Liana sade inget utan tecknade åt Jali och Aylia att sprida ut sig. De var tvungna att angripa honom från flera håll samtidigt för att ha någon chans att besegra honom.

"Svara", sa den fallne ängeln framför dem med barsk röst. "Eller har ni tappat talförmågan." Han vände sig ilsket om. "Trasher! Marish!"

Han spärrade förvånat upp ögonen när han fick syn på Liana som stod framför honom. Han vred på huvudet och stirrade på Aylia som försiktigt smög upp på hans högra sida och sedan på Jali på hans vänstra.

"Vad...?" började han, men Liana avbröt honom.

"Aram Trasher är död", sa hon med hög röst. "Marish dödade honom."

Ängeln blinkade till och stirrade på henne. Det lågade i hans blå ögon av raseri. Han knöt händerna så hårt att det darrade och han formade Marishs namn med munnen.

"Han är döende", sa Liana kort och grep hårdare om sina svärd. "Kanske är han redan död. Hans kropp gav upp efter att han dödade Trasher."

"Så han är döende", sa Asharak lent och visade tänderna i ett leende. "Om han fortfarande lever efter att jag är klar med er, skall jag skära upp halsen av honom."

Liana hann precis kasta sig undan innan ett eldklot träffade golvet där hon stått. Aylia och Jali slungade genast eld och blixtrar mot honom. Han gled med ett skratt undan deras angrepp och slungade mer eld mot Liana.

Hon kastade sig undan igen och rullade runt på golvet för att snabbt komma upp på fötter igen. Men innan hon hunnit komma helt på fötter igen tvingade Asharak henne att hoppa iväg igen. Ängeln skrockade när han styrde undan Jalis blixt mot Liana. Den slog ner alldeles framför hennes fötter och fick henne att sätta sig tungt på golvet.

Hon var helt säker på att han skulle träffa henne med något av sina eldklot. Men när hon såg upp fick hon se hur ett av Aylias klot äntligen lyckades träffa honom och få honom ur balans. Asharak vrålade av missräkning och skickade flera blixtrar mot den unga häxan. Han missade henne med en hårsmån då en av Jalis blixtrar träffade golvet bredvid honom.

Asharak vände sin uppmärksamhet mot den andra häxan och försökte träffa henne med flera eldklot samtidigt som han blint kastade blixtrar mot Aylia. Liana såg sin chans och kastade sig mot honom. Han fick se henne i sista stund och drog sitt eget svärd. Han parerade hennes hugg och svingade vilt mot hennes hals.

Liana gled tillbaka samtidigt som ännu ett eldklot exploderade jämte ängeln. Med ett vrål gjorde Asharak ett utfall mot Aylia med sitt svärd. Häxan slog förvånansvärt enkelt undan det med sitt spjut. Häxan såg förbluffat på honom, men han gav henne ingen chans att hugga honom med spjutet. Han kastade ett eldklot mot henne. Aylia kastade sig undan i sista stund, men hon skrek till av smärta när det exploderade nära hennes ben.

Jali rusade fram och stötte med sitt spjut för att tvinga bort honom från Aylia. Han backade undan med ett morrande, men innan han hann angripa den andra häxan var Liana hos honom och han var tvungen att värja sig för den unga drakriddarens svärd. Under tiden drog Jali undan Aylia.

Liana kände ett visst hopp, då Asharak inte verkade vara en van svärdsman, utan förlitade sig nästan helt på sin magi. Om de kunde se till att han inte kunde använda sin magi, då skulle de kunna besegra honom. Liana fortsatte att pressa tillbaka honom, om han lyckades få ett avstånd mellan henne och sig själv slungade Aylia och Jali sin magi mot honom tills Liana åter var nära igen.

Diriska borstade bort dammet från sina byxor medan Drashin hjälpte Mira upp på fötter igen. Hon lyssnade uppmärksamt efter minsta ljud, men det var helt tyst i rummet framför dem. På andra sidan fanns en trappa som ledde upp till de sista tre våningarna. Den väldiga explosionen som de hört hade gjort att alla tre fallit till golvet och delar av ena väggen fallit in. Det var rena undret att ingen av dem hamnat under de stora tunga stenarna.

Drashin skyndade tillbaka mot trappan de kommit upp för, medan Mira inspekterade sina byxor. Ena benet slutade i revor strax nedanför knät och det andra hade stora sotfläckar på låret. Helerskan grymtade irriterat och plockade upp sitt långa spjut igen. Diriska hade förundrats hur lätt Mira kunde hantera spjutet även inne i själva tornet. Hon hade trott att det skulle vara besvärligare i de trängre korridorerna, men Mira hanterade spjutet med lätt hand och var aldrig nära att träffa vare sig väggar eller sina allierade.

"Trappan är blockerad", sa Drashin sammanbitet när han kom tillbaka. "Explosionen fick taket att kollapsa och tunga stenar blockerar vägen ner."

"Vi får lösa det problemet när vi kommer dit", sa Mira och vände mot trappan som ledde upp. "Vägen upp är fortfarande intakt."

Diriska förundrades hur lugn helerskan lät. Själv oroade hon sig så fruktansvärt mycket över Liana och de andra två flickorna. Att Tirasine, Meeko och Ranin följt efter de tre lugnade henne föga. Hon följde raskt efter Mira och Drashin uppför trappan.

"Meeko!"

Rösten fick alla tre att stanna upp och se på varandra.

"Tirasine", sa Drashin hetsigt och rusade iväg.

Mira och Diriska var tätt efter honom. När de kom upp drog Diriska efter andan vid synen de mötte. Mitt i rummet låg en väldig varelse. Det rök från den livlösa kroppen och en stor pöl av svart blod hade flutit fram under den. Vid ena väggen satt Tirasine med ryggen mot väggen och avfyrade ett armborst mot en hop av demoner. Vid en annan vägg låg något, som Diriska inte riktigt kunde se, i en hög.

Tirasine fick syn på de tre och pekade mot gruppen av demoner med armborstet. "Meeko är bland dem!" vrålade hon samtidigt som hon sköt iväg en pil till.

Drashin och Mira störtade genast fram mot demonerna. Diriska skyndade fram till den kvinnliga drakriddaren. Tirasine kastade undan armborstet och gned armen över kinderna. Tårarna som torkades bort smetade bara ut sot och smuts ännu mer.

"Är du oskadd?" frågade Diriska när hon kom fram. Hon fick nästan ropa för att överösta ljudet från striden i andra änden av rummet.

"Mitt vänstra knä", sa Tirasine med ett stön. "Det sitter något i mitt knä."

271

Draken rev försiktigt upp de trasig byxbenet och undersökte drakriddarens ben. Hon fick genast se tre stora stenbitar som satt i benet. Det var ett under att hon inte förlorat benet. Diriska lade lätt två fingrar på knät och Tirasine drog häftigt in luft. Med magi bedövade Diriska knät. Hon drog snabbt ut de tre stenbitarna och helade kvickt såren.

Trotts bedövningen ryckte Tirasine till varje gång en bit försvann och hon flämtade våldsamt. När bitarna var borta sände Diriska en sökande tanke in i benet. Hon hittade ett dussin mindre flisor i benet. Irriterat skakade hon på huvudet. Drakriddaren skulle inte kunna gå på egna ben från det här rummet. Dessutom hade de ingen möjlighet att kunna få bort flisorna nu. De måste få ut henne från tornet och bort från staden först.

"Jag kommer aldrig kunna gå ordentligt igen, eller hur", flämtade Tirasine. Diriska såg upp och mötte hennes bruna ögon.

"Om vi hade haft möjligheten att få bort alla stenbitarna ur benet nu" sa Diriska långsamt. "Då hade vi kanske kunnat återställa dig. Men som det är nu kan vi kanske som bäst få ut bitarna utan att du förlorar benet."

"Ett billigt pris", sa drakriddaren med ett sorgset skratt. "Mycket billigare än deras."

Diriska såg upp vid ljudet av fotsteg och såg Mira komma gåendes med ett sorgset uttryck. Drashin kom strax bakom henne och bar på en livlös kropp. Diriska följde honom med blicken när han försiktigt lade ner Meeko på golvet igen. Ena armen var borta och ett sår löpte längs högra sidan av ansiktet, håret var tovigt av blod och lika så hans skägg. Hans bröstharnesk var sönder riven och fullt av hål.

"Han föll strax efter att vi anslöt till striden", sa Mira sorgset. "Vi kom försent."

Drashin sa inget utan såg sig om i rummet med bister blick. Han fick syn på högen som Diriska noterat när de kom upp och gick med långa kliv bort till den. Han gick ner på huk och drog i den. Diriska såg att det han höll i var en arm. Drashin skakade långsamt på huvudet och vände på kroppen. Han fumlade med något och kom sedan tillbaka med ett bränt tygstycke. Diriska kunde endast urskilja något blått och rött. Generalen räckte tyget till Tirasine utan ett ord.

Mira hade redan tagit av Meekos kishara och vek nu försiktigt ihop det. Drashin lyfte sedan upp Meeko igen och gick tillbaka till den andra kroppen. Där lade han ner den döda dvärgen igen.

Mira räckte över kisharan till Tirasine. Den kvinnliga drakriddaren höll de två tygstyckena i sina händer och såg dystert på dem.

"De ställde alltid till med så mycket hyss", viskade hon. "Ända sedan de var små. De har alltid hållit ihop, i vått och torrt."

"Vi kommer inte att kunna ta med dem ner", sa Drashin lågt när han slöt sig till dem. "Vi får komma tillbaka för att bärga deras kroppar."

"Kan du gå?" frågade Mira och lade en hand på Tirasines axel.

"Jag bär dig", sa Drashin när hon skakade på huvudet. "Vi kan förlita oss mer på er magi än mina svärd", sa han när Diriska och Mira började säga emot. "Dessutom tror jag inte att Asharak har fler demoner mellan oss och sig. Jag är tveksam till att någon av dem tilläts komma högre upp än hit."

Diriska höll motvilligt med honom, men hon tyckte inte om att deras enda svärdsman skulle vara oförmögen att strida om de skulle stöta på problem. Hon skulle mycket väl kunna både bära Tirasine *och* använda sin magi på samma gång.

Dova smällar hördes ovanför och tornet skakade kraftigt. Alla vände blicken mot taket. Något hände där uppe. Diriska bet ihop käkarna och vände bistert mot trappan upp till nästa våning.

Diriska stirrade förbluffat på de väldiga pelarna som fanns i det stora ljusa rummet. Stora ljusstakar såg till att inga skuggor fanns någonstans och bänkar var prydligt utplacerade. Efter alla de kala och grå korridorer och rum som de passerat för att komma hit var det förvånande att finna ett så ljust och vackert rum som det här i tornet.

Drashin hade försiktigt satt ner Tirasine på en av bänkarna och satt nu på huk framför kroppen som låg några steg in i salen. Diriska förvånades över hur omilt han grep tag i håret på liket och lyfte upp huvudet. Uttryckslöst såg han in i Aram Trashers döda ögon, sedan släppte han helt sonika håret och huvudet studsade till en gång när det slog i golvet igen.

Generalen såg sig om i rummet och hans blick fastnade på en annan kropp som satt lutad mot en pelare. Diriska såg också mot den och undrade vem denne vithåriga yngling kunde varit. Hakan lutade mot bröstet och det torkade blodet såg nästan lyste mot den så bleka hyn. Men det syntes inga sår på hans svarta skjorta.

Efter att sett att Tirasine inte behövde någon omedelbar hjälp gick Mira försiktigt fram mot den vithåriga ynglingen. Hon sjönk ner på knä och lyfte upp hakan på honom för att se ansiktet ordentligt. Med en häftig flämtning släppte hon hakan och drog sig undan.

"Marish", viskade hon hetsigt.

Drashin for genast upp på fötter och drog sina svärd. Han stirrade på mannen som, nästan fridfullt, satt vid pelaren. Diriska skyndade fram till Mira och hjälpte helerskan upp på fötter igen. Mira höll ut en hand mot Drashin.

"Han lever fortfarande", sa hon. "Men det är knappt. Det verkar som att hans nya kropp inte håller ihop länge till."

Plötsligt hördes ett väsande andetag från Marish och han rörde en aning på sig. Diriska stirrade förskräckt när han långsamt höjde huvudet. Han hostade till och nytt blod forsade ut ur hans mun. Han slog upp ögonen och såg upp mot dem. Diriska rynkade på pannan när hon såg hans ögon. När hon sett honom i Soma hade han haft bruna ögon, nu var de grå och han verkade knappt kunna se.

"Är det någon där?" viskade Marish hest. "Jag tyckte mig känna någon alldeles nyss."

"Vi har kommit för att stoppa er, Marish", sa Drashin bistert.

"Drashin?" viskade Marish. "Jag hoppas att du inte kommer för sent. Det var tre flickor här. Jag tror att de gått upp till Asharak. Jag dödade Trasher åt dem, så de kunde ta sig vidare uppåt. Men sedan gav min kropp upp."

Diriska och Mira rörde sig försiktigt mot honom från sidan medan Drashin ställde sig rakt framför honom. Marish lutade huvudet mot pelaren och lät sina ögon vila mot Drashin framför honom. Kraftlöst höjde han sin vänstra hand. Diriska såg hur tre av fingrarna lyste friska från den annars så bleka handen.

"Kan du se till att jag kan få vila nu", viskade den döende mannen på golvet. "Kan jag få sova för evigt?"

Drashin satte tillbaka svärden i sina skidor och lade handen på den långa dolkensskaft.

"Vila?" sa drakriddaren tonlöst. "Sova?"

Tårar började rinna från Marishs kinder. "Jag vill inte minnas något. Allt jag gjort. Alla jag dödat. Hur kan jag ens kunna möta henne igen? Se till att min själ aldrig mer kan finna vägen till ljuset, Drashin. Bränn de sista delarna av mig i dalen. Låt mig för evigt försvinna."

"Ama har redan förlåtit dig", sa Drashin lågt.

Mira stelnade till jämte Diriska och stirrade på Drashin med stora ögon. Marish blinka förvirrat till.

"Hon har väntat på dig i alla år", fortsatte Drashin och satte sig på huk framför honom. "Men varje gång hon kommit nära dig i dalen har du vänt och flytt. Hon väntar på att få föra dig till den eviga vilan. Jag kan inte göra det för dig. Det vet du lika mycket som jag. Endast du kan välja att gå."

"Men varför kan jag inte bara försvinna?"

"Kanske känner du för mycket skuld", sa Diriska försiktigt och sjönk ner på knä bredvid Drashin. Hon lade en hand på Marishs blodiga kind. "Jag tror att de väntar på dig i dalen som Drashin nämnde. Alla väntar på att du ska komma till dem."

Drashin tog tag i hans vänstra hand och drog sin dolk. Han lade eggen mot de tre friska fingrarna. Marish grep kraftlöst om den andres hand med sin högra hand.

"Det är dessa som håller dig kvar, inte sant", sa Drashin förvånansvärt vänligt.

Marish tvekade en aning innan han lät sin högra hand falla till golvet. Han log kraftlöst och såg med blinda ögon på dolkens blad. Diriska tyckte nästan att han såg lättad ut.

"Tack", viskade han.

"Vila i frid", sa Drashin och skar av de tre fingrarna, "broder."

Så snart de tre fingrarna föll ner i Drashins hand började mannen på golvet att skimra. Färgen i hans ögon och hår kom tillbaka och han lyfte förvånat händerna framför ansiktet. Han skrattade kort när han hans blick fastnade på de saknade fingrarna och såg sedan upp på de tre framför honom. Han såg på dem en efter en, när hans blick föll på Mira såg han en aning förvirrad ut. Han vände blicken mot Drashin igen.

"Det var dig den gamla texten handlade om", viskade han. "Kommer du ihåg? Den vi fann när vi jagade Nariff. 'Den som härskar över Dödens dal härskar över de åtta världarna, Världarnas konung'. Till och med det namn du fått i den hör världen, 'Drashin', betyder 'Död'."

Diriska blinkade till och sneglade på Drashin. Han rynkade bara fundersamt på pannan och reste sig sakta. Diriska mindes att Isashai sagt något till henne när hon helat de tre brödernas sinnen.

"Men var är 'Underjordens drottning'?"

Marishs fråga fick de tre att förbryllat se på varandra. Både Mira och Drashin skakade oförstående på sina huvuden. Marish skrattade till och lyfte en hand, som höll på att försvinna, mot Diriska.

"Se", sa han. "'Skyarnas drottning' står redan vid din sida. Mira är inte 'Underjordens drottning'. Har du inte funnit henne ännu?"

"Vänta, Marish", sa Drashin hetsigt och sträckte ut handen mot honom. "Vad menar du?"

Diriska flämtade till när drakriddarens hand gick rakt igenom den andre mannens arm. Marishs läppar rörde sig, men de kunde inte längre höra hans röst. Han blinkade till och log sedan stort mot dem. Sedan försvann han.

Drashin stod med utsträckt hand och stirrade på platsen hans gamla fiende suttit på. Diriska lade försiktigt en hand på hans arm och han lät den falla till sidan. Mira höll fram en liten tygpåsen mot honom.

"För fingrarna", sa hon kort när han tog emot den. "Du tänker väl inte bara stoppa dem i fickan?"

Drashin fnös och öppnade sin knutna hand. Han blinkade till när han tittade ner i den. Diriska följde hans blick och stirrade förbluffat på benbitarna som låg i handen. Drashin tvekade kort innan han hällde ner dem i påsen och knöt ihop den.

"Måste vara på grund av att kroppen inte var hans riktiga", muttrade han. Drashin såg en sista gång på platsen där Marish suttit. "'Världarnas konung'", muttrade han.

"Isashai kallade mig också för 'Skyarnas drottning' när jag helade bröderna", sa Diriska lågt och såg mot Drashin. "Vad betyder det?"

"Vad det än betyder har vi viktigare saker att ta itu med nu", sa Mira och vände sig mot Tirasine. Hon hjälpte drakriddaren upp på fötter och stödde henne när de gick mot trappan. "Vi måste upp till Liana och de andra."

Drashin och Diriska nickade och skyndade efter henne. Drashin lyfte åter upp Tirasine i famnen och tillsammans gick de med raska steg mot trappan.

Plötsligt hördes en hög smäll och stora stenar föll ner från trappan. Damm for upp i luften och dolde allt för dem. Hostandes drog de fyra sig undan från trappan igen. Diriska skapade en skyddande mur av luft framför dem, för att förhindra att några stenar skulle träffa dem. Hon blinkade för att få bort dammet ur ögonen och hon hostade kraftigt. Hon hörde hur Drashin frågade om alla var oskadda. Mira ropade tillbaka någonstans till vänster om henne.

Dammet lade sig och Diriska torkade bort tårarna som bildats av dammet. En hand lades på hennes axel och hon såg upp i Tirasines smutsiga ansikte. Den kvinnliga drakriddarna stod med armen om Drashins midja för att inte ramla omkull. Generalen stirrade bistert mot trappan. Diriska vände dit blicken och spärrade förskräckt upp ögonen. Stora stenar blockerade deras väg upp.

"Finns det en annan väg upp?" frågade Mira hostandes när hon sällade sig till dem.

"Det där var den enda", sa Drashin och ledde Tirasine till en bänk. "Diriska kan du göra en väg upp genom det där?"

"Jag kan försöka", svarade hon oroligt. "Men det kommer att ta tid. Jag måste vara försiktig så att det inte rasar mer."

"Gör vad du kan", sa Drashin uppmuntrande. "Jag och Mira hjälper till med det vi kan."

Diriska nickade osäkert och började sedan att försiktigt undersöka stenhögen i trappan. Hon måste arbeta snabbt, men om hon gjorde det för snabbt kanske allt skulle bli värre. Drashin och Mira knuffade undan stenar som hon lirkade loss. Samtidigt förstärkte Diriska varje öppning som hon skapade. Sakta växte hålet, allt för sakta.

26

Liana fick tag i Aylias arm och drog med sig henne när hon kastade sig åt sidan. Det mansstora eldklotet som Asharak slungade mot dem for ut genom dörren och träffade taket i den korta korridoren. Hela tornet skakade när stora stenblock föll och blockerade gången ut mot trappan.

Jali reagerade genast och skickade blå och röda blixtrar mot den fallne ängeln. Asharak röt ursinnigt på ett underligt språk samtidigt som han hoppade undan. Han skickade iväg ett spjut av ljus mot häxan som nästan dansande, gled undan hans angrepp. Spjutet snurrade i hennes händer när hon skickade eldklot och blixtrar om vartannat mot deras fiende.

Asharak svarade genom komplicerade handrörelser slunga sin magi mot henne. Eldklot kastades i konstiga banor, blixtrar slog ner från ingenstans. Jali dansade undan, med spjutet vilt snurrande. Ibland lyckades hon skicka tillbaka ett eldklot.

Liana hjälpte Aylia upp på fötter igen. Den andra häxan flämtade tungt. Liana misstänkte att hon snart inte hade mer att ge. Själv var hon utmattad efter att klättrat genom tornet och alla strider. Hon var säker att Jali var lika utmattad som de andra två och att det nästan bara var ren viljestyrka som gjorde att hon kunde strida som hon gjorde.

Aylia tecknade åt Liana att gå till anfall. Samtidigt sprang hon själv iväg och ställde sig bakom Asharak. När hon var på plats började hon kasta sina eldklot igen. Ett träffade ängeln i ryggen innan han hann reagera. Han vrålade av smärta och kastade blint iväg fem eldklot bakom ryggen. Aylia sprang undan samtidigt som hon nu skickade iväg blixtrar.

Jali passade på att kasta sig in bakom ett stenblock som fallit till golvet när Asharak vände sig om för att möta Aylias angrepp. Men innan han hunnit vända om helt var Liana över honom och högg med sina svärd. Han parerade hennes hugg i sista stund och fixerade sina rasande blå ögon i hennes. Han grimaserade argt och saliv rann ner för hans ena mungipa.

"Ohyra!" röt han. "Varför kan ni inte bara dö!"

Han lyfte sin bara hand för att slunga ett eldklot mot Liana, men tvingades dra tillbaka den när hon högg efter den med sitt svärd. Den andra handen höll krampaktigt i svärdshjaltet när han klumpigt svingade sitt svärd mot Liana.

Liana slog lätt undan det och stötte med det andra. Han tjöt till när det skar upp ett sår i hans vänstra arm. Han svingade så vilt med svärdet att Liana tvingades hoppa undan. Genast höjde han sin tomma hand mot henne. Liana insåg att hon inte skulle hinna kasta sig i säkerhet.

Då exploderade ännu ett eldklot mot hans vänstra kind. Med ett vrål tog han sig för sitt skadade ansikte. Liana fick hoppa undan en gång, då han svingade vilt efter henne igen med svärdet. Hon såg hur Jali kommit fram från sitt skydd igen och stod med lyfta händer mot ängeln. Den äldre av häxorna andades tungt och sjönk ner på knä, oförmögen att röra på sig längre.

Asharak fick se henne och vrålade triumferande. Innan Liana hann reagera rusade han mot häxan med svärdet lyft. Jali lyfte på huvudet och såg med trötta ögon hur hans svärd föll mot henne.

I sista stund dök Aylia upp och ljudet av stål mot stål ekade i rummet när hon slog undan hans svärd. Hon släppte sitt spjut med ena handen och satte handflatan mot Asharaks bröst. Liana hann se hans förvånade min och Aylias beslutsamma innan explosionen kom.

Aylia slungades bakåt, in i Jali, och de två häxorna tumlade runt på golvet innan de blev stilla i en hög mot väggen. Asharak kastades tillbaka till mitten av rummet igen. Liana började röra sig mot sina två vänner, men hejdade sig av ett kvidande ljud från Asharak. Bestört såg hon hur han ostadigt började ta sig upp på fötter igen.

"Förbannande människor", morrade han och spottade blod. "Varför kan ni inte bara utplånas, som den ohyra ni är!"

Liana såg oroligt på Aylia och Jali som låg orörliga vid väggen. Hon hoppades innerligt att de båda fortfarande levde. Hon vände sig beslutsamt mot Asharak igen.

Ängeln stod och svajade medan han torkade bort blod från hakan. Ansiktets vänstra sida var sönderbränt och ögat var borta. Bröstet på hans en gång fina skjorta var borta och ett stort svart sår täckte nästan hela hans bröst. Han sjönk ner på knä och blod rann ut ur det stora såret. Ängeln lyfte kraftlöst armen mot Liana, men sänkte den igen.

"Omöjligt", viskade han. "Hur...?"

Liana förstod att han inte hade krafter kvar att kunna slunga sin magi. Skadorna som Jali och Aylia orsakat honom var för stora. Hennes grepp om svärden hårdnade när hon steg fram mot honom. Hon stannade ett steg från honom. Han kämpade för att lyfta svärdet, men klarade inte av dess tyngd.

"Smutsiga människa", fräste han och spottade blod. "Ni är inget annat än boskap! Föda åt demoner!"

Liana sa inget. Hon höjde ena svärdet mot riktade det mot Asharaks hals. Minnena av hur Nala fått halsen avskuren fick hennes hand att darra. Även om det inte varit Asharak som hållit i dolken, så var det han som var orsaken till att hennes lilla syster och resten av hennes familj hade mördats. Liana visste att ängelns död inte skulle ge henne dem tillbaka.

Asharak fortsatte att fräsa och spotta blod. Han hade lyckats få upp svärdets spets från golvet. Liana släppte sitt andra svärd och grep med båda händerna om det andra svärdets hjalt. Hon tog flera andetag för att få sina händer stadiga. Hon tänkte på Tirasine, Meeko och Ranin som offrat sina liv för att hon, Aylia och Jali skulle kunna ta sig upp hit. Hon undrade förtvivlat om hennes två vänner bakom henne fortfarande levde.

Hon tog ännu ett andetag och kände hur hennes händer slutade darra. Hon spände blicken i Asharaks blå ögon och drog svärdet bakåt mot sitt öra. Hon såg hur ängeln plötsligt förstod att allt var över. Han öppnade munnen, men innan han hann säga något mer störtade Liana framåt.

Hon kände stöten när svärdsklingan stötte emot benen i nacken och kände hur de knäcktes av stöten. Med ett högt klingande träffade Asharaks svärd golvet. Liana stirrade in i hans ansikte. Blodet strömmade ur hans mun och pulserade ut ur såren från hans hals och nacke. Hon drog tillbaka svärdet och ängeln föll åt sidan, med blodet som formade en stor pöl runt hans huvud. Det ryckte några gånger i honom, men strax blev han stilla.

Liana stirrade ner på den döda ängeln vid hennes fötter. Hon andades tungt, nästan som om hon sprungit flera mil. Ett mullrande från stenmassorna som blockerade vägen tillbaka fick henne att ryckas ur transen.

Hon skyndade bort till Aylia och Jali som låg vid bortre väggen. Hon drog en lättnadens suck när hon fick se att de båda fortfarande levde. Jali hade lyckats ta sig upp på alla fyra, medan Aylia stirrade flämtandes upp i taket. Båda ryckte förskräckta till, Jali ramlade ihop igen, när Liana kom fram till dem.

"Jag trodde det var Asharak", sa Aylia lättat när hon fick se henne. "Jag hade inte kunnat göra något mot honom. Jag är för trött." Hon grimaserade illa när hon rörde sig. "Jag har för ont."

"Jag kan inte förstå vad du tänkte när du sprängde klotet som du gjorde", muttrade Jali och lyckades sätta sig upp. "Du kunde lika gärna dödat både mig och dig själv."

"Det var det enda jag kunde komma på", sa Aylia och satte sig upp med ett stön. Hon log tacksamt när Liana gav henne stöd.

"Är det över?" frågade Jali och såg bort mot Asharak.

"Han är död", sa Liana helt kort och pekade sedan mot den blockerade passagen. "Men vi har ingen väg ut. Skulle vi lyckas ta oss igenom det där, så svärmar alla våningar med demoner. Vem vet hur det ser ut där vi lämnade Tirasine och de andra."

De andra två nickade bara tysta och de tre kröp närmare varandra. "Vi vann", sa Aylia lågt, "men vi kommer ändå inte härifrån."

Plötsligt for en eldpelare genom den blockerade dörren. Liana och hennes två vänner stirrade gapande när Drashin steg in i rummet med Tirasine i famnen och med Mira och Diriska strax efter sig. De fyra hade knappt hunnit in i rummet innan hela tornet skakade igen och nya stenblock rasade ner i öppningen bakom dem.

"Jag sa att det var en dum idé", sa Mira irriterat och blängde mot Drashin. "Att allt inte rasade ner över våra huvuden är ett under."

"Vi kom igenom", muttrade Drashin. "Sluta gnäll."

"Det finns dock ingen möjlighet att ta oss tillbaka samma väg", sa Diriska och lade en hand mot ett av stenblocken. "Hela tornet kommer att rasa om vi ens försöker."

"Är du nöjd nu?" frågade Mira beskt och satte händerna i sidan.

Drashin sa inget utan började se sig om i rummet. Hans blick föll på Asharak som låg i en pöl av blod. Han ställde försiktigt ner Tirasine på fötter. Mira lade armen om hennes midja för att stödja henne, medan generalen gick fram till den döde ängeln. Han satte sig på huk vid liket och studerade det. Diriska fick se Liana och de andra vid väggen och skyndade dit. Lättnaden sken i hennes ansikte när hon nådde fram till dem.

"Är ni oskadda?" frågade hon oroligt och sjönk ner på knä framför dem.

"Min arm", sa Aylia med ett stön. "Jag tror den är bruten."

”Jag tror att det är mer än bara armen”, sa Mira när hon kom tillsammans med Tirasine.

Liana såg ett bylte som den kvinnliga drakriddaren höll hårt i famnen. Hon undrade vad det var för något. Tirasine såg hennes blick och såg ner på det.

”Dem är döda”, sa hon helt kort. ”Ranin och Meeko... de är döda.”

Mira klappade henne varsamt på axeln och hjälpte henne försiktigt ner på golvet. Liana såg att hennes vänstra knä inte böjde sig. När Mira sett till att hon satt ordentligt gick hon fram till Liana och tog hennes huvud i sina händer. Liana blinkade till när hon kände hur helerskan undersökte henne.

”Mest småsår och några skrapsår”, sa Mira när hon släppte hennes huvud. ”Inget som vi måste hela med en gång.”

”Aylia klarar sig hon också”, sa Diriska när hon spjälade den unga häxans arm. ”Jag är mer orolig över Jali.”

Liana undrade vad hon menade och såg mot Jali. Hennes mörka ögon var blanka och hon stirrade framför sig. Hon svajade där hon satt och underläppen hängde slappt. Liana undrade vad som var fel när Mira, mycket varsamt, lade sina händer mot Jalis tinningar. Häxan visade inga tecken på att märka av Miras beröring.

”Vad är det för fel?” undrade Liana oroligt.

”Magisk utmattning”, sluddrade Aylia och smackade med tungan. Diriska viftade bort den lilla muggen som försvann. Hon hade säkerligen givit Aylia en smärtstillande dryck. ”Mycket lik den som drabbade Diriska i Soma.”

”Skillnaden är att Diriska visste när hon var tvungen att sluta”, sa Mira lugnt. ”Jali tvingade sig att använda mer och mer magi, trotts att hon redan överskridit vad hon egentligen borde klara av. Det är ett under att hon inte är död.”

Jali ryckte till när Miras grepp om hennes huvud hårdnade en aning. Hennes ögon rullade och endast ögonvitan syntes innan hon slappt föll till golvet. Diriska var genast där och fångade upp den medvetslösa flickan. Varsamt lade hon ner henne och strök bort håret från hennes ansikte. Mira andades tungt och såg ner på Jali.

”Det är det enda vi kan göra för henne just nu”, sa hon och såg på Diriska. ”Eller kan du göra något mer för henne?”

"Inte nu", sa draken. "Jag måste använda min magi för att kunna ta oss ut ur tornet. Sedan måste jag vila. Jag har inte tillräckligt med kraft för att skapa en port."

Liana lyfte huvudet och såg sig om över axeln när hon hörde ett underligt klickande ljud. Hon fick se Drashin stå med en underlig liten sak i händerna och såg mot samma vägg som Asharak studerat. Han vände sig om och stoppade saken i en ficka. Sedan pekade han med tummen mot väggen.

"Kan vi inte bara göra ett hål där", sa han lugnt.

"Och vad skulle vi göra sedan?" sa Mira irriterat och blängde på honom. "Flyga?"

Så fort hon sagt ordet blinkade hon till och både hon och de två äldre drakriddarna såg mot Diriska. Liana undrade vad de kommit på. Diriska lyfte frågande på huvudet och såg på de tre.

"Vi har gjort det förr", sa Tirasine med en axelryckning. "Med Asmaji."

"Jag gjorde det med Lindramas", mumlade Mira.

"Vad pratar ni om?" undrade Liana.

"Ni tänker rida på min rygg", suckade Diriska.

Liana såg förbluffat på Aylia som hade lika stora ögon hon. Skulle dem hoppa upp på Diriskas rygg och flyga med henne?

"Det är vårt enda alternativ", sa Drashin och slog, utan resultat, bort damm från sina byxor. "Det är det eller störta ner tillsammans med resten av tornet. Det kommer inte att stå länge till."

Liana undrade vad han menade när hon blev medveten om att det faktiskt svajade. Tornet skulle kollapsa när som helst. Diriska reste sig med en suck och såg mot väggen med den underliga texten. Hon gick fram till den och lade en hand mot den.

"Tianernas språk", sa hon med låg röst. "Jag förstår inte mycket av texten, men några ord här och där."

"Jag har sett till att vi får texten med oss", sa Drashin och klappade på sin ficka. "Jag kan ge den till Sharos och Soras efter vi kommit här ifrån."

Diriska nickade långsamt och tog några steg tillbaka. Hon höjde sin hand mot väggen. Mira lade en hand på hennes arm och draken såg frågande på helerskan.

"Tornet kan mycket väl rasa när vi spränger ett hål i väggen", sa Mira. "Kan du säkra upp tornet? Bara så länge så vi kan hoppa ut. Jag gör hålet."

Diriska nickade kort och steg tillbaka. Drashin hjälpte Tirasine upp på fötter och ledde henne till Diriska. Där hjälpte han henne upp på Diriskas rygg. Diriska pratade lågt med den kvinnliga drakriddaren och pekade någonstans mellan skuldrorna. Tirasine nickade helt lugnt.

Drashin kom fram till Liana och Aylia som vakade över Jali. Han lyfte upp den medvetslösa unga kvinnan i famnen och vände sig mot Mira.

"Ni två hoppar ut direkt efter Mira och Diriska", sa han över axeln. "Jag är alldeles bakom er."

Liana hjälpte Aylia upp på fötter och de båda nickade. Sedan skyndade de bort till Mira och Diriska. Drashin ställde sig sist i ledet.

"Alla redo, Mira", sa han.

"Jag har förstärkt barriären runt tornet", sa Diriska. "Det borde klara av att du gör ett hål."

"'Borde'", muttrade Mira och höjde sina händer. "Jag hade hoppats på något mer än 'borde'."

Ett stort eldklot lämnade hennes händer och exploderade mot väggen. En plötslig kastvind fick dammet att yra inne i rummet och fick alla att hosta. När dammet lagt sig såg Liana hur ett stort hål fanns där väggen med den underliga texten tidigare stått. När hon tittade ut genom hålet såg det nästan ut som om det svängde fram och tillbaka.

"Alla ut!" ropade Diriska och sprang mot hålet. "Explosionen var för kraftig! Tornet rasar!"

Diriska hoppade ut genom hålet med Tirasine på ryggen. Liana såg hur Mira hoppade ut efter henne samtidigt som ett ljussken syntes i hålet. Aylia hoppade kvickt ut efter helerskan. Liana kom fram till hålet och såg ner på Diriskas drakskepnad strax nedanför hålet.

Tirasine satt hopkrupen och höll fast i en av hennes piggar på ryggen samtidigt som hon krampaktigt höll om sitt knä. Mira placerade Aylia framför sig och vinkade sedan hetsigt åt Liana att hoppa.

Liana tog ett tvekande steg tillbaka och kände hur Drashin satt foten mot hennes rygg.

"Ut med dig!" röt han och knuffade ut henne genom hålet.

Med ett skrik föll hon ner mot Diriskas rygg. Mira fångade upp henne och innan hon föll förbi draken och drog upp henne på ryggen. Hon vände sig om och såg hur Drashin kom flygandes ut ur hålet med Jali i famnen.

"Demoner bakom oss!" ropade Tirasine.

"Mira! Ta emot!" ropade Drashin och kastade Jali mot helerskan.

Liana ropade förskräckt till när hon såg vännens slappa kropp komma flygandes mot Mira. Drakrytterskan tvekade inte utan hoppade upp mot flickan och fångade henne i famnen. Sedan landade hon på lätta fötter på Diriskas rygg.

"Diriska flyg!" ropade Drashin samtidigt som han stoppade något i munnen.

Diriska krängde till och ruskade lätt på huvudet innan hon tog sats med vingarna och lämnade tornet bakom sig. Liana stirrade på Drashin och med raka ben föll förbi dem och mot marken.

"General!" skrek hon och sträckte ut armen mot honom. "Drashin!"

Tjut hördes runt dem när flygande demoner kom mot dem. Eldklot exploderade i deras bröst och blixtrar träffade deras huvuden när Mira slungade sin magi mot dem. Aylia höll Jali tätt mot bröstet. Diriska sprutade ut sin eld med ett vrål och ett tjugotal demoner slukades av lågorna.

En demon landade på hennes rygg och draken vrålade när den bet henne. Innan Liana hunnit dra sitt svärd kom ett spjut farandes genom luften och träffade demonen. Den for iväg och slog ner i ett tak. Strax efter landade Hiram helt kort på Diriskas rygg innan ängeln hoppade vidare.

Ännu en demon var på väg att landa på Diriska, men så var en dvärgdrake där och fångade upp den i luften. Demonen försökte värja sig från den nya angriparen, men genast var ytterligare en drake där. Snart var Diriska omringad av dvärgdrakar som angrep alla demoner som försökte komma åt henne.

Samare steg sakta upp i höjd med Diriskas högra sida och Liana drog lättat efter andan när hon såg Drashin stå på huk på den stora dvärgdrakens rygg. Plötsligt ropade Tirasine till och pekade på något till höger om dem.

"Hersh!" ropade hon. "Det är en hersh på väg hitåt!"

Liana stirrade på den stora demonen som kom klättrandes över hustaken. Den var fortfarande för långt borta för att Liana kunde urskilja dess ansikte, men det gick inte att ta miste om de korta hornen och det röda skinnet. Det var samma sorts varelse som hade angripit dem på våningen som Tirasine, Meeko och Ranin anslutits sig till Liana och de andra två.

"Fortsätt framåt!" ropade Drashin. "Vi måste ut ur staden. "Diriska, kan du få kontakt med alla innanför murarna?"

"Jag kan försöka", sa draken med sin dova röst.

Liana kunde känna hur Diriskas sinne sökte sig in i hennes huvud. *Ta er ut ur staden. Fly!* Orden kom flytande och det var nästan som om hon kunde höra orden uttalas högt. Hon såg ner mot marken och fick se hur en grupp klipptroll genast vände helt om och började rusa mot muren.

"Hershen attackerar!" ropade Tirasine.

Liana såg mot den stora demonen och såg hur den höjt händerna och riktat dem mot Diriska. Drashin ropade något till Samare och de två vek genast av och for mot Hershen.

Tegelpannor och stora stockar flög upp i luften när Hiram for upp genom ett tak. I ena handen höll hon åter sitt spjut och den andra riktade hon mot Hershen. Nästan samtidigt skickade demonen och ängeln ett eldklot mot varandra. Kloten träffade varandra och tryckvågen av explosionen fick Hiram och flyga ner i ett annat tak. Hershen lyckades hålla emot tack vare att han stod stadigt på fötter.

Liana fick se två svarta skepnader som rusade över hustaken bakom den stora demonen. En av dem hoppade upp på en skorsten och sköt iväg fyra snabba pilar mot demonen. Den vrålade ursinnigt när de träffade den i axeln och den vände sig ilsket om. Då landade den andra på dess rygg och förde in ett långt spjut mellan skulderbladen. Hershen vrålade av smärta, men tystades genast när ett eldklot exploderade inne i dess kropp.

Diriska svängde en aning. Liana hann precis se hur Drashin och de två skepnaderna kom fram till Hiram innan de försvann mellan hustaken. Liana kröp försiktigt över ryggen på Diriska fram till hennes stora huvud.

"Vi måste tillbaka", ropade hon. "Drashin och Hiram är fortfarande kvar."

"Dem klarar sig", sa Diriska och girade undan för ett högre hus. "Vi måste se efter oss själva först. Aylia och Tirasine är skadade. Och vem vet om Jali någonsin kommer att vakna igen."

Liana såg sig oroligt över axeln och såg på Jali som låg orörlig i famnen på Mira. Aylia satt intill helerskan och höll den andra häxan i handen. Bakom dem rasade andarnas torn med ett dån som överröstade nästan allt i staden.

Mira ropade något och gestikulerade till dvärgdrakarna närmast. Genast vände fyra drakar om och flög tillbaka i riktning mot Drashin. Mira mötte Lianas blick och gav henne ett snett leende.

"Drakarna kommer se till att Drashin och Hiram kommer tillbaka vid liv", sa hon uppmuntrande.

Liana nickade tvekande och vände blicken framåt igen mot muren som snabbt närmade sig. På andra sidan böljade fortfarande striderna fram och tillbaka. Lasoras och Ma'sharos'tians väldiga skepnader stod helt ensamma mitt bland horden av demoner, men likväl var det ingen som lyckades nå någon av dem. Så fort någon kom inom en armslängds avstånd till Lasoras flammade svarta eldsflammor upp och förgjorde dem. Ma'sharos'tian svingade sin väldiga hammare och krossade allt som kom i dess väg.

Ovanför slagfältet flög de tre stora drakarna fram och tillbaka och sprutade ut eld som brände upp stora led bland demonerna. Trotts allt det verkade det inte finnas någon ände på monstren som strömmade ut ur hålen i muren.

Samare kom ikapp dem igen med Drashin och Hiram på sin rygg. Ängelns bruna hår var inte längre uppsatt i den invecklade flätan. Det flög fritt bakom henne där hon och Drashin flög fram på Samare. Narika och Lanar kom strax efter den store dvärgdraken. På drakhonans rygg satt Kalar, han hade ett omslag runt huvudet och halva hans ansikte var täckt av blod. På Lanars rygg stod hans tvillingbror Sareas på huk med sitt långa spjut hårt i ena handen och den andra lätt vilandes mot drakens huvud.

Liana tyckte att det måste vara svårt att hålla balansen att stå som alven gjorde, men han följde enkelt med i alla svängar och girar som Lanar gjorde. Han höjde sitt spjut så snart fyra bevingade demoner dök upp och genast for fyra blixtrar genom dem.

"Det måste finnas ett sätt att stoppa demonerna från att lämna staden!" ropade Mira mot Drashin.

"Vi måste ut först!" skrek Drashin tillbaka. "Diriska, hur många är kvar innanför murarna?"

"Bara vi och en liten grupp som Krashak leder", svarade draken och svängde runt en skorsten. "De är alldeles vid muren, men kan inte komma ut."

"Jag löser det", ropade Hiram och grep tag i kragen på Drashin. Han gjorde ett förvånat rop när hon kastade honom över till Diriskas rygg. "Ni fortsätter framåt. Samare, för mig längre ner!"

Draken sjönk genast ner till under hustaken och susade i förväg längs med gatan. Liana såg efter dem när de två försvann bland husen. Drashin muttrade och svor när han kravlade sig upp på Diriskas rygg.

Han såg långt efter draken och ängeln. Sedan fnös han och kröp fram till Tirasine som låg lite längre fram.

Tre snabba explosioner hördes från muren och stora stenblock slungade ut över demonerna utanför den. Explosionerna och stenblocken skapade stor förvirring bland fienden och de vände sig om mot den raserade muren. Liana sträckte på halsen och såg hur en stor grupp klipptroll stormade ut ur staden och angrep demonerna i ryggen.

"Krashak är ute ur staden", rapporterade Diriska samtidigt som hon susade över muren omringad av alla dvärgdrakar. "Vi är alla ute!"

Liana fick se hur Lindramas ormliknande skepnad brottades ner till marken av bevingade demoner. Hon pekade och skulle precis ropa till Diriska när en väldig explosion bildades där draken fallit. Ur det väldiga eldklotet for en mansskepnad upp i luften och från hans händer skickade han stora pelare av eld. Diriska susade förbi honom och Liana såg hur hans gula ögon lågade av avsmak och ilska när han såg ner mot demonerna.

"Vi måste få kontakt med Ma'sharos'tian", ropade Drashin ner mot Diriska. "Endast han och Lasoras kan stänga in demonerna."

Liana kunde höra ett mumlande när Diriska sände iväg sin tanke till de två väldiga varelserna som stod mitt bland demonerna. Ma'sharos'tian vände sitt väldiga huvud mot dem och nickade långsamt samtidigt som han gned ena handen mot en av hans långa tänder. Han vände sig sedan om mot Lasoras och ropade åt honom. Den ärrade varelsen vred sitt behornade huvud och såg buttert mot staden.

De två jättarna slog sina vapen i marken och tryckvågen slungade iväg demonerna åt alla håll. Sedan lyfte de sina händer mot staden och nästan genast började marken att skaka runt staden. Demonerna som befann sig mellan de två och staden stannade plötsligt upp helt för att sedan slungas tillbaka in bakom murarna. Så snart demonerna var tillbaka reste sig en väldig mur, direkt från marken och omgärdade staden. När muren restes skakade marken så kraftigt att alla föll. Hästar skriade våldsamt och stegrade sig så häftigt att deras ryttare föll till marken.

Liana bara gapade när hon såg vad de två uråldriga varelserna skapade. När marken slutligen slutade röra på sig, reste sig en enorm mur runt hela staden. Den var så hög att inga byggnader syntes över dess krön. Ovanför staden låg ett svart moln som hindrade solens strålar att nå den. Mitt i muren fanns en väldig port och var sida om den fanns en staty. Den ena var en avbildning av Ma'sharos'tian med den väldiga hammare ståendes med skaftet upp och statyns händer vilandes på skaftet. På andra stod en staty av Lasoras på liknande sätt med den stora yxan.

Lasoras lyfte upp sin stora yxa och lade den över axeln igen. Han såg mot den väldiga muren som han och Ma'sharos'tian hade skapat. Sedan såg han sig om över axeln på de demoner som förbryllade tog sig upp på fötter igen. Han vände sig mot dem och svingade sin yxa.

Soldaterna som var utspridda över slagfältet kastade sig genast över de demoner som fanns kvar och det tog inte lång tid innan det inte fanns en enda levande demon kvar framför det som engång varit Spökrikets huvudstad.

Diriska cirkulerade över slagfältet några varv innan hon försiktigt landade framför Ma'sharos'tian. Han vita päls var tovig och täckt av blod, Liana undrade om något var hans egna, hans röda ögon glimmade lättat när han såg dem. Han såg sig helt kort omkring innan han satte sig med korsade ben på marken.

Drashin hoppade först ner på marken och hjälpte sedan ner Aylia. Liana klättrade ner själv medan Mira hjälpte Tirasine. Drashin och Liana tog emot den skadade drakriddaren när hon långsamt gled ner för Diriskas rygg. Hon grimaserade illa och stönade till när hennes skadade ben träffade marken lite för hårt. Liana lade armen om hennes midja och stödde henne när de gick bort mot Ma'sharos'tian. Liana såg över axeln hur Mira sedan mycket försiktigt skickade ner Jali till Drashin som varsamt tog emot den medvetslösa unga kvinnan. Aylia var genast framme hos honom när han vände sig om och Mira själv hoppade ner. Så snart alla var av hennes rygg förvandlade sig Diriska tillbaka till sin mänskliga skepnad och skyndade efter de andra fram till den sittande tianen.

Lanar och Narika landade helt kort för att släppa av tvillingarna innan de två drakarna flög iväg igen till de andra. Samare dök upp med Hiram på sin rygg. Ängeln väntade inte ens på att draken skulle landa innan hon hoppade av honom.

"Det är över", brummade Ma'sharos'tian och gned handen över sin ena långa tand. "Det är äntligen över."

27

Drashin stödde Tirasine tills någon kom med en bår åt henne. Sedan bar bårbärarna iväg med henne tillsammans med Mira bort till ett tält. Asama kom haltandes tillsammans med de tre övriga generalerna. Hamares hade fått handen avhuggen och Niashals huvud var bandagerat. Endast Jasara verkade vara oskadd vad Liana kunde se. Alven höll fortfarande hårt i sin pilbåge och såg sig vaksamt omkring.

Krashak kom småspringandes från staden och stannade några steg från dem. Han lade flämtandes händerna mot knäna och hängde trött med huvudet.

"Det", flämtade han, "var det värsta jag någonsin varit med om. Till och med striden vid Harash mot sachaserna var inget jämfört med det här."

Alram kom bistert vandrandes över slagfältet. Liana såg att han hade fått ett bandage över högra ögat som var alldeles rött av blod. Han stannade på sin sedvanliga plats bakom Diriska och lade händerna bakom ryggen.

"Var är Meeko och Ranin?" frågade Krashak och rätade på sig igen.

"Döda", sa Drashin långsamt. "De dog när de försvarade Tirasine. Norek?"

"Död", sa Alram kort. "Hela hans grupp blev omringad. När jag väl lyckades komma fram till dem var de alla döda. Slitna i stycken."

Drashin såg sammanbitet bort mot staden. Liana såg hur två män kom skyndandes med ännu en bår. Jali lyftes försiktigt upp på den och Diriska gav dem strikta order innan de skyndade iväg mot sjuktältet.

Lasoras kom klampandes och hans buttra blick fastnade på Drashin. Han höjde ena ögonbrynet och såg mot Dran'Kar. Han grymtade högt innan han vände staden ryggen igen.

"Glöm det, pojk", sa han med sin raspiga röst. "Dran'Kar är nu en del av Helvetets domän. Just nu är det kaos innanför murarna. Det finns ingen demonfurste eller djävul att styra över dem ännu."

Drashin vände sig mot honom med rynkad panna. "Betyder det att de kan klättra eller flyga över muren när som helst?" frågade generalen barskt.

"Lugn, Drashin", sa Ma'sharos'tian med lugn röst. "Inget kan klättra över den muren. Och om du undrar om flyga..."

Liana såg vart han pekade. Hon såg flera stora fåglar som flög mot staden. Men när de nästan var framme vek de av och flög runt den. Hon blinkade till och stirrade efter fåglarna.

"Det är en tom fläck i världen", sa Lasoras med en fnysning. "Alla flygande varelser viker av från staden. Endast drakarna är förmögna att urskilja staden, men de kommer aldrig att komma närmare den än så här."

Asmaji, Sultan och Lindramas ställde sig bakom Ma'sharos'tian väntade lugnt på var deras mästare skulle göra. Alla tre såg bara helt kort mot Dran'Kar innan de med avsmak i ansiktena vände bort blicken. Liana hade fortfarande svårt att vänja sig vid deras ansikten som nu var identiska med varandra. Endast färgen på deras ögon och hår skiljde sig från varandra.

"Kommer det någonsin att komma någon demonfurste eller djävul att styra i staden?" frågade Liana försiktigt.

Lasoras vände sina skinande gröna ögon mot henne. Hon försökte att inte rygga undan när hon såg upp i hans sargade ansikte. Den intryckta mulen och de spretande vassa gula tänderna fick honom att se oerhört grym ut. Att hans stora horn ramade in ansiktet gjorde saken bara värre. Innan han svarade skapades en ljusport bakom honom. Han sneglade över axeln och nickade sedan nöjt.

Strax klev en stor, svart marulak ut genom porten. Det glittrade nästan upphetsat i dess gröna ögon när den steg igenom. I dess mun hängde en annan mindre marulak slappt. Men det var inte marulaken och dess byte som fick Liana att förskräckt dra efter andan utan det var varelsen som steg ut efter.

Den hade stora gröna, skinande ögonen och ur den breda munnen stack två långa huggtänder fram. Näsan var bred och platt. I hans panna stack två stora horn fram. Den stora röda rocken var knäppt ända upp till halsen och slutade vid hans knän. Byxorna var säckiga och svarta Ena foten bar en kraftig stövel medan den andra var formad som en getklöv. Han hade en bister min och när hans fick syn på Lasoras ryggade han oroligt tillbaka.

"Shayola", väste Drashin och alla drakriddarna drog sina vapen.

Diriska flämtade till och gjorde sig redo för strid precis som de tre andra drakarna. Ma'sharos'tian grymtade bara till och Lasoras vände sig om mot djävulen som nu såg sig bistert omkring.

”Du är här”, sa Lasoras med sin raspiga röst. Braeska, den stora marulaken, travade nöjt fram till honom och lade ner sitt byte framför hans fötter. När han nickade började hon genast slita loss stora köttstycken och äta.

”Den där dödade två av mina marulaker”, sa Shayola med en morrning och pekade mot Braeska.

”Var glad att det bara var två”, sa Lasoras med ett grymt flin. ”Hon skulle mycket väl kunna döda en tredjedel av dina närmaste tjänare innan någon hunnit reagera.”

Helvetets härskare svalde oroligt och stirrade på den stora marulaken som låg framför Lasoras. Sedan såg han sig om igen på alla soldaterna som stod runt honom.

”Ni vann”, sa han helt kort. ”Varför har du fört mig hit, Lasoras?”

”Det där”, sa Lasoras och pekade mot Dran'Kar.

Shayola såg nyfiket mot den höga muren. ”Vad är det?”

”Det är Dran'Kar. Häxornas stad är nu under ditt styre, Shayola. Endast demoner finns där inne nu, men ingen leder dem. Det är kaos innanför de murarna.”

Shayola såg bort mot staden en stund och gned sig fundersamt om hakan. Sedan nickade han långsamt. ”Jag ska nog få allt under kontroll där inne.” Han log slugt mot Lasoras. ”Men jag måste föra mina härar ovanjord för att komma in.”

”Det behöver du inte bekymra dig för, Shayola”, sa Ma'sharos'tian och reste sig upp. Djävulen stirrade förbluffat på honom när han fick syn på honom. ”Soras och jag har redan skapat flera vägar till staden åt dig och dina demoner. Den har trappor i direkt kontakt med Labyrinten. Du behöver aldrig föra dina demoner ovanjord för att komma till Dran'Kar.”

Djävulen stirrade först på den väldiga pälsklädda varelsen och sedan på Lasoras. Han insåg snabbt att han inte hade något han kunde göra åt saken och grimaserade surt. Han muttrade något ohörbart och vände sig sedan om mot porten igen.

”Visa lite tacksamhet, lille Shayola”, sa Lasoras. ”Jag har gett dig en gåva idag. Jag kunde lika gärna dödat dig.”

Liana såg hur djävulen stelnade till. Sakta vände han sig om igen och såg surt mot den mörke tianen. Sedan bugade han helt kort mot honom.

”Jag tackar ödmjukast”, sa han sammanbitet med ilsken röst, ”fader Soras, för din gåva. Om du ursäktar mig, jag har saker som måste göras.”

Han gav människorna runt honom en sista sur blick innan han, med långa kliv, steg tillbaka genom porten igen. Så snart djävulen passerat försvann porten igen. Först då slappnade hela fältet av. Liana såg hur flera drakriddare lättade sjönk ner i gräset. Vissa skrattade kort åt vad de sett.

Ma'sharos'tian satte sig ner igen. Lasoras klappade kort Braeskas huvud innan han satte sig mittemot honom med korsade ben. Drakriddarnas generaler satte sig i en liten klunga hos de båda tianerna. Strax dök de övriga ledarna upp för de olika arméerna. Kung Lamas av Soma var tvungen att ledas av Salaam, prinsessan Egwina av Daranda kom istället för kung Efram, som stupat i striderna. Angar av Magrash kom gåendes tillsammans med en gråhårig man, strax efter honom kom drottning Famala av Mosker tillsammans med prinsessan Marin av Amdoria. Klipptrollens krigshövding, Hasram, var den siste som sällade sig till dem.

Liana såg hur övriga drakriddare och soldater drog sig undan den något udda grupper individer som satt i gräset. De tre drakbröderna lämnade inte sin plats bakom Ma'sharos'tian. De tre såg bara aningen förvånade ut när Diriska inte anslöt sig till gruppen utan gick iväg mot sjuktältet. Liana och Aylia skyndade efter henne. Liana var säker på at Aylia var lika orolig över Jali som hon själv var.

När de klev in i tältet fann de Jali ligga för sig själv på en brits i ena hörnet av tältet. En manlig helare muttrade buttert över Miras order om att flickan skulle lämnas ifred. Diriska gick genast fram till Jali och kände efter hennes puls. Hon nickade tillfredsställande när hon fann den. Liana och Aylia ställde sig på andra sidan av sängen och såg oroligt hur Diriska undersökte deras vän.

"Jag tänkte att det var bättre att du tog hand om henne än någon av oss andra", sa Mira och stannade upp vid draken. I famnen bar hon ett tvättfat fullt med bandage. "Du är den starkaste av oss alla och med den kunskapen du har kanske du kan få henne tillbaka till oss."

Diriska nickade bara och lade ena handen mot Jalis panna. Den manlige helaren, som muttrat surt när de kommit in, närmade sig Jalis brits, men blev genast bryskt avisad av Diriska. Mira fräste åt honom att han skulle sköta det arbete som hon gett honom. Helaren vände förnärmat sig om och stegade argt ut ur tältet. Flera helare och helerskor lyfte sina blickar och såg efter honom, men ingen gjorde någon ansats för att följa efter.

"Darandas främste helare", muttrade Mira med en fnysning när han försvann. "Jag hade inte ens låtit honom komma närheten av ett blåmärke om jag fick som jag ville."

"Tyvärr lyder han under Darandas kung", sa Diriska utan att ta blicken från Jalis ansikte. "Eller drottning kanske jag skulle säga."

"Egwina kommer inte att ärva tronen", sa Mira. "Endast manliga arvingar. Jag tror att det blir någon brorson eller kusin som tar över tronen när de kommer hem."

Liana lyssnade knappt på vad de sa. Hela hennes uppmärksamhet var på Jali. Aylia satte sig på en ranglig pall och höll sin vän i handen medan hon såg på hennes sovande ansikte. Liana fick en andra pall och hon satte sig bredvid den unga häxan.

En ung kvinna kom fram till Diriska och Mira med några fuktiga trasor i händerna. Diriska tog emot dem och lade försiktigt en över Jalis panna. Mira gav kvinnan utförliga order om att hon skulle bistå Diriska med allt som draken kunde tänkas fråga efter. Sedan försvann drakrytterskan för att hjälpa de som var svårast skadade.

Efter en liten stund kom den darandiske helaren tillbaka, släpad i nacken av Krashak och i stort sett kastad in i tältet igen. Helaren fräste som en ilsken katt när han tog sig upp på fötter igen. Han vände sig ilsket mot Krashak som såg ointresserat på honom. Klipptrollet höll fortfarande sin ena yxa i vänster handen.

"Detta är oacceptabelt!" fräste helaren. "Vet du inte vem jag är!?"

"En död man om du inte gör som du är tillsagd", sa Krashak lugnt och lyfte menande på sin yxa. "Jag tror inte att varken general Drashin eller någon annan där ute bryr sig speciellt mycket om vad som händer dig. Och ingen här inne heller verkar det som."

Helaren backade undan från honom och stirrade på den stora yxan. Sedan blinkade han till när han verkligen uppfattade vad han sagt och såg sig om i tältet. Ingen av helarna där inne hade så mycket som lyft blicken från deras arbete när han blivit in slängd. Inte ens de som kom från Daranda. Liana kunde till och med se några av hans landsmän som flinade åt honom i smyg.

Krashak vände sin trötta blick mot Liana och de andra runt Jali. Han kom fram till dem och såg ner mot den sovande häxan på britsen.

"Hur är det med henne?" frågade han.

Den unga kvinnan som assisterade Diriska såg på hans yxa och grimaserade innan hon åter vände blicken mot Jali och koncentrerade sig på att badda häxans panna. Diriska reste sig med en suck och borstade av klänningen.

"Jag tror inte att det är någon fara med henne", sa draken och såg upp på hans ansikte. "Men jag vet inte helt säkert förrän hon vaknar."

"När kommer hon att vakna?"

"Sent i kväll troligtvis, senast i natt."

"Jag meddelar generalen", sa Krashak och bugade kort med sin knutna hand mot bröstet. "Drake Diriska."

Han såg bara helt kort mot Liana och Aylia innan han nickade mot dem och lämnade tältet. Liana var nästan förvånad att han inte beordrat dem att följa med honom. Men hon kände sig lättad. Jali skulle vakna i kväll. Den unga helerskan lade om Aylias brutna arm och sa åt den unga häxan att vara försiktig tills någon kunde se efter henne. Aylia nickade frånvarande med blicken på Jali. Liana lade en hand på hennes axel. Häxan såg upp mot henne och gav henne ett lättat leende.

Sent på natten vaknade Jali. Liana vaknade med ett ryck när häxan började skrika vansinnigt och fäkta med armar och ben. Tirasine, som hade fått sitt vänster ben helat så gott det gick, satt på andra sidan sängen och var den som först fick tag i den skräckslagna flickan. Drakriddaren lyckades slå armarna om henne och drog henne sedan till bröstet. Trots smärtsamma grimaser, mumlade hon lugnande och tröstande till Jali som stirrade rakt fram med stora, skräckslagna ögon.

Diriska kom skyndandes till britsen och tog över Jali från Tirasine. Drakriddaren plockade upp sin provisoriska käpp, som hon kastat undan och drog sig haltandes tillbaka. Jali började sakta lugna ner sig och började sedan gråta hejdlöst mot Diriskas bröst.

Liana och Aylia stod oförmögna att göra något och stirrade på deras gråtande vän. Diriska gav dem ett lugnande leende.

"Allt är bra nu", sa hon samtidigt som hon strök Jalis hår. "Du är i säkerhet. Det är över."

Gråtandet gick över till snyftanden och strax somnade hon igen. Diriska höll om henne en kort stund till innan hon försiktigt lade ner henne och stoppade filtarna om henne igen. Mira dök upp och gäspade stort.

"Hon kommer att vara mycket trött under några dagar", sa Diriska när hon rätade på sig igen. "Men hon kommer att bli helt återställd. Hon verkade inte ha använt all sin magi och det räddade henne."

Mira nickade och vände sig mot Liana och Aylia. "Ni två kan gå och sova i era egna filtar nu", sa hon. "Nu vet vi att hon klarar sig och hon behöver vila. Ni kan komma tillbaka i morgon."

Liana och Aylia protesterade, men Tirasine föste med dem ut ur tältet. Trotts att hon haltade och stötte sig med käppen hade hon inga problem att få med sig de båda yngre kvinnorna. Utanför tältet fann de Drashin stå och vänta på dem tillsammans med Kalar, Sareas och Krashak.

"Hon vaknade", sa Drashin bara.

"Hon somnade strax igen", sa Tirasine, "men Diriska säger att hon kommer att återhämta sig efter att hon får vila."

Drashin nickade och vände sig mot Dran'Kar. Han lade armarna i kors och stirrade uttryckslöst mot staden. De andra gjorde det samma.

"Det känns tomt", sa Krashak lågt. "Utan upptågsmakarna blir allt mycket tråkigare."

"Norek var kanske inte den mest pratglade", sa Kalar lika lågt och rörde lätt vid sitt bandagerade huvud. "Men han var en god kamrat."

Drashin sa inget utan bara såg bort mot det som en gång varit häxornas stad. Sedan vände han sig om och började gå. Krashak vred på huvudet och såg efter honom.

"General?" sa han frågande.

"Jag ska till dalen", sa han kort och lyfte upp en lite påse. "Jag har en sak som jag måste göra. Krashak, för skvadronen tillbaka till Terabelle tillsammans med Amdorias armé. Jag kommer ikapp om några dagar."

Han slukade strax upp av mörkret som lagt sig över det enorma lägret. Liana såg länge efter honom. Tirasine grymtade till och började, stödd på sin käpp, att vandra bort genom lägret tillsammans med alvtvillingarna.

"Det är ungefär som det brukar", sa Krashak med ett kort skratt. "När allt är över gör vi lite som vi vill." Han vände sig mot Liana och Aylia. "Gå och lägg er, flickor. Jag berättar för Diriska vart generalen tagit vägen. Vi ses i morgon."

Med dem orden gick den väldige mannen in i sjuktältet igen. Liana tog tag i Aylias hand och drog med henne genom lägret för att hitta en sovplats inte för långt borta. När de bäddade ner sig i sina filtar kunde Liana inte hålla tillbaka ett skratt.

"Vad är det?" undrade den unga häxan och såg på henne.

"Det är över", skrattade Liana. "Det som startade för mer än två år sedan är äntligen över."

Hon såg upp mot natthimlen och tänkte tillbaka till gården i Fakari och hennes familj. Äntligen hade den som var skyldig för hennes familjs död blivit bestraffad. Nu kunde de vila ifred. Hon kände tårarna rinna ner för sina kinder. Det var äntligen över.

Drashin stannade helt kort upp vid utkanten av lägret. Han kastade en blick över axeln och såg åter bort mot den väldiga mur som nu dolde Dran'Kar. Han kunde inte låta bli att undra över varför Soras och Sharos hade skapen en stor port i muren. Skulle det komma uppdrag som drakriddarna var tvungna att gå in bland ruinerna?

Han ruskade på sig och såg ut i mörkret igen. Han visslade lågt och nästan genast dök en skepnad upp i skuggorna. Den ställde sig med ena handen mot höften och i den andra höll den i ett långt spjut med svärds-klinga. Konturerna av ett svärd syntes vid sidan.

"Är vi redo?" frågade Hiram lågt.

"Låt oss fara med en gång och få detta gjort", sa Drashin och knöt handen om den lilla påsen med Marishs fingrar. "Låt oss sända honom till den eviga vilan."

En ljusskiva skapades bredvid ängeln. Hon gick före honom in genom den. Drashin såg sig om en sista gång över axeln innan han klev igenom med slutna ögon.

Så snart han hörde fågelsång öppnade han ögonen igen och såg ut över den vida gräsklädda slätten. Solen sken här trots att det var natt ut-anför dalen. Han hade aldrig förstått hur tiden fungerade här i dalen. Tre steg fram låg linjen med stenar som markerade gränsen mellan de dödas värld och de levandes. Hiram stod redan vid den och sträckte lojt på sig. När hon lät armarna falla förändrades hennes kläder. En vit klänning klädde henne nu och håret föll fritt från hennes axlar istället för den in-vecklade flätan som hon haft under kriget.

Hon såg sig om över axeln med ett litet leende. "Det är skönt att komma hem igen", sa hon.

Drashin grymtade till svar och gick fram till linjen med stenar. Han såg ut över slätten som var Dödens dal. Han visste att han inte skulle se en enda fågel trots att han hörde deras sång. Sången var minnen som an-darna hade från sin tid som levande.

Med en suck steg han över gränsen in i det som verkligen var Dödens dal. Endast han själv och Hiram kunde komma och gå som de ville i da-len. I ögonvrån såg han en av de arma stackare som en gång irrat sig in i dalen och blivit fast där. Aldrig åldras, aldrig dö, aldrig kunna lämna denna plats. Galna och vilsna vandrade de fram och tillbaka i dalen.

"Det finns en plats lite längre fram", sa Hiram lågt och visade vägen.

Det fanns en liten stenring på marken och jorden runt den var hårt stampad, så att inget gräs fanns närmare än två steg. Hiram gick ner på huk och lade in några vedträn i ringen. Strax hade hon tänt en eld med sin magi. Drashin öppnade sin hand och såg ner på den lilla påsen. Han brydde sig inte ens om att öppna den utan slängde allt ner i elden.

En ande dök upp på andra sidan om elden och Drashin lyfte blicken. Han såg in i Marishs ansikte. Det ansikte som han var van att se honom i. En exakt kopia av honom själv. Anden log tacksamt mot honom och läpparna formade ordet tack.

Ännu en ande formades bredvid honom. En kvinna. Drashins ögon vidgades en aning när han kände igen Ama. Hon log stort mot honom innan hon tog tag i Marishs arm och ledde bort honom. Drashin skakade lätt på huvudet när de båda andarna försvann. Nu kunde de båda äntligen vila i fred.

Han vred på huvudet och fick se andarna från tre mörkhyade män som stod och såg på honom. Han grymtade irriterat och muttrade om envisa dårar när han vände om och började gå tillbaka. Han stannade alldeles vid gränsen och såg upp på mot den blå himlen. Hiram, som redan gått förbi gränsen, vände sig om och såg på honom.

Drashin såg sig om över axeln och såg på tre nya andar som stod och betraktade honom. Två dvärgar och en människa. Han kände ett stygn av sorg när han såg sina tre vänner, men tvingade sig att le mot dem.

"Meeko, Ranin, Norek", sa han muntrare än han kände sig. "Tack för allt ni gjort under alla dessa år. Vila i frid, mina vänner."

Det tre flinade stort mot honom och försvann. Drashin kunde inte låta bli och undra vart. Även om han var den som styrde över dalen så visste inte ens han vart andarna tog vägen när de slutligen for vidare. Inte heller Hiram hade något svar på den frågan.

Han skulle just tag steget över gränsen när hans blick fastnade på en grupp av fyra andar. Två vuxna män, en kvinna och en liten flicka. Han rynkade förbryllat på pannan när han såg dem. Flickan höll hårt i kvinnans hand, men alla fyra såg stadigt på honom. De påminde honom starkt om Liana och misstänkte att de var hennes familj.

Han gick fram till dem och sjönk ner på knä framför flickan. Hon rörde inte en min utan såg bara stadigt på honom. Hennes läppar rörde sig och han nickade med ett litet leende.

"Oroa dig inte, lilla vän", sa Drashin och lade en hand på hennes huvud. "Hon är vid liv och oskadd. Jag ska se efter henne, jag lovar."

Flickan log stort vid hans ord och såg upp på sin mor bredvid henne. Kvinnan och de två männen log även dem och de fyra började försvinna inför hans ögon.

"Jag och Diriska skall vaka över henne."

De tre vuxna log ännu större när han nämnde drakens namn och bugade sedan mot honom. De hade försvunnit innan de rätat helt på sig. Drashin rätade på sig och såg en stund på platsen som de stått på.

Sedan vände han om och lämnade Dödens dal. Han gäspade stort när han kom fram till Hiram. Hon erbjöd honom att sova i stugan innan han gav sig av och han nickade tacksamt. Det var en lång vandring och om Hiram kunde göra en port åt honom imorgon så skulle han säkerligen komma ikapp de andra mycket fortare.

Innan han somnade tog han fram sin telefon som han fått med sig senast han var hemma. Han letade reda på bilderna på väggen från tornet och såg på dem. Han förstod inget som stod där, men undrade om det hade något att göra med det som Marish sagt innan han försvann i tornet.

"Världarnas konung", mumlade han. "Om jag är Världarnas konung och Diriska är Skyarnas drottning… Vem är Underjordens drottning?"

Han somnade innan han hann fundera mer på det. Tidigt på morgon skapade Hiram en port åt honom och han gav sig av för att återförenas med Diriska, Liana och resten av Dödens skvadron.

Epilog

Braeska travade som vanligt i hälarna på Soras. Det klickade lågt från hennes klor när hon gick. Hon var stor för att vara en marulak, men jämte tianen såg hon normalstor ut. Hon kikade nyfiket in i varje grott öppning som de passerade. Detta var nya gångar och nya grottor som hon aldrig sett innan. Den liknade inte den stora Labyrinten underjord som hade släta väggar och golv. Inte heller luktade det som i Labyrinten. Det fanns inga demoner att jaga här.

Hon undrade vart Soras var på väg idag. Han gick med bestämda steg och tvekade aldrig vid ett vägskäl. Vid ett tillfälle stannade Braeska upp och vädrade i luften nerför en annan gång. En kort harkling från Soras fick fart på henne igen och hon skyndade ikapp honom.

Hon slickade sig över de vassa tänderna och gruffade. Soras lade sin stora hand på hennes huvud och hon gjorde ett litet jamande. Tianen nickade bara och fortsatte genom gångarna.

Braeska såg upp på sin skapare. Han såg tillfreds ut. Så här hade hon inte sett honom på väldigt, väldigt länge. Men de senaste dagarna efter den sista striden hade han ofta varit på gott humör. Han rörde sig fritt ovanjord, utan att dölja sitt ansikte. Det hade han aldrig gjort så länge Braeska kunde minnas. Hon gick själv nästan alltid med honom. Han hade slutat presentera sig som Lasoras och människorna ovanjord hade osäkert börjat kalla honom för Soras.

Lasoras. Braeska kunde inte förstå varför människorna och Kisnatch Lach hade kallat honom för det. Soras var Soras. Han var hennes skapare, alla demoners skapare. Hon gjorde ett lågt morrande när hon tänkte på demonerna i Labyrinten. Hon tyckte inte om dem. Det enda de brydde sig om var att döda och äta. Helst människor som kom ner till Labyrinten. Hela tiden försökte de hitta ett sätt att ta sig upp ovanjord för att skapas kaos.

Den dunkla gången öppnades upp i en stor upplyst grotta. Braeska blinkade i det plötsligt ljuset. Hon var så van vid att gå runt i mörka gångar att det ibland var svårt när det blev ljust.

"Välkommen, broder Soras."

Braeskas blick föll på den väldiga pälsklädda varelsen som satt med korsade ben mitt i grottan. Den var klädd i liknande svarta byxor som Soras, men bar inte skjorta som hennes skapare. Pälsen var vit med svarta ränder. Huvudet var nästan helt runt, med två korta, lite rundade öron som stack upp på det. Nosen var trubbig och svart och ur dess mun stack två långa, vita tänder ut. Framför honom stod ett litet fyrkantigt stenbord med en svart och en vit sten på det.

"Har du fått skriften av Drashin, broder Sharos?" frågade Soras med sin raspiga röst och satte sig på andra sidan av bordet.

"Det har jag", svarade Sharos och plockade fram ett stort papper. Hans röst var djup. Mörk, men ändå mild och ömsint.

Medan Soras tog emot och tittade på pappret gick Braeska fram till den andra tianen och nosade på hans arm. Sharos såg ner på henne med sina röda ögon. Han såg fundersam ut först, men log sedan mot henne och klappade hennes huvud.

Sharos, eller Ma'sharos'tian som människorna kallade honom, var äldre än Soras, om än inte med mycket. Braeska visste inte mycket om år, men enligt Soras skulle det bara skilja kanske femtio eller sextio år mellan de två.

Hon vred på huvudet och såg på sin skapare. Hans stora horn var vridna vid roten, nästan som om någon försökt slita dem av honom. Hans mule var intryckt, nästan som om någon slagit honom åtskilliga gånger i ansiktet, mycket hårt. Hans intryckta mule hade gjort att hans tänder blivit skeva och vassa och de stack ut från hans överläpp. La'soras'tian, var ett namn som Kisnatch Lach börjat kalla honom när de träffades.

"Det påminner lite om vad äldste Eshrai sade innan de sista striderna mot de mörka gudarna", sa Soras och gned sig om hakan. "Kommer du ihåg?"

"Hon sade något sådant", sa Sharos och nickade. "Na klanen var kända att kunna se framtiden. Om än dunkelt."

Soras tittade en sista gång på pappret innan han lade det på golvet bredvid sig. Braeska gick fram och nosade på det. Hon kände dofterna från Sharos och Soras, men det var de två andra dofterna som fick henne upphetsat jama till. Det var något med människan Drashin och draken Diriska som lockade henne. Vad det var förstod hon inte.

Sharos tog upp de två stenarna i händerna, gömde de bakom ryggen för att sedan hålla fram händerna mot Soras igen. Braeska såg undrande på de två tianerna. Soras funderade kort innan han knackade på den ena handen. Sharos öppnade den och Soras grymtade nöjt när han såg den vita stenen. Han tog den och en liten hög av vita stenar skapades bredvid honom på golvet. Bredvid Sharos dök en hög med svarta. Braeska luktade på de vita stenarna medan hon lade sig ner bredvid bordet.

"Drashin är Världarnas konung", sa Soras fundersamt och lade den vita stenen på bordet.

"Och Diriska är Skyarnas drottning", fyllde Sharos i och lade ut sin andra vita sten. "Det förklarar varför de två alltid har dragits till varandra."

Soras nickade och lade ännu en vit sten på bordet. "Det var aldrig meningen att jag skulle finna henne före honom", sa han med en grymtning. "Det var konungen som skulle finna drottningen och föra henne tillbaka i ljuset."

"Den stora frågan just nu är", sa Sharos när han lade ner en svart sten. "Vem är Underjordens drottning och var finns hon?"

Soras muttrade medan han lyfte upp ännu en sten. Braeska hörde inte vad han sa för något fick hennes spetsiga öron att rycka. Hon vred på huvudet mot gången som hon och Soras kommit från. Något verkade ropa efter henne där ifrån. Hon såg upp på tianerna för att se om de också hörde det, men de två var nu så inne i sitt spel och diskussion att de knappt märkte vad som fanns runt dem.

Hon reste sig upp och gick bort till gångens öppning. Hon spanade in i den mörka gången och lyssnade uppmärksamt. Hon luktade efter fiender i luften, men det enda hon kände var dofterna från Sharos och Soras. Hon vred på huvudet för att titta på dem. Hon såg hur Sharos drog ett kort från Soras hand. Hon blinkade till, när hade korten dykt upp?

Hon ruskade på sig och gick in i gången. Ljudet från hennes klor som slog i golvet ekade. Snart hade hon kommit till det vägskälet som hon stannat vid tidigare. Hon såg ner i den mörka gången och lyssnade uppmärksamt. Ett underligt kluckande ljud kom från gången och än en gång hörde hon den viskande rösten.

Hon såg sig om mot grottan med de två tianerna innan hon vaksamt vandrade in i gången. Hon gick inte långt förrän den öppnades upp i en lite mindre grotta. Hon nosade på golvet och mot den underliga låga vägg som fanns bara några steg in. Kluckandet hördes tydligare nu, och det verkade komma från den andra sidan av väggen.

Hon hoppade upp på väggen och balanserade ostadigt på den smala kanten. Hon stirrade förundrat på den blanka ytan som fanns på andra sidan. Hon undrade vad det var och sträckte försiktigt ut ena tassen för att pröva dess yta. När den sjönk ner drog hon genast tillbaka den. Hon skakade på tassen, den var blöt?

Hon stack ner nosen och luktade. När det inte doftade något sträckte hon ut tungan för att smaka. Hon ryckte tillbaka huvudet och såg sig om när hon åter igen hörde den låga viskningen. Den var närmare nu, men fortfarande lika otydlig.

Hon vände tillbaka uppmärksamheten mot det våta igen och fick syn på varelsen som låg i vattnet. Den liknade inte något som Braeska någonsin sett tidigare. Den var stor, bara aningen mindre än Sharos och Soras, med blått skinn och ett tyg som täckte dess kropp. Huvudet hade en lång trubbig nos. Den hade sina armar korsade över bröstet och ögonen var slutna som om den sov.

Braeska undrade hur den kunde sova under det blanka och våta. Hon sträckte på halsen för att försöka finna varelsens doft. Medan hon stod ostadigt på kanten och luktade slog plötsligt varelsen upp sina ögon, som sken matt gula. Braeska blev så överraskad att hon tappade balansen och föll ner i det våta.

Panikslaget sprattlade hon med sina långa ben för att hitta fotfäste, men hur hon än gjorde fanns det ingen fast mark någonstans. Hon lyckades ta sig till väggen igen, men hennes klor fick inte fäste. Hon tjöt högt, men det blev till ett gurglande, när vätskan runt henne forsade in i hennes mun. Paniken steg inom henne. Skulle hon dö här? Hennes skapare var så nära, men ändå kunde hon inte ropa efter honom.

Frukta ej.

Tanken var inte hennes egen. Hon var så rädd att hon inte kunde fokusera på var den kom ifrån. Hon fortsatte att klösa mot väggen utan resultat.

Frukta ej, barn. Du är ännu ej fullbordad. Jag skall göra dig hel.

Braeska började tröttna och hennes försök att ta sig tillbaka upp på väggen mattades av. Hon gjorde ett sista jamande innan hon sjönk ner. Hon blinkade uppgivet. Hon skulle dö.

Vakna upp, barn. Ditt öde väntar dig, Underjordens drottning.

Braeska kände hur hennes kropp förändrades. Huvudet ändrade form och hennes baktassars leder ändrades och blev längre. Hennes klor, både fram och bak, drogs tillbaka. Hennes framtassar växte och fick hon kunde röra varje tå var för sig. Hon såg hur henens svarta skinn bleknade och blev vit. Hon hann inte tänka mer på det, för plötsligt var det något, eller någon, som knuffade upp henne ur det våta och upp på väggen igen.

Kraftlöst kravlade hon sig över krönet och hon föll ner på golvet på andra sidan. Hon kastade upp allt det våta som hon svalt och hon drog hostandes efter andan. Braeska lyckades ta sig upp på alla fyra och stod svajandes och stirrade ner i golvet. Hon levde. Hur?

Hon kröp sakta fram mot väggen och med stöd av den tog hon sig upp på två ben. Nu stirrade hon förbluffat på sina framtassar. Hon förde dem till sitt huvud och ögonen blev ännu större. Hennes långa spetsiga nos var borta, nu fanns där en mindre. Hon kände inte sina tänder utanför läpparna. Hon öppnade munnen och kände på tänderna. De var mindre, men fortfarande vassa.

Hon förde sina tassar ner över halsen och mot sitt bröst. Hon såg undrande ner på sin kropp. Hon såg ut som en människa! Hur var det möjligt? När hon vände sig om såg hon att väggen räckte henne till bröstet. Hon sträckte på sig och fick se sin spegelbild i det blanka våta.

På huvudet hade hon svart... päls? Det räckte knappt ner till hennes axlar. Hon öppnade sin mun och såg på de spetsiga, vassa tänderna. De såg nästan ut som de gjorde innan förvandlingen. Sedan fick hon syn på sina ögon. Den grön färgen täckte inte längre hela ögongloben, utan nu fanns det även vitt i ögonen. Mitt i det gröna fanns två svarta prickar. Braeska lade sin ena tass mot sin kind. Den kändes len. Vad hade hänt henne?

Hon såg ut över det våta och fick se varelsen. Dess ögon var åter slutna och den såg ut att sova igen. Braeska tog ett ostadigt steg bort från väggen och föll till golvet när hon inte hade något att stödja sig mot. Hon jamade lågt och tog sig genast om halsen. Hennes röst hade också förändrats. Den hade blivit aningen mörkare än innan, men inte så mörk som Sharos eller raspig som Soras. Den påminde mer om Diriskas.

"Aaaah..."

Hon förde tassen till munnen. Hon undrade om hon kunde prata som alla andra varelserna. Hon öppnade munnen för att försöka, men nös istället. Hon huttrade och gned sina framben. Hon såg på dem igen. Framben lät konstigt när hon sträckte ut dem och studerade dem. Hon var säker på att människorna kallade dem något annat.

"Bask...", började hon. Hon rynkade på pannan och började om. "Brraaka..." Det lät också fel. Hon tog ett djupt andetag. "Brrrraaaee-esskaaaa."

Hon nickade sakta. Det lät bättre, men inte helt rätt. Hon tog sig upp igen på ostadiga ben. Stapplande tog hon sig bort till grottans vägg, bort från det våta. Hon såg misstänksamt mot den låga väggen.

"Braaesskaa... iiiinnte... tyyyyckaaa... ommmmm", sa hon. "Braaesssska... döööö... nääässsstannnn..."

Hon rörde på käkarna en aning. Prata var svårt. Stödd mot väggen gick hon sakta ut från grottan och började gå tillbaka till Soras. Kanske kunde han hjälpa henne att lära sig prata ordentligt.

"Paaaa... Sooohaaa... Braaesska... hjäälpaa..."

Hon mumlade lågt för sig själv medan hon sakta tog sig tillbaka. När hon kom till den stora grottan där Soras och Sharos satt med sitt spel stannade hon först upp i grottans öppning. Braeska kände en viss oro över hur de båda tianerna skulle reagera när de fick se henne.

Ingen av dem såg upp från bordet. Soras kastade en tärning, tittade på den och drog sedan ett kort från en hög. Sharos lade ut en ny sten, grön denna gång.

"Var hände detta någonstans?" frågade Soras med han studerade bordet framför sig. Han lade kortet han höll i ovanpå den gröna stenen och den blev till en tjur.

"Norra Magrash", sa Sharos och drog tre kort från högen. "Sjuttio av deras största krigare dog i ett bakhåll av demoner."

"Demoner. Det skulle jag känt till."

Sharos nickade och grimaserade när Soras lade ut två vita stenar. "Drashin nämnde ett namn, ett som jag inte hört på väldigt, väldigt länge. Argos."

Soras stelnade till och lyfte blicken från bordet. Hans gröna ögon smalnade och han bet ihop sina käkar.

"Argos", morrade han. "Så det finns fler överlevare av de mörka gudarna."

"Du har träffat på fler?"

"Davri. I Therhan, Drashins värld. Han kom undan mig så han gömmer sig troligen någonstans där."

"Davri och Argos", muttrade Sharos och kastade tärningen. "Jag har alltid fruktat att några av de mörka gudarna skulle överlevt de stora krigen. Men Argos, den mäktigaste av dem alla."

"När gudarna åter vaknar skall Världens konung, Skyarnas drottning och Underjordens drottning stå i deras väg", sa Soras sammanbitet. "Det var äldste Eshrais ord."

Braeska steg in i grottan. Det var vad rösten i hennes huvud kallat henne. Underjordens drottning. Hon föll till golvet, men tog sig målmedvetet upp på fötter igen. Stapplande närmade hon sig de två tianerna.

"Drashin och Diriska", sa Sharos och lyfte upp två av hans svarta stenar. De formades genast till två mänskliga figurer. Braeska kunde urskilja Drashins och Diriskas ansikten.

"Och Underjordens drottning", sa Soras och höll upp en vit sten framför sig. "Var finns hon? Om de mörka gudarna vaknar igen måste vi finna henne."

"Paaaa... Soha..." viskade Braeska. "Faaaa Saho..."

De två hörde henne inte, hon var fortfarande för långt borta från dem. Sharos ställde ner sina två figurer på bordet. Braeska stapplade vidare.

"Pa Soha. Fa Saho. Braeskaaa hjälpaaa", sa hon lågt.

Den här gången ryckte det i de båda tianernas öron. De kunde höra henne nu. Men det var inte tillräckligt högt. Hon tog ett djupt andetag.

"Braeska hjälpaa!" ropade hon.

Tianerna vred på sina stora huvuden och såg på henne. De blinkade förvånade och rynkade sina pannor när det såg henne. Braeska log lyckligt mot dem och skrattade. Hon fick dem att förstå. Hon stannade och sträckte sina framben i luften.

"Braeska hjälpa", sa hon glatt. "Braeska höra röst. Röst kalla Braeska drottning."

"Vad har hänt med dig, Braeska?" undrade Soras när hon kom fram till honom. "Hur är det möjligt? Röst?"

"Braeska ramla i våta", berättade hon och föll ner i hans knä. "Stora varelse ligga där. Braeska tro Braeska dö, när röst kalla Braeska..." Hon lade pannan i djupa veck när hon försökte uttala orden rätt. "Uuunndejoooods drottning."

"Rösten kallade dig Underjordens drottning", sa Sharos förbluffat. "Vem tillhörde denna röst?"

"Braeska inte veta, fa Saho", sa Braeska och såg oroligt på honom, rädd att han skulle banna henne för att inte veta.

"Fa Saho?" sa han bara och blinkade. "Mitt namn är Sharos av Ma klanen. Fa är sedan länge borta."

"Fa Saho", sa Braeska och pekade på honom och sedan på Soras. "Pa Soha."

Soras skrattade bara helt kort och lyfte upp henne i luften. Hon skrattade glatt och han log stort.

"Jag tror att hon har lite svårt med uttalen", sa han och såg mot Sharos. "Jag skulle tänka mig att 'pa' är det samma som när våra andra skapelser kallar oss 'fader'."

"Och 'fa'?"

Soras såg så fundersam ut att Braeska skrattade.

"Pa Soha och fa Saho", sa hon glatt och funderade kort. "Kalla varandra 'brrrodrr'"

"Fa betyder visst farbror", sa Sharos med ett skratt.

Soras skrockade när han satte ner Braeska på golvet igen. Han såg forskande på henne.

"Det finns något inom dig", sa han. "Försök att koncentrera dig på din forna form."

Braeska förstod inte vad han menade, men hon slöt ögonen och tänkte på den skepnaden som hon föddes i. Genast kände hon hur hon förändrades igen och när hon öppnade ögonen igen var hon åter en marulak. Hon blinkade förvånat och såg upp på sin skapare. Han skrockade bara.

"Och nu koncentrera dig på den som du hade alldeles nyss."

Hon slöt ögonen igen. Ännu en gång kände hon hur hennes kropp förändrades och när hon öppnade ögonen stod hon på två ben igen framför Soras.

"Hon måste fallit ner i bassängen", sa Sharos lugnt. "Där måste hon fått kontakt med Isashais ande och hennes förmåga att skifta hamn vaknade."

Braeska såg först på Soras och sedan Sharos. "Ska Braeska upp ovanjord?" frågade hon upphetsat. "Skall Braeska få träffa Dras och Disa igen?"

De två tianerna skrockade åt henne och Soras lade en stor hand på hennes huvud.

"Först ska vi se till att du behärskar dina nya förmågor till fullo", sa han vänligt. "Vi måste se till att du inte är naken, när du förvandlar dig från marulak till människa."

"Och sedan får Braeska träffa Dras och Disa?"

"Det ska du få göra", sa Sharos och gned en av sina långa tänder. "Vi måste förena Världens konung, Skyarnas drottning och Underjordens drottning. Jag har en känsla av att de åtta världarnas öde vilar på era axlar."

Braeska förstod inte vad han menade, men det gjorde henne inget. Hon skrattade glatt och hoppade jämfota. Hon skulle få träffa Drashin och Diriska snart. Hon skulle öva hårt så att hon kunde förvandla sig utan problem. Sedan skulle hon få se dem två igen.